山代巴　模索の軌跡

牧原憲夫

而立書房

目次

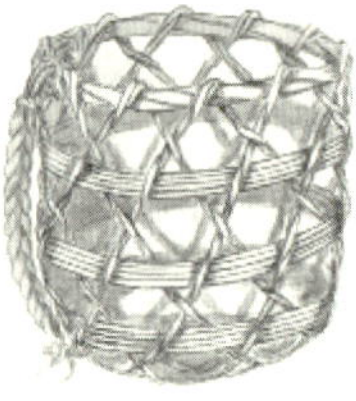

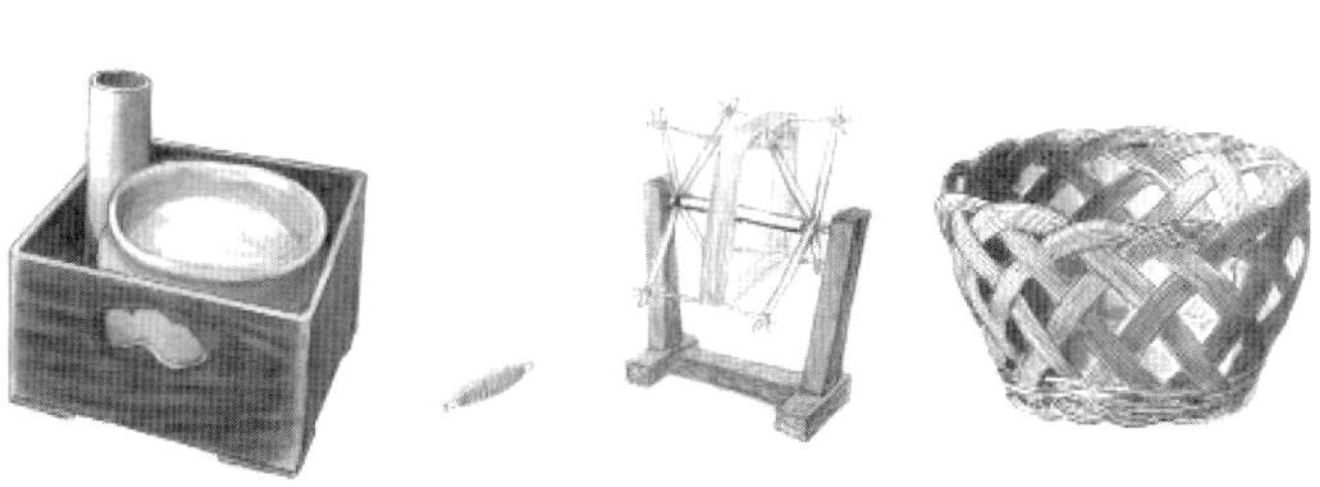

カット・山代巴
装幀・大石一雄

《凡例》

・引用文は読みやすさを優先して、旧かな遣い・旧字体は現行の表記に変え、句読点・濁点を加えた。あきらかな誤字・誤植は訂正し、一部の漢字（且、之など）をひらがなに代えた場合がある。

・引用文中の……は引用者による省略、〔 〕は引用者の補足を示す。傍線・傍点・ルビは原則として引用者による。

・本文中の注記は各章末にまとめ、山代巴の作品については著者名を省略した。

・『山代巴文庫第二期』（以下、著作集と表記）に収録された作品については原則として著作集から引用し、『山代巴獄中手記書簡集』〈『獄中集』と略記〉に収録された作品・資料については、増補版から引用した。

・山代巴の写真は三澤草子さん、中井正一の写真は岡田由紀子さんから提供いただいた。

・目次と凡例のカットは「千代の青春」（『母の友』に連載）のために描かれたもの。

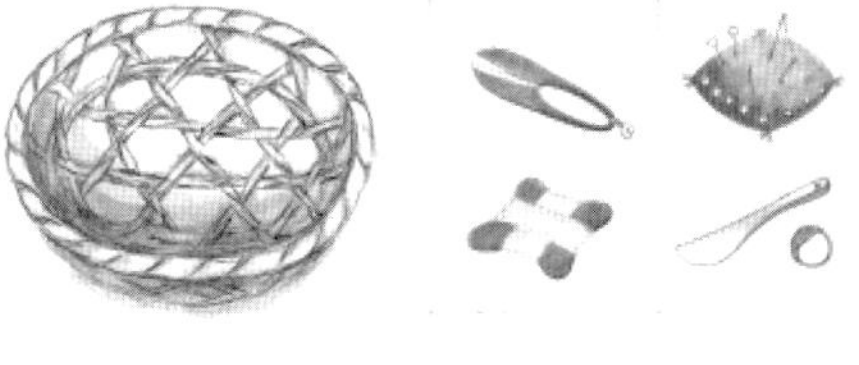

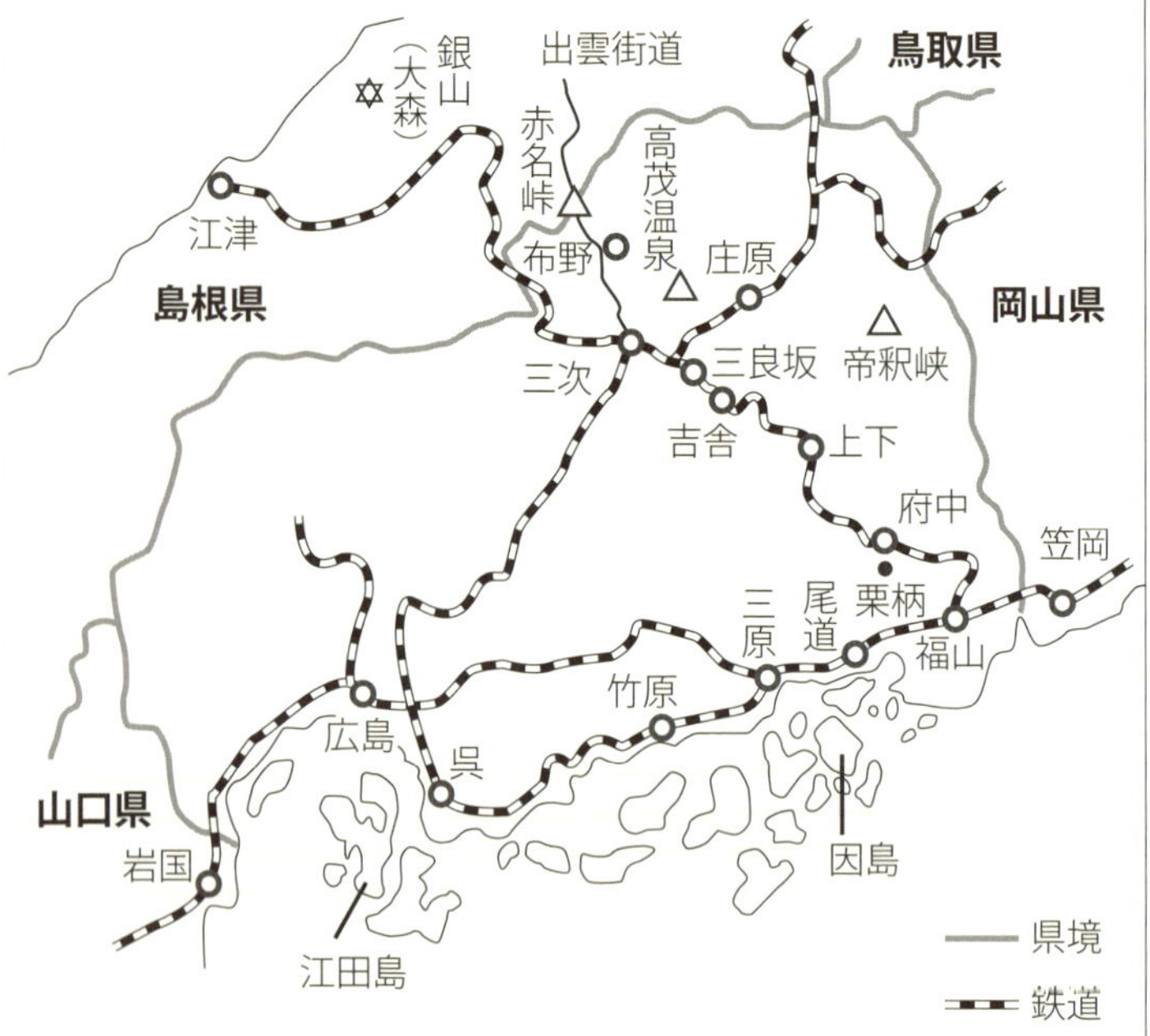
鳥取県
島根県
岡山県
山口県
出雲街道
銀山（大森）
赤名峠
高茂温泉
江津
布野
庄原
三次
三良坂
帝釈峡
吉舎
上下
府中
栗柄
笠岡
三原
尾道
福山
竹原
広島
呉
岩国
因島
江田島
県境
鉄道

広島県の略地図

山代巴　模索の軌跡

はじめに

岩で出来た列島に風が吹きつけて居ます……カタツムリのようにびくびくしながら暮している人々の中に蒔かれている民主々義の種子は、きっときっと長い間苦労することでしょう。だが岩を割ってこの松のように頑健に成長すると私は信じます。そうなるためには、あっちからは刑務所へ入れられ、こっちからはスパイだと言われ、泥にまみれてしまって、どんな野末に捨てられたって良いような人間によって、一番かたい岩が砕かれねばならぬ運命があるようにも思えます。*1

山代巴（1912－2004）はいまではほとんど忘れられた人物かもしれない。一九五〇年代後半から六〇年代には、映画・演劇にもなった『荷車の歌』の作者として広汎な女性たちに知られていた。また、『荷車の歌』以外にも多くの作品があり、それらはおおむね四つの系列から成っていた。

第一　農村女性を主人公にした「蕗のとう」「或るとむらい」「いたどりの茂るまで」「芽ぐむころ」「おかねさん」『荷車の歌』などの創作

第二　被爆者の実情を訴えた『原爆に生きて』『この世界の片隅で』や、農村女性の生活記録『叢書・民話を生む人びと』の編纂

第三　戦後の自らの活動を総括した『民話を生む人々』「（武谷三男「文化論」）解説」『連帯の探求』「（叢書・民話を生む人びと）解説」などの著作

第四　自伝的長篇小説の「道くらけれど」「濁流をこえて」『囚われの女たち』や『丹野セツ』「黎明を歩んだ人」など、戦前の革命運動にかかわる作品

しかし、文学者・評論家の言及はほとんど第一群の書評にかぎられた。近年は戦後民衆文化史の研究が進んで山代の存在も知られはじめたが、おもに被爆者運動との関連で第二群の二作品が取りあげられるにとどまり、四つの系列を総合するような論考や評伝はまだまだ少ない。＊2

第四の作品群が示すように、山代（旧姓・徳毛）巴は非転向の活動家だった。備後《びんご》地方（広島県東部）の旧家に生まれて女子美術専門学校に進んだものの、女性差別への反発やヒューマニズム、「革命の捨て石」へのあこがれから日本共産党に入党し、一九四〇年五月から一九四五年八月まで治安維持法違反で逮捕、投獄された。にもかかわらず、戦後になって素朴・民話的といわれるような作品を書いたのは、戦前の経験と反省にもとづくかなり特異な課題意識を山代が抱きつづけたからだった。それが多くの左翼的知識人と異なる道を歩ませることになった。たとえばつぎのような発想である。

ちょっとした事からでもひどい目に逢わされ続けて来た労働者、農民の触角は、ちょうどカタツムリのように敏感で、すぐに自分をカタイカタイカラ〔殻〕の中へ入れて蓋をしてしまう。ファッシスト達はこの事をよく知っているから、労働者、農民をカタイカタイカラの中へ入れて、中からぴったり蓋をとじさせて、そのまま戦争に引張り出して行くんだ。僕達の仲間でも、カラの中から

しめられている蓋がほころびるためには何程の仕事もしないで、さあ闘え闘えとカラの外からどなっているのがある。あれでは中の本尊に聞こえるものか。カタツムリが葉っぱから葉っぱへ角を振り振りはって行くようにするためには、随分沢山の仕事をしなければならないんだよ。[*3]

これは常磐炭坑争議の指導者であり伴侶となった山代吉宗（1901－1945）の言である。争議の真の敗因は弾圧や組合幹部の裏切りよりも、教える式の啓蒙だけで労働者の主体性を無視してきた自分にある、労働者一人ひとりが自発的に考え一歩を踏み出す力を育てなければファシズムとは闘えない、というのである。すでに共産党組織は壊滅し官憲の監視網が張りめぐらされていた一九三七年、この自己批判を実践するため、ふたりは京浜工業地帯に住みつき、やがて具体的な成果をあげはじめる。だが、共産党組織の再建をいそぐ加藤四海の軽率な行動もあって、一九四〇、四一年に数十人が逮捕され二二人が有罪とされた。吉宗ら四人が獄死あるいは敗戦までに死亡し、懲役四年の巴は一九四五年八月一日、病気による仮釈放でかろうじて生きて戻った。

一〇月、GHQの命令で政治犯が解放されると、徳田球一を中心に日本共産党の再建がはじまり、山代も東京・国分寺の自立会（出獄者の一時宿泊所）で婦人部づくりを手伝うことになった。ところが、和歌山刑務所で知りあった革命運動の大先輩、九津見房子（1890－1980）との会話――GHQが解放軍とは思えないし、戦前の党壊滅の総括なしに再建を急ぐのはまちがいではないか――が幹部に告げ口され、また、加藤四海と山代のはねあがりが検挙の原因だという京浜労働者の非難や、山代が党に入るなら自分らは入らないという幹部夫人たちの反発が生まれた。後年、山代はこう述べている。

仮釈放になった私は、体重三十五キロのやせた身体で表情もひからびきってとげとげしていたのでしょう……ある人から、「あんなひからびた、ぎすぎすした女は、かつて見たことがない」と陰で言われました。そのしなびきった女が、過去の自分の活動について何の予備知識もない人に、いきなり獄中で考えたことをぶっつけたのですから、誤解を受けたのは当然なことです。しかしそれは二十年も過ぎて、初めて当然と言えることで、獄死した私の親しい同志たちが、私によって敵に売り渡されたかのような誤解を受けていることがわかると、涙も枯れてしまうような歎きにとざされました。[*4]

獄中でも見失うことのなかった信念と希望を、平和と民主主義のかけ声があふれる時代になって、権力ではなく同志によって、奪われたのである。これが山代の「戦後のはじまり」であった。自分も獄死していればよかったと悔やんだ。しかし、ここで死ねば自分たちの活動はだれにも理解されず、歴史の渦にのみ込まれてしまう。農村社会の現実も戦前と大差ない。吉宗の遺志を継いで、沈黙以外に身を守る術がないと信じ込まされている人びとが、そっと角を出して自らの思いを語りはじめるための仕事に専念するほかない、これは生き残った者の責務だと考えなおした。共産党を離れることもなかった。

ただし、カタツムリのような民衆はただの弱者、被害者ではなかった。この点を明快に指摘したのは中井正一（1900－1952）だった。広島県竹原に生まれた中井は、京都帝国大学の美学講師になった一九三〇年代なかば、『世界文化』や『土曜日』を刊行して反ファシズム文化運動の中心となった。治安維持法違反で有罪・執行猶予を宣告され、実家のある尾道に疎開し、戦後は活発な啓蒙活動を展開した。小さな棚田のひろがる中国山地の風景をながめながら中井は、備後地方は小農民がほとんどで、内職や朝鮮・満州への出稼ぎ・移民などによって隣近所より少しでも豊かになろうと鎬《しのぎ》を削りあってきた、この歴史を軽視してはならないという。「となりが困りゃあ寝て手をたたく」の風潮は山代も身にしみていた。

私の生まれは備後のある谷間で、非常にまけ嫌いの強いところです。そこではまけぎらいのことをギギというのです……表面は実に淳朴で、近隣相和して鞏固《きようこ》な団結をしているかのようにみえる。その表面の無風帯の底で、互に落とし合うギギ風とでも名づけるような風がうずを巻いている。私は若い時にそのような空気がたまらなく嫌いで、どうかしてこの空気からのがれ出ようと思いました。それが芸術へ芸術へと私を追いやったのかもしれません。*5

負け嫌いが戦争にいくとどうなるか。中井は講演会で力説した――備後は南京攻略の先頭を切り、「婦女への暴行はいうに及ばず、一村を焼き尽くし殺し尽くすことで有名な、鬼の四十一連隊」の兵士が育った地だ。かれらは「いやいや戦場へ出てはいない……人に負けてはならぬ、人にうしろ指を指されてはならぬ、そういう自律心で、困苦に耐え、命を惜しまず敵陣へ突進」した。甲斐性や根性のある男にあこがれる故郷の「忍従を美徳とする大和撫子」に「敬慕される男たろうとして、あそこにぬけがけの坩堝《るつぼ》を演じたのだ。このことを女性も反省しなければ、この備後路には平和の土台も、民主主義の土台も築くことはできまい」[*6]、と。

「聞く者は冷水を浴びたように肩をすくめ」たが、納得はしない。反発する者も少なくなかった。戦争はもうこりごり、平和がいちばん、とだれもが口にしても、この気分の底には、戦争は軍部や政治家がはじめたものでわれわれ庶民に責任はないという被害者意識が隠されており、空爆や原爆の惨状、引き揚げの辛苦、日本兵の死者の六割が餓死・病死だった戦場の実態がその実感を支えていた。

中井は山代に語る。

侵略とは他国人民の隷従を求めるものなんだ。だから男が侵略を事とする時代には、必ず女に忍従を求め、忍従の美を説くものだ。だからあの家の中を人権の砦にするためには、女たちが忍従をはねのけて、それを男にも認めさせる力を持つことだ。そうなったとき、男は侵略を捨てざるを得ない。この国の侵略主義の爆発力の核を変えようと思ったら、この忍従との取り組みに、十年二十年、いや生涯をかけても惜しくはあるまい[*7]

「大げさだけれど私は、先生の指摘されたことに、生涯をかけようと決心しました」とのちに山代は述べている。

もとより、この課題は吉宗たち「京浜グループ」の経験と刑務所での出来事を歴史に刻む仕事と無縁ではない。山代は一九六〇年代から第四系列の作品を本格的に書きはじめる。しかし、革命運動や同志の評価をめぐる共産党指導部の介入もあって執筆は難航し、自伝的小説の主人公が刑務所から仮釈放される場面（『囚われの女たち』第10巻）を書き終えたのは一九八六年だった。

山代巴にとって戦前と戦後は、吉宗らの遺志を受けつぐ責務と、思いもよらぬ絶望とによって媒介されていた。そのことをもっとも凝縮して示すのが、この「はじめに」の冒頭にかかげた文章だろう。新憲法が施行された一九四七年五月、尾道市の千光寺山でみた岩割りの松、すなわち、大きな岩の上に落ちた種子がじわじわと根を伸ばし、ついに岩を割って根を下ろした姿に感動して書かれた手紙の一節である。

本書は、戦後日本の現実を「岩で出来た列島」と認識し、農村女性がみずからの本音を語りはじめるとともに被害と加害の連鎖に気づく、そのための一粒の種子になろうと努力しつづけた山代巴の、泥にまみれ曲折に満ちた模索の軌跡を、山代の著作を手がかりにたどりなおそうとしたものである。

＊1　山代巴の栗原佑あて書簡、一九四七年五月（『獄中集』五八二、五八三ページ）。「岩で出来た列島」『時論』一九四七年八月（著作集①二二一、二二二ページ）。

＊2　山代巴に関する単行本にはつぎの三冊がある（いずれも広島県内の発行）。

神田三亀男『山代巴と民話を生む女性たち』（広島地域文化研究所、一九九七年）

著者は山代の長い友人で一九八五年に『日本農業新聞』に連載した文章をまとめた。多くの重要な資料・新聞記事や関係者の聞き取りを収録している。

佐々木暁美『秋の蝶を生きる　山代巴　平和への模索』（山代巴研究室、二〇〇五年）。

著者は広島県双三郡三良坂町（現三次市）に寄贈された山代の資料を整理した。晩年の山代から聞いた貴重なエピソードや関係者の聞き取りを組み込んでいる。

小坂裕子『山代巴　中国山地に女の沈黙を破って』（家族社、二〇〇四年）。フェミニズムの立場から山代を批判しつつ内在的に理解しようした著作。座談会（駒尺喜美・加納実紀代・高雄きくえ・小坂裕子・牧原憲夫）などを含め、多くの論点が示されている。

山代巴を主題とする論文には、文学研究者・竹内栄美子の「戦後文化運動への一視角」（『日本近代文学』二〇〇四年一〇月）、同「山代巴の文学／運動」（『原爆文学研究』二〇〇九年一二月）、および、ジェンダー研究者・松本麻里の「山代巴を読み継ぐことの希望」（『原爆文学研究』二〇〇九年一二月）があり、立ち入った分析を加えている。

歴史研究者では、女性史の鈴木裕子が『女性史を拓く2　翼賛と抵抗』（未来社、一九八九年）などで山代に言及するとともに、資料集『思想の海へ21　女性　反逆と革命と抵抗と』（社会評論社、一九九〇年）に『囚われの女たち』の一部を収録し、『ジェンダーの視点からみる日韓近現代史』（日韓「女性」共同歴史教材編纂委員会編、梨の木舎、二〇〇五年）の日本側責任者としてコラムの一つに「山代巴」をあてている。また、戦後民衆文化（運動）史では、天野正子が『「つきあい」の戦後史　サークル・ネットワークの拓く地平』（吉川弘文館、二〇〇五年）のなかで中井正一と山代の「地域文化運動」を論じ、大串潤児は「敗戦と大衆文化」（吉田裕編『日本の時代史26　戦後改革と逆コース』吉川弘文館、二〇〇四年）、「戦後子ども論」（安田常雄編『シリーズ戦後日本社会の歴史4　社会の境界を生きる人びと』岩波書店、二〇一三年）などで山代の思想と実践の特質に着目し、今野日出晴「終わらない戦争」（大門正克・安田常雄・天野正子『近現代日本社会の歴史　戦後経験を生きる』吉川弘文館、二〇〇三年）、直野章子「原爆被害者と〈戦後日本〉」（前掲、安田常雄編『シリーズ戦後日本社会の歴史4』）などが『原爆に生きて』『この世界の片隅で』を取りあげている。さらに、生活記録運動を網羅的・実証的に概観した北河賢三『戦後史のなかの生活記録運動』（岩波書店、二〇一四年）も山代の独自性に言及している。

また、東京・国立市公民館で主婦を中心とした活動を展開した伊藤雅子が多くの著書で山代の文章（視座）を紹介しつつ深い読みを提示してきた（『子どもからの自立』未来社、一九七五年。『女のせりふ』（正続）福音館書店、二〇一四年など）。なお、牧原は『山代巴文庫第二期』（径書房、一九九〇－一九九六年）の各巻に「解説」を書いた。

＊3　＊1に同じ。『獄中集』五八一、五八二ページ。著作集①二二〇、二二二ページ。

＊4　「解説」『武谷三男著作集6　文化論』勁草書房、一九六九年（著作集⑥一五五ページ）。

＊5　「現在の日本のなやみと女性」『広島教育』広島県教職員組合事業部、一九五三年一〇月、一九ページ。

＊6　「解説」（内田千寿子『叢書・民話を生む人びと①　一九四五年八月からの出発』而立書房、一九七七年）。著作集⑥七七、七八、八六ページ。

＊7　同右、著作集⑥八七ページ。

第一章　自分を生きる

数え７歳のお祝いに母と（1918年４月）

生家の庭で（1930年）　右から、静江（５女）、伊策（次男）、巴（４女）、采女（長女）、善一（父）、宜策（長男）、イクノ（母）、綾女（２女）

1　いらない子

徳毛（山代）巴は一九一二（明治45）年六月八日[*1]、広島県芦品郡栗生《くりふ》村栗柄の登呂茂《とろも》谷に生まれた。江戸時代の芦田郡栗柄村登呂茂谷、現在の府中市栗柄町登呂茂である[*2]。芦田川へ注ぐいくつかの川筋にちいさな棚田がつらなる地域で、明治初年の栗柄村は三〇〇戸足らずの農家が一〇の集落を形成し、米麦の二毛作・養蚕・機織りなどに精をだしていた。徳毛一家の住む登呂茂谷は標高二六〇メートルの土居山から寺坂川に向かう斜面に約四〇戸が住んでいた。田畑は一戸平均約四反、一九二〇年代には一町内外の自作農・小地主と、日雇いや出稼ぎに頼る零細農家との二極化が進んだが、稼いだ金で田畑を買い集めたり、家人の不幸がかさなって没落するなど、階層の変動も少なくなかったようだ[*3]。

※　なお、本章と次章では徳毛（山代）巴を「巴」、山代吉宗を「吉宗」とのみ表記する。

巴は七人姉妹弟《きょうだい》のまんなかで四女だった。四人つづけて女だと知った父親は癇癪《かんしゃく》をおこして家を飛び出し、しばらく戻らなかったので、祖父が名づけたという。のちに祖父は名前の由来をこう語ったらしい――人間は水の吹きだすほとりで暮らしはじめたそうな。村祭に使う太鼓の紋も泉をあらわし、その紋に巴の字をあてたと聞く。四番娘は捨ててもよいと世間はいうが、オジーヤンは一番好きな名前でお前を祝うてやったのだ[*4]。

女学生のころの生家に対する思いを打ちあけた巴の後年の文章がある。

家族は好きになれなかった。四女に生まれたという宿命から、祖父母の代にはいらない子の扱いを受け、その不合理に先ず反感を持った。しかしわたしの因循《いんじゅん》さは、それを口にも行動にもあらわせず、ただ不満を内攻させていた。祖父母の代が終り、父母の代になると家は零落した。少女のわたしの眼に映る父は経済的に無能な人で、世間知らずの母が、わが子可愛さの一心で慣れない農業を一手に担っていた。そのような暮しをわたしはふがいなく、頼りなく思った。頼りない父母たちが零落しつつ、家柄の自慢にしがみついていて、近隣と一体になれないのを、やりきれない思いで眺めた。*5

一〇代の子どもが「うちの家族」に批判的なのはめずらしくない。しかし、巴の父の行状にはそれなりのいきさつがあり、家柄意識も世間一般とはやや異質だった。徳毛家について少しくわしくみておきたい。

巴によれば、徳毛一族は登呂茂谷の草分けで、明治初年には徳毛姓が一七戸あった。南備後の豪族杉原氏の家臣徳毛基門《もとかど》が戦国時代末期に討ち死にしたのち、子孫が登呂茂谷に土着したという。巴の生家は江戸時代初期の島原天草一揆(一六三七-三八)の際に鎮圧隊に動員されて戦死、断絶した九右衛門家を文政元(一八一八)年に再興したものだった。登呂茂の百姓たちの念願だった七か所の井手(灌漑用水路)工事に私財を投じた徳毛六兵衛の功績と、再興の際は士分に取り立てるという旧領主の証文によるもので、著名な儒者菅茶山に学んだ六兵衛の息子伊助を初代とし、復活した田頭《たがしら》塾（寺子屋・漢学塾）の運営を任された。屋号は「新仕屋《あたらしや》」、田畑はわずかだが名字帯刀を許され、寄り合いでは庄屋より上座に置かれたという。幕末の田頭塾には福山藩の儒者三吉円平が招かれ、巴の祖父九右衛門（1844－1916）ら塾生は乱伐された入会山の再生などにも取り組んだ。*6

明治になると九右衛門は村役場や郡役所に勤め、町村制が施行された一八八九年から村長として活躍した。自由民権運動にも関心をもったが、八五年、天皇の広島巡行に接してから政府の開化政策に期待するようになり、「九右衛門どんほどの男が、天朝虫《てんちょうむし》の行列とランプにたぶらかされてしまうとは残念じゃ」と円平の養子・繁太郎は怒ったらしい。*7 九右衛門は幼くして父を亡くし「四面楚歌に近い環境」で苦労したが、奉公人といっしょに芋がゆを食べ、気軽に薪割り・米つきを手伝う働き者で、福沢諭吉の著作や雑誌『太陽』、東海散士の政治小説『佳人の奇遇』の切り抜きなどを残した。日記にも古い封建制をきらい明治開化を謳歌する政治的見識や殖産興業への期待が記されていたという。*8

しかし、一九〇九年の村会議員選挙で反対派に敗れ村長を辞職した。この前年、広島県知事は米穀の増収と商品価値を高めるために共同苗代や俵装の統一、米穀検査の実施を強制した。だが、作業に手間がかかるだけで収入増の見込めない小農民を中心とする「苗代一揆」がひろがり、知事の命令にしたがった九右衛門も村民の反発で強制を撤回したが、高価格米と販路の拡大を求める地主・自作農グループがこれに反旗をひるがえしたのだ。そのリーダーも徳毛の一族だった。*9

巴の父善一（1873－1944）は登呂茂谷の大総代（部落長）や村の収入役・助役などを務めたものの、次期村長と目されたときに汚職の嫌疑を仕組まれるなど、村内の勢力あらそいに翻弄された。私生活も不遇で、絵のすきな生母コアキは善一が幼いころに井戸に落ちて亡くなった。継母のキク（1857－1922）は気性のはげしい女性で、自分の子が跡とりになれない不満から善一をいじめながら、善一が家を出て医者になろうとすると、跡とりを追いだしたと世間に言わせる気かと騒ぎたてた。一六歳の善一は仕方なく家から通える土生小学校の教員になる。*10 ただし、孫の巴にとってキクはやさしい祖母で、この地の伝承や徳毛一族のこと、宝暦一揆の総代になり妻子までが毅然として首をはねられた徳毛八右衛門一家の話、井手を造った先祖のことなどを寝物語に教えてくれた。祖母の話は「いつしか忘れていた」が、戦後、地域の歴史を理解する役にたつ。*11

しかし、キクによる善一への嫌がらせはつづき、九右衛門も一九一六年に死ぬまで家督をゆずらなかった。戸主でないと公職に就けないからだが、「仏様の砂糖だき」*12 と陰口される善一を頼りなく思ってもいたようだ。善一は四〇歳すぎまで一家の主《あるじ》になれず、気鬱症《ぎょうけい》になったり遊蕩にまぎれることもあった。巴の誕生はこの時期にあたる。四八歳のとき、浜田行慶《ぎょうけい》という一刀彫の名人に出会い、「宇宙の悠久さから見れば、誰の人生も……アッと産声をあげ、ウンと口を閉じる一呼吸にすぎぬ」と悟った。そして「一如庵五友《いちにょあんごゆう》」を名のり、万物一如の真理を信じて、漢詩、書、日本画、彫刻、俳句を友として生きるようになった、という。*13

巴の母イクノ（1881－1967）は一八九六年に善一と結婚した。生家は芦田川上流の諸毛《もろけ》村の旧家で、徳毛本家と姻戚関係にあった。縫いもの上手でしんぼう強いとの評判にたがわず、鬱屈をかかえた夫や自己中心的な姑に悩まされ、ときに実家へ逃げ帰りながらも、采女《うねめ》（1901－82）、綾女《あやめ》（1904－63）、文枝（1908－32）、巴、静江（1916－2009）、宜策《ぎさく》（1919－2005）、伊策（1923－71）の五女二男を育てあげ、破産後も愚痴をこぼさず家政と農作業を切り盛りした。[*14]

徳毛家の家産は、九右衛門の代には田三町六反九畝、畑七反四畝あり、三斗俵で二百数十俵の小作米と祖父や父の給料・恩給がおもな収入だった。[*15]わら屋根の大きな母屋、納屋兼離れ座敷の別棟、白壁の土蔵などが六、七メートルの高い石垣と白壁の塀に囲まれた屋敷で、「屋根と石垣の大きいことが、この地の地主級であることを一目見て分からせてくれ」たという。[*16]しかし、九右衛門が地域振興のために設立した煉瓦工場の累積赤字を整理し、一九三〇年にキクとその子の療養費、友人の連帯保証などを清算し、三一年には土蔵も売り払った結果、母屋と納屋と二反の田（小作）だけになり、没落者の悲哀を味わうことになる。[*17]

それでは、少女の巴を「やりきれない思い」にさせた徳毛家の家柄自慢とはどんなものか。旧家ゆえの優越意識は当然あっただろう。ただし、巴が一九四三年に三次刑務所長に提出した「獄中手記」によれば、その核心は、文弱に流れた「城下町の武士」でもただの農民でもない「土着の農士」を先祖にもつ「自尊心」や、「上座にすわる資格が村民より譲られた」家に生まれたという「矜持」にあったようだ。「人の上座に座すものは、先ず人の益のために犠牲を払って人を従えよ」という家訓もある。巴も祖父母から「死に臨んで動じるな」「物は一代、信頼は末代まで」「施しも奉つれ」などと教えられ、実際、物乞いに膝をついて差し出さないと叱られた。[*18]それでいて、後年、巴や宜策が逮捕され〝非国民〟になったとき、家名に傷がつく、縁を切る、などと父・善一から言われることはなかった。善一はまた、一九〇〇年の義和団戦争（北清事変）や日露戦争に従軍しながら「土産」（分捕り品）を持ち帰らなかった。そのため村人は善一をあざけり、「戦争へ行っても損ばかりして帰えんなさる」、

「こちらが見て居ても、はがゆくてならない」と奉公人も口惜しがった。[*19] 教育を重視し五人の娘を女学校へ通わせたことなどをふくめ、「近隣と一体になれない」理由は単純でなかった。巴がそのことに気づくのは刑務所に入ってからである。

幼いころの巴は、内気で無口、だれからも叱られることなく、祭の芝居見物でも「人を押しのけて良い場所を占領出来ない」子どもだったらしい。「獄中手記」には、傍若無人になれないのは祖父の厳格な家庭教育のせいだとある。[*20] 器用な妹の静江が台所で料理を手伝って誉められたりすると、涙をためてプリプリふくれるので家族からは「プリちゃん」と呼ばれたという。[*21] こうしたふるまいの底には、父に見捨てられた「いらない子」の自意識があるだろう。どろんこの庭でアリやトカゲをさがし、木の葉や草でままごとをするなど一人遊びばかりしていた、「自分は家からはみ出して自由の天地へとけこんだ」と戦後のメモ「自画像」[*22] は記す。また、祖父は巴の左利きを直そうと、袖口をしばって左手を使えないようにしたが、結局、「神様が左を使うように産んで下さって居るのに、祖父の勝手で『右キキ』には出来ぬらしい」とあきらめた。[*23] いま風にいえば、左利きは個性、というわけだが、巴の頑固さもうかがえる。

栗柄小学校では「教えられることと、自分が知りたいこととが少し違う。大体、字なんて興味ない、蟻のようなもの」で、六年間級長をさせられたけれど、五年生のときに「何かわけのわからない矛盾」で頭がいっぱいになり、級長はいやだと何日も泣いたという。[*24] 屈折した悲しみや寂しさをかかえた巴に気づいていたのか、母イクノは少し出っ歯でつり目の娘が阿修羅のような子になるのではと心配したらしい。[*25]

2 絵描きになる

転機は一九二五年に入学した広島県立府中高等女学校の図画の授業だった。北側の遮光カーテンが引かれた理科教室で「見たままを描きなさい」と指示された巴は、南の「窓を白く映すだけの黒いコップ」を描いた。それを教師が激賞したのだ。絵筆の手ほどきをしたのは祖父だったが、小学校では、水盤に生けた水仙を真上から描いて叱られたというから、感性や表現力は生来のものだろう。奈良女子高等師範学校附属小学校の雑誌『伸びてゆく』の影響も大きかった。大正期自由教育運動の一翼をになうこの雑誌は、児童の自律的学習、感動したものを見たままに描く「自由画」や「綴り方」などを提唱しており、小学教師になった二番目の姉、綾女がみせてくれた。表紙の「クレヨンでごしごし描いた絵」をみた巴は「猛烈に描きたいものを誘発され」「ママごとと絵とが一体に」なった。*26

「黒いコップ」をほめたのは、絵描きになりたかった渡辺忠夫という理科の教師で、巴にも絵の勉強を熱心にすすめた。巴の描く風景には人がいないと指摘し、ミレーやゴッホを教え、「現実を直視して、その中にひそむ真実を見出す画家」になれと説いた。しかし、翌年なかばに転勤を命じられた。テントの下に長くいると太陽を忘れてしまう、「どうか厚いおおいをのけて、現実を直視して真実を見る姿勢で勉強してほしい」と全校生徒に別れの言葉を贈ったという。*27 ミレーの絵や渡辺の教えは「ライフ」（人のいとなみ）への関心をうながし、納屋の農機具を描きながらそれを使う農民の生活を読みとる力を育んだ。川沿いの貧しい家々を建築図面のように克明にスケッチしながらその生活ぶりを想像したこともある。これをもとにした水彩画は『大阪朝日新聞』の関西女流美術展に入選した。[*28]
すきな絵で食べていくには女学校の図画教師がいい。東京女子高等師範学校が三年ごとに図画専修科の生徒を募集していた。だが、金融恐慌の影響か、一九二九年の入試は突然中止になった。私立は東京の女子美術学校しかなく授業料も高い。一家は困窮している。それでも行きたいと巴は言い張った。後年巴は、「随所に主となれば立つところみな真なり」、つまり、あたえられた場でも主体的に生きれば真実を得られるという「仏教の言葉によって〔自分は〕育てられた」、だから、一五、六歳のころ「女中をしながら女学校に行くということに劣等感を持つ代りに、女中の本分を全うすることによって、その本領を認められ、女子美術への道を自ずから開くことが出来」たと書いている。[*29]ここでいう「女中」は他家への奉公ではなく、姉妹のなかで巴が一番母を助けて家事や農作業を手伝ったということだと思われるが、「家のために、私の娘時代がどんなにギセイ多いものであったかは、御両親が一番よく御存じです」と、戦後最初の作品「蕗のとう」[*30]にもある。この自負・鬱屈は後出の「八百屋お七」につながる。
そんな妹を三女の文枝が応援してくれた。「生まれながらの反逆児」[*31]と祖母や母がなげくほど自立心がつよく、北村透谷を愛読した文枝は、三原女子師範学校の二部をでて府中小学校の教師をしながら、文学全集を購読して論文を書いたり、独身を通すと母をこまらせていた。その姉が自分の貯金を差し出したのだ。[*32]
女学校の担任麦田良造の助力もあった。善一に向かって麦田は、「巴さんは八百屋お七のように、一途に燃えるところがある。思いのかなわんときにどうなるか、わしはそこを心配する」、「わしやあんたと同じように、若い日にわが羽ではばたけなんだことを一生悔む」ような人生を娘に送らせてよいのか、と説得した。善一の心をなによりもゆさぶる言葉であったろう。麦田自身、農家の跡とりゆえに数学者になる夢を断念したらしい。ところが、毎週担任へ提出する日記帳のスケッチにみじかい詩を添えて返してくれるのを喜びながらも、数学のきらいな巴は麦田に親しみを感じず、この親身の説得をかれの死後まで知らなかったという。*33

一九二九年四月、巴は東京市本郷区菊坂町の女子美術学校洋画師範科に入学した。一九〇〇年の創立で修業年限は四年、この年の六月に専門学校に昇格する（現・女子美術大学）。東京へ転居した母の兄が身元保証人になり学費を出してくれた。*34しかし、授業は古風で寄宿舎は管理がきびしく、洋画を本格的に学ぼうという学生の大半は上流家庭のお嬢様だった。それでも同級生の赤松俊子や松尾ミネ子などと親しくなり、二学期の校内コンクールで一位になった。三学期には帝国美術院から分かれた春陽会の展覧会に入選した。父母も巴の才能を認めざるをえない。二年生になると同級生と下宿生活をはじめたが、保証人の伯父が病死したこともあって生活は苦しくなった。街頭で似顔絵を売るのはつらい。担任に相談すると大先輩の原千代を紹介され、原がつくった寮に住んで図鑑の絵やキリスト教会の紙芝居などを描くようになったという。*35

この間、学外の前田寛治や三岸好太郎などの指導を受け、一九三一年春には独立美術展に応募する作品のエスキス（下絵）を三岸にみてもらった。朝霧をつらぬいて真夏の強烈な陽光が木の間からふりかかる山路、草刈りの農婦や牛追いの子どもが行き交うかたわら、一人の農婦が木の根方に青草を下ろして胸をひらくと、乳は待ちわびた赤子の顔へ吹きかけるようにほとばしりでて……、という絵だった。少女のころ「乳と汗とが一緒になった様な香と共に」目撃した光景で、三岸は色彩の新鮮さ、人物の迫力、朝の光などをほめたものの、こういうテーマは百号ほどの大作にしたほうがいいが、いまの力量ではむりだろうと評した。そして、画家がパトロンなしに生活するのはむずかしく、とくに女子は濁流に巻きこまれやすい。画布以外にも表現の場はあるのではないか、としみじみ語った。[*36]

進路にかかわる出来事がほかにもあった。一年生の夏休みに帰郷した巴は、広島県立府中中学校の図画教師、藤原覚一(1895－1990)の家に押しかけて絵の勉強をさせてもらった。ここで社会主義的女性論の古典、ベーベル『婦人論』[*37]に出会ったのだ。当時は学生運動がさかんで、保守的な女子美にも『共産党宣言』を勧める学生はいたが、〝お嬢様の活動〟への反発もあって近づかなかった。しかし、「女性ゆえの苦悩」は痛感していた。奈良女高師への進学を親の決めた結婚で断念させられた次姉の綾女は、里帰りのたびに「旧家の嫁」の苦労や「充たされない知識欲、愛欲の訴え」を夜を徹して文枝や巴にぶつけた。『青鞜』創刊号の与謝野晶子「山の動く日来る」や平塚らいてう「元始、女性は太陽であった」とか、「女の一生」「ボバリー夫人」などは文枝に教えられた。なによりも「四番娘は捨ててもよい」という通念への反発がある。それゆえ、「私が生涯をかける女性解放への道は、このとき手にしたベーベルの『婦人論』から始まった」と「獄中手記」[*38]は述べる。東京美術学校洋画科で黒田清輝に師事した藤原は自由画や民芸運動に共鳴するリベラリストで、書架にはソ連でマルクス主義的芸術論の教科書とされたフリーチェ『芸術社会学』(昇曙夢訳、新潮社)やプロレタリア美術に関する本があり、若い画学生や教員が藤原を囲んで議論していた。そして巴も、「社会は階級闘争によって成り立っており、社会と無関係な芸術などない」ことなどを学ぶ。[*39]

こうして一九三一年の早春、東京近郊の椎名町（現在の豊島区）にあったプロレタリア美術研究所（所長は矢部友衛）に入所した。三岸の助言を受けたころである。入所を勧めた笹子智江《ともえ》（1905－1988）は文化学院美術部の出身で、新井光子の名で描いたストライキの女工群像がプロレタリア大美術展に入選したばかりの気鋭だった。前年の太平洋美術展には巴と笹子がともに入選しており、二人はすぐに親しくなった。四月、女子美の同級生といっしょに研究所に入ると、絵の習練に励むかたわら、笹子が支援する葛飾の「ピオニール」（少年団）の勉強を手伝ったり農民組合の応援をした。もはや学校に学ぶものはない。三学年の途中で退学届を出した。父母には不景気（世界恐慌）のため卒業しても教師の口はない、図案などを描く職業美術家になって仕送りしたいと伝えたようだ。[*40]

3　革命の捨て石に

翌一九三二年一月、巴は研究所の仲間たちと東京北部の工場街に移る。当時の日本共産党や日本プロレタリア文化連盟は「労働者農民のなかへ！」「工場農村の文化サークルを基礎にした芸術運動を！」と唱えていた。晩年の自筆年譜「私の歩んだ道」などによれば、スケッチの散策で足をふみいれた板橋・岩の坂の「貧民窟」に衝撃をうけ、「今までの自分のヒュウマニズムを反省」し、トルストイなどを読み直し、生活を一変させようと決心した。そして、プロレタリア美術家同盟の機関紙『美術新聞』の通信員を希望すると、それなら労働者になれといわれ、零細な富士キャンデーの工員になると、共産党に入れと説得された。[*41] なんの経験もない若者をすぐに非合法組織に加えるのは無謀に思えるが、あいつぐ弾圧で労働農民運動の活動家の大半を失った共産党は「党の大衆化」（一万人の党員獲得）を喫緊の課題としており、板橋から赤羽にいたる城北地域は陸軍の被服廠・兵器廠・火工廠や関連工場のひしめく重要地域だった。

しかも、アメリカに端を発した世界恐慌が日本にも深刻な影響をもたらすなか、一九三一年九月に満州事変、三二年一月に上海事件と中国侵略が本格化し、五月には犬養毅首相らが暗殺される（五・一五事件）。その一方、三一年の労働組合組織率が戦前最高の七・九％（約三七万人）になり、社会主義に関心をもつ学生・青年も多くなった。世界恐慌は資本主義体制の崩壊につながるのではないかという雰囲気もあった。巴もまた、「戦争か革命かをひしひし思わせる季節」と感じとり、革命には労働者の組織が不可欠だと錦織《にしごり》彦七*42に説かれ、さらに、青バス（東京乗合自動車）の車掌をやめて病父を介護しながら任務に挺身する若い女性オルグの姿に、「ほんとに革命の捨石というのはこの人こそだ」と感激した。そうして満二〇歳を迎える直前の一九三二年四月、「革命への捨て石の道」に飛び込んだという。*43

ただし、「捨て石」という切迫した心情の底には、姉文枝の死があったと思われる。文学や美術を語りあい妹の才能を認めてくれた文枝は、一九三〇年、生家の破産という現実のなかで、不本意ながら父親の決めた結婚をして大阪へ移った。恩給がつくまで小学教師をつづけよ、お産は病気でないという姑の叱咤で働きづめの日々を送り、医者にかかったときはすでに喉頭結核の末期だった。実家へは病気の知らせすらなく、三二年二月、文枝は寒い病室でだれにも看取られずに亡くなった。二四歳。「姉の死は私の半分の死でもあった」、「これが私をして、婦人運動に社会運動に足を染めさせた直接はいえないが、姉の死の衝撃はやはり大きかっただろう。

の動機だった」と「獄中手記[*44]」は書く。革命運動への参加を家族の情愛で糊塗する意図がなかったと

ベーベル「婦人論」から入党までに曲折がなかったわけではない。雑誌『伸びてゆく』の「自由画」に共感した子ども時代以来の、「窒息しそうな狂いそうな内面こそは、女学生時代に家の貧苦も思わず画家を志望させた原点」であり、女子美の「型にはまったアカデミックなものに耐え難い抵抗を感じるところから、自己の内面でものを捉えた個性的な表現」を求めたフォービズムに魅せられ、さらに、「より自由な筋目正しい解放を求めて、プロレタリア美術研究所へ通うことにもなった」。ところが、研究所ではゴッホやスーチンなどは「プチブルの退廃と退けられ、少女の私には容易になじめない、型にはまったものに思える手法」を要求され、絵が描けなくなったのである[*45]。

たしかにプロレタリア美術は類型的なものが多いが、左翼的な知識青年にとって「プチブル（小市民）的」との評言は革命運動への参加資格なしといわれるに等しく、その侮蔑を振り払おうとすればいっそう「革命的」になるほかなかった。巴が短期間に女工となり党員となったのはそうした負い目のせいかもしれない。とはいえ、フォービズムとプロレタリア美術との矛盾は、左翼の組織活動に対する巴の一貫した違和感と底流でつながっており、戦後も解消されることはなかった。

なお、「獄中手記」にはこの時期の重要人物として涌井まつが登場する。素封家の娘だった涌井は許婚に裏切られ自殺しかけたところを極貧の労働者に助けられ、スラムで暮らしながら助産婦・保母の資格をとり社会事業家として活躍した。託児所（のちの松葉保育園）でつかう紙芝居をさがしていた涌井は巴の絵が気に入り、板橋の事業所の一室を与えて紙芝居や絵を描かせた。文枝の死に巴が打

ちひしがれたときは、自身の半生をくわしく語り、「人を救うとは施しではありません。共に生き共に幸福になる事なのです」と諭した。そこで、巴は工場で働きつつ女工のための夜学や裁縫塾を手伝ったという。[*46]

「獄中手記」はさらに、「予審終結決定書に……『被告は学生時代に左翼文書の翻読〔翻訳〕により左翼思想を抱懐し、社会事業家涌井まつ等の影響により女工となり、日本共産党に接近した』と書かれて居る内容は、以上の様なものなのです」と述べる。[*47] 巴は皇后から表彰される涌井のような人物を前面に出して、板橋に移った経緯やプロレタリア美術の仲間を隠蔽し、特高や裁判官にもそれを認めさせたのだろう。しかし、手記の記述には熱意が込められており、戦後のメモ「自画像」にも、「第一のパトロン・産婆さん　涌井マツ　松葉保育園」「涌井マツ氏……この人に魅惑される」とある。涌井とのかかわりは決してフィクションではない。[*48]

党員になった巴は、裁縫のサークルや荒川土手のハイキングなどを通して女工たちとつながりはじめた。だが、矢継ぎばやな上部の指令をこなし警察の取締りをかいくぐるには、工場をやめ住居も転々と変えざるをえない。経済的にも苦しかった。そこで、プロレタリア美術家同盟の先輩で広島出身の杉山清と一九三二年の暮れから同棲した。「自画像」のメモに、「第二のパトロン――自分の恋人。行く行くは結婚しようと思う、印刷工」とあるように、杉山はオフセット印刷の版下を描く熟練工で、共産党員ではないが労働運動の経験もあり、労働者の自発性を重視していた。「一人一人が何を望んでいるか聞いてみよ」という助言で、裁縫の要求が強いことに気づくなど、「観念的なことばだけの革命的な捨て石精神のわたしを、具体的な形で労働者の仲間を作らせるように導いてくれた」という。[*49]

しかし、この時期の共産党中央は工場内の組織を地道に育てるのではなく、少人数の「突撃隊」によるデモやビラまきを決死の革命的行動と讃えていた。巴も裁縫サークルに「君主制打倒！」のビラを持ち込んだり、三三年八月一日の国際反戦デーのための秘密会議の準備やデモの煽動ビラを工員に渡すことに熱中した。そのため女工たちは巴から離れていった。この背景には、コミンテルンの新しい指令（三二年テーゼ）があった。この指令は、明治以後の日本を絶対主義的天皇制・寄生地主制・独占資本主義の複合からなる半封建的な国家とみなし、したがって日本の革命は「社会主義革命への強行的転化の傾向を有するブルジョア民主主義革命」であり、具体的には、天皇制を打倒して戦争の拡大を阻止するとともに社会主義へ突きすすむべきだ、と規定した。コミンテルンは国際共産主義運動の司令部で日本共産党はその支部である。だから、日本共産党は「君主制打倒」を前面にかかげて過激な行動に突き進んだり、共産党に批判的な社会（民主）主義者を反革命やファシズムの手先とみなして攻撃し、いっそう孤立を深めていった。[*50] 巴の言動はまさにその路線に乗ったものだった。

一九三三年一二月はじめ、左翼文化運動への弾圧にまきこまれて巴ははじめて検束された。滝野川警察署の留置場に入れられた巴は、プロレタリア文学者の宮本百合子と出会う。百合子はしずかに端座し、むかつくようなひどい食事も残らず食べていた。「貧しき人々の群」は巴も読んでおり、尋問での心構えをたずねると、「大をとって小を捨てる。なにが大事か、よく考えなさい」と教えられた。巴はやがて、大とは組織を守ること、「転向とか非転向とかいうことの判断は、言葉や形式ではなく、事実の上で仲間を守るかどうか」だと考えるようになるが、巴を党員と思わなかった特高はほとんど訊問もせず、二九日間の拘留で釈放した。[*51]

巴はすぐに帰省した。共産党との組織的つながりはすでに切れており、ともかく生活を立てなおす必要があった。中学をやめて村や家を離れたいという上の弟・宜策の世話も託された。さいわい、プロレタリア美術研究所以来の友人である笹子智江の父親（大阪鉄工所の技師）などの助力で、一九三四年四月から大阪の木内図案社に就職した。木内鉄章は仁丹マークの考案者らしい。宜策も大阪鉄工の関連工場で見習工になった。[*52]

しかし、杉山と正式に結婚するか否か、決めねばならなかった。じつは前年なかばから諍《いさか》いが絶えなかった。上部の指令を鵜呑みにして突きすすむ巴を杉山は「無責任なはねあがり」ときびしく批判し、巴が反論すると「自活できないくせに理屈を言うな」「油絵をやっているから金持ちの娘だと思ったのに見込み違いだった」などと口走った。一一月、妊娠中絶の措置が中途半端だったために自室で流産したときも、死児を荒川に捨てに行くだけで、巴の苦しみ悲しみには冷淡だった。[*53]

一九三四年九月、巴は杉山と話し合うため東京に戻ったものの、杉山や仲間の侮言に耐えかねて着の身着のまま部屋をぬけだし、ガソリンスタンドの住み込みになった。「自からの力で自からの思想を守り育てる第一歩を踏み出した」とだれかに伝えずにいられなかった巴は、いずれ製図用具を買って文化活動をはじめたいという手紙を宮本百合子宅の玄関に置いてきた。まもなくひと揃いの製図用具が届いた。差出人は書いてなかったが、巴にはなによりの励ましだったという。[*54]

とはいえ、翌三五年四月、松屋銀座店の裏手にあった古田アルデバラン図案社に雇われるまでの数か月は、これまでの東京生活で経済的にも精神的にも一番つらい時期だったようだ。『囚われの女たち』では、この「七か月は、病気、飢え、寒さ、愛の罠のからむ泥濘の道で、そこでの光子〔巴〕に生きる力を与えたものは、自分の命を分けた小さな亡骸《なきがら》の濁流に呑まれる幻影」や笹子智江夫妻*55の「喧嘩の形であらわれる……平等な同志愛の追究」などであった、と回想している。*56

巴を雇った銀座の工房主、古田達賛は図案文字やマッチなど箱物の第一人者で、東京美術学校の講師もしていた。巴はここで細字の技能を仕込まれたが、弟子あつかいで給料は安く、蔵前の工業学校電気科（夜間）*57に通う宜策をかかえた生活は苦しかった。しかも、この年の五月、巴が党員だと知った特高は転向を誓う手記を要求した。身柄は拘束されなかったが、だれが供述したのか、まさかと思うことまで筒抜けになっており、なんども書き直しを命じられた。*58仲間への不信をつのらせた巴の部屋にはモジリアニのさびしげな女の絵やスーチンの「狂女」が貼られたという。*59転向と認定されたのは一〇月半ばだった。

翌年春、巴はカフェー銀座会館にプロレタリア美術の先輩、山上嘉吉を訪ねて、メニューや扇の図案を描かせてもらうことにした。給料はまずまずで、やがて病気の山上に代わってキャバレーの内装全般の刷新をまかされるまでになる。だが、退廃的な仕事への嫌悪や山上の職を奪うのをおそれて退職した。

結局、宜策と相談して版下図案や紙芝居の仕事にもどり、九月には山手線の鶯谷駅近く（下谷区）へ転居した。まもなく、北区十条に洋裁店を開いたかつての同志と連絡がついて、服装から女性史を学ぶサークルをつくった。部屋の絵もゴッホやミレーにかわった。*60そして、山代吉宗と出会うことになる。

4　質問の出る雰囲気を

山代吉宗は一九〇一年、福島県石城《いわき》郡磐崎村町田（現・いわき市）に、磐城炭鉱町田坑の飯場頭、山代広次郎とクニの子として生まれた。戸籍上は七月七日だが、「実際の生年月日はお恥ずかしいですが、私も生みの母もハッキリ判りません」とのちに徳毛善一・イクノあての手紙で述べている。[*61] 巴によると、近隣の唐虫炭鉱暴動（一九一八年）での苛酷な弾圧と、「愛と人道による労働者の地位向上」を唱える友愛会の鈴木文治らの演説が、青年吉宗に社会問題への関心をもたせたという。トルストイの写真に「人類の父にして師表」と書き込むほどに傾倒した吉宗は、県立磐城中学五年の夏休みは坑内で働き、一九年、明治大学専門部政治経済科[*62]に入ると本郷のキリスト教会にも通った。二二年に卒業し、亡父を継いで磐城炭鉱小野田坑の飯場頭になった。はじめは「学士飯場」と奇異の目でみられたが、吉宗は賃金のピンハネをやめ、借金を帳消しにするから酒と博打をやめろと説得し、あるいは、少年会・婦人会などをつくって読み書きや裁縫を学ばせるなど、坑夫の意識改革にとりくんだ。その一方で『資本論』や左翼的な雑誌も購読し、二五年には共産党系の政治研究会福島支部を結成した。だが、左翼の勢力は微弱だったから、労働運動の右派である労働総同盟系の日本坑夫組合磐城炭鉱支部の設立に参加して坑夫の組織化に努めた。[*63]

一九二七年一月、健康保険組合法の施行にともなう審議委員選挙が実施された。坑夫の家族をふくむ全組合員が選挙権をもつ普通選挙で、保険料の全額会社負担などをかかげた吉宗や労組の候補は全員当選した。吉宗はすぐに解雇され、解雇の撤回、賃金・労働条件の改善などを要求するストライキが小野田坑から長倉・綴・町田など磐城炭鉱の各坑に波及し、警察の弾圧、御用組合・ヤクザ・極右の大日本建国会（赤尾敏）の襲撃がくりかえされた。坑夫組合の幹部も吉宗ら左派を除名して妥協をいそいだ。参加者一〇三九名、五週間にわたる磐炭争議は検挙者三〇〇余名、解雇一五名の犠牲を出して終わった。[*64]

その後、吉宗は県会議員選挙に立候補したり、日立市で労働者の啓蒙につとめたが、一九二九年四月一六日の共産党員一斉検挙（四・一六事件）で逮捕された。四・一六事件と前年の三・一五事件で起訴された関東の三四名は、布施辰治弁護士の支援で東京控訴院の統一公判を実現し、被告会議議長となった吉宗の戦闘的言動は獄内外の同志や労働者を鼓舞したといわれる。巴もその様子を報じた雑誌『戦旗』の記事をアルバイト先の喫茶店で客の学生からみせられた。[*65]判決は懲役六年だった。[*66]

一九三五年二月、秋田刑務所を出所した吉宗は生活のために転向を表明したが、磐炭争議を支援した関根悦郎・渡部義通らに批判され、京浜地域に移った。埠頭の豆炭かつぎや国会議事堂新築工事の屋根葺きなどをしながら、横浜市鶴見区で春日正一と『労働雑誌』の読者会を組織した。しかし、関係者が逮捕され、吉宗は思想犯保護観察法（一九三六年五月施行）の対象にされた。当局の監視を弱めるには、家庭をもって落ちついたという体裁が必要だと関根や磐城の大井川基司らが説得し、たまたま磐城出身のプロレタリア画家、金野新市が鶯谷にいたことから巴の名があがったようだ。[*67]

一九三七年一月、巴ははじめて、長身（約一・七メートル）で「青白い顔と厚い赤い唇と、物静かな態度」[*68]の吉宗に会った。ただし、大井川・吉田寛らが吉宗を呼んだのはお見合いだけが目的ではなく、ぜひとも聞きたい事柄があったからだ。吉宗は未決期間中に、水戸刑務所から封緘ハガキ五〇余枚をつかって磐城炭鉱争議の総括を送った（雑誌『戦旗』一九三〇年六、七月号に掲載）。そのなかで吉宗は、中央から派遣された共産党のオルグたちが「全面的政治闘争に発展出来ない経済闘争はやるべきでない」といって現場を無視した方針を押しつけ、面倒見のよい坑夫組合の幹部を「ダラ幹」と攻撃するだけで坑夫の経済要求は取りあげず、町田坑の爆発事故でも救援に積極的な右派とは逆に、事故を傍観して坑夫の信望を失ったことなどを指摘した。それは当時の共産党の指導理論であった「福本イズム」の誤りを具体的に示すとともに、「ダラ幹」罵倒の急先鋒だった吉宗自身の自己批判でもあった[*69]。

福本イズムとは福本和夫が一九二六年に唱えた運動論で、経済的要求の組合運動と革命をめざす政治運動を峻別して、労働者を革命化するには外部から階級意識・マルクス主義を注入しなければならないと主張し、共産党の理論的純粋性や大衆組織の党派性を重視した。その結果、共産党以外の社会主義者も「反動勢力」の一部とみなされるとともに、「結合の前の分離」と称して組合組織などの分裂も正当化された[*70]。福本イズムは翌年コミンテルンから批判されたが[*71]、吉宗はその実態を明らかにしたわけだ。ただし、雑誌に掲載されたのは総括の前半部分だけだったから、大井川らはその先を吉宗から聞きたかったのである。

そこで吉宗が強調したのは、「自分らの純粋を振りかざしても、ダラ幹は追放できやしない」、「押し売りでは人の心は変わらない」ということだった。巴たちの服装史のサークルについても、「あんたの教えかたは押しつけだ」「きっと行きづまるよ」と断言した[*72]。どういうことか。

吉宗の解雇に飯場の坑夫や家族が憤激してストに突入したのは、階級意識よりも飯場頭と運命を共にするという親分子分的心情にもとづくもので、吉宗が組合を追われると団結はくずれた。その責任は労組の右派幹部の裏切りや官憲の弾圧よりも自分にある、と秋田監獄で悟ったというのだ。*73 そう気づかせたのは朝鮮人革命家の「李雲舟」（李雲洙）*74 らしい。李は朝鮮の運動が挫折をくりかえす根底には儒教文化がある。儒教式の啓蒙は知識の押しつけ、暗記にすぎず、自分で考える習慣のない人民はリーダーが捕まると臨機応変に闘うことができない。日本の知識人も詰めこみ式の学校教育で育っており、これは危険だ。人民の「主体性の発芽の条件を整える」には、「質問の出る雰囲気を醸す」ことが不可欠であり、つぎに、どんなにささいな質問にも「我々の哲学、つまり弁証法に照らして相手にわかるように答える」力を身につけねばならない、と忠告したという。*75 この指摘は『戦旗』の論文ではなおあいまいだった問題点を明らかにするとともに、「正しい理論の注入」を主張する福本イズムに対する根本的な批判であった。愕然とした吉宗は、「指導者というものは、自分から敗因の責めを負うて、その克服のために身をさらして、後から来る者の踏み台になるからこそ値打ちがあるので、それのできない者は、ダラ幹と同じ程度の罪を負うべきだ」、自己批判こそ指導者の責務だと肝に銘じた。*76

だが、出獄後にはさらなる追い打ちがあった。吉宗の下獄中に生母クニが吉宗の実妹を「草餅」（私娼）に売ったのだ。平藩士族の家柄を自負するクニは勝ち気で行動力があった。左翼の主張に共鳴し吉宗が逮捕されると、路上や傍聴席で資本家や警察を大声で非難したり革命歌を朗唱し、その勇姿は小説や絵画に描かれた。*77 しかし、妹のことを吉宗になじられると、器量や物覚えが悪く嫁に行けそうもない娘が将来食いはぐれないために、身売りの金で一反三畝の田を買ってやったのが悪いか、なにが しあわせか、「学士様なぞにゃあわかんめえよ」、と言い立てた。出獄後に転向を表明してやっと仕事にありついたばかりの吉宗には「返す言葉がなかった」。[*78] 共産党員になって人道主義を「卒業」したと思ったのは甘かった、人権こそ解放の基礎だと痛感させられた、という。[*79]

それゆえ吉宗は、労働者一人ひとりが主体的に状況を切りひらく力をもつためには、指導者は理論や「正しいこと」を押しつけるのではなく、まず「質問の出る雰囲気」つまり不満や疑問を口に出せる関係をていねいにつくる、そして質問に誠実に答えるとともに「日常茶飯に人権の折り目をたたむ」、この二つを基本に「自己の哲学をみがく」努力をつづけねばならない、と結論したのである。

かつての吉宗は、「気象の激しい、頭の切れる男」（磐城炭礦株式会社労務課長）、「ブルドッグのような男だ。かみついたらはなさない」（春日正一）といった印象を与えた。秋田刑務所でも、水兵あがりで思想犯を目の敵にする看守となぐりあいになり、看守が房から逃げ出すことが何度もあったらしい。[*80] しかし出獄後は、「天下国家を論ずるような大言壮語とは縁を切るが、日常茶飯の実際的なことだけは筋を通させてもらうよ」と宣言して、笑いながら大事な話をする男になった。[*81]

二月なかばから、吉宗と巴は上野公園などで何度か語りあったようだ。戸籍の上では野中の一本杉です、と述べたように、吉宗は家族に恵まれなかった。飯場の事故を機に幼少時の七年間を父広次郎の養父母の家で過ごし、一一歳で実家に帰ったときは、生母クニは離婚して東京へ出奔し、弟の宗徳は本籍地の島根県邇摩郡大森町（現大田市大森町）銀山の伯父にひきとられていた。吉宗と実妹、継母フヨの連れ子二人、広次郎とフヨの子二人が「もつれ合って暮すことは、それだけでも憂鬱」で、吉宗の「少年期の写真は、どれもみな小首をかしげてもの思わしい淋しさを漂わせている」、と巴は書いている。自分の父善一の孤愁に通じるものを感じたかもしれない。広次郎の死後、飯場頭を継いだ吉宗は、父親の異なる三人の幼児を抱えて困窮していたクニを呼びもどしたが、フヨとクニとの争いが絶えず、吉宗は神経衰弱になった。やがて、フヨ母子は「アカ」非難をおそれて戸籍を分離し、クニと吉宗はけんか別れになった。クニはその後も意気さかんで、あいさつにきた巴に対しても、吉宗は丑年、あんたは子年で相性が悪い、干支を決める出雲の神様に呼ばれたときにネズミは牛の背中に乗って来て最後に飛び降りて一番になったからだ、と言って結婚を認めなかったらしい。[*82]

巴もまた自分の家族のこと、入党後の活動などを吉宗に語った。杉山清については、『囚われの女たち』[*83]にこう描かれている――一九三三年の国際反戦デーの猪突猛進以来、思想的にも日常生活でもケンカが多くなり一年後に飛び出したが、杉山の批判が正しいとわかってきたし、独り立ちの苦労のなかで杉山がすばらしい人に思えてきた、最近かれが結婚したと聞いて「旅のつばくら　さびしかないか」の歌やスーチンの絵が浮かんでしまった、と泣いた。吉宗は突然、「僕はいま、足元に落ちている萎びた金せん花を拾ったよ」といって、さらに言葉を継いだ。

俺が五度の冬を過ごした秋田刑務所は……寒いことでは網走刑務所以上だと言われていたが、その秋田刑務所の冬の庭で、金せん花は蕾をふくらませていた。俺はその逞ましさに励まされたんだ……萎びた金せん花でもいい、俺の部屋に持ち帰えれるなら、毎日、水をやったり日にあてたりして、本来の逞ましい金せん花になって行くのを楽しむだろうなあ。

この台詞はまったくのフィクションではない。五年後の一九四二年一一月、三次刑務所ではじめての冬を迎えた巴は、「あなたが拾われました『シナビた金仙花』もこの土に根を下せば雪の中でもきっと元気よく根を張るように思えて、それが私の一番嬉しい事です」と東京拘置所の吉宗に書いている。[*84]

こうした話し合いの後、鶴見一帯を案内した吉宗は、芭蕉の句「秋の蝶地にしばらくはとまりけり」を挙げて、「蝶が産卵を果たして死ぬように、氷河の底に生き残る、自由の魂の卵を産んでおかねばならんように思う。お互いが生活を共にするということは、そういう産卵のためではないだろうか」と語り、「わたしも秋の蝶になります。あなたと一緒に京浜に住んで」と巴は答えたという。[*85]

＊1　巴は晩年の自筆年譜（稿）「私の歩んだ道」で誕生日を「一九一二年六月四日」と書いており、『山代巴獄中手記書簡集』（初版）では編者（牧原）もこれにしたがったが、本書では戸籍の日付による。

＊2　一八八九年に栗柄村と土生村が合併して栗生村となり、一八九八年に芦田郡と品治郡が合併して芦品郡となった。栗生村は一九五四年に府中町などと合併して府中市となり、旧栗柄村地区は府中市栗柄町となる。

＊3　「巣立ち（下）」『展望』一九六九年九月、二三七、二五九ページ。「獄中手記」『増補　山代巴獄中手記書簡集』（以下『獄中集』）一〇一ページ。「獄中手記」は巴が一九四三年に三次刑務所長に提出したもの。

＊4　「まんじゅしゃげ」『働く婦人』一九四八年八月、五〇ページ。

＊5　「古いことと今のこと」『文化評論』一九六九年一一月、一二〇ページ。

＊6　「民話の亡びの背景の一つ」『言語生活』一九八一年一月、三四－三九ページ。前掲「巣立ち（下）」

二六〇ページ。「野屋敷とその再興」（『敗者の遺産』草稿）など。
＊7 『囚われの女たち』⑧二六一ページ。
＊8 「獄中手記」『獄中集』八三、九三ページ。
＊9 『囚われの女たち』②二八〇ページ、⑧二二八ページ。
＊10 「巣立ち（上）」『展望』一九六九年七月、二二五ページ。
＊11 前掲「民話の亡びの背景の一つ」三四、三七ページ。
＊12 「郷土の恩師」一九九〇年、著作集⑥一五ページ。
＊13 「巣立ち（中）」『展望』一九六九年八月、二一〇ページ。『囚われの女たち』②二四七ページ。
＊14 前掲「巣立ち（上）」二一六ページ。
＊15 巴のメモ「（九）あたらし屋　耕地売却史」（広島大学文書館所蔵）
＊16 神田三亀男『山代巴と民話を生む女性たち』広島地域文化研究所、一九九七年、二四ページ。のちに屋敷地は売却され、石垣のみが残っている。
＊17 前掲「巣立ち（上）」二二七ページ。前掲「獄中手記」六〇、六一ページ。善一から巴あて、書簡番号68。
＊18 「獄中手記」三〇－三七ページ。
＊19 同右、八六ページ。
＊20 同右。
＊21 佐々木暁美『秋の蝶を生きる』山代巴研究室、二〇〇五年、一二ページ。
＊22 「自画像」（三次市教育委員会所蔵）。一九五八、九年ころのメモ（以下「自画像メモ」と表記）。
＊23 「獄中手記」四一ページ。
＊24 前掲「自画像メモ」。「獄中手記」四一、八八ページ。
＊25 『囚われの女たち』②二七九ページ。

＊26 「獄中手記」四三ページ。「郷土の恩師」著作集⑥七－九ページ。「自画像メモ」。
＊27 前掲「郷土の恩師」著作集⑥一〇、一一ページ。
＊28 「獄中手記」九〇ページ。
＊29 「自己批判と新しい概念への抽象化　1955年10月24日～61年12月」（広島大学文書館所蔵。以下「自己批判ノート」と略記）。「随処作主、立処皆真」は臨済宗の開祖義玄の言葉といわれる。管見のかぎり、巴がこの教えに言及した文章はほかに見あたらないが、巴の物事に対する「向き合い方」に通じるものがあるように思える。
＊30 「蕗のとう」『大衆クラブ』日本共産党出版部、一九四八年三月、三九ページ。
＊31 文枝は、高等女学校の教師を養成する奈良女子高等師範学校を卒業したとも言われるが、奈良に下宿した気配もないので、「三原の女子師範学校の二部を卒業し」という山代の文章（「撫子におくる言葉」『主婦の歌集　なでしこ』序文、広島県婦人団体協議会、一九五八年）を採った。
＊32 「獄中手記」四六ページ。『囚われの女たち』②二五二ページ、同⑨一三七ページ。
＊33 前掲「郷土の恩師」著作集⑥一四ページ。
＊34 同級生の赤松俊子によれば授業料は年額七六円だった（「丸木位里・丸木俊の時代」『丸木美術館ニュース』二〇一二年一〇月、八ページ）。
＊35 「獄中手記」四八、四九ページ。
＊36 同右、五一－五三ページ。
＊37 ベーベル、加藤一夫訳『婦人論』『世界大思想全集』第33巻、春秋社、一九二八年。
＊38 「獄中手記」四五、四六ページ。
＊39 前掲「郷土の恩師」著作集⑥一六、一七ページ。
＊40 「獄中手記」五四ページ。
＊41 前掲「私の歩んだ道」。「働く女たちの系譜」（金原左門他『近代日本史の中の女性』毎日新聞社、

一九八〇年、一九二ページ）。
＊42　島根県出身の共産党員で東京北部地区キャップから中国地方オルグとなり、広島地区・中国地方の党組織、呉海軍細胞などを再建した（『近代日本社会運動史人物大辞典』日外アソシエーツ、一九九七年）。
＊43　前掲「私の歩んだ道」。前掲「働く女たちの系譜」一九三、一九四ページ。なお、入党の経緯について、「獄中手記」では別の道筋を述べている。東洋モスリンのストライキを指導しモスクワから帰国後に中央委員となった飯島喜美の「純な女性解放への情熱と、死を賭した日々の行為と、前衛たるの責任感」などに敬服し、その「個人的な征服力によって彼女へ誠実を尽」しただけで、「入党の手続などをした覚はない」、というのだ（二一一、二一二ページ）。だが、これは実際にかかわりのあった同志を隠すための偽言と思われる。飯島は女性労働者の組織化を任務とする幹部だが一九三五年に獄死しており、巴が名前を挙げても実害はないからだ。後年の長編小説「道くらけれど」（第483回）でも、主人公「光子」は寝たきりの父親を介護しながら活動するバス車掌の「磯野モモ子」に共感し、「この労働者出身の若い共産党員に指導され、どこまでもついてゆこう」と決心する。飯島のような人物は登場しない。なお、「磯野モモ子」の実名は庄司桃代（前掲「自己批判ノート」）。
＊44　「獄中手記」五八ページ。
＊45　「自立的連帯の探求」『連帯の探求』未来社、一九七三年（著作集⑤二四〇、二四一ページ）。
＊46　「獄中手記」一〇七―一〇九ページ。
＊47　「獄中手記」一一〇ページ。ただし、巴の残した文書類に「予審終結決定」は見あたらない（吉宗の「終結決定」は存在）。
＊48　共産党員になった時期を扱った後年の長篇小説「濁流をこえて」では、洋裁の勉強をしたい女工たちが口々に産婆の「掛井マサ先生」の名をあげるので援助を頼みに行くが、党員である光子は「慈善事業は無産者の革命的な前進をはばむものだと思っている」（第8回）。しかし、掛井の人柄や半生を知るうちに、「もしあの慈善事業家が共産主義の側に傾くのだったら、私は一生でもあの人のそばで働こう」

（第22回）と思うようになる。つまり、獄中手記では巴が党員になる前に会い、「濁流をこえて」では党員になった後に会ったことになる。『囚われの女たち』に「掛井」は登場しない。

＊49 『囚われの女たち』②二五七－二五九ページ。

＊50 コミンテルンの一九二七年テーゼも「君主制の廃止」を諸課題の一つに掲げたが、三二年テーゼはこれを最重要課題とした。佐野学・鍋山貞親ら共産党の一部幹部は一九三三年六月、こうしたコミンテルンと断絶した日本独自の路線（天皇のもとでの挙国一致と社会改革）を主張し、これを機に転向者が続出することになる。なお、明治以後の日本を半封建的国家と規定した三二年テーゼは、歴史学・政治学・経済学などに大きなインパクトを与え、その影響は人権抑圧や差別的心情などを「封建的」とみなす戦後の社会意識にまで及んだ。

＊51 「製図用具の感激」『新日本文学』一九五一年四月（著作集⑦七－九ページ）。『丹野セツ』勁草書房、一九六九年（著作集⑦一八ページ）。

＊52 『囚われの女たち』⑦八〇ページ。同⑥一八一－一八五ページ。

＊53 『囚われの女たち』⑦一六ページ。

＊54 前掲「製図用具の感激」（著作集⑦八、九ページ）。

＊55 笹子智江と夫の淳は一九三九年にアメリカへ渡り、淳は「八島太郎」の名で活躍する（絵本『からすたろう』など）。晩年に専制的な淳と別れた智江（「八島光子」）は、「あなたにとって絵画とは」と問われて「友だちをつくることだ」と答え、絵を教えるかたわら少数民族のために活動したという（宇佐見承『さよなら日本――絵本作家八島太郎と光子』晶文社、一九八一年、二三四ページ）。

＊56 『囚われの女たち』⑦八六ページ。なお、前掲「濁流をこえて」（568回）では、三度の中絶に苦しみ、「屈辱に歯を食いしばって別れたあとも心底では桧山（杉山）をいとおしんでいる」、「自分は異性にもろくほれっぽいのか」と述懐している。

＊57 『囚われの女たち』などには「蔵前工業学校」の名で出てくるが、浅草区蔵前にあった官立の蔵前

工業学校は東京高等工業学校と改称し、関東大震災の後、荏原郡大岡山へ移転し東京工業大学となる。蔵前には東京市立浅草専修学校が一九二四年に設立され、「蔵前工業」の通称で呼ばれたようだ（現・東京都立蔵前工業高校）。宜策が通ったのは浅草専修学校か。

＊58　遊上孝一によれば、当初は実践運動からの離脱表明だけで官憲は「転向」と認めたが、佐野・鍋山の転向後は「思想の転向」を要求され、共産党中央の壊滅後は同志を「さす」ことを強要された、という（遊上孝一「解題（二）　時代背景について」、小林杜人『「転向期」のひとびと　治安維持法下の活動家群像』新時代社、一九八七年、二七六ページ）。この三段階を明確に区分できるか、筆者にはわからないが、おおよその流れを知るうえで参考になる。

＊59　『囚われの女たち』②九九ページ。

＊60　『囚われの女たち』⑤二四二、二四三ページ。

＊61　書簡番号75（一九四二年七月八日）。なお、特別要視察人名簿には「七月七日生　栃木県足尾銅山」とあるが根拠不明（『獄中集』五四一ページ）。

＊62　私立大学の「専門部」は専門学校に相当する課程で、正確にいえば「大学」ではない。

＊63　「山代吉宗のこと」（上野英信編『近代民衆の記録2　鉱夫』新人物往来社、一九七一年）『獄中集』五九七－六〇七ページ。

＊64　呑川泰司『光と風の流れ　山代吉宗の道』いわき地域学會出版部、一九九三年、一一一ページ。

＊65　前掲「働く女たちの系譜」一九〇ページ。

＊66　服役中に皇太子の誕生があり減刑された（「山代吉宗に対する第二審判決」『獄中集』五六三ページ）。なお、吉宗が共産党員となるのは、四・一六事件で逮捕される直前の一九二九年三月ころといわれる（呑川泰司、前掲『光と風の流れ』二三二ページ）。

＊67　前掲「山代吉宗のこと」（『獄中集』五四八ページ）。前掲「自立的連帯の探求」（著作集⑤二四三ページ）。ただし、これ以前にも巴は磐城高等女学校出身の女性から争議の様子や吉宗の活躍ぶりを聞かさ

れていた。なお、内務省警保局編『社会運動の状況12　昭和十五年』（『獄中集』五五〇ページ）は、この時期の巴は大井川基司らと「反ファッショ人民戦線戦術研究会」を組織し、十条の元北部地区婦人部長庄司照代らと職業婦人啓蒙団体「友情の集い」を組織したと記す。

＊68　『囚われの女たち』⑩七六ページ。

＊69　山代吉宗「磐城・入山二大炭坑争議の経験」（前掲、上野英信編『近代民衆の記録2　鉱夫』二九六、二九七ページ）。

＊70　たとえば、坑夫組合の「ダラ幹」との「対立闘争は必然的に組織上に現れざるを得なかった。分離結合の理論からいうても、当然、左翼の闘争主体を坑夫組合と対立して作らざるを得なかった」と吉宗は書いている（前掲、山代吉宗「磐城・入山二大炭坑争議の経験」二九五ページ）。

＊71　吉宗の総括は、A磐炭争議以前の運動小史、B磐城炭鉱争議の顚末、C入山炭鉱争議の顚末、D結論の4部構成だが、公表されたのはBのみで、吉宗の所属する全国協議会常磐鉱山労働組合は単行本にすると予告したが実現しなかった（前掲、山代吉宗「磐城・入山二大炭坑争議の経験」二七七ページ）。

＊72　前掲「山代吉宗のこと」（『獄中集』六三〇ページ）。

＊73　前掲「山代吉宗のこと」（『獄中集』六三二ページ）。

＊74　李雲洙は「Wikipedia：金天海」によれば、在日朝鮮人革命家のリーダー金天海とともに一九二八年の朝鮮共産党事件で逮捕され、三四年五月に秋田刑務所を出所、翌年、合法的な朝鮮語新聞『朝鮮新聞』を創刊して社長兼編集局長となり、「発行、配布、集金、拡大を読者参加型に」して、「在日朝鮮人の身近な生活問題」を取りあげ、「新聞に寄せられた要求を纏め上げて、運動を起こしていく」ようにしたという。

＊75　『囚われの女たち』②一八七、一八八ページ。

＊76　前掲「山代吉宗のこと」（『獄中集』六三〇ページ）。

＊77　喜司山治のルポ「波」『戦旗』一九三〇年一一月、高森捷造の絵画「裁判」など（『囚われの女たち』

②三一九ページ)。

＊78 『囚われの女たち』(③一〇一ページ)では、結婚の挨拶に行った光子(巴)に対して、タミ(クニ)は「共産党が、俺のような無学の一物なしの味方だと言うのなら、〔常夫(吉宗)が下獄して〕俺が一人ぽっちになって、よこしまな者に、よってたかっていじめられるときにも、人権の守れる生き方の理窟を、前々からおっ立てておいてくれたらい〔よ〕かったんだ」と訴えている。

＊79 前掲「山代吉宗のこと」(『獄中集』六三七―六四一ページ)。『囚われの女たち』②一九五、一九六ページ。

＊80 呑川泰司『山代吉宗の生涯』新日本出版社、一九六五年、一〇六、一六五ページ。春日正一「山代吉宗を憶う」『前衛』一九四七年一月、四九ページ。春日はまた、京浜での「四年あまりの交際のなかで、かれの母親のこと妹のことなどをきかされましたが、精悍な気性のかれがきわめて人情にあつい人柄だ」と感じさせられたという(「山代吉宗と私」、前掲、呑川泰司『山代吉宗の生涯』二〇一ページ)。

＊81 前掲「山代吉宗のこと」(『獄中集』六三二ページ)。

＊82 同右、六〇〇、六一一ページ。「番くるわせの人生」『医療と人間と』一九七三年三月(著作集⑦二一三ページ)。

＊83 『囚われの女たち』②二六八―二七〇ページ。

＊84 巴から吉宗あて、書簡番号92(一九四二年一一月二日)。

＊85 『囚われの女たち』②二一〇ページ。

第二章　山代吉宗とともに

旭硝子就職の身元証明のために山代吉宗と（1938年）

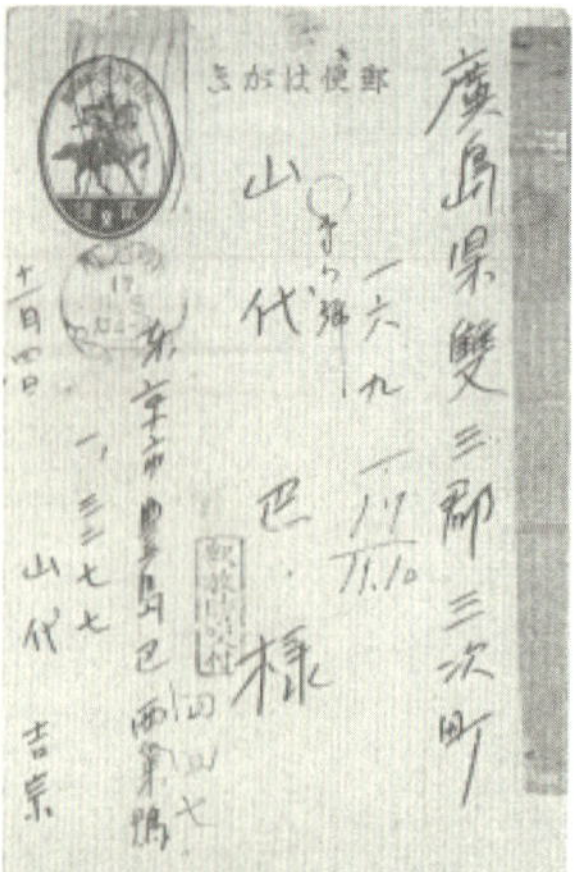

吉宗（東京拘置所）から巴（三次刑務所）あての葉書（1942年11月４日）

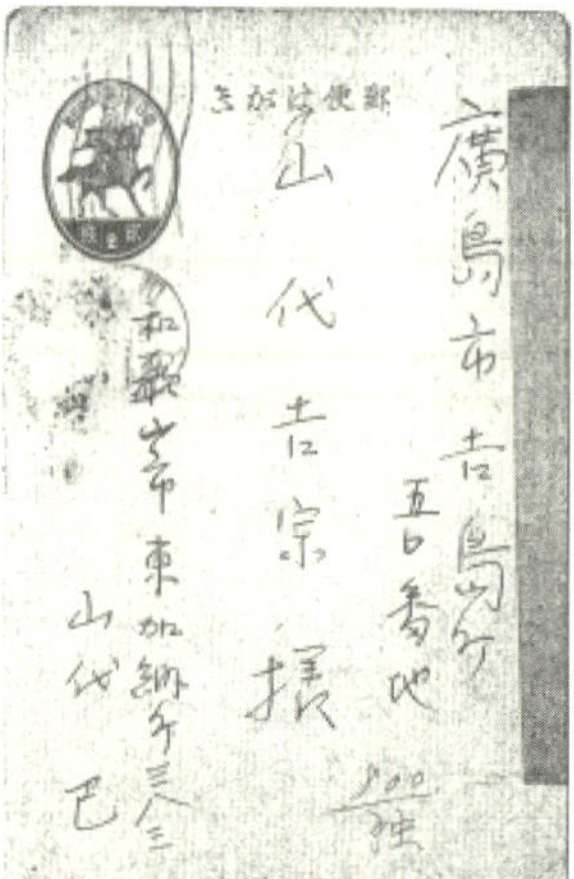

巴（和歌山刑務所）から吉宗（広島刑務所）あての葉書（1944年）

1 「星の世界」と共産党再建と

一九三七年三月二一日、鶴見の総持寺境内で春日正一・大井川基司ら四人がふたりの門出を祝った。吉宗三六歳、巴二五歳。弟の宜策は卒業間際の工業学校を中退して北辰電機に就職し、まもなく関連会社の富士航空計器の風洞研究室に移った。学歴などないほうがよい、労働者になれ、と吉宗・巴が説得したらしい。下の弟伊策も中学二年で中退して家を飛び出し、日本光学大井工場のストライキで少年工のリーダーになった横井亀夫から旋盤を学んで芝浦製作所の工員になった。巴の父は結婚を強制した三女文枝の死に衝撃をうけ、子どもの意思を認めるようになった。吉宗のことをどこまで明かされたかは定かでないが、ともかくも結婚を受け容れ、ふたりの息子の自立を山代夫婦に託したようだ。東京の大田区から神奈川県川崎市・横浜市にいたる海岸地域は、第一次世界大戦後の重化学工業の発展につれて埋め立て地に大工場が新設されていたから、就職は比較的たやすかった。

吉宗は横浜市鶴見区の協立機械製作所でプレーナー（平削り盤）の見習をしていた。これも横井の世話だった。[*1] 工場主で身柄引受人の萱野義清は偽装転向をして、妻とともに同志をひそかに支援していた。住居は鶴見区潮田栄町、川崎市浅田町などに間借りした。吉宗は朝起きると布団をたたみ部屋の掃除をして冷水摩擦と体操、それから『資本論』を読み、食卓では新聞に切り抜きの印をつける、という日課を律儀にくりかえした。無口な吉宗は「雑談が大嫌で、食事の度毎に何か報告を求め」たが、質問ぜめのあげく「君、これが報告だったのか。それは主観をならべただけと思わないか」と批判した。巴が運動と家事の両立はむずかしいといえば、一日の行動の正確な報告を求め、「君達〔婦人〕の杜撰《ずさん》、なげやり、諦《あきらめ》、弱気、依頼心、愚痴、虚栄心、嫉妬、ヒステリー、これらは皆病気だ」などと、「苛酷な程徹底的な批判をゆるめず、病気をなおす事に共力《(ママ)》してくれました」、と巴は戦後の『アカハタ』[*2]に書いている。

だが、京浜の労働者は吉宗を歓迎はしても巴には不信感をもった。これまで理屈で参加してきた学生たちが共産党や労働組合を台なしにしたという恨みと、「すぐにも大工場にもぐって、何かやりたい風」の巴個人への警戒がかさなったようだ。[*3]巴は廃品回収の作業小屋や鋳物工場などで肉体労働をしながらかれらの信頼を得ようと努めた。ただし、吉宗の目標は大工場への潜入であり、巴があきらめかけると、「それじゃあ俺と結婚しない方がよかったね、君のためにも俺のためにも」と断言した。[*4]あくまでも秋田刑務所での自己批判を実践するための夫婦であり、吉宗によれば「恋愛というような気のきいたもんじゃ」なくて「必要を認め合った二人三脚」なのだった。[*5]

一九三八年五月、巴は思いがけず鶴見区末広町の旭硝子鶴見工場に雇われた。軍部から乾板用板ガラスの生産を命じられた会社が人手不足のため女工の採用にふみきり、家主の親戚が紹介者になってくれたことが幸いした。吉宗も保護観察所から、満州で宣伝情報活動をする宣撫官がいやなら、労務管理のしっかりした大工場で働けといわれ、三九年一月から富士電機製造川崎工場のミーリング〔切削盤〕工になった。

巴の働く安全ガラス部は、溶鉱炉の熱が残る板ガラスを裁断し、ネルの布で磨きあげ包装するのが仕事だった。熱気とガラス粉と綿ぼこりにまみれて、八〇人ほどの女工がトイレも制約されながら働いた。ある日、水滴のもれる水道栓の下に樽を置いたところ、すずしげな水鏡ができて息抜きの場になった。だれかが弁当のトマトを浮かべると田舎の話になり、ピクニックに行こうとなった。巴は水道栓に着目しただけだったが、やがて昼休みに新聞小説の感想を出しあう小さなサークルが生まれた。*6

そして残業の帰りに、「あの星よく光っている、なんという星かしら」の声があがった。吉宗が野尻抱影『星座巡礼』（研究社、一九二五年）などをもとに「さそり座のアンタレス」と答えると、「だれが名前をつけたの？」「どうして星座ができたの？」と質問がつづき、その応答のなかで、原稿用紙にふりがなをつけた吉宗の文章に、巴が星座やギリシャ神話の絵を添えた「星の世界」というノート（冊子）ができていった。尋常小学校を出ただけの女工たちは競ってこれを筆写し、他工場の少年工や地元の工員仲間にまでひろがった。石原純『人間はどれだけの事をして来たか』*7などをもとに、吉宗は「太陽系の世界」「地球の歴史」と書きついでいよいよ「人間の歴史」にとりかかるころには、インフレーション、食糧問題、旭硝子と戦争の関係といった時事的な質問も出されはじめた。当時評判のパール・バック『大地』を読んで、主人公の中国人農婦の生き方に関心をもち、婦人問題の勉強をしたいという者もいた。裁縫や料理の初歩を学びたいという要望には、共産党がファシストと非難した社会大衆党の支持者で鶴見共同購入会を運営する女性や昔の同志が応えてくれた。いわゆる花嫁修行ではなく、栄養や家計を管理し「自分の生活は自分の手で設計する」ための訓練と巴は意味づけていたようだ。*8

そうした積みかさねが思わぬ成果をもたらした。一九三九年一二月、沖縄出身で日ごろは無口な喜納ハルら数人が、「ストーブを入れてほしいと現場監督さんへ頼みに行くからついてきて下さい」と言い出したのである。『大地』のヒロイン阿藍のように寡黙で辛抱づよいハルには「オーラン」というあだ名がついていた。あっけにとられた職場のみんなが黙ってあとに続くと、これまで女工の要望など無視してきた職制は仰天してストーブの設置を認めた。教える式ではなく質問に答える式の、一見消極的な姿勢を堅持したからこそ、女工たちは自発的に考え行動するまでになったのだ。「星の世界」とストーブ、「せんじつめて見ればこの旭硝子での体験二つが、戦後の私の行動力の基礎になっている」[*8]と後年の巴は述べている。

しかし、劣悪な職場環境から結核にかかる者が続出し、巴も一九三九年一月から肋膜炎で療養を余儀なくされた。「あの星はなに?」と問いかけた野口豊枝は六月、腸結核のため一七歳で急逝した。巴は健康保険の適用される六か月が過ぎると一年間の欠勤届を出し、九月には川崎市郊外の南武線平間駅ちかくに転居した。[*10]やがて伊策も結核になって同居した。戦時体制の強化とともにどこの工場でも衛生状態はいっそう悪化したが、「戦場の兵隊さんのことを想え!」の怒声に不満はつぶされていた。それだけに喜納ハルたちの行動は稀有な出来事だった。

一九三九年六月、労働運動家の酒井定吉(1893–1974)が板谷敬と加藤四海をつれてきた。酒井は前年に刑務所を出るとたびたび顔をだしては、「淋しさに耐えることも闘い」だと吉宗に忠告されていた。[*11]東京帝国大学を中退して労働運動に加わった板谷敬(1908–1945)も出獄したばかりで、当然尾行がついている。しかし、山代夫妻はしだいにかれらとの関係を深めた。主導したのは加藤である。

加藤四海《よつみ》(1910–1940)は官僚の四男で、東京商科大学(現・一橋大学)予科を退学処分になると家出して茨城県の農民運動に参加し、二一歳で共産党茨城県委員会を再建するなどめざましい成果をあげた。[12]一九三七年に出獄すると精力的に理論勉強をするかたわら、「生産点に根を下ろす」方策を探した。だから吉宗らの実践に感激し、商大の学生などを使って「星の世界」に写真や図版を貼った労働者向けテキストをつくったり、吉宗が「人間の歴史」を書くための参考書をすぐにもってきた。[13]そして、こう主張した——日中戦争の泥沼化、第二次世界大戦の開始、国家総動員体制の強化など客観情勢はいまや「革命の前夜」に達している。だが、官憲の「保護観察」対象者は八万人もいるのに能動的に動く者がおらず、革命組織も存在しない。ここに「『日本的転向』の主要特質」があり、「『良心ある』『非転向』無活動者こそ現在の最大の癌」である。理論研究と相互批判によって「一人ぽっちに置き去られても必ずや独自に仕事をなし得る」党員の育成と組織化を急ぐべきだ。[14]

加藤はこうした文書を酒井定吉らに送りつけるとともに、吉宗の慎重な姿勢も「日和見主義」であり、「中国だってフランスだって、共産党が確固とした根拠地を作って人民戦線を指導している……前衛党のない人民戦線は烏合の衆」だと批判した。[15]また、巴に対しては、「君は遅れた大衆にぴったりついて、徐々に進んでいると思っているだろうが、それは主観だ」、共産党再建につながらない「現在の延長は、自己満足か利敵行為への堕落だ」と断じた。フランスなど西欧諸国で党派を超えてファシズムに反対する「人民戦線」運動が高まり、コミンテルンも一九三五年に人民戦線戦術の採用を宣言した。吉宗たちもこれに共鳴して党派を超えた信頼関係をつくろうとしていた。だが、共産党抜きの人民戦線はあり得ないし、野口豊枝や喜納ハルのような意欲的な労働者を党員に組織できないままでいいのか、と言いたいのだろう。[16]加藤には茨城県委員会を再建した実績もある。巴は「彼の批判をいいいと思い、批判に答えようとして努力」したという。[17]

内務省警保局の年報[*18]によれば、加藤・吉宗・巴らは一九三九年一一月ころから会合をかさね、「〔一九四〇年〕七月までに組織を整備し、これを党再建準備委員会に発展せしめねばならぬ」という加藤の提案を承認した。また、吉宗は工場にとどまるが、加藤と巴は四月末に勤め先をやめて組織活動に専念すること、活動資金や加藤・巴の生活費は労働者のカンパによる、と決めた。「理論研究」としては巴が宗教・国学・絵画史、加藤が文学、吉宗がヨーロッパ文明の流入について報告したという。実際、加藤は巴の弟宜策らとラピドス『マルクス経済学入門』や『無産者政治教程』などの勉強会をつくり、板谷らは伊策や少年工に英語・国語・数学などを教え、吉宗も富士電機製造の職工に英語・数学などを教えはじめた。この若者たちは加藤によれば共産主義青年同盟員の卵だった。そして巴は、以前活動していた東京の城北地区に出かけて、東京市営バス車掌の堀川八重子などにサークル活動の経験を聞いたほか、堀川やその友人たちと日本女性史の勉強会をつくった。[*19]

しかし、加藤の活発な行動を特高は見逃さなかった。一九四〇年五月九日の宜策ら職工二名、一一日の加藤・吉宗・巴・春日正一などを皮切りに酒井・板谷・堀川・大井川基司ら五〇名以上が検挙され、「山代吉宗一派の京浜地方日本共産党再建グループ事件」として二三名が起訴された。[*20]そして、このグループは日本を半封建的国家とみなす三二年テーゼを堅持し、「工場へ、大衆へ、日本歴史へ」という「党再建のスローガン」のもと、「日本の労働者の気持の裡に存在する奴隷根性を捨てしめ、即ち人格的自覚を誘起養成する」ことをめざすとともに、同志の「私生活に対しても党的規律を要求」するなど、本事件は「種々の点に於て特高警察に示唆を与うる所多し」と官憲は強調した。[*21]ただし、本当のところ、巴が「党再建活動」にどこまで関与したか、はっきりしない。「獄中手記」

では、山田盛太郎『日本資本主義分析』などの研究会には参加したが、共産党再建の企図を加藤や吉宗から聞かされたことは一度もないと主張し、『囚われの女たち』でも、対等の同志とみなされず重要な会議には呼ばれなかったように描かれている。[*22]

他方、特高は当初、巴を主犯格とみなした。東京市北部地区の責任者であり、杉山清の転向を嫌悪して離婚するなど、「その過去の経歴が語る如く、プロレタリア意識強烈を極めたる者」にして「再起せんとする鬱勃たる意慾を懐き」、吉宗に結婚を申し込み、党再建の中核をつくろうと提案した、という。[*23] もとよりこの種の記述には曲解と誇張がつきもので、取り調べがすすむにつれて巴の位置づけは下がっていくが、敗戦直後の「加藤と巴のはねあがり」説は特高のこうした予断にもとづく尋問をうけた京浜の労働者が広めたのかもしれない。

とはいえ、看過できない記述もある。「巴が吉宗に従属することにより巴が独立の地位に於て活動を著しく減殺せらるるを以て、本年一月二十五日別居するに至れる」、「山代夫婦及び加藤の間に於ては相互に厳重徹底的なる批判を交換し、其の結果、昭和十五年二月一日、山代夫婦は別居して完全に独立せる共産主義者として活動すべき体制を整」えた、というのだ。[*24] 家事と活動の両立に巴が悩んでいたことはまえにみた。また、吉宗は一月末から川崎市浅田町に部屋を借りており、逮捕時の住居も別々だった。[*25] 戦後の党再建協議会の受付にいた黒木重徳の、「君は悪妻の名も高かりし人だったんだね」[*26]という言葉も気になる。しかも、「シナビタ金仙花」がでてくる巴の獄中書簡には、「私は病気するといつも思います。『もしも私達がこのまま別離するようになったらどうしよう』と。それは私が他の事はどうあろうと、二人の事についてはヽヽヽヽ私の我儘が過ぎた事が悔いられるからです」[*27]とある。

三次刑務所の生活でさえ、「持ちまえのキイッポンな性格がとかく頭を持ち上げて、円満を欠くかに反省する節もあります」[*28]と巴は書いており、少なくとも『囚われの女たち』に描かれる「光子」ほど〝万事控え目〟であったわけではなさそうだ。

同志の皆川郁夫は戦後、山代夫妻についてこう述べている――吉宗は「痩身長軀、一種独特の蝋のような蒼白い顔、筋の通った鼻の下に黒い短いヒゲ、澄んだまなざし」で「『刑余の人』といった感じ」だった、巴は「左翼独特の冷たさと鋭さ」をもち、「ぜんぜんお化粧をしない小さな尖った顔にはソバカスがいっぱいあった。地味な柄の着物が少女のような小さなからだを包んでいた。切れたまなざしは鋭かった」。少年工の勉強会の相談中に、巴が吉宗の弁当をもってきた。「おにぎりとささやかなお菜。それに、小さな一本の花。……なんと、つつましくもほほえましい革命家夫婦よ!」[*29]。

二人は一九四〇年一月二〇日付で婚姻届を出している。監獄法の規定により、親族でないと面会や通信がむずかしい。結婚すれば本籍も徳毛家から分離され、父母への打撃も軽減される。だから、別居の主たる理由は逮捕を覚悟した運動をはじめるためだろう。ただし、つぎのような巴の告白もある。

年齢が十一も違い、闘争歴の点で雲泥の差があると、行動の呼吸というのは、若い後輩のほうが、どんなに落ちつこうと努力しても、背伸びのため浮き足立つところができてくる。できてこない人は稀です。わたし自身は彼の半身として、彼の思想の体現者たろうと、わき目を振らず努力してきた、そのまっさかさまな生き様は、すればするほどはた迷惑な、ウルトラ的な危険な存在になっていたのです。吉宗とわたしの満三年の生活は、客観的にはそういうものだったのです。[*30]

これは巴がもっとも敬愛した同志、田中ウタへの追悼文だから本心とみてよかろう（第九章参照）。吉宗との生活が対等でなかったことは食卓でのきびしい質問責めからも推測できるが、「ウルトラ的な危険な存在」とはどういうものか、具体的にはわからない。ただ、加藤に対しては、共産党以外の政治活動に価値を認めないセクト主義や、官憲への警戒を忘れたかのような行動を危惧する者もいたなかで[*31]、巴の評価はちがっていた。

わたしはうすうす彼の軽率さに気づいていたにもかかわらず、彼のわたしへの批判の正しさに恐縮して、彼を批判することを恐れ、かつ怠ったのです。それが思い及ばぬ多くの人を敵へ渡す結果を導いているのです。わたしが致命的な批判を受ける根元はここにあるのです。この傷は、加藤四海に罪を着せることで癒るものでしょうか。どんなにののしろうと四海の純粋さも偉さも消すことはできません。彼はこの時期の傑出したコミュニストで、戦後まで生かしておきたかった惜しい人なのです[*32]。

だが、加藤の軽率さは度を超えていた。同志との会議はもとより、女性史研究会の参加者名や発言まで克明に記録していたのだ。だから、東京・目黒の自宅から多数の記録を押収した警視庁の特高は、会議のくわしい内容まで逮捕月の月報に記載できた。加藤に『レーニン選集』などを貸しただけで[*33]、再犯とはいえ懲役二年六か月を科せられた浪江虔（1910－1999）はいう。

〔加藤は〕私が農村に住みついて図書館をやるということを聞いて、「それは児戯に類することだ」というひどいことを言った男です。非転向のまま自宅にいて、そして資料から何から全部自宅に置いて再建運動をやっていたんですから、もう信じがたいですね……私の兄貴〔板谷敬〕が「弟との対話」というかなり詳細なものを書いてキャップの加藤に提出した……〔逮捕後にそれを特高から見せられて〕本当に絶望しましたね。[*34]

加藤の軽率さを見過ごしたのは吉宗や板谷もおなじだ。しかし、吉宗は一九四五年一月一四日に広島刑務所で獄死し、板谷も二月一六日に横浜刑務所で死亡した。加藤は「検挙後、逃亡を企て〔碑文谷警察署二階より顚落死亡」[*35]した。拷問説もあるが巴は自殺とみる。[*36]また、吉宗と巴を結びつけ、吉宗と行動を共にした磐城の大井川基司は、精神を病んで出獄後の四五年七月二四日に列車にふれて亡くなった。[*37]となれば、生き残った自分がすべての責めを負うほかないが、それでもなお、加藤の純粋さは擁護したい、吉宗たちの純粋さを護るためにも、ということであろうか。[*38]

逮捕された巴らは川崎警察署にあつめられ都内に移送された。吉宗は赤坂表町署、巴は大井署。移送の直前、通勤服に鳥打ち帽の吉宗は「では元気でな」というような顔をした。それが最後の別れだった。吉宗三九歳、巴二八歳。その日(一九四〇年五月一一日)の新聞はナチス軍のオランダ・ベルギー・ルクセンブルグ侵攻を大々的に報じていた。翌月パリが陥落、これに乗じて九月には仏領インドシナ(ベトナム)北部を日本軍が占領し、日独伊三国同盟が結ばれる。

巴は妊娠していた。大井署の取調中に腹痛と出血で意識がうすれ二階の階段をころげ落ちた。同房の女性たちの抗議で医者が呼ばれたが流産した。[39]四か月だった。その夜の記憶は『囚われの女たち』を執筆する一九八〇年代になっても薄れなかった。

〔流産の〕処置を、看守の目の前でやらねばならなかったのだ。それは留置場内の男性たちから好奇のマトにされ、口に出せないほどのヒワイな言葉を投げつけられる中でのことだ。それは光子〔巴〕がどんなに忘却の底へ埋めようとしても埋め得ない屈辱感を、七十歳になるまで心底に残し、彼女のこの国の精神文化への深い疑いと人間不信の源になっているのだ。[40]

取り調べに対して巴は、共産党再建なんて知らない、一人前にあつかわれず会議にも呼ばれなかった、特高が左翼思想のパンフレットとみなした「星の世界」「地球の歴史」などは市販の『人間はどれだけの事をして来たか』と変わらない。堀川八重子らから職場環境の改善の知恵を学んだり、「皇紀二千六百年女性史」(『朝日新聞』連載)の勉強をすることが、どうして党再建になるのか、加藤メモにそうあるなら加藤と対質(相対《あいたい》訊問)させてくれ、といった調子で反論したようだ。そして、早期釈放のために転向を誓う手記は書いたが、吉宗に転向を勧めたり離婚を求めることは拒否した。[41]

結局、巴は一九四〇年一二月一九日に起訴され、翌日、[42]巣鴨の東京拘置所へ移された。四二年五月、容疑事実を確定する予審判事の取り調べが終結し、八月六日、東京刑事地方裁判所で懲役四年(求刑六年)、未決通算二〇〇日の判決を受けた。そして九月はじめごろ、[43]広島県北部の三次刑務所(正式には、広島刑務所三次刑務支所。現・広島刑務所三次拘置支所）に送られた。吉宗は四〇年一二月一八日起訴、四一年一二月二七日予審終結、四二年八月一一日に懲役八年（求刑一〇年）の判決だったが控訴し、四三年二月二七日、懲役七年、未決通算三〇〇日の東京控訴院判決により、五月一四日、広島市吉島の広島刑務所に収監された。[*44]

巴の予審終結決定書や判決文は見当たらないが、公判ではつぎのようなやりとりがあったという。

検事の論告は「大体に此の事件は、正面から見た時は公判に持ち出すべき証拠品もなし、人もなし、事件を構成しないのであるが、一度これを立体的に見る時は明らかに事件であり、被告は当事件の中核であり主体である」と言うのでありました。私は立体的に見ると言う事がわかりませんでしたから質問致しました所、検事は、「今此処《ここ》に自動車に引き殺された人があったとする。その時、殺された人と日常敵の間柄の人がちょうどその時そこを通りかかって居て、その殺される人を助けなかったとする。その時、或人はあれは気がつかなかったから助けなかったのだと見る。或人はあれは見て見ぬふりをして居たのだと見る。それはどちらも見る人の主観の相違であるが、後者の見方は立体的に見て居る。つまり、その人のかくれた心底を主観によって憶測して居るのだ。これと同一な見方が当事件に対する本官の観察である」というのでありました。[*45]

この手紙は三次刑務所からの第一信で検閲も受けているから、信憑性は高いだろう。「中核」でありながら「幇助」とはどういうことか。「獄中手記」によれば、予審判事は「星の世界」等は左翼文書ではなく、巴は党再建に直接関与していないと認めたうえで、「星の世界」にはじまるサークルや結核撲滅のための相互扶助（食事改善）、勉強会の講師に少額の謝礼を払うという「野口豊枝の創案」などは、これまでにない「大衆組織法と資金調達網」の端緒であり、それが「大工場へ強い浸透力を持って発展しつつあった」以上、巴自身が「党再建について意識していなくても、加藤らの再建グループにとっては中核的な役割を果たすべき存在」となり、したがって「幇助」なのだ、と認定したようだ。*46

しかし、「事件を構成しない」といった表現が実際にあったとすれば、検事も党再建は警察の憶測であり、数人の研究会・勉強会がいくつかできた程度の、事件ともいえない案件とみていたことになる。だがこの時期、〝国賊〟とされた者を無罪にするのはむずかしい。*47 起訴二三人（加藤は含まれず、脇田英彦は死亡で公訴棄却）、起訴猶予二四人という数字にも予審判事の苦労が垣間みえるし、裁判長は「本官としては、被告の家庭事情や心境その他を考えあわせて今すぐにも帰してやりたいが、それだけの権限を持って居ない。検事は六年を求刑し本官は四ケ年に〔未決〕通算三百日、ざっと半分〔約三年二か月〕である」、と弁解している。

2　三次刑務所と獄中手記

三次町は広島県北部の中心地で、江《ごう》の川・馬洗川・西城川の交わる盆地にあり、北は豪雪の中国山地が迫る。秋から早春にかけて「霧の海」になり極寒には霧氷もできる。比熊山《ひぐまやま》の麓に堅固な土塀をめぐらした三次刑務所は大部分が明治時代の木造建築で、一九一六年に中国地方五県の女囚刑務所になった。当時の収監者は約八〇人、独房は二坪の板の間で、江戸時代の牢屋のような五寸角の格子がはまった拘置監があてられた。七年ぶりに思想犯をむかえた所長、教誨師らのあつかいは苛酷だったが、担当看守とは気持ちが通じあうにつれて変化が生まれる。そうした刑務所での出来事については後述することにして、ここでは巴の父母や吉宗との手紙のやりとり、および獄中手記にしぼってみていきたい。

まず、父善一の対応について。音信不通になった巴と宣策の起訴に仰天した善一は、長女采女の夫、上岡角一を介して弁護士を頼んだ。だが、弁護士は転向を拒否する巴には面会せず、上岡は「由緒ある徳毛家のために、舌をかみ切って果てられよ」といった手紙を巴に送りつけた。上昇志向の上岡は朝鮮の国境警備巡査となり、広島にもどると三原町の世界大同協会本部から『明けゆく朝鮮』（一九二九年）を出版するなど国家主義者として活動していたようだ。*48

これに対して善一は、一九四一年二月、拘置所の巴からはじめて手紙が届くと、「我が徳毛家は全く滅亡だよ」と落胆しつつも、「私等は決して子を恨みはせぬ。我が子の罪は一切、私が教育の足らざりしに起因するものなれば、即ち私の罪である」、だが「宗教の真念」をもち「万事を悟って恥かしい死に様は致さんから、この辺は安心してくれ」、と書いた。*49

しかし、心労のゆえか二月末に卒倒し歩くのも不自由になる。また、志操をまもり母を心配させまいと、たてまえばかり書いてくる巴に対して、「汝は常に理屈に過ぎる。男子の私にさえ察しがつかぬ」といらだち、「世の中は理屈では通れぬものだ」、「古の聖賢も、馬鹿になりたいと申て居られた」、

「《馬鹿位、世に尊きものはない》事、一分間でも味わってくれ」、と暗に転向を求めたこともある。[*50]吉宗に対しても、「私は非国民の子の親として、死に勝る苦痛で、近来一切一室より外には得《え》出ません」と恨み言を書いた。[*51]

それでも、吉宗からていねいな文言に俳句を添えた葉書や、読み終えた雑誌『実業之日本』など[*52]が送られてくるうちに心をひらくようになり、非転向をつらぬいて三次刑務所に収監された巴に対しても、宜策・伊策を一人前に育ててくれたことに感謝し、「汝は内に気兼ねや心配は無用だぞ。父母は大《おおい》に汝の誠心を信じている」と明言するようになる。[*53]意のままにならぬ人生を送るなかで善一は、「飲レ水入二酔郷一　枕レ石眠二空山一」（水を飲んで酔郷に入り、石を枕にして空山に眠る）という自作の対句を「座右の銘」とし「我が精神を養」ってきた。[*54]この敗者としての自意識が、やがて、前半生の自分も「我が信頼する吉宗さんも、我が最愛の巴も、皆世渡りの道を踏み迷うたのだ」という共感になっていく。[*55]

「幼い日、父に抱かれた覚え」のない巴にとって、善一は「常に威厳のある、無口な重石のような存在」で、「時代遅れの保守反動の骨董品としてうとましく思ってきた」。世直しの捨て石になるとおまえはいうけれど、捨て石にも役に立つものと立たないものがある、よく考えろと諭されたときも聞き流した。でも、不遇な父の「孤影悄然と歩く姿がいまはいとおしい」といった述懐が『囚われの女たち』にある。[*56]囚われゆえの手紙の往復のなかで、父と娘は気持ちが通じあうようになったのだ。

母イクノもはじめは食べ物がのどを通らず、転向させたい、あれほど思想問題に迷うてはならぬと言いきかせたのに、[*57]と愚痴を書いてきた。しかし、巴の頼みで吉宗に封緘葉書とチリ紙を差し入れると、「お母さん！　ホントウに有難う御座いました……家庭の味も母の慈愛も知らずに、四十年もの長い砂漠のような旅をつづけてきた私は、今、お母さんの御親切を受けて、ちょうど緑地の泉で渇を癒やしている様な感謝の気持ちで一杯であります」、「小説的な、余りに小説的なフク雑な家庭に育った私について、色々知っていただきたいこともあるのですが……」[*58]という吉宗の礼状が届く。そうするとイクノは、「まだ、一度もお目にかかった事もありませんのに、お母さんとよばれると、なんとなくなつかしく存じます。どうぞ早くお合い出来る日を待って居ります」といって吉宗の陰膳を供え、冬になると、「ひとの子と思えざるにぞふるぎもの　灯火管制のもとに縫うなる」という歌を添えて、仕立て直した丹前を送る。[*59]家事や夫の世話、部落会・婦人会の動員、野良仕事などきりきり舞いの生活に追われながらの夜なべ仕事だった。[*60]「吉宗の手紙で知らされた母の歌は、わたしを死地から救いあげるような力を持っていました」とのちに巴は語っている。[*61]吉宗もまた、「あな夢か母の備《ママ》えし陰膳か」、「小生の生みの母へは何度便りしても返事は一度もありません。一抹の淋しさを感じます」と真情を吐露し、[*62]善一に身柄引受人を頼み、広島か岡山刑務所への収監を希望するようになる。[*63]

父母や吉宗の手紙は検閲した側にもつよい印象を与えた。東京拘置所の文書主任は善一の手紙に敬服してなにかと便宜をはかり、巴を三次に押送する際も「偉い役人」が私服を着せて「山代さん」と呼ぶように手配してくれたという。[*64]福山で福塩線にのりかえ故郷の府中を通って三次に送られる巴にとって、深編笠に手錠腰縄という囚人姿を知人にみられるほどつらいことはない。この配慮はたいへんにありがたかったはずだ。[*65]

また、吉宗の「愛する巴！」といった呼びかけに、三次刑務所の女性看守は目を見張った。たとえば、三次から巴の最初の手紙を受け取った時の吉宗の返事（抄録）はこのようなものだった。

愛する妻、巴！　明治節〔一一月三日〕の夜お書きになつた御便り、昨日拝見。有難く御礼申上げます。

イヨイヨ冬将軍がしのびや〔か〕に近寄って来ましたので、今日この頃の貴女は如何《いか》にお暮しになっているかと案じて居りましたが、御便りによってスッカリ安心致しました。御国の様子、道中の感慨、また貴所の風景など、詳細知ることが出来て何よりと存じます。戦時下、物資不足の折柄にも拘《かかわ》らず不足なく給養にも恵まれている由《よし》、何よりと安心致しました。しかし、読書の方は余り恵まれていない様子、全く御気の毒に存じます。……

栗柄のお母さんの御親切、生みの母も及ばない御慈愛には全く感銘させられ感謝の辞〔も〕ありません。小生は肉体的に弱虫ですが、風邪には冷水摩擦で対抗して居りますから案ずることはありません。未だ何やら書きたかったのですが、今日はこれで失礼致します。

では呉々《くれぐれ》もお体大切に。では、心からなる堅き固き握手を送ります。

サヨナラ

君の吉宗より

俳句も味ひました。仲々佳句です。読書談は次便に譲ります。*66

『囚われの女たち』では、囚人の教導を任務とする教誨師がこうした手紙の一部を墨で塗りつぶすと、看守の「井川」は東京拘置所が許可したものをなぜ禁止するのか、墨を塗ったら出所後も読めないではないかと異議を唱え、教誨師が「釈放時交付」にすると、巡回の途中にそっと見せてくれる。また「末森」看守は一九四三年二月、「スターリングラードのドイツ兵が降伏した」という新聞の切り抜きを房に入れていく。[*67] これらは実際にあった出来事をもとにしており、井上ヨシコと重森クラはしだいに巴を親身に戒護するようになる。「高等教育は何のために受けたか。まっ直ぐに生きるために受けたんだろうが。まがりなさんなよ。弱気を出して曲がったら思想犯の値打ちはないぞ」と声をかけた前科二二犯の窃盗常習者は、炊事場から盗んだ餅やおかずを分けてくれた。[*68]

巴は若いときに腎盂炎にかかったせいか、過労になると微熱がでたり尿にタンパクが混じった。旭硝子時代の肺浸潤も治りきっていない。刑務所の医者もマイナス一〇度以下になる三次の極寒に耐えられるか危惧した。それでも、なんとか最初の冬を凌ぐことができた。むかしの思想犯は自分が詐欺・窃盗のごとき「破廉恥罪ではないというプライドによって寒さや飢えにたえてきた」が、自分は看守や窃盗犯・放火犯などに助けられた、と晩年の講演で巴は述べている。[*69]

一九四三年一月には所長が交代した。あらたに着任した成瀬正太郎は、巴の書類をみて、「このくらいのことは昭和の初めなら拘留二十九日にも値しない」といって、凍傷湯（凍傷防止の湯）の配布を認めた。[*70] また、刑期の三分の一を模範囚で過ごし、転向が認められれば仮釈放の可能性が出てくる。[*71] ただ、思想犯の監獄帰りをかかえた家族は周囲から陰湿ないじめにあうことが多いので帝国更新会のような機関が身元引受人になり、就職を斡旋しつつ言動を監視した。しかし、老父母の世話と吉宗への援助に力を入れたい巴は、生家に戻りたいと訴えた。成瀬はこれにも理解を示し、逮捕にいたるくわしい経緯を書くように指示した。

思想犯は何度も手記を書かされる。巴の場合は一九三五年が最初で、今度の事件でも、特高や予審判事に提出するため、「いかにも当局に対して誠実であるように……生い立ちのあたりをながながと綴り方風に書き、事件のところは真実らしく、また肝心のところはとぼけて書く」努力をした[*72]。それがある程度は成功したわけだが、成瀬所長はもっと深く巴を理解したいと望んでいる。そこで巴は、徳毛家の家風から絵画と「ライフ」への目覚め、姉の死と弟の勉学支援、生家の破産、職業美術上の苦悩、女工たちとの親交といった事柄を具体的に示しながら、自らの思想形成と「事件」とのかかわりを書き込んだ。

一〇万字にもなろうかという手記で巴が強調したのは、「自分の胸底を流れる一貫した思想の骨組」は階級的思想よりも、私欲や不正に対する敵愾心、女性解放の心、不言実行を鉄則とする心、この三つである[*73]。それらは「物は一代、信頼は末代迄」「筋の成立しない事に屈従は出来ない」といった祖父母の訓戒や家風に培われたもので、逮捕後のさまざまな屈辱に耐えられたのも、上座に座ることを村人から許された者の「矜持」のおかげである[*74]、ということだった。

ここにはマルクス主義の影響を小さくみせる意図がある。しかし、生活力のない身勝手な父親と恨んでいた善一が〝国賊〟の娘夫婦を敬意をもって受け容れ、ひたすら忍従するだけと思われた母イクノが愛情をこめてふたりを励ましてくれたことは、巴にとって望外の出来事であり、両親や家柄意識に対する評価を変えさせたと思われる。吉宗への手紙でも、今度の事件で「私の家族の性質」を再考させられた。「父は今日迄、遂に私達の人格を蹂躙するような言動」をとらなかったし、「祖父が模写した明治開化期の文字は無意味ではなく」、「死んだ姉がよく朗唱した詩人透谷の言葉」などをふくめ、

「生家にもたらされた人格意識の伝統」に気がついた、[*75] と書いている。
それでいて巴は、マルクス主義思想の根幹である唯物史観は放棄しなかった。

私のように何をするにも実践第一で、理論に重点をおかなかった者が、唯物史観と云う一つの科学的に構成された理論を批判克服するのには、一生涯かかっても無駄骨折ではないかと思われます。唯物史観と云うものは、門外漢の人達が単純に、物質第一主ギで精神を忘れて居ると批判するようなものではなく、物と精神の不可分な結合を、それ等が綜合されて発展されて行く過程を、歴史の事実により実証して組立てた、一つの哲学的なものであるようですから、私らのように何の参考書も持たず空手して生活して居るものは、「解らない」と言うより外には言葉がありません。[*76]

資本主義から社会主義へ人類の歴史は必然的に発展するという主張は、一九一七年のロシア革命によって、たんなる理論ではなく、現実をつらぬく「法則」とみなされるようになった。そして世界恐慌と第二次世界大戦が資本主義と帝国主義の崩壊を予感させた。それゆえ巴も、唯物史観は倫理無視の〝タダモノ〟論ではなく、精神と物質の関係が歴史によって証明された科学的理論だから否定はできない、と言い切ったのだろう。また、旭硝子のサークルが「コミンテルンの指示する人民戦線戦術のよく咬みこなされた具体化」だという特高の見方も否定はしなかった。

私が誰の掣肘《せいちゅう》も受けず自分の体験から割り出した定見によって展開した〔旭硝子での〕活動が……

〔客観的には〕日本共産党再建運動や人民戦線的指導方針であると言うのでしたら、私は日本共産党を簡単に否認するに忍びませんでした。それのみか、自分と同じ考えを持って居る人達の捨身の結社であるのなら擁護せねば居られない気持ちにもなるのでした。だから私は、警察へ居る間中、非転向の日本共産党員としての扱いを受けても別に迷惑ではなかったのです[*77]。

転向の証明はどう組み立てたか。まず、今度の戦争で「米英資本主義と云う、根から虫の好かない搾取の元凶を打倒する方向」が示された以上、「過去の一切の行がかりを捨てて、民族の輝かしい明日のために総てを捧げて挺身する」決意をしめす[*78]。なぜなら、「米英支配階級」という国際資本の「中枢の根絶が、引いて〔は〕我国に巣食って居る資本主義の自然崩壊を誘導するものであるから」だ[*79]。また、「日本民族は人情を基礎に国政の本義を創造した[*80]」と父は言っており、「もし国政の本義が父の言うようなものであるなら、私は全面的に信奉しよう[*81]」と述べる。そのうえで、今後の覚悟を記した公式の上申書「今日の思想」（一九四三年七月二五日付）は、「私が今日、過去の思想を抛棄《ほうき》し、一切の社会運動より離脱せんことを誓う仕儀に」至ったのは、私の逮捕が父を病床に呻吟《しんぎん》させる原因になったからで、このまま獄中で死別すれば親殺しの大罪を犯すにひとしい。それゆえ「両親に対し転向を誓約した次第」であり、「一日も早く老両親の手足となって、その人生を全うさせ」たい。いまは「何等の人生観も持ち合せ」ていないが、「戦時下の同胞と共に、自覚ある生活を実践躬行し、もって過去の実践に代えんとする次第であります[*82]」、と結んだ。

一見、明白な転向宣言のようにみえる。しかし、父のいう「国政の本義」は現人神への献身を強いる「国体の本義」[83]ではなく、手記にも「天皇」は出てこない。そして、逮捕までの自分の実践を否定することもなく、日本をふくむ国際資本主義体制の崩壊という「民族の輝かしい明日のために」今度の戦争を支持し、「自覚ある生活」をしていく、というのである。

したがってこれは、治安維持法の対象である「国体の変革」と「私有財産制度の否認」に抵触することなく、マルクス主義や共産党を否定することもなく、老父母への孝養という本音であり建て前でもある徳目を前面に押し出しつつ、時勢とどこで折りあうか、ぎりぎりのせめぎあいのなかで選びとられた形式的な転向宣言であったといえるだろう。

ただし、治安維持法と直接関係のないところに、いささか気になる表現があった。

私の女性解放の心は、肉親の姉達の不幸な結婚生活によって次第に濃厚になって来たものであり……検挙迄、理論的にはこれを追求して参りましたが、検挙以来私の心身深く潜在して居た、「母親になりたい」と言う本能の昂揚するに及び、女性の権威と言うものについての見解の上に飛躍が招来されました。即ち、母性愛の覚醒なしに女性の権威はないと言う結論を得たのであります。

戦時色彩を帯びた男性の権威が、武器を取って今日立派に死す事にありとせば、女性は明日を輝かしき物に建設する役割を担うべきで、この二性の役割の差が天与のものであると思うのであります。[84]従って、文化継承者として子孫を育成する覚悟が、闘える民族の母性的権威だと思うのであります。

母性の「覚醒」は二度の流産と、吉宗をも包摂したイクノに触発されたものだろう。男は立派に死すべきとの文言は、弟たちには兵役があり両親の世話は自分にしかできないという筋書きにつながる。だが、これに「我が生家の血と伝統を愛する心が、一歩国外に出て国際舞台に生活する処となれば、それは民族愛に、国土愛に変化する」[*85]という文章をかさねれば典型的な愛国主義となり、「文化継承者」という表現を別にすれば、体制側の「銃後の母」の論理とほとんど変らない。もっとも、母性尊重や性別役割分担論は近代社会の通念であり、多くの社会主義者も例外ではなかった。[*86]吉宗に「私の我儘が過ぎた」とわびる手紙もあった。だから、引用文の前段は本音とも思えるが、管見のかぎり、戦後の巴が母性や性別分担を強調することはなかった。それゆえ、この「母性的権威」論はやはり、苦慮の末の妥協とみてよいのではなかろうか。

手記の特徴はもうひとつある。「今日迄、少くとも芸術的創作の為めの訓練を経て来て居る以上、一つの試験の答案でも書くように、紋切型の鋳型にはめては私の思想発表は出来ない。自分の行動や芸術的表現の泉となる情熱の本態を把握して行きたい」[*87]という執筆姿勢である。実際、女学生時代の風景画に込められた貧農の生活、社会事業家涌井まつの真摯な生き方、エミール・ゾラ『木の芽立ち』[*88]に出てくる、地底の炭鉱から解放され初めて太陽をみた馬の激しいいなき、あるいは、江戸時代の高名な学者でありながら「俺が隣のキュー」と呼ばれるほど村人に溶けこんだ柴田鳩翁《きゅうおう》の逸話などを生き生きと書き込んでいる。そして、自らの生い立ちや体験をこれらに重ねあわせることで、貧者や女性が自己の尊厳を手放さずに生きるむずかしさとともに、「革命」へと向かった情熱の源を具体的に描きだした。

この獄中手記を戦後のわれわれが読めるのは、吉宗や巴の両親の手紙に心をゆさぶられた看守の重森クラと井上ヨシコが、病弱な巴はつぎの冬を越せないかもしれぬと危惧して手記の草稿を筆写し、四四年後の一九八七年に重森から山代に渡されたからである。[*89]

巴は所長以外のこうした〝女性読者〟を意識していたかもしれない。高等女学校の修学旅行（伊勢・京都・鎌倉・東京・日光）で巴は長文の「旅行記」を書いて級友をびっくりさせており、郷里の恩師・藤原覚一も後年、「文章のうまい生徒でした。本人は美術の方を志しておりましたが、私は『文学を志せ』と、よくいうてやりました」と語っている。[*90] 巴にはもともと文才もあったのだ。長文の手記は政治的な粉飾をふくめて巴の最初の文学作品であり、この手記を書いたことが自らの生き方や思索を深く省みるとともに、戦後の諸作品を生み出す土台になったといえるだろう。

3　和歌山刑務所そして吉宗の死

上申書を提出した翌月の一九四三年八月、巴は累刑処遇令の三級から二級になった。[*91] とにもかくにも、所長は転向と認めたのだ。図書室の整理、メリヤス編みの作業場などにも出られるようになり、所長が戦局を囚人に解説する際につかう世界地図も描いた。作業の合間などに、女囚が罪を犯さざるをえなかった事情、内面の葛藤や願望にふれる機会もできた。「一文《いちもん》不通のやくざのなれのはてにもせよ、どこか良い所があるもので……今日迄の彼女達への認識不足の言動が悔いられます」と父母への手紙[*92]に書いたが、実際はそれ以上の衝撃をうけていた（第一〇章参照）。また、三次刑務所では自家製の味噌・醤油を貯蔵し、野菜や漬け物をつくり調理も工夫していたから、戦時期の食事は都会の一般家庭よりましなくらいで、看守と囚人がいっしょに菊づくりに励むこともあった。成瀬所長のもとで穏やかな日々がつづき、巴は刑期の半分をこえる四四年二月ころには仮出所できると看守も期待するようになる。[*93]

ところが、西日本の女囚刑務所（宮津・三次・佐賀）を閉鎖し和歌山に集約することになった。男の囚人が鉱山・造船所などに動員され、鉄筋コンクリートに建て替えたばかりの獄舎が空になったからだ。成瀬所長から記念の絵を頼まれた巴は、自分の体重以上のものを引く力があるというカブトムシを描いた扇を渡しながら、所長の統率力で手錠・腰縄なしの押送をしてほしいと要望した。所長はこれをうけいれ、七二名を二回にわけて、赤の囚衣ではなく青の縞の着物とモンペを着せて、三次―広島―大阪―和歌山の一泊二日の鉄道旅行を実現させた。[*94]乗客の侮蔑的な視線をあびることなく、大阪環状線の乗り換えでもトラブルはなかった。巴ら後発組は一九四四年三月一三日に三次を発って吉宗のいる広島刑務所で一泊し、翌日の夕方、和歌山市東加納町の和歌山刑務所（正式には、大阪刑務所和歌山刑務支所。現・和歌山刑務所）に着いた。[*95]

四〇〇人の女囚をかかえる寄り合い所帯の和歌山刑務所の処遇はひどかった。食糧の横領、調理の手抜きはあたりまえ、ささいな違反も容赦なく懲罰の対象となり、陰湿ないじめが横行した。仮釈放の話も霧散した。巴は図書室を整理し囚人に本を配布する図書婦を命じられたが、一九四五年の春以降は死体処置婦に落とされた。[*96]日光を浴びて食事も増量されるからと所長や医師はお為ごかしに命じたが、精神的にも衛生面でも苛酷な仕事で、「私が〝死ぬ〟ことを予期してのことと思えます」と巴は後年語っている。[*97] それでも、「手錠腰縄なしを実現させた人」という口コミによって好意をもつ囚人に助けられ、あるいは、面会にきた宜策に「温かい味噌汁を出しているから心配しないで」と伝え、ひそかにお焼きなどをくれる並木看守らの配慮で、巴はなんとか生きのびた。

和歌山にはふたりの思想犯がいた。一九四一年のゾルゲ事件（日本軍がソ連を侵攻する可能性を探った機密情報漏洩事件）で有罪になった九津見房子と北林トモである。女性解放運動の先達である九津見房子（1890－1980）[*98]は、夫の三田村四郎の転向声明を印刷・配布して共産党から除名されたにもかかわらず、ソ連のスパイ事件に関与したのはなぜ？という巴の質問に、九津見はコミンテルンの介入には反対だが社会主義のソ連は守らねばならないと答えた。転向声明を印刷したのも黙殺せずに正面から議論してほしかったからだという。この答えに巴は驚嘆する――「コミンテルンを批判することは反ソ戦の側に立つことだと思ってきた光子には、批判の側に立ちながらも、反ソ戦を阻止するために命がけの行動をした人がここにいるということは、持っている物を落とすほどの驚きだった。非転向の夫を持つことを誇りに思い、転向者をさげすみながらも、自分の内面のなんと幼稚なことかと光子は恥ずかしくなった」[*99]。じつは巴も佐野・鍋山らの転向を無視せず、その原因を究明すべきだと幹部に迫ったことがある、と手記に書いている（次章参照）。巴が九津見を信頼したのはこうした筋の通し方に共感したからだろう。

また、北林トモ（1886－1945）は事件と直接関係はなかったが、アメリカ共産党日本人部に所属して宮城与徳と親しかったことから逮捕された。[*100] 尋問での勘違いによる一言が宮城の検挙につながったことを悔いながら、刑務所ではひたすら聖書を読んでいた。一九四五年冬、疥癬の悪化で衰弱して執行停止となり、婚家近くの河原に立てた小屋で夫に見守られながら亡くなったという[*101]。

巴もまた、和歌山ではもっとも大切なふたりの死に耐えねばならなかった。父徳毛善一と山代吉宗である。晩年の善一についてイクノは、「まだ村の人々から、何もかも人がたのんでくるのである。とても人がそんけいして先生先生とゆうて、近所の人も大切にしてくれて……お父さんの人気は吉の山である」、と書いている[*102]。とくに村長は、出征・村葬など村の儀式で読みあげる文書を善一に頼んでいたらしい[*103]。ところが、一九四四年四月中旬に肺炎を併発し、二二日午前二時、イクノ・宜策に看とられながら永眠した[*104]。七一歳。

善一の最後の手紙は四四年一月下旬に、「我が最愛の巴よ」と書きだしたもので、貯金はないが正月には宜策・伊策も家にもどり「一家四人揃っておぞーにをたべて、うれし泣きに泣いたよ」。「もろ人に踏みにじられし路傍《みちのべ》の草も萌え出る春や来ぬらん」という自作の歌を支えに、巴の出所までは「殺されても死なぬ気持だ」。「兎に角私は本年〔数えで〕七十二才になる。幸福なる男よ。これ皆聖女いくの〔の〕御陰だよ。明日は吉宗へも手紙を書く心算なり」とあった[*105]。ようやく心が落ち着いて希望がもてるようになった矢先の死であった。

ここで巴の姉妹弟《きょうだい》について簡単にふれておこう（年齢は一九四四年の満年齢）。

京浜グループの一員と目された宜策（二五歳）は雪が谷警察署（大田区）に留置された。そこの特高は三次出身で、逮捕を親に知られないよう配慮してくれた。経済学の勉強会程度だから取り調べがすめば釈放されると思ったらしい。しかし、特高の見込みにすら反して起訴され、肋膜炎と栄養失調になった宜策は病舎に移された。四二年五月二一日、懲役二年、執行猶予五年の判決をうけ、二七日に帰郷したときは衰弱して自力で歩くのも大変だった。[*106]

宜策が戻ると、府中警察署の特高、末平又市[*107]が毎月訪れた。しかし態度はひかえめで、宜策や巴のことも周囲に漏らさなかった。善一は末平の名前を織りこんだ五言絶句をあしらった扇を贈り、末平も善一の人柄に敬服した。宜策を「守ってあげにゃあいけん」と村長・助役に助言した、と『囚われの女たち』[*108]には書かれている。実際、宜策はかれの斡旋で府中町では大企業の北川鉄工所へ就職し、九月から会社付設の青年学校の数学教師になった。社長や校長なども事情を口外しなかった。一九四四年に二回も軍隊に召集され、兵営で〝前科〟を暴露されたが、すぐ会社に呼び戻され、鉄工所の最新工場をまかされた。府中で工作機械等の設計ができる不可欠の人材になっていたのだ。

ただし、召集のまえにと急いだ結婚は、結納後に事情を明かして破談になった。そこで、一九四五年三月、岡山県後月《しつき》郡西江原町の片山尚子を迎えたときはなにも話さなかった。婚約にあたって、尚子の父親から徳毛家について尋ねられた村役場や隣人も「旧家で姑がいい人」とだけ答えたらしい。[*109]

〝非国民〟の家族は住民から迫害される。イクノは刑務所の名前や検印のある手紙を隣人に見られるのを恐れて、郵便配達の時間は外で待ちかまえたり、買い物のふりをして府中町まで出かけて投函し、石を入れた買物籠を重そうに提げて帰ってきたりと、気苦労を重ねた。そのかいあって村人は敗戦まで気づかなかったという。

つぎに伊策（二一歳）。加藤四海に心酔していたが、肺結核で一九四〇年三月に帰郷したため無事だった。体調がやや回復した秋から五女静江の婚家の工場などで働いた。姉・兄が逮捕され一家を養わねばならぬ義務感と立身の願望から悶々とすることもあった。四一年秋、叔父の世話で岡山の合同新聞社に就職して文化映画の巡回上映などを担当し、四二年、正社員に抜擢され大阪本社に移った。四三年六月の徴兵検査で甲種合格、翌年四月に召集された。そして近衛兵に選抜され、憲兵が身元調査にきた。村長は「家柄についちゃあ、わしが太鼓判をおします」とだけ答えたらしい[*110]。近衛兵は村の名誉との観念もあったようだが、聞かれないことは言わないという黙秘をここでもつらぬいたのである。

一般に「国賊の家族」のしわ寄せをいちばんに受けるのは結婚した姉妹だろう。しかし、イクノの手紙などによれば、長女の釆女（四三歳）は軍国主義の夫（上岡幸一）に酷使されていたが離縁はされず、その子どもたちは善一の見舞いにもやってきた。二女の綾女（四〇歳）は家内に不和があり事件を機に婚家を出たものの、寮母や工場で働きながら生家を訪ねたり巴・吉宗に手紙を送っている（離婚にはいたらなかったようだ）。五女の静江（二八歳）もたびたび見舞いにきたり小遣いをくれるという[*111]。もちろん、実際はそれぞれに痛苦や不満をかかえていたであろうが、それを露わにする姉妹はいないなかったようだ。

なお、家族以外で獄中のふたりを支えたのは、吉宗の実弟・山代宗徳と、京浜時代の同志、須藤末雄の妻・邦子である。宗徳は『東京日日新聞』の記者でとくに拘置所時代はひんぱんに金銭や葉書などを差し入れたほか、多忙ななかで徳毛夫婦にも手紙を寄せた。また、須藤邦子は、夫の末雄が懲役三年で下獄しその後も非転向のため予防拘禁所に入れられ、幼子をかかえて苦しい生活が続いたにもかかわらず、巴の残した家具・衣類等を使わせてもらうという名目で月三円の差し入れをながくつづけたという。

山代吉宗の死亡は一九四五年一月一四日だった。一六日、「ヤマシロヨシムネシス　スグコイ　ヒロシマケイムシヨ」の電報に呆然とした宜策が翌朝、広島市吉島町の刑務所に駆けつけると、死体安置室の遺体は一七〇センチほどの長身が七貫目（約二六キロ）にまでやせほそり、「空洞のようにひっこんだ眼の中」にまで扉の隙間から吹きこむ雪が積もっていた。[112]死亡診断書は「昭和二十年一月十四日発病、昭和二十年一月十四日午前八時四十五分死亡、病名なし」[113]だった。食糧や燃料が極度に不足しており、栄養失調と思われた。京浜グループの板谷敬も四五年二月に横浜刑務所で衰弱死した。弟の浪江虔は、自分が出所した四四年二月ころは「外の配給制の食事よりはまだ〔刑務所の〕中の方がマシなぐらい」だったが、まもなく非常に質が下がった。下手をすれば自分も死んでいたかもしれない、と述べている。[114]

吉宗は四四年夏には病舎へ移されていたらしい。病舎といっても格子越しに風が吹きこむ古い建物で、雑役の囚人によると、封筒貼りなどの能率はわるく、一四日の朝は呼んでも起きないので看守に知らせたが、すでに死んでいた、という。[115]四四年二月の善一あての手紙には、「近頃は寒さと空腹、おまけに痔が悪いので閉口して居ますが、元気ですから御安心して下さい」と書いており、[116]八月に和歌山の巴に送った葉書では、善一の死を悼み「貴女の苦慮窮状の程もお察し出来ます」と述べたうえで、「世界戦局の激変、政変を中心とする国内体制の動向等を察すれば、一身一家の急変にのみ捕われている時勢でもないでしょう……益々自重自愛、確信ある自己を錬成して下さい」ときびしく励ました。[117]気力は失われていない。

一九四五年一月四日付の巴あて年賀状も、いつも通りの読書記録などにつづけて、「もうすぐ春だ。

元気で、元気で春を待って下さい。さようなら[*118]」と書いた。おなじ日のイクノ・宜策あて封緘葉書[*119]は、新年のあいさつのほか、綾女が寮母から工場に出たことを「一歩前進」と喜び、宜策には「お母さんのキにいったおよめさんをさがしてください」などと徳毛一家への配慮を示した後に、こうつけ加えた。

今日は、エンピツが折れていて、思うようにかけません。しつれいながら、これでやめておきます。私にとって一番つらい冬がきていますが、ヤガテ花さく春もスグくることと、それバカリ待っています。サムイと痔（ヂ）がわるくてこまります。メカタもズットへりました。これもシカタありません。でも、できるだけ、カラダを丈夫に、きたい《〔え〕》ていますから、ご安心下さい。
お母さんも宜ちゃんも、カゼなど引かぬよう、おからだ、だいじに、おつとめなさるよう、おネガイいたします。

サヨナラ

五月、ようやく気力を取りもどした巴は、「私を理解して呉れ、私の労苦を心から慰めて呉れる人が、此の世からなくなったなどとは思えない……今迄どおり私は夫と共に生きて行くつもりです……此処で私が死んでしまったら、全く今日迄の努力の総べては消えてしまうのです。私は夫の事を思えば思う程、どうあっても生きて帰らねばならぬと思います」とイクノに書き送った[*120]。
しかし、和歌山刑務所も栄養失調と疥癬が蔓延し、巴は重病人の介護や死体の措置に追われた。また、和歌山上空は阪神地方などを空爆するB29爆撃機の進入路となり、夜も落ちついて眠れない。六月なかば、ついに腎盂炎で高熱を出して倒れた。七月九日に和歌山市が空爆されると、刑務所本館の屋上に兵隊が常駐し「本土決戦」が現実味を帯びてきた。所内も浮き足立ち、所長は各房の鍵をかけず、いざとなれば所外へ避難することもみとめた。そうした混乱のなか、女囚たちの「弱者の連帯」や看守の励ましに支えられなんとか生きのびていた巴は、八月一日朝、突然、病気による仮釈放を告げられた。逮捕から五年三か月、刑期は一〇月一七日だから二か月と一七日を残すだけだった。[*121]

　巴はリュックに衣類や三次刑務所から携えてきた羽仁五郎『ミケルアンヂェロ』(岩波新書)などを入れ、ふたりの看守に付き添われて刑務所を出た。紀伊中ノ島駅に向かう途中と大阪駅で空襲警報にぶつかり、その夜は大阪駅の地下道で一泊となり、看守は任務を放棄して和歌山へ帰った。翌朝の満員列車では、兵隊は酒を呑んで軍歌をがなり立て、農民たちは無表情・無気力な顔をさらすばかり。三次刑務所へ送られた三年前とのあまりの変わりように愕然とさせられた巴が、福塩線の高木駅を降りて四キロほどの坂道を懸命に歩いて生家にたどりついたのは昼過ぎだったという。[*122]そうして、納屋の二階で隠れるように養生しながら一五日を迎えることになる。吉宗がいた吉島町の刑務所は原爆で多くの犠牲者を出していた(爆心から約二キロ)。

*1　横井陽一編『回想　横井亀夫の生涯』同時代社、二〇〇二年、四七八ページ。
*2　「山代吉宗の生涯」『アカハタ』一九四七年一月一一日(『獄中集』五七三、五七四ページ)。なお、吉宗が家事を手伝わなかったのは「家事は女」の通念とともに、まわりの労働者家族と異なる生活スタイルをとれば目立ってしまうということもあった、と巴は後年語っている(直話)。
*3　『囚われの女たち』③一六二、一六三ページ。同⑥二〇六ページ。

＊4　『囚われの女たち』⑤一二八ページ。

＊5　『囚われの女たち』③一五二ページ。後年、巴は「遠謀深慮の関根悦郎さん」（『運動史研究』一九八一年八月、一八六ページ）にこう書いている――一九三七年一月、吉宗は尊敬する先輩の関根悦郎から、当局の眼をそらすために「心の上で二人三脚で行ける見透しさえたてば、片目でも片足でもかまやあせん、早急に結婚せい」と言われた。四〇歳まで結婚しないと言っていた吉宗が求婚したのは、「私に恋愛感情を抱いたからではなく、関根さんのアドバイスにあわてたところもあったのではないかと、今になると残念でもあります」。

＊6　「獄中手記」（『獄中集』二二八ページ）。『囚われの女たち』⑥六八-七八ページ、一一四-一一七ページ、など。

＊7　石原純『日本少国民文庫　人間はどれだけの事をして来たか』新潮社、一九三七年。

＊8　「獄中手記」一三六ページ。

＊9　「戦中の職場体験から」『未来』一九七二年八月、三〇ページ。また、旭硝子の「労働者仲間の成長ぶりが、私の五年の刑務所生活を支える情熱の源ともなり、敗戦直後、自分の生まれた村を根拠地にして行けるという夢も持たせた」とも書いている（「解説」『武谷三男著作集6　文化論』勁草書房、一九六九年〔著作集⑥「苦難の時期をささえたもの」二一八ページ〕）。

＊10　「獄中手記」一四六-一五〇ページ。『囚われの女たち』⑦一二〇ページ。

＊11　「浪江虔夫妻との交友」『ず・ぼん』5、ポット出版、一九九八年一〇月、四三ページ。

＊12　山岸一章『不屈の青春』新日本出版社、一九六九年、七四-八一ページ。

＊13　加藤四海は後輩にあたる東京商大生のほか東京帝大生などにも働きかけたようだ。「京浜労働者グループ」の加藤四海から「労働者の指導を頼まれた」伊藤隆文は東大の非合法学生組織をはなれ、加藤とのつながりで逮捕（起訴猶予）されたという（橋本きよ子「戦時下を生きた青春の残像」『季論21』二〇一四年四月、二一二ページ）。ただし、京浜グループ側の官憲資料に伊藤隆文は登場しない。

＊14　「加藤四海の転向批判書」『増補　山代巴獄中手記書簡集』六七〇－六七三ページ。内務省警保局保安課編『特高月報　昭和十五年五月分』は、吉宗ら党再建グループの活動とともに、「産業報国運動」（板谷敬作成草案）、「世界大戦とソ連」（加藤四海作成草案）、「加藤四海が酒井定吉に与えたる転向問題に関する批判論文」の三文書を載せている（『獄中集』五四七ページ）。引用はこの三番目の文書（酒井以外の同志にも送られた）による。なお、「世界大戦とソ連」については注16を参照。

＊15　「山代吉宗のこと」（上野英信編『近代民衆の記録2　鉱夫』新人物往来社、一九七一年）『獄中集』六六四ページ。『囚われの女たち』⑦二〇四ページ。

＊16　ただし、コミンテルンの方針は一九三九年八月に、スターリンがヒトラーと不可侵条約を結んだことで崩壊する。加藤四海は共産党の独自性を強調するとともに、「世界大戦とソ連」のなかで、ドイツのソ連侵攻を阻止するためコミンテルンは人民戦線戦術を唱えたが、社会民主主義者が「本質的に共産主義と相いれない」ことに変わりはなく、独ソ不可侵条約やソ連のポーランド・フィンランド・バルト三国等の占領も「世界革命の全体的見地より見て部分的に一民族が不利益を蒙ることは忍ばれねばならない」とソ連を擁護した。

＊17　「黎明を歩んだ人」（牧瀬菊枝編『田中ウタ』未来社、一九七五年）著作集⑦一五七ページ。

＊18　「社会運動の状況12　昭和十五年」『獄中集』五五五ページ。

＊19　『囚われの女たち』⑦一八七、二二五－二二九、二五〇ページ。

＊20　起訴された者の氏名（刑期）はつぎの通り（実刑一五名、執行猶予七名、控訴棄却一名。検挙日死亡一名。ほかに起訴猶予二四名）。

山代吉宗（懲役七年）　春日正一（六年）　酒井定吉（六年）　板谷敬（六年）　山代巴（四年）
佐々木極（四年）　須藤末雄（三年）　渡部義通（二年六ケ月）　北牧孝三（三年）　関根悦郎（二年六ケ月）　浪江虔（二年六ケ月）　大井川基司（二年）　西尾正栄（二年）　星野篤（二年）
寺尾一幹（二年）　近藤一男（二年、執行猶予四年）　徳毛宜策（二年、執行猶予五年）　丸山三

之助（二年、執行猶予五年）　浅井ミチ（二年、執行猶予四年）　石川篤（二年、執行猶予三年）
皆川郁夫（二年、執行猶予四年）　堀川八重子（二年、執行猶予三年）　脇田英彦（死亡、控訴棄却）
加藤四海（一九四〇年五月一一日検挙、即日死亡）
（司法省刑事局『思想月報』一九四三年三・四月（『獄中集』五五八－五六〇ページ）

＊21　前掲「特高月報　昭和十五年五月分」（『獄中集』五四六ページ）、前掲「社会運動の状況12　昭和十五年」（『獄中集』五五六－五五七ページ）。

＊22　「獄中手記」二二二ページ、『囚われの女たち』⑦二二二ページ、など。

＊23　前掲「特高月報　昭和十五年五月分」（『獄中集』五四四ページ）。

＊24　前掲「特高月報（『獄中集』五四五ページ）。前掲「社会運動の状況12　昭和十五年」（『獄中集』五五三ページ）。

＊25　『囚われの女たち』⑦二四三、二六三ページ。

＊26　前掲「黎明を歩んだ人」（著作集⑦一四八ページ）。

＊27　巳から吉宗あて、書簡番号92（一九四二年一一月三日）。

＊28　善一・イクノあて、書簡番号166（一九四四年二月）。

＊29　皆川郁夫「山代吉宗・巴夫妻のこと」『6号線』10、尼子会（いわき市）、一九七九年一二月、四四ページ。

＊30　前掲「黎明を歩んだ人」（著作集⑦一四七ページ）。

＊31　たとえば関根悦郎は加藤に批判的で、渡部義通・春日正一・吉宗らとの勉強会でも、人民戦線の方法で「大衆を獲得し、以て徐ろに党再建の気運を待つ」べきだと主張した。だが、吉宗を京浜に呼んだことが今回の事件の発端であり、京浜グループの「背後的指導者とも謂うべき者」だとして懲役二年六か月を科された（「関根悦郎の第一審判決」『思想月報』95号、一九四二年六月、五七ページ。関根悦郎「京浜事件と酒井定吉君」『雲悠々　関根悦郎の思い出』私家版、一九八二年、一七ページ）。また、職

工の須藤末雄（『囚われの女たち』では「工藤志郎」）は、「人民戦線戦術にことよせた理論追究の鈍化の傾向とは何事だ。俺は加藤君を危険な駿馬だと思う」と加藤に反発したが、吉宗は「加藤君には、工藤君にみえない面がみえて、ずばりそいつを言ってくれるんだ」と語っている（『囚われの女たち』⑦二三七、二三八ページ）。

＊32　前掲「黎明を歩んだ人」（著作集⑦一五八ページ）。

＊33　「浪江虔に対する予審終結決定」『思想月報　昭和十七年一、二月』。

＊34　「浪江虔・ロングインタビュー　私立図書館を五十年やってきた」『ず・ぼん』ポット出版、一九九八年一〇月、二〇ページ。なお、田中伸尚『未完の戦時下抵抗』（岩波書店、二〇一四年）に浪江の評伝があり、妻八重子や家族との獄中書簡をまとめた、刊行委員会編『浪江虔・八重子　往復書簡』（ポット出版、二〇一四年）も出された。

＊35　前掲「社会運動の状況12　昭和十五年」（『獄中集』五五一ページ）。

＊36　前掲「浪江虔夫妻との交友」四四ページ。

＊37　呑川泰司、前掲『山代吉宗の生涯』、四ページ。

＊38　官憲は加藤への尾行、手帳の記録などにまったく言及せず、宜策らのアパートへの張り込みも五月一日以降とする（『獄中集』五四三、五四八ページ）。だが、前年一一月には「警視庁に於いて京浜方面のグループを検挙する計画」があると東京の西村桜東洋から通報を受けて吉宗らは研究会を中断したと官憲も認め（『獄中集』五五二ページ）、また田中ウタもいま特高が動いているので山代夫妻に近づくなと西村桜東洋に注意された（著作集⑦一五〇ページ）。特高が宜策らの逮捕を事件発覚の端緒とし巴を主犯格とみなしたのは、「キャップ」の加藤を自殺させてしまった不手際を糊塗するためかもしれない。逮捕の日付も、特高は宜策を九日、加藤・吉宗らを一一日とし（加藤の死亡も一一日）、宜策の供述により加藤・山代らを逮捕したかのように書いているが、山代は宜策や加藤を一〇日、吉宗・巴らを一一日と述べており（前掲「浪江虔夫妻との交友」四四ページ。『囚われの女たち』⑨九ページ　など）、こ

こでも特高は加藤の重要性を隠蔽するかのようである。

なお、加藤の足跡を追った山岸一章は、「加藤四海同志は、警察側の発表では検挙された翌十二日、目黒署の二階調室から、取調官のすきをみて窓外に飛び降り、頭蓋骨折で自殺した」とされるが、拷問死をごまかすために官憲が突き落としたのではないかと述べている（前掲『不屈の青春　ある共産党員の記録』九一ページ）。戦後の巴は自殺説を採る。

また、京浜グループ事件についての本格的な研究はまだないようだが、雑賀一喜「1937－40『京浜グループ事件』の総括と教訓」（革命的共産主義者同盟関西地方委員会『展望』前進社関西支社、二〇〇八年七月）は『囚われの女たち』『山代巴獄中手記書簡集』をもとに簡潔な整理をしている。

＊39　巴はこのときの警察医小川道郎に礼状を出してくれと父に頼んでいる（書簡番号18）。

＊40　『囚われの女たち』⑧二〇ページ。

＊41　『囚われの女たち』⑧一五〇ページ、など。また、吉宗に転向を求めなかった理由を、戦後の「自画像メモ」はこう書いている――磐炭争議で解雇され劣悪な鉱山で酷使されているであろう坑夫仲間の「心の支えになるものは、未来は労働者のものであるということ以外にはない。もし彼〔吉宗〕が転向声明を出したら、この人々の心の灯を消すことになる」。
なお、旭硝子の女工仲間は無事だったようだ。『囚われの女たち』（⑧一三一、一三二ページ）には、家事を教えてくれた鶴見共同購入会の女性（関口梅代）が、吉宗らの逮捕を知るや川崎署に「自首」して顔なじみの特高や工場の労務主任に頼んだため解雇されなかった、と描かれている。実在の「梅代」は看護婦から左官屋の女房になった女性で、家事だけでなく女性の健康、職場環境をふくめた「独創的な教案を作って」くれたという（山代「いのちの力を存分に伸ばすとき、創造の実りあり」『ひと』一九八三年八月、太郎次郎社、三五ページ）。また、「自画像メモ」は、ストーブを要求した「キノ〔喜納〕ハルは母が死んで帰って行く。しかしグループは残る」、「沖縄県、沖のエラブ島の娘」と記す（沖永良部島は文化の面では沖縄（琉球）に近いようだが、行政上は鹿児島県）。

＊42　司法省刑事局『思想月報』（一九四三年三・四月）の「『山代吉宗一派』処分確定一覧表」は、巴の確定年月日を「昭和一七年八月一四日」とする（『獄中集』五五八ページ）。巴は「八月六日（昨日）の裁判によりますと、四ヶ年、通算三〇〇日」だが控訴を検討したいと父善一あての手紙（巴から善一あて、書簡番号83　八月七日消印）に書いたが、戦局が進むと裁判もいっそう厳しくなるから下獄して仮釈放の道をめざしたほうがよい、と吉宗や「偉い役人」に助言されたようだ（巴から善一あて、書簡番号86。『囚われの女たち』①一八八ページ）。判決は八月六日、確定は一四日、ということか。

＊43　三次刑務所収監の時期は、自筆年譜（稿）「私の歩んだ道」による。なお、父善一の吉宗への手紙（書簡番号87）には、三次刑務所から最初の手紙が届いたのは九月三日とある。これが正しければ三次到着は八月下旬になるが、吉宗はこの手紙を「二十三日付御手紙、二十六日拝受」と書いており（書簡番号88　一〇月一日付）、善一の誤記の可能性が大きい。

＊44　「山代吉宗第二審判決」（『獄中集』五六一ページ）。

＊45　巴から善一あて、書簡番号86（一九四二年　月日不明）。

＊46　「獄中手記」一五一ページ。

＊47　吉宗らと『資本論』等を講読し人民戦線の話を聞いたとして懲役二年の実刑を科された星野篤と西尾正栄は大審院まで上告し、「我国体の尊厳と美風」を認め「天皇に奉仕し公民の道を報ずる」決意を強調して執行猶予を求めたが、一九四三年二月三日、累犯を理由に棄却された（「治安維持法違反被告事件　判決書」小森恵編『昭和思想統制史資料　別巻下　思想統制史研究必携』生活社、一九八一年、四二一－四二九ページ）。

＊48　「雨の諸毛行き」『記録　地方』一九六三年六月、三〇、三一ページ。

『明けゆく朝鮮』は一七〇ページ、「先づ朝鮮を知れ」「明けゆく朝鮮の実情」「朝鮮国境警察官に就て」「朝鮮に於ける農民に就て」「日本の将来と朝鮮」など七章と附録（人生観）から成っている（国立国会図書館蔵）。

＊49　善一から巴あて、書簡番号9（一九四一年二月九日）。
＊50　善一から巴あて、書簡番号57（一九四二年五月五日）。善一は「いつも転向転向と書くのは致し方ないでは無いか……万一にも下らぬ事を認《したた》めて置いて、検閲ども受けた時、没収し《（せ）》られては万事音信が不通になるではないか」、とも書いている（書簡番号19　一九四一年四月二四日）。
＊51　善一から吉宗あて、書簡番号64（一九四二年五月二六日）。
＊52　吉宗は官本（拘置所の図書）や『週報』（政府の情報宣伝誌）のほか、『英語研究』『東洋経済』『ダイヤモンド』『科学画報』『科学知識』などの雑誌を弟の差し入れで読んでいる（書簡番号63、76、128など）。
＊53　善一から巴あて、書簡番号99（一九四二年一一月二九日）。
＊54　善一から吉宗あて、書簡番号96（一九四二年一一月一七日）。
＊55　善一から吉宗あて、書簡番号152（一九四三年一〇月一二日）。
＊56　『囚われの女たち』⑥一八六、一八七ページ。
＊57　イクノから巴あて、書簡番号12（一九四一年三月二日）、書簡番号32（四一年一〇月）。
＊58　吉宗から善一・イクノあて、書簡番号44（一九四二年三月二六日）、書簡番号50（一九四二年四月一七日）。
＊59　イクノから吉宗あて、書簡番号59（一九四二年五月一二日）。善一から吉宗あて、書簡番号106、一九四二年一二月一六日）。
＊60　たとえば一九四四年になると、一〇月一日は神社参拝、母親学級入学式（「決戦について」の講話）、三日は五倍子《〔ふし〕》の採取と供出、四日は荷車でうどん粉の受け取り、五日はクズバカヅラの供出、糸と石けんの受け取り（背負ってくる）、戦死者の墓参、というように婦人会の動員が連日のようにあったらしい（イクノから巴あて、書簡番号182、一九四四年一〇月七日）。イクノの手紙はこうした銃後の農村女性の多忙な日々を推察できる貴重な資料でもあった。

＊61　前掲「黎明を歩んだ人」（著作集⑦一七六ページ）。
＊62　吉宗から善一・イクノあて、書簡番号73（一九四二年七月六日）、書簡番号76（一九四二年七月一〇日）。

なお、東京拘置所の吉宗から福島県石城郡湯本町水野谷の松永クニに宛てたハガキ（一九四二年一〇月八日）がある。『獄中手記書簡集』の補遺として原文のまま紹介する（「近況報告」広島大学文書館所蔵）。

はいけい。そのご、ごぶさた、いたしましたが、おかはりありませんか。お母さんからは、まだ、なんの、たよりも、うけませんが、たよりのないのは、ぶじで、かわりのないことと、おもって、あんしんしてゐますが、ヤッパリ、ふあんしんです。私はおかげさまで、げんきで、はたらいてゐますから、ごあんしん下さい。私のコーソ、サイバンも、そのうちに、あることと、おもいますが、いつあるか、ハツキリ、わかりません。コーソ、サイバンが、すみましたら、スグ、下ります。あきの、とりいれが、くるので、おいそがしいことと、おもいますが、どうぞ、ムリをせず、おはたらき下さい。そして、おからだを大せつに、ながいきして下さい。いのちさい《え》、あれば、またいつか、あい《え》るときも、あるでしょうから。リンジヨウや、そのほか、みなさまによろしくねがいます。　サヨナラ

なお、『囚われの女たち』（③一〇二ページ）では、結婚の挨拶に行った光子〔巴〕にタミ〔クニ〕はこう語っている。「俺が、あれ〔吉宗〕を育てたことがないことを根にもっているんだっぺ。いまだに俺のことをおっ母さんと呼んでくれたことはねえ……オタミさんで通した。そこから見ると、あれの心の中の俺とのつながりは、戦うための同志だけのつながりだったらしいわ」。妹の身売りをめぐるケンカで「はっきりと、『あんたとはもう同志でもなくなった』とほざいた。ならば、そっからはもう赤の他人様だっぺ」。
＊63　吉宗から巴あて、書簡番号127（一九四三年三月六日）。
＊64　巴から善一あて、書簡番号86（一九四二年）。

＊65　判決時のやりとりと移送時の配慮などを父母に知らせた、三次刑務所からの最初の手紙（書簡番号86）について、『囚われの女たち』の光子（巴）は、「あれはただただ、両親をこれ以上心配させたくない一心で書いた。だからそこには嘘もある」（①二四八ページ）と述懐する。ただし、裁判でのやりとりは戦後もくりかえし言及しており、ほぼ事実とみてよかろう。手錠・笠なしの押送が制度上可能なのか筆者にはわからないが、『囚われの女たち』（①一八三、一八四ページ）では、光子が古里を汽車で通るなら死んだほうがましだ、栃木か宮津にしてくれと懇願した結果、囚人の「赤い着物」ではなく「普通の着物」にしてくれた、それでもだれかに声をかけられるのではないかとおののきながら目をつむって耐えたとあり、また、三次刑務所の看守重森クラは晩年、「山代さんは、わたしが看守になって、初めて東京から移送されてきた人で、わたしが受け取りに出ました。筒袖の青い着物を着て来ました」と語っている（神田三喜男『山代巴と民話を生む女性たち』広島地域文化研究所、一九九七年、八八ページ）。後述のように三次刑務所の女囚全員を和歌山刑務所へ移送する際に「平服・手錠腰縄なし」を要求できたのも、自分の前例があったからだろう。したがって、手紙に「嘘」があるとすれば、刑務所で「みじめな思いは少しもして居りません事だけは信じて下さい」といった部分だと思われる。

＊66　吉宗から巴あて、書簡番号94（一九四二年一一月一一日）。

＊67　『囚われの女たち』①二三二、二四一ページ。

＊68　同右、四五、五四ページ。

＊69　『とっておけない話』径書房、一九八八年、一二三ページ。

＊70　『囚われの女たち』①二三九ページ。

＊71　帝国更新会は皇室下賜金や財界の寄付で設立され、末端では転向者が協力したようだ。小林杜人もその一人だが、転向・非転向にかかわらず親身になって就職の世話をするなど、戦後になっても関係者から感謝されたらしい（小林杜人『「転向期」のひとびと』新時代社、一九八七年）。

＊72　「私がものを書くということ」『国語通信』一九六四年八月。二七ページ。

＊73　「獄中手記」一五九、一六〇ページ。
＊74　同右、三四－三六ページ。
＊75　巴から吉宗あて、書簡番号157（一九四三年一一月二一日）。
＊76　「獄中手記」四〇ページ。
＊77　同右、一二二ページ。
＊78　同右、四〇ページ。
＊79　同右、一五九ページ。
＊80　善一は、「とかく世渡りは理窟ではいかぬ、情でなくてはならぬ。これが日本人の特長であり、家庭的であると同時に国政の根本義である。日本の有難さも、ここである」と書いていた（書簡番号57）。
＊81　「獄中手記」一五五ページ。
＊82　同右、一六三－一六五ページ。
＊83　ただし、老木の忠告を聞かず、早く大きくなることばかり考えていた公孫樹の若木は「大地に深く広く根を張って置かなかった」ために台風で根こそぎ倒された、これからは老木を見習わねばならない、と書いている（「獄中手記」一五六、一五七ページ）。
＊84　「獄中手記」一六〇ページ。
＊85　同右、三九ページ。
＊86　女性学の西川祐子は、〈自分のため－家族のため－国益のため〉といった連鎖を生み出す「個人∧家族∧民族と国家という包括的な構造」は戦後思想の基盤となり、フェミニズムやリブの女たちが食い破らねばならぬ強固な「皮膜」になったと指摘している（「新刊紹介：牧原憲夫編『山代巴獄中手記書簡集』」『女性史学』14、二〇〇四年、一二七ページ）。
＊87　「獄中手記」三八ページ。
＊88　エミール・ゾラ、堺利彦訳『木の芽立ち』アルス、一九二一年。

＊89　くわしくは、『増補山代巴獄中手記書簡集』の「編者はしがき」を参照されたい。

＊90　神田三喜男による女学校の同級生・甲斐フジコと藤原覚一からの聞きとり（前掲『山代巴と民話を生む女性たち』一一四、一〇二ページ）。また、西川祐子は「手記には偽装転向を構築する論理と、読者を説得するための感情のレトリック」があり、「山代巴は顔の見える読者である女性看手の背後に、民衆という、自己の語りかけるべき大きな集団を想定」していたのではないかと述べている（前掲「新刊紹介：牧原憲夫編『山代巴獄中手記書簡集』」一二六ページ）。なお、白紙の『生徒日誌』に清書された「旅行記」（二ページ分欠落）が現存する（広島大学文書館所蔵）。

＊91　『囚われの女たち』①二六六ページ。

＊92　巴から善一・イクノあて、書簡番号166（一九四四年二月）。

＊93　『囚われの女たち』①七四ページ。

＊94　同右、三三五ページ

＊95　『囚われの女たち』⑦三一二ページ。なお、成瀬正太郎は一九二〇年代から三〇年代初頭に讃岐平野の小作争議の指導者や農民に接して思想犯に親近感をもっていた（『囚われの女たち』①八九ページ）というが不詳。後年の巴は、戦後に成瀬を訪ねなかったことを悔やんでいた。

＊96　『囚われの女たち』⑩一三三ページ。

＊97　山代巴・阿部謹也「対談『囚われの女たち』の世界」『世界』一九八八年八月、二一九ページ。

＊98　九津見房子は岡山県に生まれ女学校時代に山川均・福田英子らとかかわり、一九二一年、堺眞柄らと社会主義的婦人団体・赤蘭会を創設、三田村四郎と労働運動に参加し、二八年、女性初の治安維持法違反で逮捕投獄される。三三年に出獄し翌年、三田村・鍋山著『日本共産党及コミンターン批判』を出版（発禁）、三六年からゾルゲ・グループの活動に参加し四一年に逮捕、四三年、懲役八年の判決で和歌山刑務所に収監された（牧瀬菊枝編『九津見房子の暦』思想の科学社、一九七五年）。

＊99　『囚われの女たち』⑨一三四ページ。

＊100 北林は一九二〇年にロサンジェルスへ渡って農園主の北林芳三郎と結婚し、洋裁店を開くかたわら絵の勉強をした。そこで画家の宮城与徳に出会い、アメリカ共産党日本人部に入った。三六年に帰国して東京の渋谷区で洋裁学校の教師になり、三九年に芳三郎が帰国するとその郷里、和歌山で暮らしていた。逮捕は四一年だが、日本の官憲はアメリカ共産党の一員ということでそれ以前から監視していたらしい（『囚われの女たち』⑨一九八－二〇二ページ）。

＊101 『囚われの女たち』⑨二二二ページ、同⑩一五五ページ、など。

山代は後年、ゾルゲ事件を扱った演劇「オットーと呼ばれる日本人」（木下順二作、民芸、一九六二年）をみた九津見が、北林トモや宮城与徳を軽薄な人物に描いたことにひどく憤慨したと、『囚われの女たち』⑨一九〇ページ）にあえて書き込んでいる。

なお、山代は事件関係者の伊藤律をスパイと示唆しているが、渡部富哉によってスパイ説は否定されたようだ。しかし北林に関する『囚われの女たち』の記述は正確で、渡部のゾルゲ事件論を裏づけるものになったという（渡部富哉『偽りの烙印　伊藤律スパイ説の崩壊』五月書房、一九九三年、一八六－九九、二〇九、二一〇ページ）。山代は「テープがあるわけではないし、トモさんが語ったことそのままとは言えないかもしれないが、私の記憶にはそう残っていた」と渡部の問い合わせに答えている（同右、一八八ページ）。山代の記憶の確かさを示す好例だろう（『偽りの烙印』については横関至の教示を得た）。

＊102 イクノから巴あて、書簡番号17（一九四一年三月三一日）。

＊103 「籠絡のるつぼ」『展望』一九七一年四月（著作集⑦二〇〇ページ）。

＊104 綾女から巴あて、書簡番号171（一九四四年五月一一日）。

＊105 善一から巴あて、書簡番号163（一九四四年一月二四日）。

＊106 『囚われの女たち』⑧一七四ページ。

＊107 前掲「籠絡のるつぼ」（著作集⑦一九九ページ）。

＊108　『囚われの女たち』⑨二三二ページ。
＊109　『囚われの女たち』⑩一六〇―一六三、二四六ページ。
＊110　前掲「籠絡のるつぼ」（著作集⑦二〇〇ページ）。
＊111　イクノから巴あて、書簡番号32（一九四一年一〇月）。前掲「雨の諸毛行き」二九ページ。
＊112　宜策から巴あて、書簡番号187（一九四五年一月）。宜策「獄死した吉宗との対面」『増補　山代巴獄中手記書簡集』六六七、六六八ページ。
＊113　「山代吉宗の生涯」『アカハタ』一九四七年一月一一日（『獄中集』五七一ページ）。ただし、前掲、書簡番号187の宜策の手紙は、「診断書には、十三日から発病、十四日朝死亡とありますが、急死の事と存じます」とある。
＊114　浪江虔、前掲「私立図書館を五十年やってきた」二〇ページ。なお、関根悦郎によると、横浜刑務所では、ある時期まで月に一、二回、京浜グループの春日正一・酒井定吉・板谷敬・関根らを集めて教誨師が話したり感想を述べあったりしたという（関根悦郎「京浜事件と酒井定吉君」『雲悠々　関根悦郎の思い出』私家版、一九八二年、一九ページ）。
＊115　前掲、宜策「獄死した吉宗との対面」六六八ページ。
＊116　吉宗から善一あて、書簡番号165（一九四四年二月一一日）。
＊117　吉宗から巴あて、書簡番号180（一九四四年八月一日）。
＊118　前掲「山代吉宗の生涯」（『獄中集』五七二ページ）。
＊119　吉宗からイクノ・宜策あて、書簡番号185（一九四五年一月四日）。
＊120　巴からイクノあて、書簡番号191（一九四五年五月）。
＊121　九津見房子は、自分が生きのびて北林トモが病死したのは、監房に陽が射すか否かの違いだと語っている（牧瀬菊枝編『九津見房子の暦』一四〇ページ）。とすれば、巴が陽にあたれるように死体処置婦にしたという医師・所長の言には、それなりの「配慮」があったのかもしれない。

＊122 「私がものを書くということ（二）」『国語通信』一九六五年一〇月、二六、二七ページ。山代は「故郷へ帰ったのは、昭和二十年八月の二日かまたは三日」（同、二六ページ）だという。また、帰宅後まもなく書いたと思われるメモ「戦後の序」（広島大学文書館所蔵）には、「8月2日、出所当時、体温38度6分、歯及胃腸の衰弱あり、医師の診断を受け薬を貰うも効果少なし」とあり、『仮出獄証票』の「警察官吏の認印」欄には「八月三日出頭セシコト認ム　府中警察署巡査部長桐原一幸㊞」とある（『獄中集』五六九ページ）。紀伊中ノ島駅から高木駅までは現在でも各駅停車で8時間以上かかるようだ。これらを勘案して、一日の朝に刑務所を出て、大阪駅で一泊し、二日の昼過ぎに生家へ戻って医師の往診を受け、三日に警察署へ出頭した、と推測した。

第三章　「岩でできた列島」に根をおろす

中井正一（尾道の自宅、1948年）

中井正一を擁立した広島県知事選挙のスタッフ（1947年）　前列右端が山代巴

1　悲嘆からの再出発

一九四五年八月一五日、納屋の二階で隠れるように寝ていた山代巴は天皇の放送を聞かなかった。宜策は思わず「バンザイ」と叫びかけたが、その口をイクノの手があわててふさいだという。イクノの気遣いのほどが知れる。それでも、山代に絵画や世界観を教えた藤原覚一、東京帝国大学で美学を学び実業家の養子になった山岡儀三郎、宜策の三人は、敗戦間近と判断した四月から文化史の勉強会を徳毛宅で開いていた。テキストは羽仁五郎『ミケルアンヂェロ』[*1]だが、『昭和結び方研究』[*2]を出したばかりの藤原は、生活のなかでさまざまに工夫されてきた紐や綱などの結び方をめぐる民俗文化を糸口に、ダヴィデの裸像などを見せながら、ルネサンスの精神をイクノや宜策の妻尚子にもわかりやすく語った。一九四二年に執行猶予で帰宅した宜策の兵役が認められなかったとき、「とうとうゆるしてもらえませんでした。こんな心苦しい事はないと、幾重にもざんねんでなりません」[*3]と嘆いたイクノだったが、藤原の話を聞くうちに、文化の基礎は日々の生活や労働にあること、「天皇陛下の御《おん》為《ため》に死ねという思想がまちがっていること」などを悟ったという[*4]。

女学校を出たばかりの尚子にとっても藤原の話に違和感はなかっただろう。尚子の祖父母はアメリカへの出稼ぎで成功し、町の助役になった父はクリスチャンだった。徳毛家にきてすぐ気づいたのは「御真影」のないことだったが、生家もおなじなので気にならなかった。巴についてはイクノとコソコソ話しているので変だなと感じたけれど、東京にいて夫は戦死したと聞かされていたから、栄養失調で疎開してきたと思ったという。くわしい事情は戦後も明かされなかったようだ。[*5]
三二歳になった巴はといえば、「帰省第一歩の感を綜合」したメモ「戦後の序」にこう書いた。

出京以来16ヶ年、その間、唯《ただ》一途前進、家郷の為にとて精力を注ぎし事なし。母が極度の貧困に堪えつつ、私等の行動をカモフラージュする為に払った努力には、唯頭を下げて感謝する以外に何もない……しかし、そのことは、今日自分等の立って居る環境を、長く古い家の伝統と、新たなる勢力を雑居させ、しかも、古い家の伝統は絶対に優位の勢力を持ち、日常起居、茶飯事の一切を動かして居る……それは古きものに対する屈従であり、我々の潜在意識は日と共に之《これ》になじむのである。ここから、私等は思想のみ新たにして心理内容は古く、日々の生活リズムも亦《また》封建的であるという……弱体戦士として成長するのやむなきに到りつつある。[*6]

どうやら巴の戦後の第一歩は、体調回復に努めつつ吉宗流の生活規律、つまり一定のスケジュール通りに起居し、むだ口はきかず、情に流されないといった生活スタイルを生家に持ちこむことだったが、結局イクノにはかなわなかった、らしい。「生活リズム」に着眼し、思想と感覚のズレが「弱体戦士」を生み出すととらえたところに、山代らしさがあらわれている、というべきか。
家の外での第一歩は、府中文化連盟の設立だった。八月二八日、藤原・山岡・宜策と山代で綱領を作成し、九月末に発足した。[*7] 左はその綱領の一部である。戦後、各地に文化サークルが誕生したが、そのなかでもかなりはやいスタートだった。

一、我等は敗戦の現実に立脚し文化の昂揚と再建とを図らんとす
一、我等は文化再建の基礎を一般民衆の自主的活動に置き、相携えこれが実現に邁進せんとす
一、我等は一般日常生活に合理的に直結したるものこそ真実の文化なることを確信し、ここに民主主義の基礎を樹立せんとす*8

一〇月四日、GHQは天皇に関する議論の解禁、思想警察制度の解体を命じ、一〇日、約三〇〇〇人の政治犯が釈放された。一一日には婦人解放・労働組合奨励・学校教育民主化・秘密警察等廃止・経済民主化の五大改革を指令した。府中刑務所内の東京予防拘禁所（非転向者を刑期満了後も拘束するための施設）にいた徳田球一・志賀義雄・袴田里見らは、出所にあたって「人民に訴う」などの声明を出して占領軍に「深甚の感謝の意を表する」とともに、共産党組織の再建に着手した。山代にも呼び出しの葉書がきて、東京・国分寺の自立会の宿舎を訪ねた。この建物は住居のない出獄者のための一時宿泊所だったが、刑務所長とかけあって共産党再建本部にしていた。ここでの出来事は「はじめに」でふれたが、山代巴の戦前と戦後をつなぐ要石《かなめ》だから、少しくわしくみておきたい。

山代が屋根のない満員列車で東京に着いたのは一〇月一四日だった。*9 吉宗たちとの活動や獄中生活の報告をしたのち、徳田のもとで婦人部の創設などを手伝うことになった。のちに友人となる牧瀬菊枝の寸描がある。

戦前に活動した女の人たち、十人くらいが集まっていた。おもに、この自立会に夫とともに移り住んでいる人たちだ……徳田さんは元気な声で、「ぼくのように頭の禿げたものが、婦人問題について考えるんだから、若い皆さんは、どんどん意見を出して下さい。山代さん、どうですか？」と、問いかけている。このとき、はじめて、山代巴さんという人を見た。それは敗戦近くに和歌山刑務所から出たばかりで、やせて、顔いろもわるかった。グレーのスーツに身を包んでいた。*10

山代はまた、和歌山刑務所で知りあった大先輩の九津見房子とひと晩語りあった。九津見はつぎのことを幹部に伝えたいといい、山代も賛同した。

治安維持法を撤廃して自分たちを解放してくれたのは、占領軍だったんだから、一応礼儀として「万歳」を言いに行くのはやむを得ないが、人民軍ではないのだから、余程しっかりと腹をきめて歩み出さねば、とんだ火傷をするかも知れない……だから、今はあせって組織の形を作るよりも、じっくりとかまえて、十年の無党時代を埋めて行かねばならんのじゃないか。*11

占領軍が解放軍にほど遠いのは、いまからみれば明らかである。しかし、日本の大半の民衆は厭戦気分をもちはじめたとはいえ、自力で戦争をやめさせることも、「戦後」への展望をもつこともできなかった。われわれ庶民は「あの侵略的な軍に大いに喝采していたのです。軍と半ば一体化し、だから軍がまいったときには国民もまいったのです。残念ながら軍国主義は一部の軍国主義者たちだけのものではなく、草の根の広がりと深さを持っていました」[*12]と映画評論家の佐藤忠男はみずからの体験をもとに語っている。凄惨な記憶が生々しい広島の戦災者千人へのアンケート（『中国新聞』一九四五年一二月一九日）をみても、男性の九八・八％、女性の九九・二％が「天皇制支持」だった。[*13]全国的な調査も大同小異である。人びとが新聞記者に本心をあかしたとは限らないが、それはそれで天皇制が国民をなおも呪縛していた証となるだろう。

民衆だけではない。獄死した板谷敬の弟で、誠実に農村図書館活動にとりくんでいた浪江虔は、当時の気持ちをこう語っている。

〔八月一五日以後も〕「国体護持」ということがさかんに言われました。私の頭の中では、国体護持と治安維持法とがどうしても結びつきますから、敗戦－解放という風に調子にはのれなかったのです。

正直いって私は、昭和八年から十年の、一度目の治安維持法違反では、明らかに権力をだまして嘘の転向をして、もう一度農村に住みついて何としてでも地主制度と闘ってゆこうという健気な決心で出てきたんですけれども、二度目〔山代たちの事件で懲役二年六か月〕にはとことん参ってしまいました。兄の巻きぞえでひっぱられたからでもありますが、もうごめんだという気持でいっぱいで、そういう点ではまことにあさましいかぎりでして、政治運動をする気なんか実際はありませんでした。[*14]

浪江が「解放」を実感したのは政治犯が釈放された一〇月一〇日以後だった。戦後の山代に大きな影響をあたえた美学者の中井正一も、治安維持法が廃止されてはじめて講演会をやる気になった。二年の執行猶予期間が過ぎても「予防拘禁〔の不安〕に日夜おびやかされていた」からだ[*15]。治安維持法がどれほど日本の革命運動家や知識人を内縛していたかがよくわかる。だからこそ、「占領下における平和革命」などといって性急な組織化をいそぐよりも、「十年の無党時代」を招いた原因を真剣に反省し、職場や地域に根づく努力をすべきではないか、と九津見や山代は考えたのだ。

じつは、山代は事前に質問事項を列挙した「再建党ノ行動綱領要求ノ件」をつくっていた。そこには、マッカーサーによる民主化は日本人民を「アメリカ的デモクラシーの奴隷」にするだけで「自主的な民主主義とはなり得ない」こと、人民が「自らの手で終戦を招くような運動」をしなかった事実を日本の前衛党は自己批判すべきであり、「我々は党活動を初手から始めるにも等しい状態に置かれて居る」こと、獄中の非転向同志が党の「中核を掌握されるものと思える」が、二〇年間も運動から離れていたのだから「彼等が組織の問題についてどのように考えて居るか……打診して見る必要がある」などと書かれている。九津見との会話は山代が主導したのかもしれない[*16]。

ところが、翌朝になると九津見は幹部との面談をことわられ、山代は近くにある吉宗の弟宗徳の家へ移るよう命じられた。前夜の会話をだれかが注進したのだ。そして、一一月八日に開かれた党再建の全国協議会に山代は参加できなかった。受付の黒木重徳はこう告げたという。山代の後年の回想である。

ああいう場合のことは忘れ難いもので、今もはっきり記憶にあるんですが……「君たち京浜グループについては、やって来たことも検挙のことも、真相がつかめていないし、つかみにくい。それでこういうことになるわけだが、京浜グループの検挙は、加藤四海と巴さんのはねあがりの軽挙妄動にあると、報告している同志もいる。そういう人々、特に自立会の婦人の中には巴さんが党に入るんなら、自分らは党へは入れないと言う人もあるので、真相がはっきりするまでは謹慎させるというのが指導部の方針なんだ。……個人的には僕は君に同情している。九津見さんとの夜の話についても、同じ刑務所で暮した者としては、咎める筋でもない話題だが、進駐軍をどう見るかは、幹部がきめることだからね、不謹慎に幹部のやったことを批判するのは危険分子と思われてもしかたがないことだよ……《ママ》」[17]

別の文章で山代は、「加藤四海と君のことは、検挙の手引をした挑発者か、スパイのように言われている。大体君の実弟が近衛兵に取られていると言うことはただごとではない……《ママ》。現在自立会にいる婦人連にも君は評判が悪い……《ママ》」と黒木の言を要約している。[18] つまり、幹部への批判、事件の真相、女性たちの悪評、弟の疑惑、と四つも問題があるから入党は認めない、というのである。

スパイ説については、京浜の労働者のなかに巴への不信があり、特高が加藤四海の代わりに巴を主犯に仕立てようとしたことが関係しているのではないかと第二章で述べておいた。また、牧瀬の文章によれば「自立会の婦人連」には幹部党員の妻が多いようだから、平党員でありながら非転向の獄中体験者として徳田球一に重用される山代は目ざわりだったかもしれない。小説『囚われの女たち』のなかで、主人公「光子」に対する京浜労働者の反発を友人がつぎのように〝解説〟している。自立会の出来事を念頭においた文章だろう。

「大した闘争経験もない、海とも山とも見当のつかない人が〔吉宗の〕奥さんになって来ると……心配するのよ。この人がやがて自分らの風上に立って、自分らを指導するようになるんじゃあないかと思って。そういう目で見ると、あなたの若さや幼稚さの一つ一つが目ざわりで許せないのよ」

「中央〔指導部〕のきめたことは何でも信じられた感覚には、あなたのように自分で考えて行動する人の、ユニークな発言が何となく感覚に合わないのよ」*19

入党したころの巴は指導部の方針に忠実な「はねあがり」だったが、同時に、疑問点を単刀直入にぶつける気質のあることを、「獄中手記」の一節は示していた。一九三三年、幹部の佐野学・鍋山貞親が転向を声明して党内が混乱した時期の記述である。

私は若松玲子〔共産党東京市委員会婦人部長〕に転向内容の説明を、非転向の転向者へ対する声明とか、又は対策とか言うものがあれば、それを知らせてくれと申ました処、彼女はそう言う質問を発する事、既に愚だ。転向等は闘争につきものでそんなものは問題でない、彼らは裏切りの語につきる、と申しました。

私は、それが前衛の態度か、前衛とは常に仮借なき自己批判をする責任があるではないか？　自己の弱体と無能とを隠蔽する事は自己壊滅への第一歩ではないか、転向問題が労働階級の前衛として問題にならぬと言う事程、無責任な指導があろうか、と言うような反駁を試みました。[*20]

むろん、入党二年目でこれほど明確な主張ができたとは思えない。転向問題の軽視をきびしく批判した同棲者の杉山清か、指導者は「自分から敗因の責めを負うて、その克服のために身をさらして、後から来る者の踏み台になるからこそ値打ちがある」と考えた吉宗から学んだのだろう。そうだとしても、獄中でなにも参照せずに手記を書いている山代巴が、こうした組織=運動論をしっかり身につけていたことに変わりはない。社会運動思想史にとっても貴重な発言だろう。しかし、「それが前衛の態度か」といった調子でたたみかければ、きらわれても不思議はない。「獄中で考えたことをぶっつけた」という、本書「はじめに」に引用した述懐とも符合する。[*21]

それでも、徳田は「俺もエラーの多い男で、エラーを踏みしめたおかげで非転向が貫けたんだ。君もエラーを踏みしめて前進しなさい」と「ざっくばらん」に諭したうえ、地元で活動して入党が認められればだれも文句は言えないから、と広島の古参党員小宮山富恵あての紹介状をくれたという。[*22]

とはいえ、この成りゆきはあまりに残酷である。「ナメクジが熱い塩をかけられるような、致命に近いショック」[*23]を受けた山代は、自殺の衝迫をかかえながら、近衛兵にとられた弟の徳毛伊策をたずねた。近衛兵は皇居の警護と儀仗を任務とする軍隊のエリートで、敗戦後もGHQが「禁衛府」の名で存続させていた。思想犯の家族が近衛兵になるなど普通はありえなかったから、黒木が「ただごとではない」というのも無理はなかった。

だが、これには前章でふれたように村長らの「黙秘」や府中警察署の特高の配慮があったのだ。このいきさつを弟から聞かされ、吉宗や自分たちの意図や真相を明らかにしないで自殺するのは犬死にだと諭された山代は、なんとか生家にたどり着くことができた。伊策の話は、負け嫌いのギギ風しか感じなかった農村の、べつの面を照らしだしてもいた。後年の文章であり、戦後初期にここまで明確に認識していたとは思えないが、紹介しておこう。

権力は常に人民をだまして来たが、人民の中にも常に権力の末端をだましてきた伝統があるのだ。このことが読めない限り、思想犯であった私の弟が近衛兵に選抜された道は、理解できないであろう。私が中井正一氏の言う、侵略戦争の荷担者、隣国人民の加害者としての、日本農民の意識革命の論理を、咀嚼し消化する緒《いとぐち》には、農民が権力をだました化身のような禁衛府兵士の弟との面会の場が横たわっている。村落とはかつて、権力の末端と農民との食うか食われるかの籠絡のるつぼだったのだ。*24

一一月の終わり、今度はGHQ（連合国軍最高司令官総司令部）の出先機関から出頭命令がきた。広島駅に着いた山代は、がれきの原と化した光景をはじめて目の当たりにしながら、駅前広場で浮浪児らとたき火を囲んで一夜を過ごした。遠方でまだ白煙をあげている楠の大樹が印象的だった。翌朝、向洋町に置かれた県庁の仮庁舎で、二世の男から「広島をどう思うか」と問われ、「悲惨です」と答えると、「治安維持法にひっかかったような人にそんなことを言ってもらっては困る。今後、悲惨だなどと言ったら、占領政策に反するもの」とみなし、沖縄で基地づくりの重労働だ、と警告された。[*25]GHQはラジオ・新聞・雑誌はもちろん短歌の同人誌、同窓会誌まで検閲し、占領政策への批判や原爆・空爆の実態にふれることを禁じていた。占領軍はやはり解放軍ではなかった。

一二月には、戦前の農民運動家で日本共産党再建大会（一二月一日―三日）に出席した岡田重夫・川本寿らがやってきて、入党を要請した。東京から戻ってまだひと月たらず、その気はなかった。しかし、「監獄にいたあなたが入らなければ、獄外にいたわれわれの再建活動の足を引っ張ることになる。徳田さんからもぜひ党に入れよといわれた」と説得された。一二月一〇日、岡田・山代・徳毛宜策らは徳毛宅で日本共産党広島地方委員会を結成し、岡田が責任者になった。二六歳の宜策は意欲的で、北川鉄工所を辞めて三菱重工業三原車輌製作所に入り、戦闘的な労働組合と西日本最大の経営細胞（共産党の基礎組織）をつくりあげていく。[*26]

このころになると山代も村の生活にすこし慣れてきて、戦死した家族の肖像画を描くことで女性たちとのつながりもできはじめたらしい。[*27]ところが、ここで大失敗を演じた。

敗戦後、生活難が深刻だったにもかかわらず、軍部・官庁の幹部らは本土決戦のため各地に備蓄した大量の物資を横流しして私腹を肥やしていた。GHQはその摘発に乗りだし、共産党も住民の組織づくりと結びつけて独自の隠匿物資摘発運動に力をいれた。自分の村で摘発と米の供出強制反対をかかげて村政民主化を成功させた岡田は、徳毛家の座敷で村民大会をひらくと、いきなり「戦犯追放！隠匿物資摘発！」とぶちあげた。栗生村では預かっていた軍用米四〇〇俵を夏の洪水で流されたと報告して、除隊者・引き揚げ者などに分配していた。これが露見すればみなが迷惑する。村長らは「もうアカ（共産党）はいっさい村に入れない」と申し合わせた。どの村にもなにがしか事情がある。それを調べずにスローガンをぶちあげたのだ。吉宗のいう「カラの外からどなる」式である。「もし中国のように農民が武器をもっていたら、あんたらは殺されたよ」と母イクノはあきれた。巴と宜策は村を出るほかなかった。[*28]

居場所をなくした山代を救ったのは小宮山富恵[*29]だった。一二月末、山代は結成準備中の三原農民連盟の書記に雇われた。そこは二〇ほどの共産党系農民組織でつくる広島地方農民協議会の事務局を兼ねたから、県内全域が活動範囲になった。山代は文書や会計を処理し、組織づくりやトラブルの相談があるとノートをとりながら対応し、現地にも気軽に出かけた。ノートを手に歩きまわるという戦後の活動スタイルの始まりだった。

一九四六年九月一日には、社会党・共産党系の五組合を中心に日本農民組合広島県連合会が発足した。常任書記となった山代は、日農の中国四国協議会で各県連の婦人部結成と「農村婦人に月一日の休日を」というスローガンを提案した。戸主の集まりである農民組合を「真の男女平等」にする第一歩であり、農村婦人に休養と自由を与えるためだと説明するや、それじゃあ台所や育児はどうする、と反発された。山代はすかさず、「私の提案はこの質問を産むためにわざわざなされたのであります」、日本の農家は婦人に一日の休養も与えないほど多くの負担を負わせてようやく維持されている、と答えた。[*30]女性解放・男女平等は山代の一貫した目標だが、組合員の意識を変えることが重要であり、質問・疑問を呼び起こすにはどうすればよいか、と考えてこのスローガンを提起したのだろう。四七年二月の日農第二回全国大会で山代は紅一点の中央委員となり、婦人部長に選ばれる。自立会から一年余、大企業の革命的労働者になることをめざした戦前には考えもしなかった成り行きであった。

2　中井正一に学ぶ

しかし、農民組合での活動をみていく前に、中井正一との出会いを述べねばならない。「はじめに」でふれたように、中井なしに戦後の山代はなかったからである。

中井は一九〇〇年、広島県竹原町の廻船問屋に生まれ、京都帝国大学で美学を学び、三五年に京大講師となった。だが治安維持法違反で検挙され、四〇年に懲役二年、執行猶予二年を宣告された。戦争末期、尾道の実家に疎開した中井は市の無給嘱託職員として敗戦を迎え、一〇月四日に治安維持法が廃止されるや、図書館で「微笑」をテーマにした講演会をひらいた。一一月、正式に尾道市立図書館長となり、美学やカントの講演会をはじめたが[*31]、難解で聞き手は自分の老母だけという日もあった。「何度……大衆が無気力なんだといって、安易な読書生活に帰ろうとしたかしれなかった」。それでも、年末のレコードコンサートは数十人の青年男女が窓の割れた部屋で寒さに震えながら、チャイコフスキーの「悲愴」とベートーベンの「第九」に聴き入った[*32]。

悩んだ末に中井は、外国語は使わない、論旨を簡略明快にする、実例をあげ類型化する、といった講話のコツをつかむ。「封建制イデオロギーなどといったら、彼らは、そんなハイカラなものは……自分にはないとソッポをむいてしまう」が、見てくれ根性・抜けがけ根性と類型化すると、「それなら私の中にもありますわあ」と笑いだす。そこで講談で有名な宇治川の先陣争い、すなわち、佐佐木高綱が「馬の腹帯がゆるんでいるぞ」とライバルの梶原景季にうそをついて気をとられたすきに宇治川を渡りきり、先陣の名誉と恩賞をせしめた話などを声高らかにやってみせた。これが大好評で、封建制の産物である「見てくれ・抜けがけ」に奴隷制の「あきらめ」をくわえた「三つの根性」は中井の十八番《おはこ》となり、軍国主義と侵略戦争を支えた三根性を自覚し克服する意識改革を抜きにして民主主義や平和は実現できない、と熱弁をふるった。四六年四月からのカント講座は復員青年など約七〇人が毎週出席し、七月には京都の知識人数名を招いて尾道と三原で夏期大学講座を開くまでになる。*33

友人の武谷三男によれば、戦前の京都大学の講演も美文調で「あらゆる古今東西の芸術や哲学がケンランと出てくる」うえに、学問的な情熱と「何か詩のようなものを感じ」させるものだったらしい。*34中井はまた、新村猛・武谷三男・久野収らとともに、西欧の反ファシズム文化運動の紹介と斬新な論文を掲載した専門的雑誌『世界文化』と、市民むけの週刊新聞『土曜日』（一九三六年七月〜三七年一一月）を刊行した。「生きて今ここに居ることを手離すまい」「手を挙げよう、どんな小さな手でもいい」といった詩のような巻頭言を載せた『土曜日』は喫茶店などにも置かれて、初号三〇〇〇部が最後は七〇〇〇部になった。戦後の意欲的な啓蒙活動や名調子の講演は付焼刃《つけやきば》ではなかった。

山代が中井に会ったのは一九四六年一月、「三つの根性」をはじめて採り入れた府中中学校の講演会だった。主催は藤原覚一らの府中文化連盟である。その夜の懇親会では、満蒙開拓青少年義勇軍の内原訓練所*35にいた青年が、日輪兵舎に寝起きして太陽と天皇だけ拝んで、あとは何も見ないで働いていたけれど、もっと別の窓があったらこんな戦争はやらなかったのではないかと質問した。中井はそうだ！　と膝をうち、「窓」がひとつなのは右翼だけじゃない、日本共産党もコミンテルンのほうだけ向いて、自分たち以外の社会主義者や自由主義者はみんなだめだ、「お山の大将おれひとり……」とやっているうちにだれもいなくなったんだ、「内原が右翼日輪兵舎なら、十年前につぶれた日本共産党は左翼日輪兵舎だよ」と言い切った。

中井はさらに、民主主義は仲間意識を育てるものであり、仲間への批判は補足でなければならないし、自分は講演の失敗を反省したからこそ「三つの根性」にたどりつけた、一直線につっぱしるのではなく、あやまちを踏みしめ総括をくりかえしながらすすむのが弁証法、つまり変革をもとめる者の哲学だ、と力説した。この日の中井の話は「私の雑然とした頭脳の整理に大いに役立ちました」とのちに山代は語っている。[*36]

もともと、実践と総括をくりかえしながら前進する集団的主体性のあり方が「委員会の論理」と名づけられた中井の組織＝運動論の核心であり、「自らを自らの対象とすることの出来る自律性と自由性」に基づく「安らう場所なき発展と緊張」の過程にこそ「実践的主体性」は発揮される、と中井は述べていた。[*37] 自己客観化（総括）を欠いた〝確固たる主体〟なるものは独善、いわば死んだ主体でしかないのだ。ただし、中井の詩的情熱には、神風特攻隊の「淡々として死地につく若い人々の神のごとき心境こそ、この大東亜戦争に燦《さん》として輝き出でたる華」であり、「自分のでっち上げている多くの思想がハラハラと散り、ただ歴然不磐の世界が打ち展く思いであった」と感じ入ってしまうあやうさもあった。[*38]「中井正一氏の著作の魅力は、ひねこびない、裏からのねちねちさのない正面きった明るさ……正攻法の魅力」にあるが、その「一見楽天的に見える姿勢は、暗い絶望によって裏打ちされているのではないか」とは、小田実の推察である。[*39]「絶望」には敬虔な仏教徒であることともかかわりがあるようだが、いずれにせよ、「誤りをふみしめて、誤りの中にかがやいてくる真実を、その中に生きて探りあてる。このふみしめる現実に、主体的なるものは横たわっている」[40]という中井の主体性のとらえ方は、打ちのめされ、目標を失いかけた山代を、深く励ましたと思われる。

そして、「移動パンフレット」[41]と自称する中井への共鳴と信頼は文化サークルや労働組合などにひろがり、労働争議の調停機関として新設された地方労働委員会の委員長や、広島県労働文化協会の会長に推挙される。翌一九四七年、これまで政府の任命だった都道府県知事の選挙がはじめて実施されると、共産党・広島地区労働組合会議・日農広島県連などが中井を民主統一候補にかつぎあげた。

「政治を日なたへ！　官僚政治から民衆政治へ！　政治を一人一人の手の上に！」[42]といったスローガンをかかげ、事務局は農民組合の山代が責任者になった。京都・大阪などから学者、学生、歌舞伎の板東蓑助らが手弁当でかけつけた。中井の演説は、「大いなる海の彼方から歴史の波が押し寄せてくる。暗闇の中を真昼のような太陽が照りつけ始めたのだ……」といった叙事詩のような調子で、「多くの聴衆は、先生の滔々たる声量と格調高い演説にうっとりと聴き惚れ、途中で去る者もなく静かに考え込んでいるよう」[43]だった。投票は四月五日。結果は現職の官選知事で自由党推薦の楠瀬常猪が四一万八千票（得票率五六％）、中井が二九万二千票（三九％）、池永金市三万四千票（五％）。備後南部の三原市・尾道市・御調《みつぎ》郡は中井が楠瀬を上まわり、芦品郡・深安郡はほぼ互角と、予想以上の善戦だった。[44]

この勢いは八月の夏期大学運動につながった。労働文化協会の主催で、一四の会場を講師が巡回しながら、一か所につき四日、一日五、六時間の「大学」を開いた。講師は戦前の『世界文化』同人が中心で、中井、栗原佑（経済）、新村猛（文学）、冨岡益五郎（哲学）、武谷三男（物理）、戒能通孝（法律）、中村哲（憲法）など、聴講料は三〇円、のべ三万人が受講したという。山代は運営のまとめ役をつとめながら、懇談会で受講生と語りあった。福山で人形劇活動を展開し藤原覚一とも交友のあった檀上文雄は、中井宅でのこんな思い出を書いている。*45

一九四七年夏……広島県の文化活動を語り合ったとき、山代巴さんの農村での活動が話題の中心になった。私の印象に残っているのは、中井先生が、そのまるい顔をほころばせて、語ったことばである。「いま、中国山地の農村で、あたたかく燃えているところがある。そこにはかならず山代巴がいる」。

選挙や夏期大学は山代個人にも贈りものをもたらした。城間功順《ぐすくまこうじゅん》（1923－1979）*46と栗原佑《たすく》（1904－1980）である。

城間は沖縄の首里に生まれ、県立第一中学を退学になってアメリカへの密航を企てたが途中で見つかり、船員として中国・東南アジアをまわって日本の侵略の実態を目撃した。徴兵で佐世保の海兵団に入れられ、一九四五年に南方の海で撃沈されたものの九死に一生を得て舞鶴の海軍病院で敗戦をむかえた。いまは沖縄に戻れない。病室で知りあった瀬戸内海出身の兵士に相談しようと尾道まで来たところで魚屋のおばさんに助けられ、その手伝いをするうちに中井と親しくなったようだ。*47四六年九月、中井の紹介で山代を訪ねた城間は日農広島県連の書記になって青年部を担当し、やがて山代が心おきなく話せる同志になっていく。
また、栗原は広島市外の竹屋町に生まれ、京都YMCA総主事になった父と京都に移り、京都大学で経済学を学んだ。ハイネ『ドイツ宗教哲学史考』の翻訳や中国の革命派青年と交流するなど多彩な経験をかさね、治安維持法違反で一九二八年に懲役四年、四三年にもメーリンク『ドイツ社会文化史』の翻訳で懲役六年の刑をうけて、四五年一〇月まで監獄にいた不屈の研究者、運動者である。中井の選挙応援にきた学者のなかで、ただひとり山村を歩きまわり徹夜で青年たちと語りあってくれた。その案内をした城間の心酔ぶりから、山代も「栗原先生なら私のこの胸中を理解して下さるだろう」と思うようになって、ながい手紙を書いたのだった。[*48]

きっかけは千光寺山にあったNHK尾道放送局で一五分間の話をしたことだった。テーマは「婦人の解放」。ローカル番組[*49]とはいえ無名の山代に依頼がきたのは日本農民組合婦人部長になったからで、新憲法の施行を翌日にひかえた一九四七年五月二日の午前七時一五分、山代は男女同権を生活のなかで実現するには参政権や賃金だけなく、家事・育児・看病から農作業までまかされる農家婦人の過重労働を改善しなければならない、政治も議員任せでなく「日頃から自分の目でよく物事を見きわめることが大切で」、脅されたり尻馬に乗って自分の意見をまげてはならない[*50]、と語った。放送原稿の欄外に「これは焦点がぼけている」との書き込みがあるようにやや散漫だったが、傍点の部分などに山代らしさが出ていた。

この千光寺山で山代は岩割りの松に出会い、その感動をバネに、「いままでは忘れようと努力していた、思い出したら悲しくて生きていられそうもない」ことどもを書きつづった。手紙は一部を省略し「岩で出来た列島」のタイトルをつけて京都の雑誌『時論』(一九四七年八月)に掲載された。[*51] 山代はのちに、「これによって、自分の書いたものが活字になるという自信を持った[*52]」と述べているが、手紙のエッセンスは本書「はじめに」の冒頭にかかげた一節、「岩で出来た列島に風が吹きつけて居ます。……泥にまみれてしまって、どんな野末に捨てられたって良いような人間によって、一番かたい岩が砕かれねばならぬ運命があるようにも思えます」、に示されていた。

こうして、「ひどい疑いと過信とが結合した空気の中を、語る人もなく歩いて[*53]」きた山代は、一九四七年半ばまでに中井・城間・栗原という三人の信頼できる人物に出会うことで自己の原点を見つめなおし、あらたな一歩を踏みだすことができた、と思われる。

3　立候補を拒否する

ところが、このころから共産党と社会党の対立が激化した。日本農民組合は一九四六年に社会党の主導で再建されたもので、共産党は当初、地域に根ざした農民委員会の結成を主張していた。だが、途中で方針転換して合流し「ダラ幹排撃」に力を入れたから、一九四七年二月一二、一三日の第二回全国大会は壇上での乱闘や裏取引の連続だった。それでもなんとか統一を維持し、広島県連も社会党の佐竹新一会長のもとに結束した。山代は女性でただ一人の中央委員に選ばれ、二月一七日の常任中央委員会で婦人部長に任命された。[*54] しかし、山代は不本意だった。

そのときの私の心境は、これはおかしい、もしも他の県に、私がしてきたほどの活動をする女もいないとしたら、この組織は一体なんだろう。大会の始まりから終わりまで揉みに揉む内容はといえば、建前はどうであれ、実際には政治的な勢力争いばかり……お互いが村で、お互いの組織をつくるとき、妨害になったに違いない古い意識と、その意識との闘いをどうするかなど、てんで持ち出すすきもないこの会議、こんな会議が、自らの力で闘おうとする農民の、代表者の会議といえるのだろうか、という疑いでいっぱいでした。中央委員という肩書、婦人部長という肩書、それらが狐のくれたお札のようにも思えてくるのでした。[*55]

案の定というべきか、五月一五、一六日の日農広島県連大会で、山代と城間は書記局員を解任され、山代は中央委員の資格も失った。[*56] 四月の県議会・市町村議会の選挙では山代も県連の決定にしたがって社会党を応援し、推薦候補のほとんどが当選した。しかし、国会議員選挙で衆参両院の第一党になった社会党は高姿勢に転じ、民主党・国民協同党との連立政権交渉でも共産党との絶縁を迫られていた。そのため、鈴木茂三郎ら社会党左派も共産党との絶縁を宣言し、五月二四日に社会党の片山哲を首相とする連立政権が成立する。だから山代らの解任は全国的なうごきの一環だった。他方、六月の共産党広島地方会議では、知事選で中井の社会党入りを容認しながら書記を解任された山代への批判が高まった。しかし山代は動じなかった。栗原への第二信でこう述べている。

まず日農広島県連大会について。じつは山代は病気で大会を欠席したのだが、病気見舞のカンパを提案したのは「天皇主義で名の知れた杉原老人」であり、共産党排除の動議に政党支持の自由をかかげて反対したのは無党派の活動家だった。農民組織にはさまざまな立場の人が参加し自主的に活動している。山代はこの事実を自負をこめて指摘したうえで、断言する。

〔事務局からの共産党員排除は〕私達の敗戦でありますが、それは共産党が排撃されたからではありません。たとえ社会党が排撃されても、これは私達の運動方針から言えば敗戦であります。農民運動は政党人の遊戯ではありません。*57

農民・労働者・住民などのいわゆる大衆運動はそれぞれ固有の課題を実現するための運動であり、政党の方針・利害を押しつけるべきでない、ということは戦前の左翼においても当然の原則であった。だが、現実には党派の引きまわしによる分裂と自滅の連続であり、その反省もなく戦後の活動が再開されていた。

また知事選では、社会党は現職の楠瀬支持を決めていた。だから、中井を民主統一候補とするには社会党員になるほかなかった。定員五八の県議選で社会党六、共産党〇の結果が示すように革新の力はまだ弱い。それなのに「労働者のカタイジ、農民のガンコ」を理解せず、「我が党の慾望」を押しつけたり「理論によつて切り捨てる」*58のは、「労農戦線へは不信を、保守陣営からはアナドリを、党内では攪乱を起こすだけ」ではないか、と山代は栗原に書いた。広汎な人びとを結集しきびしい現実を切り拓くにはどうすべきかという視点で考えるべきだというわけだ。人民戦線の思想、京浜グループの精神である。

じつは、これより半年前の一九四七年一月一一日、日本共産党の機関誌『アカハタ』は、吉宗の三周忌を記念して、「彼の好き伴侶であった同志ヤマシロ・トモエが本紙に寄せられた彼の輝かしい苦斗の思い出」を掲載した。磐城炭鉱から京浜にいたる吉宗の歩みと生活態度を具体的につづった長文の記事に、編集部は「やさしい心〝星のノート〟」「弾圧の中でみがいた理論の武器」という見出しをつけ、結婚の記念写真を添えた。指導部が山代巴の〝無実〟と復権を公式に認めたことになる。巴の最初に活字化された文章でもあるこの記事の末尾は、つぎのように締めくくられた。

恨みはつきない。あきらめることの出来ない獄死。彼の獄死が私に与えた打撃は私の言葉ではいいあらわす事が出来ない。だが私は生きて獄から帰った。そして、微力、党の与える部署に全身をもって斗っている。

故同志ヤマシロ・ヨシムネ

彼への礼儀はただ一つ

彼のすべてが捧げられた党の拡大強化のために斗うこと

私はそう信じている[*59]

生き残ってしまった山代巴にとって、共産党員であることは吉宗への「礼儀」であった。しかしながら、この記事でも山代の鬱屈は解消しなかった。岩を溶かす松の根のように、わかい労働者や女性からいつのまにか信頼を得ていた吉宗、「今でも一番尊敬している人間、ああもいじらしく生きられるものかと驚いている人間、私の山代吉宗」、「だが彼はもう居《お》らないのです。居らなくなっても、党は何とも思わない人間の仲間だったのです……一日たてば一日づつ皆から忘られて行く人だったのです」、と栗原に訴えている。[60]

巴の名誉は回復されても、吉宗の痛切な自己批判から生まれた運動論はやはり相手にされなかったのだろう。一九五五年ころに書かれた「自己批判ノート」[61]に、つぎのような一節がある——一九四五年の「屈辱と誤解」、「広島県委員会誕生のあり方に対する不安」、「47年2月の日農大会での大衆のもり上がりの中での淋しさ」、「党第5回大会〔四六年二月〕と、そのあとの婦人党員会議での深い寂りょう〔寂寥〕と敗者の感、これらが深く自分の生活態度の中にみなぎって〔いた〕。……これは岩でできた列島などに現れていると思う」。

それでいて、一九四七年四月の衆議院議員選挙に広島県第三区（尾道・府中・三次など県東部）から立候補せよと命じられた。

「籠絡しないでください」と、徳田さんのいる代々木の幹部室へことわりに行きました。徳田さんは額に青筋を立てて机を叩いて、立候補を強制しましたが、私もまた机を叩いて抗弁して、「立候補するほどなら死んだ方がましだ」と言って帰りました。ずり落ちた岩の断面の松の根の姿を見ていると、立候補を蹴った自分の今後の生き様が見せつけられているようで、一層涙がこみ上げました。[62]

秋になるとまた言われた。謹慎を命じたのは書記長ではないか、と山代はむきになって抗議し、徳田も「この幹部室で君のように、おれの命令に真っ向から反対した者はいない！　あんたの一番悪いところはそこだ。我流判断はやめろ！」と烈火のごとく怒ったという。[*63] 選挙の候補者に指名されるのは党員として名誉なことであろう。それをことわり、家父長、天皇と陰口された徳田に机をたたいて抗弁したのだ。山代の秘められた烈しさが噴出した出来事だった。[*64]

とはいえ、激情の底には冷めた覚悟があった。栗原への第二信の最後で、六月の共産党広島地方会議が山代を批判しながら常任委員に選出したことに言及し、こう訴えている[*65]――「私は単なる芸術の使い」であり、村から村へ「歩かずにいられないと言う旅人」だ。党員だから「あたえられた部署を黙って守る」が、末端の犠牲を省みない「乃木将軍式のやり方がどこでも圧倒的に多い。だから、私達のような女性はとてもついては歩けない」。けれども、「日本の共産党も日本の人民がつくっているのですから、その党内の民主化、党が真に大衆の前衛となるためには、実に実に貴重な人柱が要求されているのではないか」。だから、「批判の嵐に頬を打たれ足もとをさらわれながら、それでも大衆の中へ大衆の中へと行こうとする、それはまるで人柱のように思えるのです」。

カタツムリのようにびくびくしながら、抜けがけ根性の塊になって弱者を追い落とし侵略戦争を支えてきた農村社会のなかに、じわじわと根を下ろしていくためにも、岩でできた共産党を「真の前衛」につくりかえる「人柱」になるほかない、というわけだ。それゆえ山代は、ながい手紙の最後のほうにこう書いたのだった。

思えば全く残酷な歴史の風がこの列島の上を吹いて行く。こう云う時代にお互は生きているのだから、お互に大切にしあいましょうねと心から言いたいのです。[*66]

＊1　羽仁五郎『ミケルアンヂェロ』（岩波新書、一九三九年）は吉宗も「是非必読」（書簡番号158　一九四三年一二月五日）と巴に勧めており、巴は和歌山刑務所で「繰り返し読む度に、平和への歴史に生きる勇気と励ましを得た」という（「めぐりあい　この一冊」『信濃毎日新聞』一九八六年一〇月一三日）。
＊2　藤原覚一『昭和結び方研究』東宝書店、一九四三年。
＊3　イクノから巴あて、書簡番号32（一九四一年一〇月）。
＊4　「郷土の恩師」一九九〇年（著作集⑥二一ページ）。
＊5　筆者による聞き取り（二〇一三年一二月）。やがて共産党の専従になる宜策をはじめ一家の生活を支えるために苦労しつづけたのは尚子であった。
＊6　（メモ）「戦後の序」（広島大学文書館所蔵）。
＊7　前掲「郷土の恩師」（著作集⑥二一、二三ページ）。
＊8　『広島県史通史編Ⅶ・現代』広島県、一九八三年、四四九、四五〇ページ。
＊9　「黎明を歩んだ人」（牧瀬菊枝編『田中ウタ』未来社、一九七五年）著作集⑦一四六ページ。
＊10　牧瀬菊枝『一九三〇年代を生きる』思想の科学社、一九八三年、二五五ページ。
＊11　「山代巴さんに聞く」『季刊　いま人間として』1、径書房、一九八二年六月（著作集①「前後の出発」二三六ページ）。
＊12　佐藤忠男『草の根の軍国主義』平凡社、二〇〇七年、八ページ。
＊13　前掲『広島県史　通史編Ⅶ　現代』三九ページ。
＊14　浪江虔「八・十五と私」『町田地方史研究』2、一九七七年九月、一二ページ。

＊15　中井正一「地方文化の問題」『中井正一全集』4、美術出版社、一九八一年、一八〇ページ。
＊16　前掲、（メモ）「戦後の序」。九津見も、わたしが「進駐軍を解放軍というのは間違いね」といったらしいが、「もう二八年も昔のことですから……はっきりおぼえていません」と語っている（牧瀬菊枝編『九津見房子の暦』思想の科学社、一九七五年、一四五ページ）。
＊17　前掲「山代巴さんに聞く」（著作集①二三八、二三九ページ）。
＊18　「籠絡のるつぼ」『展望』一九七一年四月（著作集⑦一九八ページ）。
＊19　『囚われの女たち』③二二六、二二七ページ。
＊20　「獄中手記」『獄中集』一一三ページ。
＊21　農民運動史研究者の横関至は、徳田球一・志賀義雄を中心とする「府中組」や宮本顕治らは最高指導部を名のって組織を「再建」したが、三二年テーゼのままに天皇制打倒やダラ幹（社会民主主義者）粉砕を唱え、徳田は「党は上からつくるもんです」と公言して指導部をかためた。しかも労働・農民運動の指導者になった長谷川浩・伊藤律・保坂浩明は運動経験が皆無だった、と指摘している（横関至『農民運動指導者の戦中・戦後』御茶の水書房、二〇一一年、一六四、一七七ページ）。また、一九三四年に過激な運動方針を押しつける党中央（袴田里見）を批判する「多数派」の中心になった宮内勇は、戦時中に「獄外にあって転向をよそおいながら社会の各層にひそかに機を待ち、それぞれの地盤と能力を培っていた」「中堅分子」のあいだでは、共産党がはじめて合法舞台に登場するのだから、党のあり方や基本方針について「じっくり腰をすえ、想を練った上で、おもむろに国民の前に登場して貰う必要がある。そういうのが大体みんなの一致した考えであった」と述べている（「終戦直後の時代」『運動史研究』5、三一書房、一九八〇年、六〇、六九ページ。宮内の文章については横関至の教示を得た）。
　なお、山代の主張に対して、最高幹部の志賀義雄は「人権だの質問だのわかりきったことだ、いまさら何をいうか」と一蹴したらしい（山代の直話）。
＊22　前掲「山代巴さんに聞く」（著作集①二三九、二四〇ページ）。

＊23　前掲「黎明を歩んだ人」（著作集⑦一四八ページ）。
＊24　前掲「籠絡のるつぼ」（著作集⑦二〇一ページ）。
＊25　前掲「山代巴さんに聞く」（著作集①二四二ページ）。「占領下における反原爆の歩み」一九九一年（著作集④一〇－一二、一五ページ）。
＊26　前掲「山代巴さんに聞く」（著作集①二四二ページ）。徳毛宜策「新しい伝統をつくるために」『前衛』一九六八年四月、一六二ページ。『広島県史　通史編Ⅶ　現代』一三〇ページ。
＊27　神田三亀男『山代巴と民話を生む女性たち』広島地域文化研究所、一九九七年、四八ページ。
＊28　「解説」『武谷三男著作集6　文化論』勁草書房、一九六九年（著作集⑥一八四、一八五ページ）。
＊29　小見山富恵は三原の出身、賀川豊彦の推薦で雑誌『女性改造』の記者となり、山川均・菊栄夫妻から社会主義を学び、共産党指導者のひとり高橋貞樹と結婚した。高橋の死後、大阪の労働婦人運動の発展に尽力し、戦時中は転向を表明して家業の遊郭を継ぎながら地域とのつながりを保ち、敗戦後はいち早く共産党や労働組合の再建に取り組んでいた。鈴木裕子「ある女性活動家の軌跡」（近代女性史研究会編『女たちの近代』柏書房、一九七八年、二九二－三〇五ページ）。前掲「山代巴さんに聞く」（著作集①二四二ページ）。
＊30　（ノート）「日本農民組合時代Ⅱ」（三次市教育委員会所蔵）。
＊31　馬場俊明『中井正一伝説』ポット出版、二〇〇九年、四四一ページ。
＊32　中井正一「地方文化の問題」『中井正一全集』4、一八三ページ。「地方文化運動報告」『中井正一全集』4、一七二ページ。
＊33　中井正一「聴衆0の講演会」『中井正一全集』4、一九二ページ。
＊34　武谷三男「思い出」（久野収編『中井正一　美と集団の論理』中央公論社、一九六二年、二四二ページ）。
＊35　内原訓練所は一九三八年、茨城県東茨城郡内原に設立された。一五～一九歳の若者が二、三か月間

の訓練を受けて「満州」北部、ソ連との国境付近に入植した。モンゴル遊牧民のゲルを模した円形の「日輪兵舎」が三〇〇余棟あり、総計八万数千人が送り出されたという。

＊36 前掲「山代巴さんに聞く」（著作集①二四九、二五〇ページ）。「城間功順を通して知る栗原先生」『栗原佑 続 未完の回想』一九八三年（著作集⑥九八ページ）。

なお、武谷三男は当時の「東京の進歩的グループが主にソ連一辺倒で、ソ連のものなら何でも有難がるのに反して、〔中井らは〕ソ連のものに対しても的確な批判を行い、よいものとくだらないものをはっきり分けていた」と書いている（武谷三男、前掲「思い出」、『中井正一 美と集団の論理』二四六ページ）。だが、官憲はそうした中井の文章を「コミンテルン並日本共産党の運動に寄与する」ものとみなした（「中井正一に対する治安維持法違反被告事件予審終結決定」、司法省刑事局『思想月報』76、一九四〇年一〇月、四一ページ）。

＊37 中井正一「委員会の論理」（一九三六年）、「Subjekt の問題」（一九三五年）（前掲『中井正一 美と集団の論理』六二、八六ページ）。

＊38 「橋頭堡」『京都新聞』一九四四年一一月二日、九日（『中井正一全集』4、九七、九九ページ）。

＊39 小田実「正攻法の魅力」『中井正一全集2 月報』九ページ。

＊40 中井正一「地方文化の問題」『中井正一全集』4、一八三ページ。

＊41 中井正一「農閑期の文化運動」『中井正一全集』4、一五九ページ。

＊42 新聞広告の文言（『中国新聞』一九七六年一月一九日、「地の塩の記録」9）。

＊43 中村美智子「中井先生の知事選挙を手伝った小娘たち」『中井正一全集4 月報』九ページ。

＊44 前掲『広島県史 通史編Ⅶ 現代』六五ページ。

＊45 檀上文雄「人形劇と山代さん」『山代巴を読む会会報』7、一九八三年七月、四ページ。

＊46 栗原への弔辞で城間は、「呼び易いので皆さんシロマと言われますが、栗原さんは最後までグシュクマ君と私を呼んで」くださった、と述べている（栗原広子編『栗原佑 続 未完の回想』（私家版）、

一九八三年、一五五ページ）。

＊47　城間の栗原への弔辞（前掲『栗原佑　続　未完の回想』一五五ページ）、山代、前掲「城間功順を通して知る栗原先生」（著作集⑥九六ページ）。城間は六人弟妹の長男で、父母と弟妹三人が沖縄戦で殺された。日本政府とGHQは一九四五年一一月以降、「非日本人」（中国人・台湾人・朝鮮人・琉球人）の送還を推進した（戸邉秀明「『残留者』が直面した境界の意味」二二八－二三四ページ）。そこで弟は帰島したが功順は残留を選択したようだ（『千代の青春』著作集⑧二九〇－二九二ページ）。

＊48　前掲「城間功順を通して知る栗原先生」（著作集⑥一〇一ページ）。栗原は戦後、各地で講演会などを精力的におこない、一九五〇年から大阪商科大学（現・大阪市立大学）、一九六八年から熊本商科大学の教員となった（前掲『栗原佑　続　未完の回想』二三八、二三九ページ）。

＊49　『とっておけない話』径書房、一九八七年、二〇一ページ。

＊50　「婦人の解放（NHKラジオ放送原稿）」（三次市教育委員会所蔵）。

＊51　栗原佑あて書簡、一九四七年五月。栗原が受け取ったのは五月一四日（『獄中集』四八七ページ）。もとの手紙は『獄中集』に、雑誌掲載文は著作集①に収録されている。省略は全体の二、三割ほどで文章はすっきりしたが、重要な欠落も生じた。たとえば、本書の「はじめに」の冒頭に掲げた一節でいえば、「〔前略〕だが岩を割って此の松のように頑健に成長すると私は信じます。そうなるためには、あっちからは刑務所に入れられ、こっちからはスパイだと言われ、泥にまみれてしまって、どんな野末に捨てられたって良いような人間によって」の傍線部分が省略された。また、岩割りの松をみたのは打ち合わせに来た五月一日だったが、放送当日（五月二日）の出来事のようになった。

＊52　前掲「城間功順を通して知る栗原先生」（著作集⑥一〇一ページ）。

＊53　前掲、栗原佑あて書簡（『獄中集』五八二ページ、著作集①二二一ページ）。

＊54　婦人部長山代巴「婦人部のお知らせ（一）」（三次市教育委員会所蔵）。本部婦人部が結成され山代が選出された経緯とそこでの議論を各支部長・執行委員に報告した文書（ガリ版印刷）。決定をオープ

ンにしようとする山代の姿勢が見てとれる。
＊55　「農民運動期の中井先生」『思想の科学』一九五九年九月（著作集⑥六五ページ）。
＊56　「婦人と地域活動」『協同組合経営研究月報』一九七五年九月、一〇ページ。
＊57　栗原あて書簡Ⅱ、一九四七年六月二五日付（『獄中集』五八七、五八八ページ）。
＊58　同右、五八九ページ。
＊59　『アカハタ』の文章は「である」調だが、草稿は「です、ます」調で、引用部分の「彼の獄死」などの「彼」も、草稿では「あなた」だった（『獄中集』五七六ページ）。
＊60　前掲、栗原あて書簡（『獄中集』五七九、五八〇ページ）。
＊61　「自己批判と新しい概念への抽象化」と題されたノート。また、一九四八年に山代は旭硝子での「職場サークルの経験と、広島県労働文化協会の統一戦線の方向に対する批判」を党の理論誌『前衛』に送ったが「ケイサイをことわられた」という。
＊62　「山代巴さんに聞く」『季刊　いま人間として』2、径書房、一九八二年九月（著作集①二七五ページ）。
＊63　前掲「黎明を歩んだ人」（著作集⑦一五九ページ）。山代は徳田との口論が一九四七年に二回あったと明記してはいないが、二月ころと秋と、二回の立候補命令があったと考える。前者の論拠は、「立候補か日農婦人部長か」と題された文章（ノート「日農のころⅠ」三次市教育委員会所蔵）と栗原あて書簡（『獄中集』五八二ページ）、後者は、四七年の夏期大学の「総括をしている秋」に呼び出され「すったもんだのあげく、明日まで考える猶予をもらって」田中ウタのアパートに泊まり、おたがいの戦後を話し合うなかで断る決心がついた、という記述である（第九章参照）（前掲「黎明を歩んだ人」著作集⑦一五九、一六一ページ）。なお、立候補問題の前に、日農の婦人部長になれ、ならぬの押し問答を共産党本部でやっていたらしい（同右、一四九ページ）。
＊64　山代に迷いがなかったわけではない。一九四八年の補選（広島三区）にも立候補を命じられて「当

惑しきった」山代が宮本百合子を訪ねると、「あなたは自分の意見が認められたときは胸を張って堂々としているくせに、認められないとしょげてしまう、それはいけない態度よ」と叱られた。戦前の留置場で教えをうけ、製図用具を贈られた百合子とは一九四五年一〇月の自立会で再会しており、そのときも「それはあなたの力で発見した素晴らしいものよ」と励ましてくれたという。一九五一年に急死した百合子への追悼文の最後に山代はこう書いた――「私が百合子さんと話した時間は総計して幾時間もない。しかし私はあの人の一筋に生きて来られた、雄々しい気魄が、私の弱々しい卑屈な魂を耕し、深く大きな根を拡げてきたことを思う」(「製図用具の感激」『新日本文学』一九五一年四月。著作集⑦一〇ページ)。

＊65　一九四七年六月七、八日の広島地方党会議は約二〇〇名が参加し、はじめて無記名投票で九名の地方委員を選び、その内の三名(中村定男・徳毛宜策・山代巴)が機関専従となった(広島県党史資料保存・作成委員会編『日本共産党　広島県党史　略年表(第一次)』同委員会、一九八四年、一四ページ)。中央から派遣された志賀義雄や理論派が批判しても、第一線の活動家は山代を支持したのかもしれない。徳毛宜策は一九四七年、一四万人を結集した広島県労働組合会議の議長となり、衆議院議員選挙に広島二区(呉市)から立候補し、四八年五月には共産党広島県委員長になる(同右、一四、一五ページ)。

＊66　前掲、栗原あて書簡Ⅱ(『獄中集』五九一、五九二ページ)。

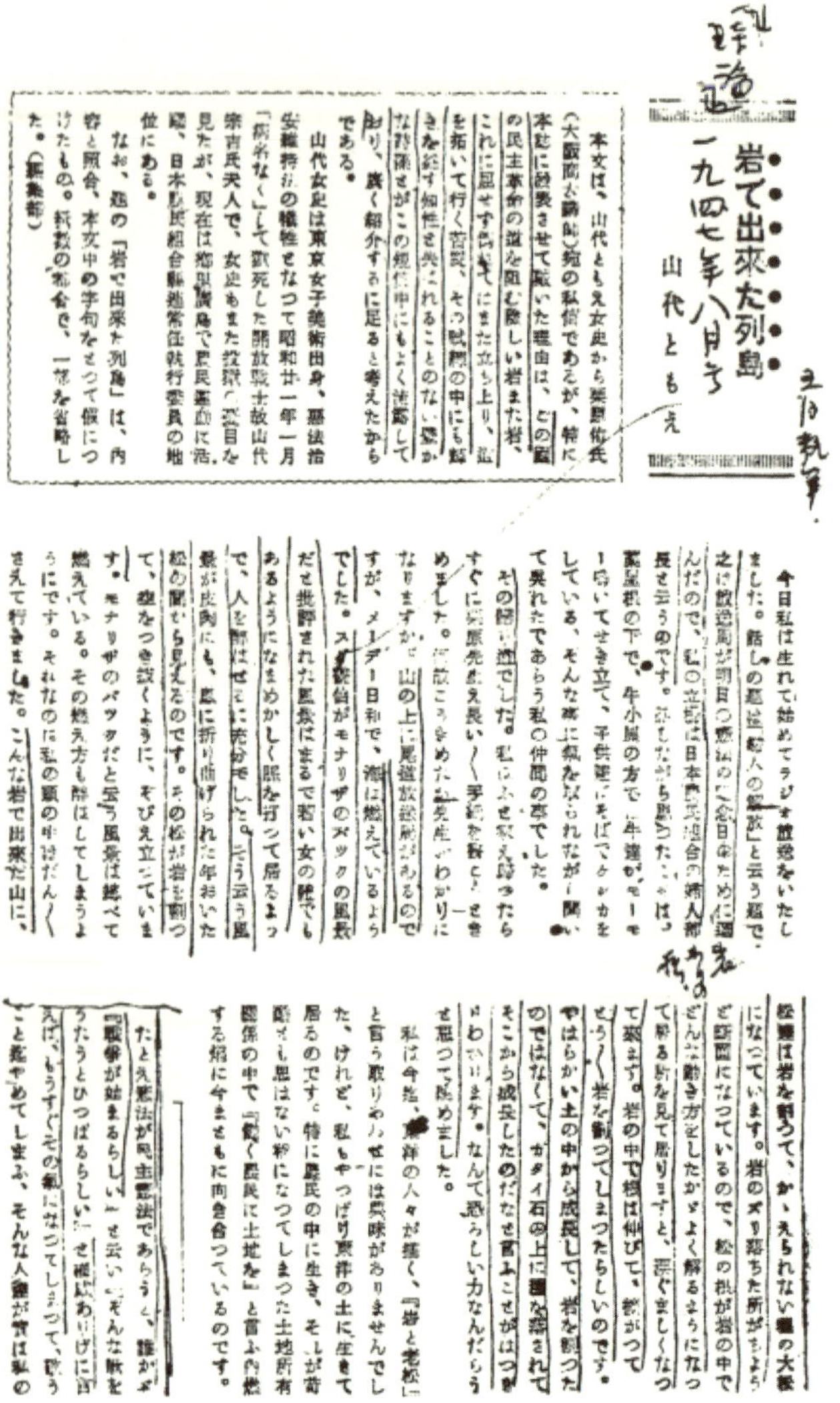

一九四七年八月号

岩で出來た列島

山代ともえ

本文は、山代ともえ女史から栗原佑氏（大阪商大講師）宛の私信であるが、特に本誌に發表させて戴いた理由は、どの國の民主革命の道を阻む險しい岩また岩、これに屈せず何度でもまた立ち上り、血路を拓いて行く苦難、その戦闘の中にも鮮きを絶す知性を失はれることのない豊かな詩藻さがこの短信中にもよく表現されて居り、廣く紹介するに足ると考えたからである。

山代女史は東京女子美術出身、治安維持法の犠牲となつて昭和廿一年一月「病名なく」して獄死した解放戦士故山代吉宗氏夫人で、女史もまた投獄の憂目を見たが、現在は郷里廣島で農民運動に活躍、日本農民組合縣連常任執行委員の地位にある。

なお、題の「岩で出來た列島」は、内容と照合、本文中の字句をとつて假につけたもの。紙數の都合で、一部を省略した。（編集部）

今日私は生れて始めてラジオ放送をいたしました。話しの題は「婦人の解放」と云う題で。之は放送局が明日の農村のこ念日のために選んだので、私の立場は日本農民組合の婦人部長と云うのです。私もながら思つたことは、藁屋根の下で、牛小屋の方で一年中牛がモーモー鳴いてせき立て、子供達にそばでワイワイかをしている、そんな中に私をならせながら聞いて呉れたであらう私の仲間の事でした。

その時の話でしたが、私にふせ取え時つたらすぐに栗原先生え長い〜手紙を書こうときめました。放送局のある[illegible]になりますから山の上に尾道放送局があるのですが、メーデー日和で、海は燃えているようでした。スタジオがモナリザのズックの風景だと批評された風景にまるで若い女の肌でもあるようになまめかしく脈を打つて居るようで、人を酔はせずに充分でした。そう云う風景が皮肉にも、風に折り曲げられた年おいた松の間から見えるのです。その松が岩を割つて、空をつき裂くように、そびえ立つています。モナリザのバックだと云う風景は総べて燃えている。その燃え方も酔はしてしまうようにです。それなのに私の頭の中はだんだんきえて行きました。こんな岩で出來た山に、

松樹は岩を割つて、かゝえられない程の大木になつています。岩のズリ落ちた所がちようど断面になつているので、松の根が岩の中でどんな働き方をしたかゞよく解るようになつて居る所を見て居りますと、凄ぐましくなつて來ます。岩の中で根は伸びて、拡がつてとう〜岩を割つてしまつたらしいのです。やはらかい土の中から成長して、岩を割つたのではなくて、カタイ石の上に[illegible]落されてそこから成長したのだなと言ふことがはつきりわかります。なんて恐ろしい力なんだらうと思つて眺めました。

私は今治、[illegible]洋の人々が描く、『岩と老松』と言う取りあはせには興味がありませんでした。けれど、私もやつぱり農村の土に生きて居るのです。特に農民の中に生き、それが苛酷とも思はない程になつてしまつた土地所有関係の中で『働く農民に土地を』と言ふ内燃する焔に今までもに向き合つているのです。

たとえ憲法が民主憲法であらうと、誰かゞ『戦争が始まるらしい』と云い、そんな噂をうたうとひつぱるらしい、と根拠ありげに云えば、もうすぐその気になつてしまつて、戦うことを止めてしまふ、そんな人達が實は私の

「岩で出来た列島」（『時論』1947年８月）〔傍線・書き込みは山代巴〕

第四章　鏡としての作品

『蕗のとう』（暁明社刊。装幀・挿絵：赤松俊子）

初版（1949年10月20日）の表紙
絵は『大衆クラブ』版と同じ

再版（1949年11月 7 日）の表紙

再版の扉

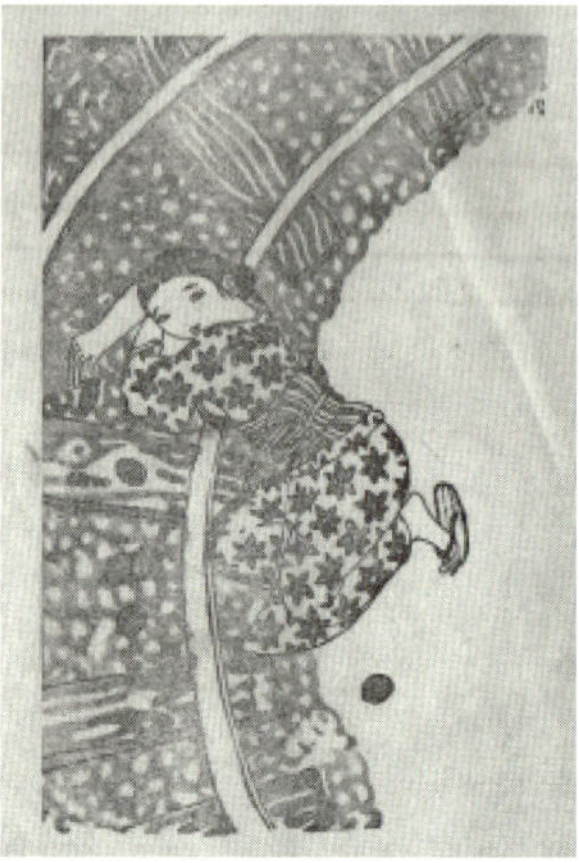

再版の口絵

1　三つのものさし

それでは、山代巴は実際に農村でどのような活動をしていたのか。

広島県連合会の常任書記だったころの山代は、「農村婦人に月一日の休日を」というスローガンのもと、各地で婦人集会を開いた。ところが、会場ではだれも発言せず、帰り道に話しかけてくる。沈黙をほぐすことが当面の仕事だと考えた山代は、日農第二回全国大会で東京に行くと、農山漁村文化協会の紙芝居を買った。森の猿がおもちゃの大砲を撃って大さわぎになる「ドガーン」など他愛ない童話だが、中井正一は「えーぞこれは。まずみんなで笑って、白紙のところから出発するんだ」とおもしろがった。[*1]

しかし、日農が提起した「小作農の耕作権確立」「地主制解体」の主張は、小規模な自作農・自小作農が大半の広島では支持されず、県連の組織率（一九四八年）は一〇％程度、全国平均二五％の半分以下だった。[*2]農繁期の共同耕作・共同炊事の提案にも、戦時中にやらされてこりごりした、味噌とこうこ（漬け物）だけで栄養失調になっても「共同」は二度としたくない、という。弱者にとっては昔からのユイ労働（共同作業）でさえ重荷であることを、やがて山代自身も痛感させられるが、小説「いたどりの茂るまで」（一九五〇年）ではつぎのように描かれている。

早い家は今日中に田植を終わるだろう。終わった家は手伝いに出るだろう。たとえ一時間の手伝いを受けても、恩に着て白い飯も出さねばならぬ。誰もそれが嫌だから、一年中に今日ほど忙しい日はない。*3

この心情が「はじめに」でみた「負け嫌いのギギ風」につながる。しかし、これを理念で否定するのではなく、「むしろ興味を持って、どうしてそのような怨嗟《えんさ》が燃え上がるかに耳を傾け」ようとした。*4 そして左翼の文化組織の機関誌『文化革命』（一九四七年一一月）でこう訴えた――現実から方針を見出す努力をせずに、「本部指令を直輸入して行けば、たとえ本気で働いていても、その行動は大衆から離れて行き、日農の運動は孤立する」ほかない。「新しいボスを養成するか、有名無実の組合になるか、大衆から孤立するか」、この三つの結末を避けるには、政党や労組の呼びかけに「おつきあいするのではなく」、議論ばかりの組合の集会より「ヤクザ芝居を見る方が好きだと言う農民の気持ちにぴったりと結びついて、暮しの一番中心になる問題を皆の中心問題に」しなければならない、*5 と。

ところが、社会党や保守の古い指導者はそれをごく自然にやっていたのだ。かれらは村に入るとまず話を聞いてまわり、具体的な事例を豊富に示して村人の気持ちをつかんだ。山代を排除した県連会長の佐竹新一も、演説では「いつの間にか人々が首を上げ、自信を持って何かをやろうとする顔にして」いた。「私は自分の検挙までの活動や、刑務所で得てきたことなんかが小さく見えてきましたね。なんて自分は世間知らずのセクトだったんだろうと思うほど、彼らは大衆運動で鍛えられていたんです」。*6 磐城の炭坑でも「ダラ幹」のほうが坑夫たちの共感を得ていた。吉宗の教えや京浜での経験を振りまわすだけでは農民の気持ちをつかめない、と気づかされたわけである。

また、一九四七年の夏期大学運動の盛りあがりも長続きしなかった。敗戦後、静岡県三島市の庶民大学をはじめ自主的な学習運動が各地で展開された。神奈川県の鎌倉アカデミア、京都人文学園のように常設化されたところもあったが、多くは一九四八、四九年ころから急速に衰退した。農村の青年団などにヤクザ踊りやヤクザ芝居、賭博が急速に広がっていくのもこの時期のようだ。[*7] 広島では労組の努力で翌年も夏期大学が開かれたが、農村は四七年秋から早くもバクチなどの「退廃ムード」がひろがった。「都会で論争と喧嘩ばかりしてる講師たちが、どうして、この青年たちの真中に飛び込んで来てやらないのか。村は、村から村へ、反動攻勢のボス連の焼き打ちにかかって、次から次へ燃えてしまって、焼け落ちていっているのに」、と中井は「地方の青年についての報告」[*8] のなかでくやしがった。

これに対して山代は、夏期大学は一応の成果をあげたが、内容的には「聴講者に期待はずれの気持を持たせた」とあっさり言い切った。理念が言葉のうえばかりで、具体的な一歩をふみだす力にならなかったからだ。むしろ、封建的、反動的と口にするだけで、「充分な用意も、適切な表現も出来ない」のに「間にあわせの新しい文化運動を持ち込んで、農民に嫌われ」てしまった。現実を的確に把握する「科学的観察力」をみがき、「多数が警戒なしに近よれて、しかも因習を打破してゆけるような」文化活動を考えねばならない、[*9] と山代は主張した。

中井と山代の文章はおなじ雑誌(『青年文化』一九四七年一一月号)に載った。それだけに、「先生を引っぱって来るだけで、指導性は人まかせ、ただ情熱と行動だけで文化運動を進めようとすることはすでにあまい夢になりつつある」という山代の指摘に中井は困惑したかもしれない。意識革命のない民主主義はあてにならないという切迫した思いにかられて、中井は学問よりも啓蒙活動に重きをおいてきたからだ。「焼け落ちた」という中井の言葉も、その「現実からのがれようもない人間には悲しい響き」だった[*10]と山代は述べている。山代はもはや知識人の手に負えない地平に向かおうとしていた[*11]。

他方、一九四八年に国立国会図書館の創設という大仕事をひきうけた中井もまた、苦難の渦に巻き込まれた。参議院の図書館運営委員長になった歴史学者の羽仁五郎や中井は、新憲法のもと、国会議員が官僚から自立して政策を立案するのをサポートするとともに、全国の図書館ネットワークの中核となって国民の知性を支えるための、独立した情報センターをつくろうとした[*12]。しかし、衆議院の保守派は、羽仁五郎が思想犯だった中井正一を館長にして国会図書館を赤化させようとしている、といったビラを貼るなど、露骨な妨害にでた。結局、館長は穏健な金森徳次郎、中井は副館長という形になったが、中井を招請した羽仁は文字どおりくやし涙をながしたらしい[*13]。

その後も執拗な攻撃はつづき、敬虔な浄土真宗の門徒でもあった中井は「ひそかにずぼんの右ポケットに数珠をしのばせ……それを固く握りしめて、ひたすらに堪えに堪えていた」という[*14]。しかも、就任早々に妻を亡くした。そうした「凄絶とも評したい程の内面的苦悩」をかかえながら、「真理はわれらを自由にする」という国立国会図書館の理念を具体化するために奮闘し、基本的な制度を確立してひと息ついた一九五二年五月、胃がんのため五二歳で亡くなった。まことに「中井さんの歩いた道は賭であった。世俗的な一生の目的など無かった。中井さんの性格と思想とが、一生学究の道に閉じることを許さなかった。社会の変動につれて、現実の大きな裂け目の中に灯を掲げる開拓者の慨〔ママ〕があった[*15]」と親友の冨岡益五郎は書いている。晩年の中井自身、「住みつく所なきこころ、何らかの一つ所に住みつかぬすがすがしい軽いこころ、無限なる自由の魂」こそ美の源泉であり、武士や農民と異なる商人の「いさぎよさ」「いき」の精神でもあると語っている[*16]。倭寇の子孫であることを自慢してきた中井正一は、そのとおりの人生を生き切った、といえるだろう。

夏期大学のあと山代はどうしていたか。登呂茂谷にもどるほかなかった。二反の田は母がなんとか守っていた。経験も体力もない山代は田植えなどのユイ労働でも足手まといになるだけで、「拍子クソの悪い娘ごばあよのう」といやみをいわれた[*17]。この地域は牛耕による二毛作が一般的で、牛で田起こしをしてもらえば、あとは母娘でなんとかなるが、隠匿物資事件以来、なかなかやってくれる人がいなかった。それでいて、山代がなにか書いていると、「ゼニになるんかい？　甘藷も切り干しにすればゼニになるのに」とのぞきこまれた[*18]。「稼ぐことと貯えること以外はすべて邪道と思う風潮の谷間」で、貧乏人がゼニかせぎしないのは〝まとも〟でない証明になる[*19]。だから、山畑の茂みに秘密の空間をつくったり、縄をない切り干しをつくるかたわらに障子紙などを切った束を置いて、だれも来ないときにそっと書きとめたという。

また、何かにつけて「あの家はむかしは○○だったのに……」とか、「一統内（親類）だから……」といった話がでてくる。村という共同体は同質の平等な集団ではなく、それぞれの家の歴史と人のつながりがからみあった複合体なのだ。その、しがらみとかばい合いの網の目がわからなければ、村の出来事をふかく理解することも、寄り合いで発言することもできなかった。

「だれにも言わない」と約束してくれた隣人に、わかいお嫁さんが姑とのあつれきなどを打ち明けるとすぐにひろまって窮地に追いこまれる、といった光景もめずらしくなかった。秘密をまもることなしに信頼はうまれない。そこが崩れていた。また、山代自身、共有林伐採の共同作業で手にしたわずかな薪木を盗られたり、夜のあぜ道で男に抱きつかれ水路にころげ落ちる目にあった。寄り合いで訴えようとした。だが、この程度のことを表沙汰にしても、他人《ひと》は同情する顔をして腹のなかで笑っている、理屈で真っ二つに切っても「西遊記」の怪物のように一つが二つ、二つが四つにふえていくばかりだ、むしろ「あのくらいの者にまで踏みつけられるのかと思って、安心して、よってたかって踏みつけるようになる」、「なめられんことよ」、と母や老人にいさめられた。[20] 貧しく弱い者であればあるほど黙って身を守るほかなかった。

しかし、思いがけない出会いもあった。共有林の下草刈りで手首が腫れたとき、「朝早う山へ登って、朝日夫にもつ女、小腕たごうて招かれぬ。そう言うて、痛い方の手でお日さんを招いてみなさい」と勧められた。無視はできない。翌朝、言われたとおりにやっていると下の方から声がした。

「東の山の雛《ひな》男《おとこ》ー、今朝も姉さんに招かれて、来まいたどようー」

と、半分は歌いながらおらび〔叫び〕ました。驚いてなにも返事ができずにいると、私のつれのおばさんは、[21]

「なんど歌いかえしてみなさい。姉さんは学問もあるんじゃあないね」

といいます。なんと歌いかえそうかと、もじもじしていると、おばさんは私に代わって、

「昔ゃなじみでも今では仇よー」

と歌いました。〔下からあがってきた〕常太郎老人は、

「仇ながらも見りゃ嬉しー、のうや」

と、私のそばへ寄って来ます。私はいよいよ驚いて、

「まあ知らんけー」

と、たったそれだけいえただけ……[22]

かつて若い男女が歌を交わして求婚する歌垣の風習があったといわれるが、その流れは現代までつづいていたのだ。少女のころに詩や童話をつくり、戦後も「芸術の使い」を自負していた山代の衝撃は大きかったろう。この山田常太郎という七〇代の老人は、文字は読めないが民謡や盆踊り歌はもちろん婚礼や建前のときのほめ口上を即興でみごとに演じる達人だった。ゼニさえもらえればと田起こしもやってくれた。山代は折にふれて地域の歌や伝承、庶民の心性を教えてもらうようになる。ただし、かれの家が一代で貧農から八反ほどの自作農に成りあがったのは、嫁を酷使して尻にしわが寄ったら離縁するというやり方で八人を使い捨てたからだった。こうした母親のやり方に耐えられなくなったか、常太郎は家出して炭鉱で働き、もどったときは九人目の妻を追いかえすことを許さなかったという。そうして、「もう教えるものはない」といわれた一九五二年ころまで、常太郎は中井とは異質な、もうひとりの「師匠」となった。[23]

こうした村での日常生活を通して、集会で発言しない女性やバクチにのめりこむ若者の屈折した思いと、沈黙の底に潜む表現力の萌芽を実感した山代は、民主主義の土台となる基本的な心構えを、「秘

密の守れる懐に」「弱者への批判は補足に」「表現力をもつ」という「三つのものさし」にまとめて、くりかえし強調するようになる。これらは内緒話を口外するなという母イクノの教えや中井の連帯論から学んだもので、吉宗の「質問の出る雰囲気」や「日常茶飯に人権の折り目を」にも通じており、農民のみならず、農村の「文化運動者」こそがまず身につけるべき心得であった。[*24]

山代にはカタツムリの沈黙をほぐす手立ても必要だった。ヒントになる体験があった。一九四六年八月一五日、山代ははじめて大勢の前で話をした。テーマは農民組合や農地改革だが、村芝居の前でだれも聞いてくれない。苦しまぎれに近所の男の子が井戸に落ちたと大騒ぎになった事件を話すと、みなが乗ってきた。その村の校長は「どうなることかと思っていたけれど、いい話をしてくれた。あなたにはそういう実話で民主主義を話す才能がある」と励ましてくれたという。[*25]

ただし、山代の目標は、「お互いが平気でやっているあたりまえのことが、お互いを苦しめている強い桎梏《かせ》であること」[*26]、すなわち、日常的な加害の自覚にある。それを正面からぶつければ、「どこぞこの嫁がわしのことを封建的じゃ言うたげな。ようもようも言うたこっちゃ。この間までは尻の下ほどの土地もなかった家の嫁が」、となりかねない。ではどうするか。

私は考えました。顔に墨がついている人に鏡を見せると、その人は墨がついているよと注意しなくても、自分で墨を拭き取る。ちょうどそのように、自分で自分の姿に気づいて、自分でなおすようにさせるのが、補足になる批判というものだろうと。[*27]

たしかに、鏡は自分を客観視するための道具である。そこで、ふすまで仕切られただけの家の間取りを黒板に書いて新婚夫婦の睦言に聞き耳を立てる家人の様子を再現したり、よその村でこんなことがあったけれど、といって話の誘い水にした。概念の押しつけではなく実話、つまり現実のスケッチをみせるわけだ。すると、「広い世間にゃあわしによう似た者もおるもんじゃのう。みんなが笑うのをみるとおかしいんだろうのう」といった反応があり、やがて、どこのだれともわからない話にして世間に訴えてほしい、と頼まれるようになった。

「三つのものさし」や「鏡による気づき」を自覚的に追求しはじめた時期ははっきりしないが、一九四七年の秋には、「農民が毎日やっている暮し方を鏡にうつすように記録した」紙芝居や人形劇の利用を提案している。[*28] ところが、「あれは監獄に行ったんぞ」とささやかれると、みんな離れていく。前科者は悪人という先入観をゆさぶる手立てはないか。山代は刑務所で出会った女囚たちをていねいに描きだすことを思いつく。生い立ちや罪を犯さざるをえなかった事情などを具体的に知れば、簡単に悪人とはいえず、むしろ苦しみ・悲しみを共有していると気づくのではないか。千夜一夜の物語が残酷な王様の心をひらいたように、女囚たちをひとりずつ紹介していけば、農民の意識を変えられるのではないか。山代には京浜での活動や刑務所の体験を文章にしたい思いもあったから、村々での見聞と並行して女囚の物語を書きはじめた。[*29]

2 「蕗のとう」

一九四八年一月、共産党の会議で東京に出た山代は、女子美術専門学校の同級生だった赤松俊子（丸木俊）のアトリエに泊まった。赤松はこのころ、夫の位里と「原爆の図」に着手するかたわら、共産党系の新聞・雑誌などに挿絵を描いていた。その編集者のひとりが山代のリュックからはみ出た古い障子紙の束を一読して持ちかえり、『大衆クラブ』三月号に掲載した。「蕗のとう」、挿絵はむろん赤松俊子である。

三次刑務所に収監された「私」はとなりの房のかすかな歌声に気づく。「蕗のとうは十歳《とう》になる守子は七つの親なし子」ではじまるその物語は――孤児になった娘が七歳で子守りに出され山間の極貧農に嫁いだ。夫のウイチは「土百姓で終わりたくない」と朝鮮の国境警備巡査に志願し、姑は機織り上手の嫁を酷使して子どもの運動会にも行かせなかった。二四年が過ぎて、警部に出世したウイチが突然女を連れてもどり、立派な離れと土蔵を建てた。「朝鮮人をえっとむごいことをして、えっと泣かして、金筋をもろうたのよー」と村人は声をひそめ、離れの掃除をはじめた妻をウイチは「アカギレ足でこの畳を踏むな」と蹴落とした。「ミーよーミーよー」と兵役に出たきりの息子を呼びながら、彼女はいつのまにか家に火をかけ井戸に身を投げたが見つけられた。灯火管制のもと、炎はすべてを焼きつくし、懲役八年を宣告された。そうして、刑務所の雪降る晩に夢のなかで蕗のとうが頭を出すのをみた、「蕗のとうは十歳になる」の子守歌をうたう息子の声とともに――というもので、そういう放火犯の「心の歌」を、思想犯の「私は、たえまない雪風の音といっしょに聞いていました。雪風は、姿のない人間が歩いているかのように、いつもコツコツと廊下のドアや窓をゆすぶり、廊下のタタキ道を、サッサッと歩く足音のように吹きすぎてゆきました」、の一節で終わった。*30

『大衆クラブ』は共産党の月刊誌で、小説・落語・漫画などがならんだ啓蒙娯楽雑誌だった。左翼文学運動のリーダーである中野重治は、「こういう雑誌にしては場ちがいなような美しさ」と感嘆し、書評の大半を原文の抜き書きで埋めた。そして、「言葉かずではせまい世界にとじこめられている人びとが、その一語一語にこめる感情の豊富さで語られ」ており、「日本の女の背負わされた重苦しい封建の重石」はその「苦しさを一番底から両手ですくいあげるような人の手で文学作品として描かれる」ほかないと思ってきた、やっとその一つが現れた、と評価した。*31

「蕗のとう」は地元でも評判がよく、双三郡の高校生が文化祭で劇にした。農民組織以外の文化サークルから招かれたり、執筆の依頼もあった。広島の農村婦人を読者とする『新農村新聞』に「柿の木陰」を、民主文化連盟の雑誌『働く婦人』に「まんじゅしゃげ」を書いた。*32

一九四九年七月には単行本の『蕗のとう』（暁明社）を出した。雑誌版の約五倍、原稿用紙二五〇枚ほどの中篇で、京浜での活動や「星の世界」のこと、三次刑務所での手紙のやりとり、教誨師の敵対的なふるまいと看守の厚意などが描かれ、放火犯と「光子」（巴）が居る監房の庭に蕗のとうを見つけたところで終わる。「です、ます」体を「である」体に変えたり、光子と放火犯の会話があったりして民話的な趣は薄らいだが、本書「はじめに」の分類でいえば、農村女性を主人公とする第一群と、戦前の体験を描いた第四群が融合したもので、後年の大河小説『囚われの女たち』の原型となった。

この成りゆきがあらたな自信をもたらしたのか、一九四八年なかば、山代は備後地方を巡回する「婦人文化工作隊」の挨拶で、「私も若いときは、皆様方と同じように、職場で働く職業婦人でした……この経歴を基礎として、終戦後の私は、文章と筆を持って、働く婦人の、封建的な束縛からの解放のために、これから先の人生を捧げようと努力している一人であります」と自己紹介している。*33 山代がみずからを文筆の徒、広義の作家と意識した時期や経緯はわからない。

とはいえ、とまどいもあったようだ。「小説勉強と言うものは一度もした事のなかった私には、売文に近いこうした仕事に従うことは苦役に近」く、しかも選挙や地方巡演にきた劇団の世話などに追われ、創作勉強は党員としての「任務の時間を盗む悪事のようなもの」だった。だから、「この時なお一層沈潜して、スタートの時の目的へ没頭すればよかった」のだが、「いまにして思えば、私もオッチョコチョイ」で、ノートをもとに「小説らしく粉飾して」出してしまった。「私が最初に計画した、赤恐怖の暴力を柔らげるための千夜一夜の物語りへの構想」も実現しなかった、と後年の山代は述べている。*34

他方、この時期の日本共産党は勢力を拡大しており、一九四八年二月から約一年間、選挙や婦人集会で備後地域を歩きまわった山代も、青年男女のなかに革命の「満ち汐は驚く程早いいきおいで進んでいる」とよろこんでいる。*35 一九四八年の秋には、徳田球一書記長がまたも立候補させよといってきた。いつまでも山の中にいたら党も世間も見捨ててしまう、「見捨てさせたんじゃあ獄死した山代吉宗同志にたいして相すまん」、というのが徳田の理屈らしい。母がヒョウソになり自分が農業をするほかないと断ると、当時は貴重薬だったペニシリンを送ってきた。*36 反抗的だが実践重視の山代を徳田は案外気に入っていたのかもしれない。そして、中国地方五県を統括する共産党中国地方委員会の常任委員（文化部・婦人部担当）にさせよと指示した。山代はこれにも抵抗したが、「拒否すると、獄死した同志を裏切ることになる」という殺し文句や、被爆者の手記編纂を文化部で推進してくれという要望もあって承諾したという。[*37]

折から東アジアは激動期を迎えていた。朝鮮では一九四八年八月に大韓民国、九月に朝鮮民主主義人民共和国が建国を宣言し、中国では一二月に共産党軍が北京を占領、四九年一〇月に中華人民共和国を樹立する。国民党は台湾に逃げこんだ。日本共産党も四九年一月の総選挙で三五名が当選し、党内は高揚感に包まれた。こうした動きに危機感を深めたＧＨＱと吉田茂内閣は、財政再建・物価安定のためのデフレ政策を強行するとともに、定数削減を理由に国鉄などの共産党員を強引に解雇した。不景気は民間企業にも波及し、各地で争議や抗議活動が続発した。広島でも日本製鋼所広島製作所が従業員二千名余の三分の一に解雇を通告し、警察を動員して組合員のピケを排除した（六月）。さらに、三鷹・松川の鉄道事故などが共産党員の仕業と宣伝され、在日本朝鮮人連盟が解散を命じられるなど、東アジアの冷戦を背景に日本国内の政治的・社会的な軋轢が高まった。

そして、日本製鋼のストで、応援の労働者はもちろん多くの農民・住民までがデモに参加して警官隊に石を投げる光景を目の当たりにした山代は、「ああ、革命が来るんだ」と感激し、ルポ風の短篇「あらし」を『新日本文学』（五〇年一月）に載せた。戦後の現実を「岩で出来た列島」とみていた山代が、同時に、工場労働者の戦闘的な闘争に熱い共感をよせたことは見過ごせない。戦後の山代にとって革命の主役は依然として労働者階級であった。しかしながら、「高揚期につきもののはったり万能の雰囲気」には違和感があり、常任委員会で被爆者や女性の問題を発言しても相手にされず、「拒否反応というのかノイローゼのように」なった。中央から来た「偉い先輩」には「風呂をわかすとか、掃除ぐらいなら出来るだろう」と、面と向かって言われたらしい。[*38]

苦境を救ったのは雑誌『世界』（岩波書店）の編集長、吉野源三郎だった。『蕗のとう』に感激して執筆を依頼してきたのだ。軍隊で重営倉にいれられた経験があるという吉野は、刑務所体験を大河小説にしなさい、八〇枚ほどの作品を三回連載すれば作家への道が開けるだろう、と励ました。この手紙をみせて作家になりたいというと、あっさり辞職が認められた。[*39] 一九四九年秋から冬にかけての出来事である。これ以後、山代は二度と党の役職に就かされることはなかった。

吉野は約束どおり、「いたどりの茂るまで」（五〇年四月）、「或るとむらい」（五一年一二月）、「おかねさん」（五三年七～九月）を『世界』に載せてくれた。そのほか、『新日本文学』に「芽ぐむ頃」（五一年一月～三月、五月～八月）を書いた。いずれも農村女性を中心にした作品である。和歌山刑務所の女性看守を主人公にした「あじさいの庭」はなぜか『中央公論』（五二年四月）に掲載されたが、単発の短篇におわった。

山代が本格的な刑務所体験記を書かなかったのはなぜか。平党員にもどれた山代はまず、東京・町田市の浪江虔をたずねている。加藤四海の巻き添えで投獄された浪江は一九四四年に釈放されると、警視庁の特高と談判して農村図書館活動を再開し、[*40] 一九四七年に農山漁村文化協会の理事になった。そして、農村文化運動の活動家はみずからが指導者になるのではなく「農民の間から指導者が生れでる」ことをめざすべきであり、「民衆の言葉で話す術を精力的に勉強」し、「決して中途で投げてしまわないしぶとさ」を身につけねばならない、と主張していた。[*41] これは吉宗らの精神とも重なる。おそらく、いま必要なのは農民に向けた作品だという判断で二人は一致したのだろう。山代は「いたどりの茂るまで」を図書館の一室で執筆した。[*42] 一九五〇年の初めである。

ところが、この年の一月、コミンフォルム(欧州共産党情報局)が占領下の平和革命という日本共産党の路線を批判した。徳田らは反論の「所感」を出したが、中国共産党がコミンフォルムを支持すると、一転してこれを受け容れた。六月二五日には北朝鮮軍の進攻で朝鮮戦争がはじまり、その前後に共産党は実質的に非合法化された。前年からのレッドパージも拡大し、大学・マスコミなどを含め一万数千人が職場を追われた。徳田ら主流派指導部は地下にもぐり、当初コミンフォルムを支持した宮本顕治らは別派を形成した。両派はまもなく再統一を宣言するが、実際には対立抗争がつづき、五一年四月以降、多くの党員は中国に亡命した徳田らの指令にしたがい、山村に武装闘争の拠点をつくるとか火炎ビンで交番を襲撃するといった過激な行動に挺身した。朝鮮戦争で国連軍(米英軍)の後方支援基地となった日本を攪乱することが中国・ソ連共産党のねらいだった。日本共産党に対する人びとの支持は激減した。

山代についていえば、コミンフォルムの「平和革命論に対する批判」は自分に「歓喜を与えた」[*43] とのちに書いている。工場労働者の組織的闘争(ゼネスト)なしに革命はありえないと考えていたのだろう。とすれば、徳田の立候補命令を拒否した理由の一端には選挙(平和革命路線)自体への批判があったのかもしれない。

浪江の図書館で執筆をおえた山代は、一九五〇年五月ころ、磐城を訪ねる。しばらくここで執筆に専念したかったようだ。吉宗の同志だった故吉田寛の妻・千代の招きもあった。しかし、吉宗の母クニはもちろん、分裂と混乱のあおりから昔の同志たちにも歓迎されず、結局は居心地のわるい登呂茂谷へ帰るほかなかった。[*44]そして、「芽ぐむ頃」を執筆するかたわら、府中町の河村書店で女性史の勉強会を開いた。だが、店主の河村勇が逮捕され、山代も特審局[*45]の監視対象になる。また、「芽ぐむ頃」は農地改革期の農村社会に中井正一の「三つの根性」が浸透していくさまを描こうとしたものだが、国立国会図書館で苦闘している中井が共産党との関係を追及される口実にされるという城間功順の忠告で連載を中断した。[*46]こうした政治状況も刑務所体験の執筆をためらわせただろう。

　しかし、最大の理由は山代自身の内面にあった。「私は、自分の思想の歩みについては書けなかった。……獄中で父の喪に服し、夫の喪に服した私は、その日を思い出したくなかった。父の姿も、夫の姿も、瞼から消してしまいたかった。消してしまわなきゃあ、目の前の闘いが出来なかった」[*47]、と山代はのちに吐露している。山代の心はまだ鮮血を流していた。

　そんななか、府中で八百屋をしていた竹本功の助言があった。かつて巴の父・善一から「功さんよ、失敗をそう嘆くな。昔から敗者がほんまの遺産を残すんじゃ。〝こうしちゃあいけん。ああすりゃあえかった〟いうことを、人に踏まれる痛みの中で考えて、子孫へ伝える、それで時代が進むんじゃ。それを思うて、大けな心になって首をのして歩けえ」と励まされた、「あんたもその気になんにゃあ」と言われたのだ。山代はハッと胸を打たれたという。「革命の捨て石になりたい」とはやる巴に対して、善一は「同じ捨て石にも役に立つのもあれば役に立たんのもある」、徳川時代の備後で起きた五回の百姓一揆が最後に勝利できたのは、それまでの失敗から教訓を学んだからで、「敗者の遺産を継がぬ捨て石は無駄石だ」と語ったことがあった。当時の山代は聞き流したが、いまは「敗者の遺産」という考え方や百姓一揆の歴史に共感をもった。[*48] 山田常太郎老人による歌謡や伝承の手解《てほど》きとあわせて、このころから郷土史や一揆の勉強をはじめる。[*49] 農村女性を主人公とする作品への視線も深まった。

3　愛をもって形象化する

それでは、この時期の作品は山代がめざした課題に応えるものになっていただろうか。

たとえば、「或るとむらい」。被爆者の老母を亡くした貧しい、余所《よそ》者の、母子家庭、という村の最底辺に位置する女性が喪主である。手伝いにきた近隣の女たちは料理の材料をたっぷり買い込んで持ちかえり、村のボスらは生活扶助費を自分の懐に入れ、あげく村の墓地への埋葬は拒否するという、共同体的な相互扶助が弱者を食いものにするありさまを淡々と描いた。「いたどりの茂るまで」にも「〔食べ物が〕惜しゅうて言うんじゃあなあ、踏みつけにあうのがくやしゅうて……《(ママ)》」という泣き声がでてくるが、ここでは被爆者に対する冷酷さが加わっていた。しかし、人物像は単純でない。埋葬拒否は「無縁仏はたたる」という怖れと結びついており、喪主を食いものにする村の女たちも、それぞれなにかに追いたてられ、うめきをのみ込んで日々を生きている。「蕗のとう」のウイチ一家の苛酷な労働が、貧乏から抜けだせないかぎり人として扱ってもらえない村社会の現実に突き動かされたものであったように。

大江健三郎は原爆短篇集『何とも知れない未来に』の「対談解説」のなかで、「或るとむらい」は「戦後の農村の変化が実にうまく書かれていて、みごとな作品」であり、しかも、「被爆者を受け入れない側の人間から描いて」いくことで、「ぼくのように農村で生まれた人間から見ますと、これは、農村における庶民に対して、やはりあったかい目がある。リアリズムに立ったあたったかさ……非常にエゴイズムの強いお婆さんたちを決して否定してるんじゃなくてね、現実としてはっきり見据えて、包み込んでさえもいる。そういうところが山代巴という人の奥行きの深さだと思う」と語っている。*50

この作品は、隣家の納屋を借りていた一家の葬儀を記録した五〇年一二月のノートに、つぎつぎ亡くなる被爆者の姿を重ねたものだった。ところが『世界』編集者からの「批判は大変厳しく」、二度も書き直しを求められた。そのとき、「食うためだ、内職の編物のやり直しだ、そのくらいな気持ちでつづけなさい」と励ましてくれた河村勇のおかげで、なんとか完成したという。原稿用紙三〇〇枚が八〇枚になった。「やり直しということは、自分がすでに全力でやったものを批判し、新しい表現にかえる作業で、全力を集中して考える体力がいることを彼は知っていて、私の家の庭に咲く牡丹も、裏の生垣の檀《まゆみ》の枝も、みんな切って花屋へ売って、それで栄養価のあるものを買えというような、そんな知恵を貸して」くれたという。*51 たしかに、推敲とは自己対象化の作業である。この指摘は本書の筆者にとっても他人事ではないが、それはともかく、この「編物のやり直し」によって「或るとむらい」は「蕗のとう」『荷車の歌』とならぶ傑作になった。

それでも、農民の言動をリアルに描きだすのはなかなかにむずかしい。とくに農民の思考は家々の歴史と切り離せない。「封建的だ」と批判されて「尻の下ほどの土地もなかった家の嫁がよくも……」と応じる世界である。農地改革期を描いた「芽ぐむ頃」でも、ときには近世にまでさかのぼって叙述をかさねている。だが、農民の「あたりまえ」をていねいに描こうとすると、「日常的なことをこまごまと書いても小説にならない」「非日常的なドラマチックなものがなければ」、といった批判を招きやすい。これに対して江口渙は、「芽ぐむ頃」の書評[*52]でつぎのように述べた。

この小説は備後の山間地帯の農村の生活をその部落の一軒一軒について順ぐりにかいていったものであり……七回かいてもまだ尻きれとんぼである〔が〕……この山間部落の特徴的な生活をあらゆる角度とあらゆる階層において綜合的にかこうとした、その独創的な意図と苦心はよくわかる。……同じように農村人の生活を併列的にかいたものに、ふるく真山青果の「南小泉村」がある。しかし「南小泉村」でとり扱われている階層はひどく単純で単調である……山代巴の視野はずっとひろくとらえ方も複雑で、かつ視線のとどき方もずっとふかい。

江口はさらに、この小説には「現代的な要素と回顧的な要素」、「リアリズムとロマンティシズム」という相異なる二つの要素が混在しており、表現としては、現代的でリアリスティックな部分よりも、過去の出来事や伝承をあつかった回顧的でロマンティックな部分のほうが「段ちがいに成功している」。また、「蕗のとう」もそうだが、回顧的な詠嘆のところで「言葉が自然と一つのメロディをなして流れ出す」。現在はラジオの時代だから「小説を新しい『語り物』としてよみがえらせることは絶対に必要」であり、変革をめざすロマンティシズムが身につけば「やすやすとは他の追随をゆるさないような独自性をもった作家に成長するであろう」、と結んだ。「作家としての独特な持ち味の美しさ」

をたかく評価した好意的な書評だが、当時の左翼的文学者に共通するパターン、すなわち、民衆的ではあるけれど現代的なリアリズムつまり社会主義への展望を欠く、という枠組から出ていない面もあった。

そうしたなかで、きわめてするどい読みを提示したのが文学評論家の丸山静（1914－1987）だった。丸山がとりあげた「いたどりの茂るまで」の主人公オリカばあさんたちは、女手ひとつで田畑と家族の世話に追われてきた。オリカは田植えと姑の大患いが重なったとき、「眠り魔」におそわれてだれかに妊娠させられた秘密をもつ。農地改革がはじまると、借地を寺へ返せという圧力がいちばん弱い彼女たちにかけられた。そんななか、シモ屋（屋号）の重病の娘が真夜中に冷えた粥をあたえられたショックで死んだらしい、親が殺したようなものだという噂が流れる。それを聞いたオリカは、田植えの共同作業でもおしゃべりばかりしている寺の奥さんを横目にみながら、「そうよ殺したんよ、鬼じゃ言われてもしかたがなあ。シモ屋が鬼ならニン屋も鬼じゃ……私は鬼の頭目じゃ。鬼でのうて、この自小作百姓が立って行こうか。こっちが鬼なら鬼の年貢で立って来た仏は何仏か」とわめくのだった。*53

オリカやオカネを鬼にさせたのは、いわゆる家制度、夫や姑の重圧だけではない。オリカは町からもどる途中で意識をうしない娘に背負われたことがあったが、村に近づくや、「負われたところを見られたら、何を言われるかも知れん」、と懸命に歩きはじめる。「となりが困りゃあ、寝て手をたたく」のことわざのように、いつも好奇の目をかがやかせ、ふともらした本音を針小棒大にふれまわる「近所姑」が、親切ぶって弱みにつけこんでくるからだ。*54 負けぎらいのギギ風がいやで村を離れた山代だが、ギギッチョや見てくれ根性は弱者の自己防衛でもあったのだ。こうした心情を読みとったうえで丸山静は、生活記録運動の先駆、東亜紡織泊工場の女工たちが母親の聞き書きをまとめた『母の歴史』[*55]と対比しながら、つぎのように指摘する。

『母の歴史』を読みながら、私はこのオリカばあさんの言葉をおもいだした。「鬼でのうて、この自小作百姓が立って行こうか」という言葉……。工場にはたらく若い人たちが……自分たちをがんじがらめにしばりあげているものは、つまりどういうものかということを真剣に手さぐりではじめた……〔けれども〕母たちの姿があるところまでゆくと、いいあわせたように類型的になりボヤけるのは、一面からみれば、追及してゆく筆者たちの母たちへの愛情の足りなさからも来ているのではないか。……つまり、自分のいだいている考え方があって、そのワクからはみ出してまで母たちの固有の姿を捉えねばならないという気持が弱いからではないか。……人間が鬼にならなければ生きてゆかれなかったという事情をつかまえないで、人間はどこまでも人間だという考えでおしとおしてゆこうとするところに、母たちの姿のボヤけてゆく理由があるのではないか。そしてそれは逆に、筆者たちが自分というものをどう把握しているかという問題になってかえってくるともいえよう。[*56]

母たちを保守のわからずやと敵視し、あるいは弱者・被害者として同情し、苦難を生き抜こうとする努力を称賛する、それだけではかれらをほんとうに理解したことにならない。母のうちにひそむ鬼を具体的に描きだすとともに、みずからの内面をも見つめなおし、鬼の克服をともにめざすことこそが愛情ではないか、というのだ。まさに中井のいう主体責任である。丸山はさらに、「このような『鬼』たちの存在を無視したところに、日本の人民はありえない」し、この「歴史のねじれ」を「恢復しようという真の責任の取り方が見失われたところで、しきりに作家の誠実さとか進歩性が云々されているというところに、近代以来の日本文学の根本的な問題がある」、とまで踏み込んだ[*57]。

これは文学のみならず歴史における民衆の描き方にもあてはまる。国家権力の抑圧や階級支配に苦しみ、あるいは果敢に闘う、それだけが民衆のあり方ではない。山代の長姉の夫や「蕗のとう」のウイチが国境警備巡査を志願したように、民衆は貧しくしいたげられているがゆえに植民地支配のおこぼれに期待し、侵略や戦争に荷担した。戦後の若者も分厚い保守の壁にぶつかり、知らぬうちに内なる鬼を育んでいる。その自覚をもたなければ、忍従が侵略を支えた現実に肉薄し、被害者が加害者になる連鎖を断ちきるのはむずかしい。丸山の批評は山代の課題認識を的確にとらえ、深めたものであった。そのことを端的に示すのが松田解子との往復書簡である。

ともすると進歩的女性の運動が、オカネのような姑を批難攻撃することによって、自からの民主性又は進歩性を証明するかのような香を発散させることには、私は嫌悪さえ感じます。それは私の狭隘さでしょうか？　私どもは好まずして、零細自作農地帯の封建遺制によるこぜり合いの中にうまれ、この中で自分を守るために、しぶとく頑固にならされている。私はしぶとく、時には憎らしい程の農村の姑をも愛をもって形象化することなしに、しぶとい日本の封建遺制を根絶することは出来ぬと思います[*58]。

「おかねさん」の主人公オカネは村一番の保守、頑固者と評判のきらわれ者である。結婚したとき姑はいなかったが、小姑や近所姑がなにかと口を出し、亭主の幸太は遊びあるくばかりで、オカネをこき使ったあげく追い出そうとした。だが、幸太が大食いのオカネをにらみつければ、「食わあで働けるか、石地蔵じゃあるまいし」と幸太のほうへねじ向いて食った。「そうして遂に幸太が形成していた家の敷居を、むりにおしあけるようにして、オカネという家の戸は、この家にはまったのである。……もうほぼろを売らない〔実家に逃げ帰らない〕のである。この剛気《ママ》な魂を、憎いとどうしていえるだろうか。……私はこの保守的な姑を保守の保塁に止めたくない。未来を築く基礎にもちたい」と山代は力説する。[*59]

姑という存在について山代は、「単に夫の母ではなく、父家長《ママ》制度を背景とした家長の母という香を多分にもっている」[*60]という。しかし、単純な善悪二分法で裁断したり、家父長制の反映だから敵は男だと安心したのでは、被害と加害の連鎖を生み出す鬼の自覚はむずかしい。「あったかい目」「母たちへの愛情」と大江健三郎や丸山静が感受した山代のまなざしは、たんなる「やさしさ」ではなく、被害と加害の連鎖にとらわれた当事者双方に向かって、自らの姿を客観視し、連帯への契機を見出すことを求める、すぐれて政治的な課題意識に支えられていたのである。

それゆえ山代は、夫との関係も簡単には切りすてない。もともと松田解子との往復書簡は、東京郊外のある主婦が公安事件の被告を励ます手紙のなかで、「ご返事は私の家にはよこさないでください。そこにテキがいます」と書いたのをどう考えたらよいか、という松田の質問ではじまった。「テキ」

は夫である。まじめなサラリーマンと家事を済ませて疲れた顔で活動する主婦、「もし両人が夫婦でさえなかったら、主婦さんはテキパキと、五分五分のたちばで自分の考えをその相手に話し」ただろう。とすれば、夫だけでなく彼女の心のなかにも「家父長制に関してだけは……『ふれてはならないのだ』という、無意識なあきらめがあって、いつもそこは素通りしてしまうだけに、かえってそこのところが、ますますしこってしまっているのではないのか」、と松田は指摘した。[*61] 松田解子（1905－2004）は戦前からのプロレタリア作家で、のちに実母の一生をもとにした「おりん口伝」などを書く。

山代も松田に同意したうえで、「夫よりも民主的だと思っている奥さんは、テキだと思う主人がどういうものの考え方をしているか、これをもっとはっきりつかむ必要がある」。その結果、「二人の間の溝が深くなってくるのなら……別れねばしようがない」と言い切る。そのうえで、都会とちがって仲間の少ない農村では、めざめた女性が「いつまでも孤立していたら、知識は概念に変って、はつらつさを失ってしまい、持っていた筈の民主的思想や感覚にはカビがはえてしまう」。「家庭の中では、一歩前進した者が遅れた者との間に出来た溝をうずめる慎重な努力なしに、テキでもないものをテキといわねばならぬような古い生活から、どうして解放されることが出来ましょう」、と応じた。[*62]

山代は別の機会に、「概念的なものの見方考え方を砕かない限り、真実のものは出て来ない」と述べている。[*63] もちろん、概念（言葉）なしには観察も思考もできないが、概念はつねに現実のなかで検証され、ゆたかな具体性を伴わなければ生命力をうしなう。松田もいうように、世の中を変えたいと願う者が、ほんらい敵でない者をテキと思い込むのも、干からびた概念に自縛されているからだろう。そうした自分に気づき、あらたな一歩を踏みださなければ現実は変わらない。

なによりも、自己のあやまりを直視することなしに、あやまりをふみしめて歩むという主体的な責任のひきうけ方はできない。中井正一は、「自分が自分の矛盾を自覚するためには、自分が自分をひとまず押しやって、それをながめるところの批判が必要である。その批判をするためには、魂の一つの広間が必要なのである。この広間のことを、人々は『思想』というのである」と述べていた。[*64] 広場を独りでつくるのはむずかしい。山代が農村の女性たちに反省をうながすために案出した「鏡としてのスケッチ（作品）」という方法は、そうした思索の「広間」を提供するものであった。だからこそ「いたどりの茂るまで」に触発された丸山静は、「近代以来の日本文学の根本的な問題」にまで議論の射程をのばすことができたのではなかろうか。

＊1　「ある農民運動の指導者　農民運動期の中井正一」『思想の科学』一九五九年九月（著作集⑥「農民運動期の中井正一先生」六七ページ）。
＊2　『広島県史　通史編Ⅶ　現代』広島県、一九八三年、一六七ページ。
＊3　「いたどりの茂るまで」『世界』一九五〇年四月（著作集②三七ページ）。
＊4　「解説」『武谷三男著作集6　文化論』（以下「武谷文化論・解説」）勁草書房、一九六九年（著作集⑥一五六ページ）。
＊5　「農村の文化運動について」『文化革命』日本民主主義文化連盟、一九四七年一一月、四一、四四ページ。文章の最後に「（五、一五）」とあるから、日農広島県連大会（五月一五、一六日）の直前に書かれたようだ。
＊6　「山代巴さんに聞く」『季刊　いま人間として』2、径書房、一九八二年九月（著作集①「戦後の出発」二五五、二五七ページ）。

＊7　北河賢三『戦後の出発　文化運動・青年団・未亡人』青木書店、二〇〇〇年、一二六ページ、など。

＊8　中井正一「地方の青年についての報告」『青年文化』一九四七年一一月（『中井正一全集』4、美術出版社、一九八一年、一六八ページ）。

＊9　「村の文化運動」『青年文化』一九四七年一一月（著作集①二二四、二二五ページ）。

＊10　「城間功順を通して知る栗原先生」（栗原広子編『栗原佑　続　未完の回想』私家版、一九八三年）著作集⑥一〇五ページ。

＊11　山代は、山村の風景をまえに「この美しさは歴史に参加する者のみの知る美しさだ」と感嘆する中井にも共感できなかったらしい。村の現実は決して美しくなかったからだ。中井は哲学者であり、わたしは啓蒙家ではなかった、と一九五五年に書きはじめる「自己批判と新しい概念への抽象化」（以下「自己批判ノート」）に書いている。また、一九五一年一二月に中井は再婚したが、披露宴に招かれた広島県人は名士ばかりだった。「しょせん先生の人民戦線は学者文化人の範囲なんだ」と「失望」した山代は、実情を知る城間から、「敵陣の中に一人闘うような日々」の中井に「あれ以上を望むのは酷ですよ」とたしなめられたという（前掲「城間功順を通して知る栗原先生」、著作集⑥一一六ページ）。

＊12　「図書館は本の保管、閲覧場所だけではない。人類の記憶機関としてすべての情報を記録し、世界中のどんな人でも、その情報が利用できるように」すべきだ、というのが中井の考えだった、と娘の岡田由紀子は書いている（「尊敬し信頼し合った父と祖母」、扇谷正造他『これからの親子』明治図書出版、一九七三年、五二ページ）。

＊13　羽仁五郎『自伝的戦後史』下、講談社文庫、一九七八年　一四三ページ。

＊14　酒井悌「副館長就任まで」『中井正一全集4　月報』美術出版社、一九八一年、一七ページ。

＊15　冨岡益五郎「仲間の一人として」（久野収編『中井正一　美と集団の論理』中央公論社、一九六二年、二五七ページ）。

＊16　中井正一『NHK教養大学　日本の美』宝文館、一九五二年（『中井正一全集』2、二四六、二四

八ページ)。中井正一『美学入門』朝日新聞社、一九七五年、一七三、一七五ページ。

*17 「山代巴さんに聞く」『季刊　いま人間として』3、径書房、一九八二年一二月（著作集①二七八ページ）。

*18 同右、著作集①二八二ページ。

*19 「古いことと今のこと」『文化評論』一九六九年一一月、一二〇ページ。

*20 『民話を生む人々』岩波書店、一九五八年（著作集⑤一五一－一八ページ）。

*21 『民話を生む人々』岩波書店版（一四ページ）では「あんたに招かれて」となっている。

*22 前掲『民話を生む人々』（著作集⑤二〇ページ）。

*23 前掲「山代巴さんに聞く」3（著作集①二八五、三〇一ページ）

*24 前掲「山代巴さんに聞く」1（著作集①二六二、二六三ページ）。また、山代自身、九津見房子とのおしゃべりが「針小棒大にもれ伝わり、それが意外な誤解へ発展し」、「その誤解による批判は針より鋭く、私の持ちあわせの表現力では、誤解を解くことができなかった」という自立会での体験があった、とのちに述べている。前掲「武谷文化論・解説」（著作集⑥一五五ページ）。

*25 前掲「山代巴さんに聞く」2（著作集①二五八ページ）。このときの話は、『民話を生む人々』に出てくる「〝へえでも〟の童話」（著作集⑤一六六－一六九ページ）の原型と思われる。

*26 前掲「村の文化運動」（著作集①二二七ページ）。

*27 前掲「山代巴さんに聞く」2（著作集①二六七ページ）

*28 前掲「村の文化運動」（著作集①二二八ページ）。なお、NHKの放送終了後、こんどは「婦人の解放」といった「古くさい題ではなく……物語風な話しをやってみることに放送局とも話し合いが出来ました」と栗原あて書簡に書いており（『獄中集』五七七ページ）、一九四七年春には「物語」に着目していたようだが、これを「鏡」として使うには発想の飛躍が必要だろう。

*29 自筆年譜（稿）「私の歩んだ道」。

*30 「蕗のとう」『大衆クラブ』日本共産党出版部、一九四八年三月、三九－四八ページ。なお、編集後記は「山代巴さんは、現在日農婦人部長として活躍している人」と紹介している。

*31 「晴れたり曇ったり」『人間』一九四八年六月（『（新版）中野重治全集』12、筑摩書房、一九七九年、三四〇－三四八ページ）。中野は戦前、柳田國男の民間伝承の会に入ったことがある（松下裕『増訂評伝中野重治』平凡社ライブラリー、二〇一一年、四〇四ページ）。

なお、「蕗のとう」はサンフランシスコの邦字紙『北米毎日新聞』に「文も挿し絵も大衆クラブとそっくりそのままで連載」されたらしい（「婦人文化工作隊に参加する私の言葉」『日本農民組合時代Ⅱ』ノート・三次市教育委員会所蔵）。おそらくアメリカで活動していた八島太郎・笹子智江夫妻が仲介したのだろう。

*32 「柿の木陰」（『新農村新聞』一九四八年九月二八日～一九四九年二月七日）は、婚礼をめぐる村や家のしきたり、夫の身勝手さに悩む女性の物語で、どこのだれのことかわからないようにして世間の人に聞いてもらいたいという訴えを最初に作品化にしたもの。「まんじゅしゃげ」（『働く婦人』日本民主主義文化連盟、一九四八年八月）は、巴をモデルにした「イズミ」が祖父の自主の精神を受けついだこと、そして、群生するまんじゅしゃげのなかで遊ぶ、精神を病んだ女の姿を通して、貧しい者は「あきらめなければ安らかに暮らせない」（五二ページ）現実を示唆した。

*33 前掲「婦人文化工作隊に参加する私の言葉」。このころ山代を国立広島療養所のサークル「高原詩の会」に招いた江草実は、「山代さん」という詩を書いている。「／」は原文の改行を示す。

長屋のおかみさんが／鉛筆を取りあげて／一行の詩でも書く世の中になったら／それが私の希望です／その時こそ／女性は真に開放《ママ》されるのです／と語る／断髪のおばさん　山代巴さん

（中略）

刑務所の中でも／正しい生き方を追求して／書きとどめて置いたのが／「蕗のとう」だと／言われた／そのかざりけのない言葉は／もみぎり〔揉錐〕の様に／するどく私の胸にくい込んだ／その一言　一

言は／宝石の様に／今も私の胸の中に光っている

（「民話勉強の歩み」一九九一年、著作集⑤一七八ページ）

長屋のおかみさんが表現力をもてば、という「希望」は、一九四七年までの山代の文章には見当たらないが、「三つのものさし」とともに「書くこと」について語りはじめたのかもしれない。

＊34 自筆年譜（稿）「私の歩んだ道」。「私がものを書くということ（一）」『国語通信』一九六四年八月、三二ページ。

＊35 「婦人文化工作隊日記から」（三次市教育委員会所蔵）。

＊36 「山代巴さんに聞く」3（著作集①二九一、二九二ページ）。

＊37 「占領下における反原爆の歩み」一九九一年（著作集④四一ページ）。前掲「私の歩んだ道」。

＊38 前掲「山代巴さんに聞く」3（著作集①二九四、二九五ページ）。

＊39 同右、二九六ページ。

＊40 田中伸尚『未完の戦時下抵抗』岩波書店、二〇一四年、三〇〇ページ。

＊41 浪江虔「転換期にある農村文化運動」『文化革命』日本民主主義文化連盟、一九四八年一月、三六ページ。

＊42 前掲「占領下における反原爆の歩み」（著作集④四二ページ）。

＊43 前掲「自己批判ノート」。

＊44 前掲「山代巴さんに聞く」3（著作集①二九七―二九九ページ）。ただし、「山代巴さんに聞く」では、夏には登呂茂谷へ戻ったと語っているが、「自己批判ノート」には、一九五〇年一～四月浪江宅、五～七月常磐、八・九月片瀬の丸木宅、一〇・一一月常磐整理、帰宅、とあり、「一九五〇年一二月まで、迷夢のなかをさまよった」と書いている。

＊45 政務府特別審査局。公安調査庁（一九五七年七月設置）の前身。

＊46 「『芽ぐむころ』中断の理由」一九九〇年（著作集①一四九、一五〇、一五一―一六三ページ）

＊47　メモ「『若き血に燃ゆる者　追悼稟田信夫』を読みつつ思うこと」。
＊48　前掲「山代巴さんに聞く」3（著作集①二九九ページ）。『囚われの女たち』⑥一八六ページ。
＊49　一揆の歴史は「おかねさん」の重要なモチーフとなり、一九五五年には、「山代巴さん」の詩を書いた江草実（注33）たちと、天明一揆の記録「阿部野童子問」「西備遠藤実記」の復刻版をつくる。
＊50　長岡弘芳との「対談解説」（大江健三郎選『何とも知れない未来に』集英社文庫、一九八三年、二八一、二八二ページ）。
＊51　河村勇追悼文（無題）（稟田信夫編『河村勇追悼文集』私家版、一九七六年、三六ページ）。
＊52　江口渙「『芽ぐむ頃』について」『新日本文学』一九五二年三月、六六、六七ページ。
＊53　「いたどりの茂るまで」『世界』一九五〇年四月（著作集②四一ページ）。
＊54　同右、一〇ページ。
＊55　木下順二・鶴見和子編『母の歴史』河出新書、一九五四年。
＊56　丸山静「『母の歴史』について」『春の会ニュウス』36、一九五五年二月一五日、一、二ページ。「春の会」は名古屋市を中心とした読書サークルのようだが不詳。丸山は愛知大学教授となり、日本の近現代文学の評論、文化人類学の研究、フランスの比較神話学・現代思想の翻訳など多彩な業績がある。
＊57　丸山は「民族文学への道」（『文学』一九五一年九月、二一ページ）で、オリカの「鬼」や「歴史のねじれ」を指摘し、「民主主義文学（者）」について批判していた（「『母の歴史』について」にもその一部を引用している）。また、「『民族』の問題の進め方について」（『日本史研究』一九五三年二月）では、民族的伝統をふまえ大衆とともに歴史を学び創造しようという「国民的歴史学運動」を提唱した石母田正に対し、戦前・戦中の民族主義的熱狂についての主体的な自己批判を欠落させたままでいいのかと問い糾した（『現代文学研究』東京大学出版会、一九五六年、所収）。石母田は大筋でこの指摘を受け容れた（「弱さをいかに克服するか」『日本史研究』一九五三年三月。『石母田正著作集』14、岩波書店、一

九八九年、所収)。
＊58　山代「日本の女(第二信)」『人民文学』一九五三年四月、一三八ページ。
＊59　同右。
＊60　同右、一三五ページ。
＊61　松田解子「日本の女」『人民文学』一九五三年三月、九六ページ、同「日本の女(第三信)」『人民文学』一九五三年五月、一二八ページ。
＊62　山代「日本の女(第四信)」『人民文学』五三年六月、一二三、一二四ページ。松田もまた、この主婦には「自分の夫を、冷静に分析するゆとりもなく……夫をしんから納得させるだけの、りくつの用意も、それをウラづける経済力もないだけに」いらだちを募らせているのではないか、と述べている(「日本の女(第三信)」一二五ページ)。
＊63　「広島の文化文学運動」『文学』一九五五年五月、八ページ。
＊64　中井正一「農村の思想」(『中井正一全集』4、美術出版社、一九八一年、一五二ページ)。

第五章　片隅の沈黙を破る

『原爆に生きて』の扉（三一書房、1953年）

峠三吉『原爆詩集』（孔版印刷、われら詩の会、1952年）の復刻版
（峠三吉没後30年記念事業委員会）

1　原爆とのかかわり

一九五〇、五一年に発表した諸作品は一般にはほとんど反響を呼ばず、山代巴は登呂茂谷で暮らすほかなかった。しかし、一九五二年四月、「原爆詩集」で知られる峠三吉らの要請をうけて広島市に出た山代は、被爆者の詩集や手記集の編纂、被爆者の組織づくりなどに取り組むことになる。

山代は被爆者ではないが、広島県東部の農村にも被爆者やその家族が散在していた。原爆投下の直前に郡部を含めて、三万人の特設警備隊（国民義勇隊）と一万一千人の学徒隊が広島市内の疎開作業（建物とりこわし）などに動員されたからだ。[*1] 登呂茂谷の部落長も息子をさがしに出かけてむなしくもどった。[*2] 夏期大学の懇親会でも甲奴郡・神石郡の「甲神部隊」の生存者や遺族の窮状が語られた。「或るとむらい」のように、親類・知人をたよって農村に身を寄せた家族も少なくなかった。

そして、広島青年文化連盟との出会いがあった。一九四六年二月、山代は連盟発会式の講演を頼まれた。荒神小学校の、爆風で倒された講堂を引き起こして四つに区切った、窓ガラスもない教室で、広島文理科大学（現・広島大学）の学生で連盟代表の大村英幸は戦争と原爆を糾弾し、GHQに禁止されても人類初の原爆で壊滅した広島の証を後世に残すため、溶けたガラス瓶などを保存し体験記を集めるべきだと挨拶した。山代はとっさに用意した原稿をしまって、ギリシャ神話にでてくる、希望だけが残されたパンドゥラの箱と、豪胆な抵抗を貫いたプロメテウスの話をした。「華奢な体に借り物のような大きな黒いマントを着た、おっさんふう」の峠三吉や、のちに小学生の綴り方運動を推進する中本剛など二〇人足らずの、「用心深く寄りそった、怒りと勇気と希望以外には何もない」集会だった。その夜、山代はGHQへ呼ばれたとき気になった大楠近くの被差別部落の小屋に泊まって、ドラム缶の風呂へ入れてもらった。[*3] 峠らはその後、中井正一の指導を受けて社会科学の勉強会や文芸講座・音楽会など多彩な活動を展開し、大村は共産党広島県委員会の機関紙『ひろしま民報』の編集者となった。被爆体験記を集めるためにも中国地方委員会の常任をひきうけてくれと山代に頼んだのは大村である。[*4]

もちろん、被爆者のなかからも声はあがっていた。たとえば中国文化連盟は雑誌『中国文化』創刊号（一九四六年三月）を「原子爆弾特輯号」として栗原貞子の詩「生ましめんかな」などを載せた。山代も熱心な読者で、原爆の破壊力に対抗できる「強力な人間の文学を」という細田民樹の提言（一九四六年一二月号）に共鳴した。[*5] だが、発起人の栗原唯一は沖縄送りのおどしをかけられ、「原爆の惨禍が原爆以後もなお続いているという表現は如何なる意味でもしてはならない」と命じられた。これが「民間検閲の主管者アメリカ陸軍の、原爆に関する基本政策」であった。[*6] だから、正田篠枝は死刑を覚悟して短歌集『さんげ』（一九四七年一二月）を配布したという。しかし、被爆者の口を封じたのはGHQだけではなかった。小学五年生で被爆した藤岡悦子は書いている。

〔被爆の後〕田舎へ行ったが、あつかいは冷たかった。一家は皆苦しんだ。私の傷あとは、一生かかっても、とれないものであった。……みんなから「ピカドン傷」といって、からかわれ、またのしられ始めた……〔昭和〕二十一年六月四日、また広島に舞いもどってきた。そこでも私は、近所の人や同級生や、下級生にまでばかにされ、いじめられた。そうして、いじめられながらも、がまんして、新制中学に入学した。……私のからかわれ方は益々さかんになってきた。……〔高校ではいじめられなかったが〕これから先のことを考えると、生きていくことが恐ろしい。……

日本人は、なぜ人のことでも、悲しみと苦しみを分けあおうとしないのでしょう。……私もあの時、下敷きになったまま死んでいた方がよかったような気がします。[*7]

被爆の程度、生と死の境はさまざまな偶然に左右され、放射線障害のあらわれ方も多様だから、原爆で苦しむのは前世の因果だといった陰口も生まれた。原爆にかぎらず戦場や空襲などをかろうじて生きのびた人は、凄惨な体験をわざわざ思い出したくないという感情とともに、なぜ自分は生き残ってしまったのかという罪責感にとらわれる。そこにこうした仕打ちがかさなれば、被爆者自身が声をあげるのはきわめてむずかしい。〝普通の人〟もまた被爆者の抑圧、原爆のタブー化に荷担したのだ。

しかし、一九四九年一〇月二日には、広島青年文化連盟・労働組合・広島市青年団連合会・婦人団体などの共催で平和擁護広島大会が開かれた。世界労連（左翼労働運動の国際的組織）が提唱した国際平和闘争デーの一環で、当初の宣言案に「原爆禁止」はなかったが、中本剛の教え子が作文をよみあげると中だるみ状態が一変し、峠三吉がいそいで起草した宣言が採択された。広島で最初の核兵器禁止宣言だった。[*8] 大村は『ひろしま民報』でこの様子をくわしく報道し、五〇年三月に原子兵器絶対禁止を要求するストックホルム・アピールが出されると、中国地方委員会の機関紙『平和戦線』などに毎号掲載した。とくに、峠三吉の詩「八月六日」と被爆の写真六枚を載せた六月九日号は四万部印刷して全国に配布したという。[9]

このように大村たちは一貫して「原爆」に取り組み、山代も『平和戦線』などから「歩もうとする方向を示された」ようだ。[10]一九五〇年にはまた、丸木位里・俊「原爆の図」（幽霊・火・水の三部作など）の巡廻展覧会がはじまり、サンフランシスコ講和条約の調印（一九五一年九月）前後からは、峠三吉の謄写版『原爆詩集』や長田新編『原爆の子』などが公刊され、沖縄・奄美を切り捨てた「独立」後の五二年には『アサヒグラフ』特集号（八月六日）がベストセラーになる。だが、広島の共産党や労働組合などは原爆問題を軽視し、一九五〇年一一月、朝鮮戦争でトルーマン大統領が原爆使用をほのめかしたときでさえ沈黙したままだった。

私は待った。……いかなる所に、いかなる理由があろうとも、絶対に再びこの災禍を人間の頭上に浴びせるべきではない、と叫ばざるを得ぬ広島市民の、自分で触れるのさえ怖しい悲痛な意志表示がされるのを待った。しかし、遂に、ジャーナリズムのちょっとした動き以外、広島市民からは何の叫びもあげられなかった。……

一九五一年は……私たちが自分の頭で考え、自分のハートで感じ、自分の言葉でものをいう人間であることを示す年にしたい。

（峠三吉「一九五一年を！」『民族の星』一九五一年一月一日）[11]

このため、たび重なる発禁や逮捕にめげなかった大村も共産党に愛想をつかし、郷里の福山へ戻ってしまった。後年、大村は、「もともと私の目線と当時の指導部の目線は違っており、お互いに肌も合わなかった。私は、山代巴などと同じく、大衆の中に入り、生活・苦楽を共にし、足を地べたに着けて、彼らと同じ目線で共に問題意識を高めていくいき方が重要だと考えていた。しかし、当時の県党指導部は山代や私のようないき方を軽んじて」いたと語っている。*12

それでも、峠三吉たちは原爆被害者の詩集や手記の編纂に取り組もうとした。ところが、一九五二年三月、新日本文学会第六回大会のため東京に向かう列車内で峠は喀血し、日赤静岡病院への入院を余儀なくされた。

新日本文学会は一九四五年に中野重治・宮本百合子ら戦前のプロレタリア文学者を中心に設立された団体で、四八年には労働者・農民にまで会員をひろげた。この年に入会した峠三吉（1917－1953）は病弱で被爆の後遺症やたびたびの喀血に苦しめられながらも、新日本文学会広島支部や「われらの詩《うた》の会」の代表となり、広島の左翼文化運動のリーダーになっていた。

山代は一九四九年四月、城間功順の紹介で新日文の尾道支部に入った。「人の顔を見て話すときには、相手を感動させることができるのだが、文章にすることには訓練不足で、生活の労働と文章を書くことをマッチさせることに苦労して」いた。まして「閉鎖的な村落共同体の人間像の表現はなかなかむずかしい。こういう問題を話し合える文学仲間もほしかった」からだという。*13 単行本『蕗のとう』をまとめていた時期である。

しかし、一九五〇年のコミンフォルム問題で中野重治ら新日本文学会の指導部は反主流派を支持し、主流派は脱退して『人民文学』を創刊した。これにレッドパージが重なって会員は激減し、とくに広島支部は深川宗俊ら主要メンバーが『人民文学』に移って孤立した峠は、山代に助力をもとめた。

山代は大村英幸らの活動に共鳴していたが、登呂茂谷で生活するほかない境遇にあり、一九五一年一〇月に長田新編『原爆の子』が出たときも、「自分はなにをやっているのだろうと、自分の無力を歎いた。[*14] だが、村で生活しながら平和や反原爆を公言するのはむずかしい。せめて、小さな「村のしんぶん」や年寄りを囲む会をつくりたいと考えた山代は、隠匿物資事件以来の「敵対関係をほぐす」ために部落のボスに頭を下げたところだった。[*15] これを反故にすればふたたび不信感をもたれるが、広島市での活動は山代の望むところだったと思われる。[*16]

2 『原爆に生きて』と原爆被害者の会

一九五二年五月なかば、ようやく広島に戻った峠は、東京の青木書店とのあいだで、自身の『原爆詩集』と被爆者の詩集を八月六日に出す約束をとりつけてきた。広島文学協会・エスポワール文化サークルなどの参加を得て、一九五二年五月二八日、なんとか原爆の詩編纂委員会が発足した。『人民文学』派も加わり、山代は「顧問」のひとりになった。

しかし、「原爆反対はアカ」という雰囲気はなお強固だった。『原爆の子』の場合は教育学者で広島大学学長の長田新が編者だから教師の協力が得られた。今度はそうした「傘」となる人も資金もない。「われらの詩の会」や広島大学の青年たちは、日米安保条約によって憲法九条が無視されはじめたなかで、原爆の真の恐ろしさを訴え平和のために役立てたいという趣旨文を手に、市内の学校や労組・

文化団体に働きかけた。その結果、一か月ほどのあいだに大人をふくめて一三八九篇の詩が寄せられた。のちに山代はこう書いている。

若者たちは、アルバイトにチンドン屋をやり、それで生活をささえながら、小学校や中学校の教員室や宿直室をおとづれ……〔賛同する教師にぶつかると〕小躍りしつつ仲間のところへ帰って来ました。仲間たちもその歓喜に昂奮して「この沈黙を破らねば滅亡あるのみ」と互にはげましあいました。……こうした無名の、何の笠も保護もない若い純粋な行動力が、わづかの収穫にも歓喜し、小躍りしつつこの詩集を生み出したということを、一筆書かずに、峠三吉と私の名で再版〔初版2刷〕する気にはなれません。*17

山代もまた看護婦など大人の被爆者を訪ね、七月一五日からは東京で青木書店との交渉にあたった。だが、「いきなり鉄槌で打ちのめされ」た。出版社は「『原爆の子』よりもっとやさしい、誰もの心を打つ、てらいのない子ども達の真実の言葉と、それを集めた人々の真実の言葉がほしかった」*18のである。たしかに、小学生の作品のなかには「原爆の悲惨にたいする具体的な把握に欠け、*19低学年では教えられた記憶の歪みも手伝って、類型に陥」っているものも少なくなかった、と峠も序文で認めている。

とはいえ、再募集の余裕はなく、出版できなければ詩を寄せた人びとの熱意はもちろん、「訪問中のアクビ一つをも注意し合って」きた若者たちの努力も無になる。せめて序文を書き直そう。「そこから、峠の喀血を最も恐れていながら私〔山代〕は、何度めかの書留速達に、『これを書くためならもう一度血を吐いてもよい』と書いた[20]」。峠も応えた。

序文の書きかえ原稿をやっと東京へ送る。これを書くためには自分の全力を出し切ったような気がする。これを書くためならもう一度血を喀いてもよいと山代さんからいってきた。あの慎重な女史がそういうのだから彼女も東京でよっぽど苦労したにちがいない。

（峠三吉の日記　一九五二年八月二日[21]）

こうして九月一日、一二二篇を収めた『詩集　原子雲の下より』（青木文庫）が「原爆の詩編纂委員会編」で刊行された。峠の『原爆詩集[22]』は六月に刊行され、大きな反響を呼んでいた。詩集のめどがついた八月二一日、山代と広島大学仏文科学生・川手健《かわてたけし》は隅田義人・山中敏男・松野修輔たちと手記の編纂にとりかかった。

原爆被害者の沈黙を破ることのむずかしさはすでに痛感していた。『詩集　原子雲の下より』の序文で峠も、「大人の場合、気を許した相手でないと決して原爆にたいする自分の気持をあらわさぬばかりか、客観的事実についてさえふれることを避けようとする動かし難い傾向」があり、「幾度も足をはこぶ忍耐と、誠実な情熱を必要とした」、と述べている[23]。川手らは被害者の信頼を得るために懸命の努力をかさねた[24]。

にもかかわらず、原稿を手にして呆然となることが少なくなかった。たとえば、都会育ちの山中敏男は、山村農家のIさんから一四時間も話を聞かされた。その間に家の間取り、壁にかかった天皇皇后の写真なども書きとめ、夜の山道で迷った恐怖をふくめて「滝が落ちるような勢いで」仲間に報告した。みなも大いに期待した。だが、送られてきた手記には延々と聞かされた苦しみは書いてなかった。[*25]

山代たちが重視したのは、被爆当日の体験とともに、戦後をどう生きてきたかだった。その肝心な部分が書けないのだ。被爆による白血病やガンなどが多発しはじめたばかりで、放射線との関係はまだ明らかでなかった。体力・気力の衰弱は怠けぐせや仮病と疑われ、栄養をとろうとすれば「ブラブラして、いいものを食って」とイヤミをいわれた。発病が知られると、田んぼは誰某《だれそれ》、納屋は誰某のものになるといううわさが流れたこともある。農村だけではない。「若いとき、亭主を尻に敷いたむくいだろう。皆が皆寝ているわけでもないのだから」と親類にいわれた商家の主婦は、じっと耐えるほかなかった。再訪した山中に問われたIさんの答えは、「真実のことでも人の悪いことを書くと、村では暮らしにくくなる」だった。[*26]白血病で役場を辞めて被爆者への公的援護を訴えた恵京《えきょう》吉郎でさえ例外ではなかった。

彼〔恵京〕はこうして、小農のぎりぎり一杯の家計は、一人の病人を扶養する能力もないことを明らかにすることまではできた。しかし、こういう小農が部落からどんなに扱われ、病人をどんなに苦しめているかを一筋も書くことができなかった。……真実を発表できない社会は、[*27]病人を助ける力をも持ってはいない。……命の問題と真実の言葉の問題は、同じ壁にぶつかっている。

この社会はやはり岩でできていた。そこで、仮名でもよいからと説得した。「どこのだれともわからぬ話」にするわけだ。しかし、代筆はしても編者による文章の改変は決してしなかった。本人の意思の尊重は、「はじめ当用漢字に直していきましたが、被爆者の実態に近づけるためにやはり旧漢字がよかろうということになり、書き直した」というほど徹底していた（手記の整理を担当した松野脩輔の言）[*28]。その結果、話したままなら「非常に強く訴えるものがあるのに、本人の意志に従って、あの言葉を取りかえ、この言葉を取りかえするうちに、概念的で杓子定木なものに変えられて」しまった。[*29]

もちろん、心を開いた人もいる。「母子抄」を寄せた吉川みち子は、七人の子どもを一人で育てた母を兄妹で大事に看病しながら、だれにも会わせず、「もう来ないでくれ」と泣いて頼んだ。山代は手紙を書いた。お母さんを守ろうとするのは、近づいてきた人の「親切そうな言葉の裏にある冷たさ」に傷ついたからだろう。でも、だれにも会わせないのもまた「お母さんの生命に対する不遜さではないだろうか。懸命に生きようとしているお母さんの姿をありのままに示すことが、お母さんの生命を大事にすることであり、原爆や戦争をなくすことにつながるのではないか」、と。「そうしたら、みち子さんは手記を送ってくれたのです。『あの手紙が来なかったら、私は一生、本当の母を知らずにいたでしょう』と、あとで話してくれました」[*30]と後年、山代は語っている。

鮮烈な印象の母子にも出会った。「夫はかえらない」を書いた多田マキ子（仮名・代筆）である。スラムの小屋を訪ねると、三人の子どもが「腹が減ったー」といいながら遊んでいた。山代が「焼き芋でも買って」と三〇円を渡すと、いま家には一〇円しかないから母ちゃんにあげるといった。失業対策の土木工事から多田がかえってくると、いっせいに駆け寄り、幼児はケロイドの乳房を口に含んで「言いようもない嬉しそうな顔」をした。

衣食住、すべては最悪の状態です。けれども、この母と子の愛の結合は、何ものにもまして、魂のよごれを洗う力を持って、せまってきました。山代はその夜、自分が知らず知らずの間に犯されていた虚飾を恥じて、泣きました。平和運動とは、まず赤裸な人間に立ちかえることからと、心の底へ向けて叫びました。[*31]

こうして一九五三年二月二七日、ようやく手記掲載予定者との懇親会にこぎつけた。だが、原稿を読んだ三一書房の編集者は、このままでは出せないと断言した。[*32]訴える力が弱い、ということだろう。こんどは山代が序文でふんばらねばならなかった。

ところが、三月一〇日未明、峠三吉が国立広島療養所で右肺下部切除の手術中に亡くなった。峠はたびかさなる喀血の源になる病巣を取りのぞけば元気になれるかもしれないという可能性にかけたのだが、出血がとまらず、妻や詩の仲間、山代らが見守り、坪田正夫が耳元で『原爆詩集』を朗読するなか息をひきとった。[*33]三六歳だった。

このため序文の執筆は遅れたが、山代の問題意識は明確だった。「われわれはあえて弱いままの手記を収録した」[*34]。なぜなら、「すべての弱者が、堂々と自分の名前を名のって、真実の悲しみや苦痛を訴えられる社会にすることこそ、平和への正道」だが、今のわれわれには「真実を訴えられるほどの資格がない」。この現実を「忘れて飛躍したなら、いかに巧みな虚構によろうと、必ず無味乾燥な、概念化されたものに終るだろう。それはこの荒々しい時代をになうリアリストの道ではない」。それゆえ山代は、読者に読みとる努力を求めた。被爆した子ども、とくに孤児たちの「育ちゆく魂がどんなに悲しくしこったことか」。そのしこりは「春雪のような清純な暖かさなしに」は溶かせない。「平和の力が強い地方の青年の叫びからみると、ここに集められた青年の手記は、比較にならぬほど弱いものかもしれませんが、春雪に降られるような気持で、静かに原爆都市の未来を考えながら読んで下さい」と。[*35]

概念ではなく生活の具体的事実から出発すべきだというのは、農民組合時代からの一貫した視座だが、手記集に取り組むなかで、農村女性にかぎらず男性を含めた「すべての弱者」が沈黙を強いられていることを山代は実感させられた。

直接原爆と結びついた大衆の文化文学活動に参加することによって、平和運動を精神的基盤に持った文化文学活動は、農村地帯に於いても、第一には、そこにある生活の具体的事実をよくみて、その中から真実を摑みとって行くような人間を育てて行く事、第二には、それら新しく育つ人々によって、真実を言わさない社会病と闘って行くこと、この二つである。この課程《〔ママ〕》を抜きにしたら、いかに多く行動しようと、それは一時の花火で、農民の腹底から闘かう平和のための文化文学運動にはなるまいと確信を持った。[*36]

原爆の被害者が沈黙を余儀なくされた一因は地域・社会からの孤立にある。被爆者の生命と尊厳を守るためには、手記編纂と並行して被爆者の組織が必要だった。

広島は一九四九年の平和都市建設法により都市改造が本格化した。被爆者が住人の大半を占めたスラムが強制破壊される一方、「広島も復興して来ましたが、どうも原爆観光都市のような感じです」と日詰忍が『原爆に生きて』に書いた[*37]ような現実も生まれていた。二〇一一年の東日本大震災のあと、「思えば日本の近代は、災害の時も戦災の時も、個々の悲しみを封印させて社会の復興を推し進め、人々の悲しみを切り捨ててきました。被災者に寄り添って救援するのか、被災者をさておいて復興を目指すのかでは、根本的に違います」、と精神科医の野田正彰は語っている（『毎日新聞』東京版朝刊、二〇一一年五月二日）。「原爆後」に流入した新住民が三分の二を占めた広島市の差別やいじめもそのあらわれだった。いや、革新派の平和運動もこの点では変わりなかった。

ここで強調しておきたいことは、被害者の組織化がおくれた責任の一端は、原爆を平和の立場から取り上げようとした人々の側にもあるということである。これらの人々はたしかに原爆を人類最大の罪悪として非難し、原爆の禁止を全世界に訴えはした。だが彼等はその運動を当の原爆被害者の中から引き出そうとはしなかった。疑いもなく戦争を望む勢力にとっては最も打撃になるに違いない筈の、原爆被害者の団結と被害者の組織的な平和運動に対しては余り関心が払われはしなかった。被害者が苦しい中をどの様に生き抜いていこうとしているかについての関心さえ極めて薄かった。[*38]

組織づくりにもっとも熱心だったのは、このように書いた川手健だった。一九五二年七月、原爆ドーム脇の土産物屋でケロイドをあえて見せながら被爆者救援を訴えていた吉川《きっかわ》清らと相談して、[39]「原爆の子」のロケに来ていた新藤兼人・乙羽信子夫妻の公開懇談会を開いた。地区労・朝鮮人団体・宗教団体・文化団体等が主催する八月六日の平和市民大会では、被爆者代表として吉川、文化団体代表として峠が組織の必要を訴えた。[40]

八月一〇日、広島市の知恩会館で「原爆被害者の会」が発足した。被爆者は十数名で、実際の活動は川手と吉川がひきうけるほかなかった。資金もなかったが、プロレタリア演劇の新協劇団、高良とみ・武谷三男・太田洋子・丸木俊・布施辰治・新藤兼人・宇野重吉・西園寺公一などが支援してくれた。会員の拡大をいそぐ川手ら[41]はまた、東京の三一書房とのあいだで手記の原稿を年内に渡す約束をしてきた。山代は拙速につよく反対して激論となり、峠の喀血で中断したが、山代は譲らなかった。[42]手記編纂と組織づくりは切り離せないが、だからといって手記は運動の手段ではない。文章を勝手にいじらないこととあわせて、山代の姿勢はゆるがなかった。

会員はなかなか増えないものの、医療費の負担は切実な問題だった。また、アメリカの原爆障害調査委員会（Atomic Bomb Casualties Commission）が一九四七年に広島・長崎に設置した機関（ABCC）は、被爆者を連れてきてX線・血液などのデータを集めながら治療はせず謝礼も払わなかった。そこで、被害者の会は市民病院での無料診断を要求し、原子戦のための研究が目的のABCCには協力しないと決議した。『中国新聞』がこれを報じ、雑誌『改造』増刊号（一九五二年一一月）には物理学者武谷三男のルポ「生き残った12万人」「A・B・C・Cの内幕」などの記事が載った。アメリカは治療チームの派遣を表明し、市役所もあわてて原爆傷病者治療対策協議会をつくって翌年から診療をはじめた。[*43] また、生活困窮者への救援を訴えると、県北の比婆郡連合婦人会から総計六二〇〇個の餅と米四斗が届き、それがまた反響を呼んだ。組織の存在が成果を生んだのだ。五三年二月には独立した事務所ができて会員も三〇〇人ほどになった。[*44]

一九五三年六月二五日、原爆手記編纂委員会編『原爆に生きて　原爆被害者の手記』が三一書房から刊行された。序文は山代ら五名連記、本文は〈生きる〉〈歩む〉〈叫ぶ〉の三部構成で計二七篇、丸木位里・赤松俊子のカットが入った。反響は大きく七月に二刷が出た。大村英幸・峠三吉らが原爆被害者の手記を集めようしたものの、具体的な方策がわからなかったときからほぼ五年の歳月が経っていた。

原爆文学研究者の長岡弘芳によれば、生存被爆者にとって一九五五年の原水禁世界大会までは自分たちの存在自体が知られておらず、一番つらい時期だったという。そのなかで被爆者の苦悩や差別を描いた作品は、太田洋子の『ほたる』と山代の「或るとむらい」くらいだったが、『原爆に生きて』は、生存被爆者の苦しみ悲しみにふれた「被爆体験記として古典的なものの一つ」であり、「いま読んでも、きめの細かさや方向性において、現在の水俣の人たちの運動と同じようなものを持って」いる。[*45] つまり、「被害者の側に身をおくという、それ自体が主張である立場を貫くこと」により、その「成立の経緯と方法と成果は、近来の公害問題のケース等を考えあわせれば、よほど先駆的な作業であった」[*46]、と長岡は高く評価している。

九月はじめ、編纂委員会と被爆者の会による出版記念会が開かれた。このころになると、かつて沈黙していた人々が進んで被爆の実態を話しに出かけるようになった。のちに山代はつぎのように述べている。

・自分の体験を文章にするなかで、自分の思いを確かめることができ、その言葉が活字になって出ると、未知の人に理解される喜びがともない、次第に自分の訴えに自信を持つようになって来ました。そしてこのいとなみを通して、被爆者組織の礎となり、進んで原爆禁止の戦列へ加わっていく人々が続出しました。この事実から考える時、被爆者の手記集『原爆に生きて』は、今日の被爆者組織の礎石であったといえましょう。[*47]

・吉川みち子さんはじめ何人かの内部変革に立ち会えたことは得がたい収穫でした。それもみな、私たちの押しつけではなく、自発的な変化でした。多田さんが原爆訴訟の原告になったのも、私たちが勧めたからではありません。彼女たちが自ら変わっていくのを見たときの驚きが、その後に婦人会やサークル活動へ飛び込んでいく私のエネルギーになったと、今では思っています。[*48]

自分の意思が尊重されていると感じるからこそ、ひとは自発的に考え、動きはじめる。山代が「生活記録」の語を常用するのは一九六〇年代からだが、戦後初期の生活記録運動としても『原爆に生きて』は重要な位置を占めているといえるだろう。[*49] 峠の入院という偶然がきっかけとはいえ、カタツムリが角を出すために「三つのものさし」などを重視してきた山代の真価が発揮された仕事であった。

3　川手健と『この世界の片隅で』

『原爆に生きて』の校正がおわった一九五三年五月、山代は甲奴郡上下町《じょうげ》（現・府中市の北部）に移った。原稿を書くためである。前年は「あじさいの庭」（『中央公論』四月号）を発表しただけで収入がなく、岩波書店から前借りしていた。その原稿「おかねさん」はなんとか広島で書いたが、これだけでは生活も活動もできない。生家では七〇歳をこえて農作業がつらくなった母が娘の帰りを待ちわびていたが、栗柄では執筆に専念できない。さいわいわずかな謝礼で世話をしてくれる人がいて、上下町にきたのだった。[*50] そして、『原爆に生きて』が出版されると講演や原稿の依頼がふえて、あらたな活動の場が開かれはじめる。これらについては次章であつかうことにして、ここでは新日本文学会や川手健との関係をもう少しみておきたい。というのは、山代は貴重な原稿料を新日本文学会広島県支部の会費・誌代の未納分二万九四〇〇円の穴埋めや川手の活動支援に使ったからである。[*51]

新日本文学会が一九五〇年のレッドパージや組織の分裂で弱体化したことは前にふれた。県内の広島・尾道・三原支部は五二年七月に合同し、峠が代表、山代が事務局をひきうけた。[*52] 分裂問題についての山代の問題意識は第八章であつかうが、実際の活動では、地域にいかに根を下ろすか、そのために手をつなげる人とは手をつなぐ、という姿勢を堅持していたと思われる。それは、「分裂状態の長く続いた前衛の間では、誤解や中傷が多く、そんなことを気にしていたら独創的な行動は何も出来なかった[*53]」という言葉や、松田解子との往復書簡「日本の女」を新日本文学会と対立する『人民文学』（一九五三年三―六月）に載せたことからもうかがえる。

むしろ山代たちはこの時期の『新日本文学』に強い不満をもっていた。一九五二年七月一日、講演旅行の帰りに立ち寄った中野重治・水野明善との懇談会が開かれた。まず広島の活動を報告した。ある文芸雑誌でわかい女性の詩を青年団の若者が「甘っちょろい」と批評していたことをとりあげて、地域の保守から「女のくせに」とたたかれ、進歩派からは「甘い」と切り捨てられれば、「芽生えかけている谷間の詩人」は沈黙するほかない、「詩を作る情熱が村をよくする仕事の中で育つようにする」にはどうしたらいいか、という方向で批評すべきではないか。また国立療養所のサークル誌はなぜ平和や独立ばかりで「治りたい！」という詩がないのか。われわれはそんな討論をしながら読者を増やしてきた、と語った。中野はその討論の記録を機関誌へ送ってほしいと言った。

すると、いまの『新日本文学』は蔵原惟人「芸術における階級性と国民性」のような退屈な評論や、島尾敏雄の「ちっぽけなアバンチュール」「兆」のような難解な作品が主流で、とても読む気にならない、と山代らが不満をぶつけた。むろん高等数学は理解できないから必要ないとはいわない、けれども「当分は喫茶店で実存主義やシュールの話しで時を過ごした方が読者がふえる」という編集方針なら「私なんかの泥くさい言葉になんの用があるか」、報告なんか書く気がしない、とたたみかける山代は「確かに声がふるえていた」、らしい。

たじたじとなった中野は、「あんたは中央委員ではないか《（ママ）》……みんなそんなことを言ったら雑誌はどうなる」などとつぶやいていたが、やがて、「サークルへ重点を置く方針は正しい、そうやって下さい。こういう人々をも置きざりにするのではなくて」と言った。

彼がたったこれだけのことを言い終わらない間に、皆の緊張した顔がさっと和らいで行くのが目に見えた。ほっとした気持が皆から伝わった。中野氏の言う方針で島尾氏のような作家も機関誌に参加して来るのなら、文句はないのだ。

懇談会の会場である正田篠江の別荘・川畔荘に泊まった中野と水野は、翌朝四時半に見送りも受けずに出立した。みなは「悪いことをした」と恐縮したが、「頑固な百姓に似た中野という人間は、きっとそんなことを意に留めてはいないだろう……若い者が前へ進もうとして言った昨夜の言葉をむしろ快く思っているに違いない」、と山代は長文の報告「川畔の集い」の最後に書き添えた。*54 中野重治は「蕗のとう」をたかく評価したが、山代が新日本文学会を守る気になったのは、こうした中野に対する信頼があったからかもしれない。

山代と川手はまた、基地問題のルポルタージュを書いた。朝鮮戦争の激化にともなって呉・江田島から岩国にいたる広島湾全体が米英軍の重要拠点になった。その実態を「広く県民に訴える仕事」も、峠三吉が山代に頼んだようだ。*55 二人は江田島・呉一帯を歩きまわり、基地の強引な拡張、実弾訓練、兵隊の暴行、売春婦の激増などさまざまな問題を具体的に描きだした。『基地とパンパンの広島湾』と名づけられたパンフレットは本文二九ページ、表紙に「日本共産党広島県委員会」と明記され、巻末に「反帝国統一選挙綱領」「民族解放のための広島県民の反米愛国統一綱領」を載せている。一〇月の総選挙のために作ったのだろう。

「広島に拡がる軍事基地」「何がパンパンにさせたか」「沈黙は破られた」の三部からなる本文は無記名だが、呉を中心にした第一部は内容・文体から川手が筆者と思われる。川手は『新日本文学』に「呉軍港の表情」を載せている（文末に「一九五二・七・一四」とある）。後半は山代の執筆で、せまい江田島に八〇〇人もの売春婦がいて、日夜米兵と戯れあっている姿を路上や窓越しに子どもたちが見ながら生活している様子を生々しく描いた。

もとより米軍相手の女性を「パンパン」と呼ぶのは露骨な差別だが、「沈黙！　沈黙！　この沈黙がうら破られねば　ただ一つ　滅亡がのこるだけ　―魯迅―」とパンフの扉に掲げ、基地のために農業も漁業もできない島民や売春せざるを得ない女性たちを見つめる山代のまなざしに、侮蔑意識は感じられない。この点で、売春婦を「社会人として生存するに不適当な、悪質劣等な、非能率的な流れ」であるとして処罰と排除を要求した平塚らいてう[*56]とは異なる。後年山代は、「パンパン反対、原爆反対は、人間の尊厳を自覚する自尊心でもあった[*57]」、と述べている。

このように山代は自己に課せられた課題に懸命に取り組んだ。にもかかわらず、一九五五年の「広島の文化文学運動」で、つぎのように言わざるをえなかった。

ただ新日本文学会を守る立場にいるということだけで、マーフィーの手先だろうとか、従って作品も反人民的だろうとか、大衆に悪影響を与えるとか、様々の疑惑と非難の的にされ、大きく行動をはばまれた。今になって考えてみると、自分の仕事に対する確信が足りなかったから、この疑惑や非難に遠慮したのだと思うけれど、ともかくここ三年ばかり、私達は新日本文学会の支部組織として定期の集会を持たなかった。したがって新日本文学会広島支部は、会員はいても無組織状態で、討論しては実践し、実践を持ちよっては討論するような、組織的な活動をしなかった[*58]。

「討論しては実践し、実践を持ちよっては討論する」とは、いうまでもなく、総括しつつ実践するという中井正一の「委員会の論理」をふまえたものであり、山代がつねにこの組織＝運動論を念頭においていたことを示している[*59]。しかし、峠が亡くなり山代が上下町に移った一九五三年夏から、広島支部は組織の体をなさなかったようだ。また、マーフィーとは、五二年の講和条約の発効から翌年四月まで駐日大使をつとめたアメリカの敏腕外交官ロバート・マーフィーであり、「マーフィーの手先」とはアメリカ帝国主義のスパイを意味する。峠の手術を山代がそそのかしたとか、広島支部長の座をねらっているといった陰口も流れたらしい[*60]。こうした非難は敗戦直後の自立会での記憶を呼びもどす。それだけに、疑惑や非難に「遠慮」して真正面から反論せず、そそくさと広島市をはなれながらも、「峠三吉の死によってゆずりうけた新日本文学会広島支部の、本部に対する借銭[*61]」は意地でも皆済しようと考えた、ように思われる[*62]。

疑惑は川手にも向けられた。一九五四年の秋、山代と川手は共産党中央の「文化活動の指導者」から「正式の査問」をうけ、「被害者の会の組織は、どこの指導でやったか」、「お前らはマーフィーの手先か?」と訊問された。とくに、大学卒業後も就職せず被害者の会を支えていた川手に山代が定期的に送金していた、その金の出所が疑われた。「それは私にとって非常な痛手でしたし、川手にとっては私以上に痛手だった[*63]」。そして川手は、被害者の会はもう君を必要としていない、はやく就職しろと党の幹部から命じられた。半年前のビキニ水爆実験を機に原水禁運動が盛りあがりはじめて、これまで無視してきた被害者の会が党にとって重要な舞台になりはじめたからだろう。

それでも川手は、「名士や大団体の長が集まって、きめごとをして、それを指令にして出せばいい」ような原水禁運動のありかたを批判しつづけたが、しだいに被爆者の会からも相手にされなくなった。見かねた山代が就職口を紹介しても、自分は「被爆者の組織から離れることのできない人間」だからとことわり、「被爆の体験から生まれた思想」すなわち、「体験を書いて自分を確かめ、それを発表して理解の輪をひろげ、輪がひろがるたびに勇気を倍にして来たあの方法まで、僕らの会から抜けて行こうとしている。これがなくなって何が残るのだろう」と痛憤し（山代あての手紙）、一九六〇年四月、安保闘争の高揚をよそに、東京の安宿で自死してしまった。二九歳だった。[*64]

川手健は一九三一年、広島市近郊に生まれた二次被爆者だった。「かつての学友らの印象では、決してこぶしを振り上げてアジテーションをするタイプではなかったという。『個の存在』に真剣に耳を傾け、被爆者の多様な訴えをくみ上げ、一つの組織に集約させてゆく仕事に、彼は最後まで執着したようだ」と、『原爆に生きて』に登場する人びとの〝その後〟を追った『中国新聞』の記者は書いている。[*65]

川手の死後、その精神を受け継ごうとする友人たちは被爆二〇年後の現実を検証するため「広島研究の会」をたちあげて、「原爆被害者の吹きだまり」といわれたスラムや被差別部落のある地域に住み込み、あるいはこれまでの実践をふまえて、克明な報告を書きあげた。一九六五年七月刊行の山代巴編『この世界の片隅で』（岩波新書）である。『原爆に生きて』の多田マキ子（本名、立田松枝）のその後をたどった山代の「ひとつの母子像」、文沢隆一「相生通り」、多地映一「福島町」、風早晃治（秋信利彦のペンネーム）「IN UTERO（胎内被曝児）」、杉原芳夫「病理学者の怒り」、山口勇子「あすにむかって」、小久保均「原爆の子から二十年」、大牟田稔「沖縄の被爆者たち」の八編が収録された。

文沢と多地は、かつて「原爆スラム」「相生通り」とよばれた太田川の土手筋のバラック密集地は、いまや九〇〇戸、一一三五世帯のうち被爆者は三分の一程度で、在日朝鮮韓国人や極貧者など国家・社会から「棄てられた民」の最後の生活の場となっていること、また、被差別地域は原爆で「平等」に破壊されながら「復興」「平和都市建設」の施策のなかで差別が復活されたこと、などをあきらかにした。

胎内被曝による小頭症の存在を知った秋信は、ABCC（原爆障害調査委員会）の資料の「野〇真〇子」といった記録を手がかりに九名を突きとめた。胎児性水俣病とおなじ問題が被爆者にもあったのだ。小頭症児についてはすでにアメリカのABCCや広島大学医学部が確認し、一九五九年の原水禁大会に招かれていた。にもかかわらず、ABCCは「強度の母体の栄養失調が原因」と嘯《うそぶ》き、原子爆弾被害者の医療等に関する法律や被爆者支援運動の対象にされなかった。[*66] 秋信と大牟田はこれを機に小頭症の子と親の組織「きのこ会」をつくり、事務局をサポートした。[*67] 原水禁運動の分裂という現実や山代の助言で自立主義を貫き、ある「大きな組織」が支援を申し出たときも、セレモニーで目録だけ渡され「金は入用の時に、使途をはっきりさせて事務局に取りに来るように」といわれたため、親たちは受け取りを拒否したという。[*68]

また、放射線による晩発性障害を究明してきた杉原は、被爆者の悲惨さを強調するだけでは生きる意欲をうしない差別を助長しかねないと問題提起し、ほかの筆者も病苦や差別による生きがたい現実に苦しみながらも精いっぱい生きようとする被爆者に着目した。そのなかには、朝鮮人高校をつくるために奔走し「被爆者にはなにより希望が必要だ。それが生きる気力を与えてくれる」と語る金銹玄や、「あれが許されるのなら、この世にもはや許されないものはないと考え」てヤクザになったという青年も登場する。[*69]

さらに、沖縄の被爆者を訪ね歩いた大牟田稔は、本土の平和運動が沖縄を無視してきた歴史と、「鮮烈な体験を抱いて戦後を生きぬいてきた」沖縄の人びとの「揺るぎない意思を知ってゆくたびに、私の胸には一つの文章がはっきりと蘇ってくる」と述べて、『原爆に生きて』の「あとがき」、すなわち「被害者の組織化がおくれた責任の一端は、原爆を平和の立場から取り上げようとした人々の側にもある……」という川手の文章を引用して、本書全体をしめくくった。[*70]

『この世界の片隅で』について、哲学者の久野収は、「二十年後の戦争記念におくられるもっとも大きな記念碑である。戦後のゆがみの大きさを事実によってこれほど深く指摘した記録は、絶無だといってよい」と述べた。[*71] また、長岡弘芳はほぼ同時期に出版された大江健三郎『広島ノート』、広島市原爆体験記刊行会編『原爆体験記』をあわせた「これら三者は、それぞれ相補いあって、被爆を原点とする戦後二〇年の歳月に屹立し対峙している」としたうえで、つぎのように書いた。

そこには戦後二〇年を広島の地で、被爆者の手記作りに、原爆孤児の国内精神養子運動に、被爆直後から罹災者の病理解剖や診療にと、各様に「広島的人間」として生きつづけた人たちの、現地からする重い報告八編がならび、原爆スラムや胎内被爆、沖縄にある被爆者の問題等々、悪魔的に生みつけられ、戦後二〇年そのままに放置されてきた深暗部を、東京オリンピック翌年〔の〕泰平を謳歌する明るみのなかに、虚像に対する実像の暗さとして突きつけてみせたのである。[*72]

それから五年後の一九七〇年、『詩集　原子雲の下より』が一八年ぶりに増刷されたとき、山代は「あとがき」にこう記した。

川手健の死への道は敗北への道、けれど私は……きのこ会が誕生したとき、「ああ日本人は、この怒りと悲しみを二〇年も沈黙の底へ沈めていた。原水爆禁止世界平和大会を九回も重ねながら」の思いで胸が痛みました……川手健および彼の身辺に集っていた……〔青年たちの〕礎石の故に私たちはいま、この人々の沈黙を破らせ得た。この人々の組織をも誕生させ得た。この事実は黙殺することはできない。[*73]

山代にとって、川手健たちを抜きに被爆者運動を考えることはできなかった。と同時に、山代が農村での模索から身につけた「春雪のような清純な暖かさ」を運動者に求める姿勢がなければ、被爆者自身が声をあげるのはなかなかに困難だったであろうこと、そしてこの経験が山代のその後の模索を支えたことを、あらためて強調しておきたい。

＊1　『広島県史　原爆資料編』広島県、一九六九年、年表、三八ページ。
＊2　「占領下における反原爆の歩み」一九九一年（著作集④一〇ページ）。
＊3　同右、著作集④一四、一五ページ。「まえがき」『この世界の片隅で』岩波新書、一九六五年（著作集④一三七、一三八ページ）。
＊4　「二つの補足」『文化評論』一九六五年一一月（著作集④一八〇ページ）。山代は被爆者を主人公にした「また逢う日まで」を『ひろしま民報』に連載した（未見）。
＊5　前掲「占領下における反原爆の歩み」（著作集④一九ページ）。
＊6　堀場清子『禁じられた原爆体験』岩波書店、一九九五年、四二ページ。なお、堀場は、検閲処分を受けた人びとが独立後もその体験を語らず、削除されたり自発的に削除した部分を復元していない、なぜか、とするどく問うている（七九ページ）。
＊7　長田新編『原爆の子』岩波書店、一九五一年、（改版）一九五、一九六ページ。
＊8　今堀誠二『原水爆時代』下、三一書房、一九六〇年、三三一-三三五ページ。なお、国際平和闘争デーは仙台・東京・横浜・大阪・名古屋でもひらかれた（『広島県史　通史Ⅶ　現代』広島県、一九八三年、三九二ページ）。
＊9　大村英幸「被爆・占領下の広島を語り残す」（浅井基文編著『広島に聞く、広島を聞く』かもがわ出版、二〇一一年、六〇ページ）。
＊10　前掲「占領下における反原爆の歩み」（著作集④四四ページ）。
＊11　今堀誠二、前掲『原水爆時代』下、八九、九〇ページ。
＊12　大村英幸、前掲「被爆・占領下の広島を語り残す」六二ページ。
＊13　前掲「占領下における反原爆の歩み」（著作集④五一ページ）。「詩集『原子雲の下より』と私とのかかわり」（被爆実態調査会編『原子雲の下より　新編8・6少年少女詩集』亜紀書房、一九八九年、二六四ページ）。

＊14　前掲「占領下における反原爆の歩み」（著作集④五二ページ）。
＊15　「民話勉強の歩み」一九九一年（著作集⑤一八七ページ）。
＊16　広島市に出た山代は、一時、徳毛宜策一家の住む六畳一間の市営住宅に同居した（前掲「占領下における反原爆の歩み」著作集④六二ページ）。
＊17　「〔二刷〕あとがき」『詩集　原子雲の下より』青木書店、一九七〇年、二一三ページ。
＊18　前掲「詩集『原子雲の下より』と私とのかかわり」二七四ページ。
＊19　峠三吉「序文」（前掲『詩集　原子雲の下より』一一ページ）。
＊20　前掲「詩集『原子雲の下より』と私とのかかわり」二七四、二七五ページ。
＊21　『峠三吉作品集』下、青木書店、一九七五年、二八七ページ。
＊22　峠三吉『原爆詩集』（青木文庫）は赤松俊子装画、中野重治解説。丸木夫妻が峠を青木書店に紹介した（岡村幸宣「『原爆の図』全国巡回展の軌跡」『原爆文学研究』8、二〇〇九年一二月、一四四ページ）。
＊23　峠三吉、前掲「序文」『詩集　原子雲の下より』一〇ページ。
＊24　山代は「大衆食堂を手伝いながら客の話題に耳を傾けた」り、「尾道で仕入れた海産物を背負い、行商しながら」被爆者を探したという（「それぞれの昭和史　その3　原爆に生きて2」『中国新聞』一九八五年七月三〇日）。
＊25　「序」、原爆手記編纂委員会編『原爆に生きて』三一書房、一九五三年（著作集④「原爆に生きて」一二一ページ）。
＊26　同右、著作集④一二一、一二六、一二七ページ。
＊27　「日本人の文学意識　農民」『岩波講座文学2　日本の社会と文学』岩波書店、一九五三年（著作集②「農民の文学意識」一八三、一八四ページ）。
＊28　佐々木暁美、前掲『秋の蝶を生きる』一九四ページ。

＊29 「広島の文化文学運動」『文学』一九五五年五月、八ページ。
＊30 山代の直話（著作集④「解説」二二〇、二二一ページ）。
＊31 前掲「序」『原爆に生きて』（著作集④一二四ページ）。
＊32 「原爆被害者の会の背景」一九九一年（著作集④一〇七ページ）。
＊33 坪田正夫「手術室よりの報告」『沿岸地帯』2、一九五三年一一月、三ページ。
＊34 前掲「序」『原爆に生きて』（著作集④一二八ページ）。
＊35 同右、著作集④一三一－一三三ページ。
＊36 前掲「広島の文化文学運動」八ページ。
＊37 日詰忍「七年の記」、前掲『原爆に生きて』一二五ページ。
＊38 川手健「半年の足跡」、前掲『原爆に生きて』二八一ページ。
＊39 吉川清は広島日赤病院に生活保護患者として入院したが、外国人観光客の「原爆患者見物」の相手をさせられ「原爆一号」と呼ばれた。吉川はそれを逆手にとって被爆者への支援を訴え原爆傷害者更生会をつくったが、会合には警官が張りついたという（「初期の被爆者運動」『中国新聞』一九九五年二月一九日朝刊）。
＊40 川手健「七年後の広島」『新日本文学』一九五二年一一月、三九ページ。
＊41 一九五二年一〇月の幹事会（吉川清、佐伯晴代、内山正一、上松時恵、峠三吉）で川手が専任の事務局長になった（前掲『広島県史　原爆資料編』八〇一ページ）。
＊42 前掲「原爆被害者の会の背景」（著作集④一〇三ページ）。
＊43 吉川・山代などがはじめて広島を訪れた武谷三男の案内をつとめ、山代はルポの下書きもしている（「原爆の手記編纂日記」広島大学文書館所蔵）。また、峠三吉は病を押して武谷に会いに来て、『原爆詩集』の「父をかえせ……」は、武谷が『弁証法の諸問題』（一九四三年）の扉裏に掲げた「言葉」という詩（「人間の理性わ、／いかなる困難に面しても、／必ずそれを貫く道を見出すものです。／いま現

実わ、／わたしの心を悲しましていますが、／人間の人間に対する愛が、／人間のすぐれた理性を勇気づけて、／必ずすばらしい道を、／切り拓くでしょを」）のおかげで改稿できた、と感謝の意を伝えたという（前掲「原爆被害者の会の背景」、著作集④一〇〇ページ）。

＊44　川手、前掲「半年の足跡」二八七－二九一ページ。山代、前掲「原爆被害者の会の背景」（著作集④一〇五ページ）。

＊45　大江健三郎・長岡弘芳「対談解説」（大江健三郎選『何とも知れない未来に』集英社、一九八三年）三八〇、三八二ページ。

＊46　長岡弘芳『原爆文献を読む』三一書房、一九八二年、六五ページ。

＊47　「まえがき」、前掲『この世界の片隅で』（④一三九、一四〇ページ）。

＊48　山代の直話（著作集④「解説」、一三六ページ）。多田は原爆投下の違法性を訴える東京原爆裁判の原告四人（のち五人）の一人になった。

＊49　大串潤児は山代・中井・浪江らの運動にふれたうえで、「戦後『生活記録』・文化年表」に『原爆に生きて』を載せている（「戦時から戦後へ」『シリーズ戦後日本社会の歴史3　運動のなかの個と共同性』岩波書店、二〇一二年、一六ページ）。

なお、一九五五年、山代は原爆とその直後の大水害のなかで簡易畳の生産やカマス袋の調達に奔走した商人が同業者や役所・警察から迫害された義憤をぶつけた一文を託される。「夏草に覆われた古墳」のような文章はしだいに整理され、「非人間的なものを乗り越えて、生きよう、生かそう、とするヒューマニズム」の貫かれた記録になる。久保辰雄『人間の記録双書　広島商人』（平凡社、一九五六年）である。ただし、この記録は農家の嫁のやむにやまれぬ訴えとおなじく肝腎なことが書けていない、このあたりに「生活記録の限界があるのではないか」、と山代は「あとがき」（「『広島商人』について」三一三、三一四ページ）で述べている。

＊50　前掲「私の歩んだ道」。

＊51　前掲「広島の文化文学運動」一二ページ。
＊52　「川畔の集い　報告の中の抜萃」『新日本文学』一九五二年九月（著作集④七八、七九ページ）。
＊53　稿本「詩集『原子雲の下より』と私とのかかわり」一九八八年、六三、六四ページ。
＊54　前掲「川畔の集い」（著作集④七六―九一ページ）。
＊55　前掲「私の歩んだ道」。
＊56　平塚らいてう「民族の未来のために」一九四九年（『平塚らいてう著作集』7、大月書店、一九八四年、六四ページ）。
＊57　『語り部の旅　被爆者の手記集を作って』法政平和大学講義録6、一九八八年、一三ページ。
＊58　前掲「広島の文化文学運動」一二ページ。
＊59　山代は後年、「〔中井〕先生の啓蒙を互がどう取り入れたか〔城間功順と〕手紙で知らせ合うことをはじめて以来」、「敗戦直後の文化運動は、先生の『委員会の論理』があってはじめて可能だった」との感をますます深めた、と述べている（「城間功順君の手紙から」『中井正一全集4　月報』一九八一年、二、三ページ）。
＊60　佐々木暁美、前掲、『秋の蝶を生きる』二〇六ページ。
＊61　前掲「広島の文化文学運動」一一ページ。
＊62　ノート「自己批判と新しい概念への抽象化」のなかで山代は、新日本文学会広島支部という「名だけあって実のない組織のために、自分はなんと多くの時間と金とを費やしたことだろう。しかし、この経験から自分の組織すべき文学組織とはどんなものかということ……を示唆された」と書いている（一九六〇年ころ）。一九五五年七月以後、山代は『新日本文学』に作品を載せていないようだ。
＊63　前掲、稿本「詩集『原子雲の下より』と私とのかかわり」六三ページ。前掲「一つの補足」（著作集④一八五ページ）。
＊64　前掲「一つの補足」（著作集④一八八、一八九ページ）。

＊65 「それぞれの昭和史・その3 原爆に生きて」7（『中国新聞』一九八五年八月六日、八日）。なお、川手健には「傷だらけの十年」と題する手稿がある（「傷は癒えたか」応募原稿と付記）。高校時代からの恋人であり同志でもある女性との仲を、「文化工作隊」に専念させるという理由で引き裂かれた苦しみや共産党への不信、「分裂抗争の、いわゆる血で血をあらう」対立や、「いつのまにか党からは除籍されていた」こと、そして家族・親類とのあつれきなど、「経済的にはもちろんだが、それ以上に家の中の争いは私にとって精神的にこたえた。自殺ということを考える日もあった」という。被爆者の組織づくりは唯一の希望の源泉だったと思われる。

＊66 長岡弘芳『原爆民衆史』未来社、一九七七年、二三五ページ。

＊67 「きのこ会」は、世間の目を避けてきた母親から、公表したあとは「どう責任を取ってくれるんですか。一生この子と交際していくことが出来ますか」とつめ寄られた秋信の困惑に対して、山代が「いっぺん集まってもらおうや」と「こともなげに」言ったことから生まれた。秋信の心配をよそに、連絡のついた六人の子とその親はみな集まり、その場で会が発足したという。「山代さんの凄さを目前にして、私はことばもなかった」と秋信は述べている（『山代巴文学研究所報』二〇〇五年二月、二〇、二一ページ）。秋信は中国放送の記者で、『中国新聞』の金井利博とともに平和や原爆の問題に取り組み、昭和天皇の記者会見では「原爆投下は市民には気の毒だが、やむを得なかった」という趣旨の返答をひきだした。なお、山代巴文学研究所は広島県三良坂町・三次市の有志が設立したサークル。

＊68 秋信利彦「山代さんと原爆小頭児」（『こみち通信』九・一〇合併号、径書房、一九八七年一月、一〇九ページ）。このいきさつは『きのこ会会報』8（一九七二年八月、四二－四四ページ）に詳しい。こうした〝政治色のなさ〟もあって早期に原爆症の認定を得られたが、物とり主義との批判もあったようだ。しかし、山代や会長の畠中国三は、「戦争責任の追及としての補償要求」と考えていたという（山代「わたしの報告」『きのこ会会報』8、著作集④一九九ページ）。なお、山代や大牟田らは障碍者運動や水俣との連携を模索したが、会員は消極的だったらしい。小頭症の子を守るだけで精いっぱいだった

のだろう。長岡弘芳、前掲『原爆民衆史』三九－四四ページ。秋信利彦「きのこ会と原爆投下問題」（浅井基文編著、前掲『広島に聞く、広島を聞く』三〇、三一ページ）。

*69　前掲『この世界の片隅で』二七－三〇、一三五ページ。なお、本書が出版された一九六五年末、『中国新聞』の平岡敬記者（後に、広島市長）は在韓被爆者の存在を提起している。

*70　同右、二一二ページ。なお、福島町に借りた山代の部屋は執筆者のたまり場になり、名古屋空襲が話題になったとき、山代は「広島・長崎の被爆者は、全国の罹災者と連帯しないといけないよね」とつぶやいた。小久保は後年、「長崎は知らず、広島の被爆者運動は、通常爆弾による罹災者との間に一線を画して両者の差異化を図り、みずからの体験だけを特殊化し聖化しつつあった。被爆者運動の世界化への道をみずから封じて、運動のエネルギーは下降線を辿り始めた。このことに運動家が気づくのは、運動がほとんど壊滅してからだった」と書いている（小久保均「私生活のない人」、前掲『山代巴文学研究所報』7、一二七ページ）。山代巴は手記編纂のころから、「原爆の特殊性が非常に強調され」るが、「帝国主ギの残虐性」は細菌爆弾・ナパーム弾でも変わらない、こうした「非人道的、無差別殺戮」を撲滅しないかぎり平和はこない、と考えていたようだ（「原爆の手記編纂日記」広島大学文書館所蔵）。

*71　『信濃毎日新聞』一九六五年七月二四日（久野収『私の読書、私の書評』三一書房、一九七六年、一五〇ページ）。

*72　長岡弘芳『原爆文学史』風媒社、一九七三年、七五、七六ページ。

*73　前掲「あとがき」『詩集　原子雲の下より』二二九、二三〇ページ。『詩集　原子雲の下より』は一九七〇年の二刷から出版社の意向で「峠三吉・山代巴編」となり、版を重ねた（手元にあるのは一九八〇年の一七刷）。山代に払われる印税は川手健の遺稿集に使うと「あとがき」（二三〇ページ）に書かれたが、遺稿集は結局つくられないまま、被爆実態調査会（秋信俊彦・大牟田稔・中島竜美・山元敏之）に引き継がれた。一九八七年に峠三吉の遺稿とともに収録されなかった詩が多数発見されると、これらを含めた『原子雲の下より　新編8・6少年少女詩集』（亜紀書房、一九八九年）が被爆実態調査会編

で刊行された。編者のひとり山元敏之は、『原子雲の下より』の編集は当時の「政治状況」を反映しており、川手は子どもの詩だけでまとめたいと考えていたことを明らかにして、新編は既発表・未発表をとわず少年少女の作品だけを収録した、と「あとがき」に書いている（二八七－二八九ページ）。

なお、未収録の詩の出版権をめぐる議論があり、山代は稿本「詩集『原子雲の下より』と私とのかかわり」（一九八八年六月）を書き、被爆実態調査会が冊子にした。この抄録が『新編8・6少年少女詩集』に収められたほか、著作集④に「占領下における反原爆の歩み」「原爆被害者の会の背景」として収録されたと思われるが、取捨・加筆もあるので、それぞれ独立した文章として扱った。

第六章　民話の発見

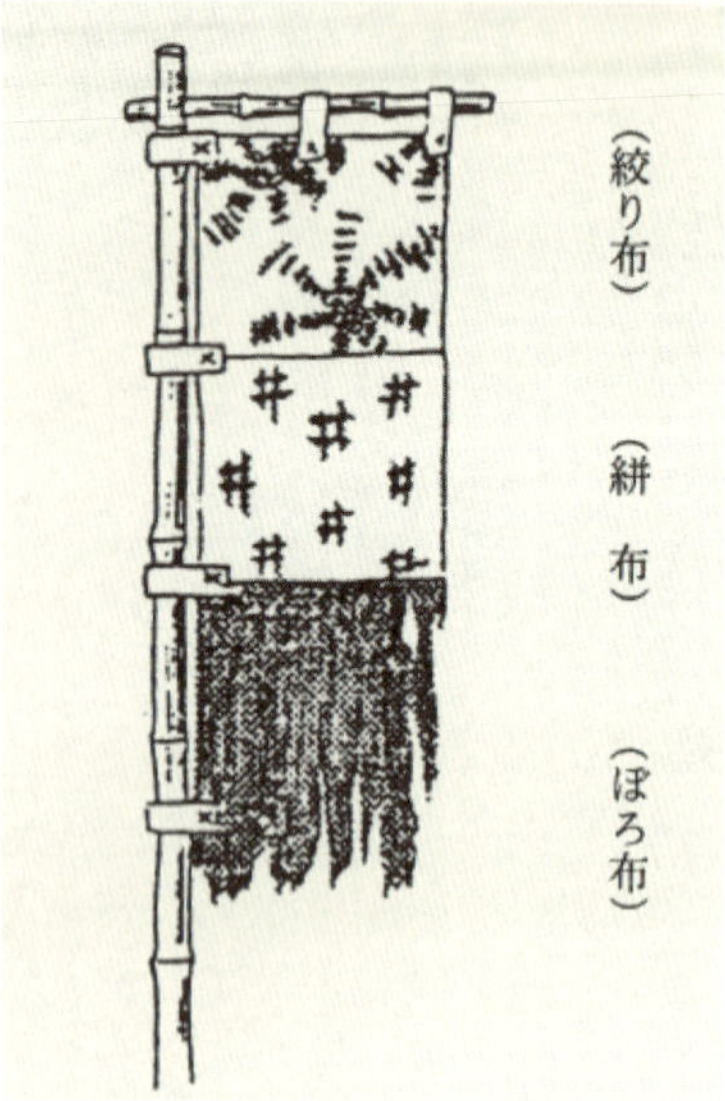

百姓一揆勢が考案した幟　（「歴史を負って現在に向う」『展望』1972年４月）

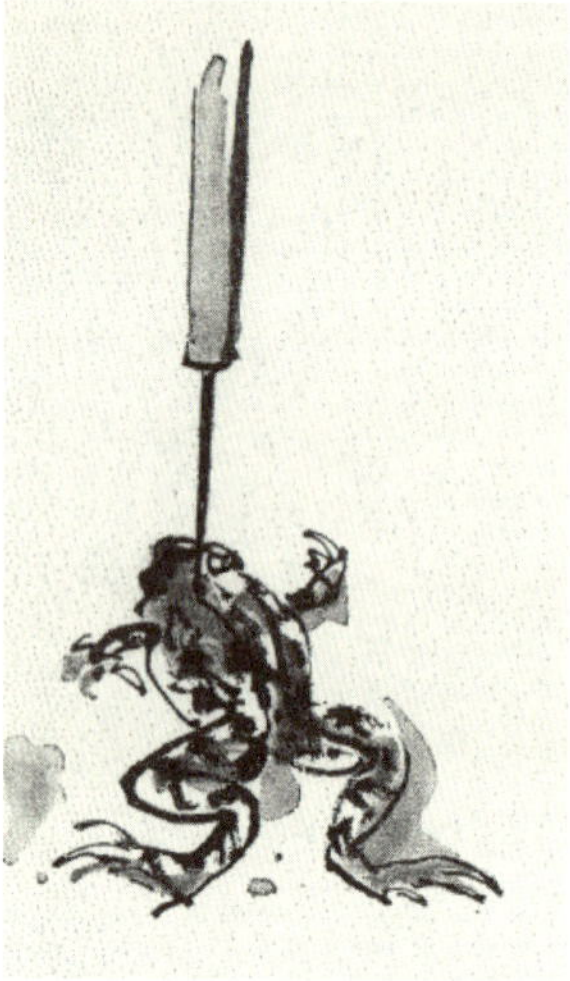

『民話を生む人々』（岩波書店、1958年）に描かれた、「錐ガエル」（金子太郎・画）

「樽ヘビ」「笊ドジョウ」（松尾みね子・画）（『民話を生む人々』）

1　三つの比喩と相互理解の橋

『原爆に生きて』の校正がおわった一九五三年五月に話をもどす。山代巴は老母の待つ登呂茂谷へは帰らず、広島県東部の甲奴郡上下町（現・府中市の北部）に移った。前章でふれたように原稿を書くためだった。実際、「おかねさん」（『世界』一九五三年七－九月）につづけて「日本人の文学意識農民」「農村文学の問題」「広島の文化文学運動」「農民が生活を書くために」などを、立てつづけに岩波書店の雑誌や講座に掲載した。いずれも農民が文章を書くことの意義と困難な現状を具体的に述べたものである。この時期は労働者・青年・主婦などによる文学サークルや生活記録運動が活発になっており、農村での実践にもとづく山代の発言が求められていたのだろう。[*1]

もっとも、山代が広島市域をはなれた理由は執筆や仲間内のあつれきだけではなかった。ひとつは、広島市内の建物疎開に動員され被爆した甲奴郡・神石郡の特別警備隊（甲神部隊）の調査である。『原爆に生きて』には横山文恵「甲神部隊の父」を載せたが、生存者をさがして話を聞き、被害者の会につなぐ必要があった。[*2]もうひとつは、地域婦人会による被爆者救援運動のなかで浮上した課題である。餅をかついで慰問にきた山村の女性たちはもっとひどいところへ案内せよとくりかえし、スラムの母子（多田マキ子）をみると、「わしも戦争未亡人で村では一番可哀想な女だが、この人よりはちょっとはましだ、来てよかった」「そうだ、自分の幸せがわかった」などと涙ぐんで帰ったのだ。「これは私にも川手健にも衝撃だった。このときから被爆者の会には……広大な農村で原爆の被爆は他人事ではなく自分の事であると言う意識を育てる平和活動が緊急に必要」であり、それは私の任務だと考えたという。[*3] かつて真情を吐露する手紙を送った栗原佑からも、「岩を割る松の根の勇気を持って、山脈の中に平和の文学を根づかせるように」と激励の手紙がきた。[*4]

だから、広島大学の社会学者・中野清一から婦人会での講演を頼まれたときはよろこんだ。中野はおもに家族や集団を研究する社会学者で、地域婦人会の講師など社会教育にかかわるとともに、自宅を開放して原爆孤児のための「あゆみグループ」を夫妻で運営していた。しかも、「リーダーだからいつでも先頭にいなくてはと考えるのは、官僚や独裁者のことである。本当のリーダーは己を虚しくして、みんなのあとをついて行きながら、それでいて、グループをある方向へと導いていく人をこそいう」[*5]、と説いていた。そして、山代が大勢のまえでは気後れしていると気づいた中野は、『中国新聞』の金井利博[*6]と相談して、岩国図書館の夏期講座に三人のパネルディスカッションを組み入れた。二人の質問に答えているうちに、山代は大人数でも平気になったという。[*7]

おかげで、一九五三年八月一五日に三次小学校で開かれた広島県教職員組合青年婦人部の研究集会(ワークショップ)ではのびのびと話ができた。三次はいうまでもなくはじめて監獄生活を送った地であり、刑務所と小学校は三キロと離れていない。あたえられたテーマは「平和と民族独立の闘いの中における婦人解放の歴史的性格の追究とその実践について」というようなもので、講演は市民にも公開された。山代は、「皆様より理論的には低い」けれど、「私の力でかみしめた理論をもとにして、ものを書いて」きた、そこでまず、「私の底に流れている理論の大ざっぱな筋を披瀝して、皆様の理論で批判し」ていただきたい、と話しはじめる。当時の山代の話しぶりがわかるものだが、著作集に入らなかったので、ややくわしくみていきたい。*8

山代は語る——戦前の日本では女性解放の歴史を学ぶことすら禁じられており、女工の夜学やサークルで使った女性史のノートが治安維持法違反の証拠とされ、三次刑務所に入れられた。私は若いころから万葉集のある歌を「こよなく愛していた」。他の男たちが馬で行くのに自分の夫は難儀しながら歩いている、見かねた妻は母の形見の鏡を売って馬を買ってくれと頼んだが、夫は「馬買はば妹《いも》徒歩《かち》ならむ　よしえやし　石は踏むとも　我《わ》はふたり行かむ」、つまり、馬を買ってもあなたは歩かねばならない。そうだ、石を踏んでも二人で歩こうと答えた、というものだ（巻13－3317　作者未詳）。すでに貧富の差はあるけれど、ここには「私どもが想像もしないほど自由で潑剌として平等に愛しあい、愛を率直に表現する」夫婦がいる。「このような愛し方を理想とした」私は、その理想に泥をぬって転向するわけにいかなかった。現在は「表向きには民主主義を看板にして、真綿で首をしめるよう」に歴史を逆戻りさせる動きがつよまっている。これは「進歩の歴史の側に立つ婦人解放とは相容れぬ方向」だと思う。

つぎに平和について。平和という言葉の中味ほど複雑なものはないが、要は「命をどう考えているか」だ。微生物から「五感の鋭いこの肉体」ができるまでの長い長い生命の歴史のなかで「つちかわれた生きる力、子孫を生かそうとする力、もしかしたらお互が何気なく使っている愛という言葉の中にうけつがれているかもしれないと思うこの力は、原爆を使用する残忍さを、必ず克服して行くに違いない」。「こんなことをいうと……おとぎ話じみて聞こえるかも知れませんが、これは私の平和に対する考えのイロハのイの字で、この肉体の誇りと、生きようとする、生かそうとする愛の力に確信がなくて、どうしてあの大きな破壊力を専有する残忍さに抵抗できるでしょうか」。

平和と婦人解放の関係はどうか。この集会のテキストである井上清『日本女性史』(三一書房、一九四八年)がいうように、「衣食住の生産の進歩と、生産関係の変革の歴史から離れて、日本女性史をつかむことはできない」。軍需生産をやめて大量の農業機械を電気で動かすようにすれば、男に頼らねばならなかった重労働も女性がやれるようになり、農業でも同一労働・同一賃金、ひいては男女の平等に近づける。つまり高度に発達した科学を平和のために使えば女性解放の道が開ける。だが、平和経済のためにも日本民族の独立が不可欠だ、と山代は話を転じる。そして、前年に書いた『原爆とパンパンの広島湾』の一部を読みあげ、江田島町役場が募集した「江田島音頭」の入選作、「寒さ知らずの別世界　ジャズのメロデー、ホールの灯かげ〔中略〕ここは世界のパラダイス」を紹介し、「独立が侵されているか否か、それはその国の女性の姿がもっともよく象徴して」おり、「婦人の解放と、平和と、民族の独立という三つは一つの線につながっている」と語る。

以上が「大ざっぱな筋」の要約である。生物の進化と、資本主義から社会主義への歴史の進歩や科学技術の発展を重ねあわせた楽観的な未来観、女性の抑圧は階級支配とともにはじまり社会主義の実現によって解決するという考えは、当時の左翼的活動家に共通するものであり、愛をめぐる熱い思いを別にすれば、さして個性的ではない。ただし、ここまでは前口上のようなもので、「しかし理論はすっきりしているが日常生活は複雑怪奇です」、と本論に入っていく。

山代はまず、広島では石川県内灘村のような米軍基地反対運動が起こらず、「広島人は河原の砂だ」といわれるが、なぜ団結し抵抗しないのかと問いかけ、この地に伝わるたとえ話を紹介する。蛙は水中・陸地・木の上と自在に動けるのに、頭に錐を当てられるとすくんでしまうという「錐ガエル」、ざるに入れられたドジョウは、うじゃうじゃと動きまわるうちに弱いのは下になって押しつぶされ強いのが生き残るという「笊ドジョウ」、樽のなかのヘビは一匹なら蓋《ふた》の穴から抜け出せるのに、多くなると穴から首を出したものに絡みついて引き落とし結局だれも出られないという「樽ヘビ」、この三つである。みんなと違うことをすると、上からもまわりからも押さえられ足を引っぱられる。私がふるさとを離れたのは、「近隣相和して鞏固《きょうこ》な団結をしているかのよう」な「無風帯の底で、互いに落とし合うギギ風……がうずを巻いている」ことに耐えられなかったからだし、私が獄に入れられると、父は「癇癪《かんしゃく》の杓では水が汲めぬ」「理窟の靴は馬も穿《は》かぬ」と書いてきた。

だから「この備後国に、革命的伝統が埋もれていようとは思っていなかった」。けれども、備後福山藩の百姓は元禄、享保、宝暦、明和と大きな一揆をくりかえし、天明の一揆でついに要求をかなえたのだ。この「革命的な伝統」はその後の弾圧や明治以後の教育によって「忘却の底」へ埋められてしまったが、先祖たちは、絞り・絣《かすり》・ぼろの布を縫い合わせて「上の殿様搾《しぼ》り取り、中の役人掠《かす》り取り、下の百姓飢えてぼろぼろに候」と訴えた幟《のぼり》や、三つの比喩を教訓として残してくれた。[10]私はこの歴史を知ってびっくりし、ぜひ多くの人に伝えたいと思って「おかねさん」にも書いた。[11]「病根は深く、今もなお川原の砂のようにひとりひとりが孤立していようとも、われわれはより深いところで理解し合うという橋をかけあって、お互の溝を埋めていかねばならない。これが団結への確実な近道ではないだろうか」。そして、苗木が実るまでに時間のかかることを述べて、ながい話をこうしめくくった。

この郷土に今のところ農民の産みだした文学らしいものはない。けれど農民自身のもっている感受性も判断力も、私などを凌駕している……未来を約束する農民文学の苗木はすでにある……要は、私たちお互の成果をあせらない、いい、途中やめをしない、きんべんな努力が待たれているのではないでしょうか。みなさんいっしょに努力しましょう。

このように、みずからの体験や見聞、農村女性がひそかに訴えた悩みごと、地域の伝承やことわざ、怪談（海坊主かと怖がられたほど傲慢な、成り上がり男のふるまい）など、具体的な事例をつぎつぎに繰りだしながら、日常生活の「複雑怪奇」、すなわち、現状に不満をもちながらも沈黙し抑圧に加担してしまう民衆の心性を浮きあがらせるとともに、「理解という橋で結びあう」ことの重要性と可能性を力説したのだった。

講演の評判は上々で、一般の市民には、判じ物のような一揆の幟《のぼり》や錐ガエルなどの比喩があざやかな印象をあたえたようだ。山代はのちに、中井正一の「三つの根性」は暗記するほど好きだけれど、「学者でない者が急に改まって、奴隷制社会や封建制社会について話すと、取ってつけたようでどうもぴったり」しない、そこで、以前老教師から聞いた比喩をつかった、と述べている。[*12]「先生」の十八番も安易に受け売りはしない。この自制が山代の思想的独自性を培うとともに相手の共感や信頼を得るもとになっているのだろう。なお、この時期の山代が民衆自身の表現を、民話や生活記録ではなく「文学」の範疇でとらえていることにも留意しておきたい。

2　「酒と竹」と「文化論」

『原爆に生きて』の反響、中野清一の推挙、それに講演の評判が加わって、各地の婦人会・PTA・教員組合などから講師の依頼がつづき、山代は思いがけず多忙な日々を送ることになった。

これ以前に婦人会との縁がまったくなかったわけではない。一戸一人の会員で構成される地域婦人会は町内会・部落会の婦人部というべき団体で、戦時中は大日本婦人会に組み込まれて総力戦体制を底辺で支えた。戦後はGHQや文部省、厚生省などが農村女性の大半を組織する地域婦人会を通して、男女平等や台所の改良、冠婚葬祭の簡素化といった生活改善運動を浸透させようとした。広島県の地域婦人団体連絡協議会（広島県婦協）は労組婦人部や革新系の婦人団体とともに平和運動にも取り組み、一九五二年に結成された全国地域婦人団体連絡協議会（全地婦連）も公明選挙・売春禁止・家族制度復活反対などを唱えた。[*13]

しかし、東京や県レベルの指導者はともかく、末端の地域婦人会では戦前のボスが居すわっていることも多かった。アカ攻撃のきびしい一九五一年秋に山代を招いたある村の婦人会長もそのひとりだった。広島の社会教育を担当するGHQのグロート女史から、少数のリーダーだけが積極的な集団では意味がない、自発的なグループ活動を育成せよとの指示があり、困惑して山代に助けを求めたらしい。戦争反省もなく号令をかけるのが好きなだけの「アカツキ〔垢付き〕部隊長」だと皮肉った村の左翼青年は、「こういうものに協力するのは、有害とまではいわんが、まあ無意味よう」と山代に忠告した。「コンマ以下と一緒に仕事をするのは楽ではないよ」と口をすべらせた活動家もいた。のちに山代も、婦人会幹部の発言は「何一つ、いわれるままに受け取っていいものはない」と明言する。[*14]それでも、県内二〇万人の会員をもつ連合婦人会が認めた講師なら、地域社会の警戒感を弱めることができるし、共産党も婦人会には手をつけなかったから、よけいな指図もない。山代のほうから断る理由はなかった。

ところが、過密スケジュールのせいか、一九五三年末になると極寒の三次刑務所で発症した移動性の神経痛が再発し、比婆《ひば》郡口和町（現・庄原市）の高茂《こうも》温泉で療養することにした。西条川沿いの山奥にあるラジウム鉱泉の一軒宿で、農閑期に山村の人びとが小集団ごとに自炊しながら骨休めをする湯治場だった。

かれらは混浴の大風呂でも大広間でもにぎやかに談笑し歌をうたい、ときには、密造酒の摘発にきた税務署の役人を懲らしめた自慢話などを競いあった。密告を奨励した役人を嘘の投書で招きよせて牛小屋に閉じこめたとか、あるいは、「酒を造っとるか」、「へえ」と素直に答えた老婆が山奥の炭焼き小屋へ案内して竹やぶを指さし、「竹じゃない酒だ！」と怒られると「わしは耳が遠いけえ」ととぼけたうえに、疲れてもう歩けんと役人に背負われてもどり、そのあいだに村人は酒を隠した、などなど。「広間は笑いではりさけそう」だった。[*15]

登呂茂谷でも即興の歌の応答に驚かされたが、こんな「遊び」はなかった。しかも、役人を手玉にとる機知をもち、それをあっけらかんと笑いの種にしている。実話であれ創作であれ、「錐ガエル」のようにみえる心の底にも反骨の炎は燃えている。この体験は山代に「民話勉強の大転換」をもたらし、やがて、「毎日忙しく働いていて、書く暇も読む暇もないけれど、創造的な知恵を働かして、環境を変えて来た人々」を「民話を生む人々」と呼ぶようになる。環境を変えるとは、本音が言えるようにその場の「空気を変える」ことであり、「民話とは、理屈では切れないものに、塩をかけるような働きをするもの」*16とも述べている。

真実に訴えたいものがあり、どうしてもわかってもらおうとする人々は、働きながらでも、表現の方法を考え、自分のこととしてではなく、民話に似た形ででも、人々の心を打つような話をすることはできるものです。それらは文字となって残りはしない……けれど、そのときの、その空気を変えるには大いに役立つし、それらの努力を抜きにして、戦後の嫁の座の変化を考えることはできません。……〔それらは〕人口に膾炙《かいしゃ》された民話とくらべるときは、あまりにも粗雑です。その粗雑なものでも、無数に生まれ出るような空気がつくられ、それが大勢の人々の耳にふれ、目にふれる条件が拡がってこそ、かつては、もののいえない代表のように暮らして来た農家の嫁たちも、立派な自由人になれ、彼女らの創った幾つかの話は、民族の宝になるのではないでしょうか。

これまでの山代は「民話」というものに価値をおかなかった。「蕗のとう」などの作品を「近代小説とはいえないが」と評されるのは不本意で、エッセイでも「農民文学」の語を常用した。しかし、この体験を機に、農村女性の悩みや訴えをどこのだれともわからない物語にして伝える自らの活動を「民話」につらなるものと意味づけるようになる。「民話勉強の大転換」とは、民話（の価値）の発見、であった。

高茂温泉ではもうひとつ、大きな収穫があった。武谷三男『文化論』(一九五三年九月刊)に接したことだ。じつは山代が体調をくずした原因は過労だけではなかった。


いわゆる主流派、国際派に分かれた分裂抗争の時代が来て、どちらにもつきかねる私は、両陣営から疑われ、罵詈《ばり》され、仲間のいるところではどこでも窒息しそうになり、……高茂という、電灯もない、仲間もいない小部落へひっそりと住む決心をしたのです。[*17]

武谷三男(1911－2000)は湯川秀樹らの素粒子論研究を支えた理論物理学者で、戦前は中井正一らとともに『世界文化』の運動にかかわり、戦後は論理的・科学的な見方・考え方を積極的に啓蒙していた。広島での活動や国立国会図書館の業務に追われた中井は、「彼はぼくのやろうとしていることをやっている。いま日本で最も必要なのはこの活動だ」と山代に語っていた。[*18] 鶴見俊輔も晩年こう述べている――一九四八年、共産党の機関誌があるから別の雑誌は必要ないという意見に押されて『思想の科学』が廃刊の危機に直面したとき、「共産党に引き回されない思想雑誌が一つあっていいじゃないの」という武谷の一言で存続が決まった、「こういうマルクス主義者がいたことに、びっくりした」が、『思想の科学』の思想史的な「オリジン」は、独自の人民戦線を追求した『世界文化』『土曜日』にある、と。[*19] そして、山代は前年一〇月、原爆の調査にきた武谷を案内している。

だから、高茂温泉に着くと『文化論』をすぐ読みはじめた。そこには、「このような雷同の時代に、最も必要なことは……確実な十分に吟味された事実から出発することです。特に新聞を十分に批判的に吟味してほしいことです」、「あのような悲惨と罪悪の戦争の後にも、日本では残念な事には戦争についての反省と批判が十分に行われなかったのでした」といった文章がならんでいた。「〔女性は〕男の情熱と、いじと、破壊に対する衝動の影法師であることを止めなさい」というロマン・ロランの言葉もあった。[*20]

置かれた状況も手伝ったのでしょうか、私は読んで行くうちに、かっと目を開くような昂奮を覚えました。最初から最後まで、どの端々までも一貫して戦争への反省が貫かれ、権力批判がヒューマニズムの基調になっているのです。もっと胸を打たれたことは、著者もまた事実無根の主観による臆測でいろんなレッテルを貼られつつ、それに屈せずつねに唯物弁証法論者たろうとして、この哲学の有効性のために闘っていることです。それは『新女苑』というような令嬢むけの雑誌に載せられた寓話や、婦人むけの随筆の隅々にまで及んでいるのです。私はこの努力に頭を下げました。そして、中井先生が言われていた、自己の意識改革のため、実践の中で過ちを踏みしめつつつくり返し読むという読み方にふさわしい文化論はこれだと思いました。[*21]

戦争反省・権力批判という課題意識はもちろんのこと、理屈で説き伏せるよりも寓話や比喩をつかって平易に語り、令嬢むけの雑誌も馬鹿にせず、もろもろのレッテル貼りに屈しない、こうした武谷の姿勢はまさに山代が求めていたものだった。

そして、「主体の確立はまずこの戦争中の人々の行動を内的に批判しその原因を突止める事から出発すべきである」（「文学に対する要望」）とか、「基本的人権の確立こそが平和の最大の基礎である。自分自身を、また他人の誰一人をも非人間的状態に置く事を許さない事、これが徹底すれば戦争など起こり得ないであろう」（「科学者の願い」）といった視座は、中井や山代の原点でもあった。また、人民はうそをつかないことより、うそを見破りだまされない人間になるほうが大事だという指摘（「うそをついてはいけないいか」）は、黙秘の重要性とともに、サークルや生活記録の場で不可欠の視点となる。[*22] 中井亡きあとの山代にとって、武谷はあらたな「先生」となった。

高茂温泉で民話と『文化論』という望外の収穫を手にした山代は、さっそく、「山の民話のこと」[*23]に「婆さんと官員と」など四つの民話を紹介し、「農民の生活意識と哲学」には、マスコミに惑わされた若者よりも度胸や創意があり、「威張り散らす官吏を笑わせて、負かせて、要求を通した年寄もいる」[*24]と書いた。そして、ある郡の婦人会幹部講習会では、「逝いて還らぬ教え児よ／私の手は血まみれだ！／君を縊《くび》ったその綱の／端を私も持っていた／しかも人の子の師の名において……」という竹本源治の詩「戦死せる教え児よ」を黒板に書いて、「しかも人の子の母の名において、妻の名において、愛国婦人会の名において」と読みあげたところ、「思いもかけず多くの人の目に涙が浮かんでいるので、驚いてしまった」。「役所の指導の枠の中で自主性を育てる」婦人会だからと安心して出てくるような人でさえ、「戦争協力に対する自責の涙」を秘めている。いま必要なのは、「民主化の推力そのものが、自己の概念的抽象的なものの考え方から解放され」、上からの注入ではなく、民衆の沈黙を破り「一歩の踏み出し」をうながす「生きた哲学」を身につけることではないか[*25]、と力説した。

婦人会を「コンマ以下」と見くだした活動家を念頭に置いたものだろう。山代が心身ともに元気を取りもどしたことを示す文章だった。

3　原水禁運動のなかで

そこに、アメリカの水爆実験で第五福竜丸など多くの漁船が被爆したというニュースが届いた。一九四九年、ソ連の原爆実験によって核の独占を破られたアメリカは、水素爆弾の製造に着手した。五四年三月一日、南太平洋のビキニ環礁で実験された水爆は大量の「死の灰」をまき散らし、現地の住民数百人や操業中の多くの漁船が被爆した。静岡県焼津港にもどった第五福竜丸の乗組員二三人全員が原爆症になったという『読売新聞』（三月一六日）のスクープに人びとは衝撃うけ、雨や食物に含まれる放射能に戦々兢々となった。汚染された漁船は延べ八五〇隻を超えたといわれる。アメリカは謝罪するどころか実験をくりかえし、核兵器による共産圏封じ込めを公言した。九月にはソ連の実験による放射能雨が検出され、また、第五福竜丸の久保山愛吉が亡くなって、人びとは新たな衝撃を受ける。[*26]

原爆の惨状がようやく知られはじめたとはいえ、かぎられた地域の、過去の、他人事でしかなかった「被爆」がいっきに「われわれ自身」の問題になったのだ。三月二七日の焼津市議会を皮切りに、国会の衆参両院、地方議会、諸団体がつぎつぎに原水爆兵器の使用禁止と国際管理、原子力の平和利用などを求める決議を採択した。政治学者の藤原修は、議会が率先して決議し「原水爆禁止」を正統化したことが保守をふくめた国民的運動を容易にしたが、運動自体は民衆の自発性にもとづくもので、それまでの左翼中心の平和運動とは異質だったと指摘している。[*27]

広島では五月一五日の広島市民大会を皮切りに、広島県地域婦人団体連絡協議会（県婦協）が率先して運動に取り組んだ。畠シゲ子県婦協会長を代表世話人とする原水爆禁止県民運動本部にはＰＴＡ連合会、県青年連合会、文化・宗教団体、労働組合など七〇余の団体が加わり、八月六日の原爆・水爆禁止広島平和大会は県内外の九〇団体、約二万人が平和記念広場を埋めた。六月からはじめた原水爆禁止署名も一〇〇万人を突破し、署名簿は国連本部に送られた。以前にもストックホルム・アピールなど平和を求める署名運動はあったが、保守とみられた地域婦人会が先頭に立って県民二一五万人の半数近い署名を集めたのだから左翼は驚いただろう。

原水爆禁止署名という運動方法は、よく知られるように東京の杉並からはじまった。五月九日、公民館長の安井郁・法政大学教授を中心に魚商組合・婦人団体・ＰＴＡ・教職員組合・行政機関などが参加した水爆禁止署名運動杉並協議会が設立され、「全国民が署名しましょう」というアピールを発した。安井は保守系の有力者に事務局をゆだねたり、「平和」という言葉は「とかく色がついているかのように誤解されやすい」から意識的に使わないなど、超党派かつ官民一体の運動をめざした。「水爆禁止」の一点に絞った統一戦線である。[*28] そのため六月下旬には杉並区の人口の七割、約二七万の署名をあつめた。八月八日、原水爆禁止署名運動全国協議会が東京で結成され、署名数は一二月に二〇〇〇万をこえ、最終的には三二〇〇万、全世界で六億七〇〇〇万に達したという。広島でもふたたび一〇〇万以上の署名が集まり、一九五五年一月、広島の提案で世界大会の開催が決まった。[*29]

こうしたなか、山代も原水爆禁止運動に参加したが、最初はやはり〝アカ〟のレッテルに悩まされた。

水爆実験の脅威は窓ガラスをふるわすようにおとずれて来ていたのですから、原爆被害者の生活の中にあった涙や怒りは、思わぬ共鳴を得て、私はいたるところの生活学級で、生きようとする人の心はみな一つかとしみじみ教えられました。けれども、当時はまだ、原水爆禁止運動は、赤のレッテルを貼られていましたから、いくら生活学級に共感があろうと、この人々の寄ってつくる二十万人の、広島県婦人団体協議会という組織が、この運動の主役になろうなどとは、露ほども思われなかったのです。[*30]

しかし、県婦協が参加してからは、県北の地域婦人会、ＰＴＡ、公民館、母と女教師の会などからつぎつぎに声がかかり、女性運動家の小西綾（1904－2003）に応援を求めるほどになった。小西は大阪生まれのパワーあふれる女性運動家で、戦前は左翼の新築地劇団のマネージャーなどをしながら女性差別とたたかい、戦後は宮本百合子・羽仁節子らが結成した婦人民主クラブの書記長になったが、一九五三年に脱退した。山代は栗原佑などから「小西さんというすごい女がいる」と聞かされていたらしい。[*31]

小西はたくみな話術で笑わせながら、家内安全・五穀豊穣というお札の願いをかなえるには原水爆をなくさなければと切り出し、母を介護した体験や小姑に文句ばかり言われたつらさなどを通して、本音を言わない民主主義なんてありえないことを語った。山代はいつものように、平和のためには人権が守られねばならない、本音で相談できる仲間をもつには「秘密の守れるふところ」が必要だといったことを語りかけた。後年山代と親しくなる小林みさをは、一九五五年ころのPTAなどは大っぴらに仕事を休める「農村婦人の解放の場」だった、講演はたいていすぐ眠くなったけれど、小西さんには「身近でぐんぐん引きつける魅力があり」、山代さんの話は「直接身に響いた」。二人は「まるでおねえさんから励まされるという感じがあった。何か私たちの味方であるような気がした」[*32]、と書いている。

婦人会の変化は署名運動以外にもあらわれた。ある講習会で講師の役人が出席が悪いと文句をいうと、ひとりの婦人が立ちあがり、農産品は買い手が値段を決め、農家が買うものは売り手が決める、だから百姓は身を粉にするしかない。「百姓が封建的なのは、しかたなしの封建的なのです。だから、封建制を打破せよというような説教は、百姓へ向けてするよりは、政府の役人に向けてした方がよいですよ、講師先生」と言いきった。拍手もおきた。山代は、「もう三年も、封建制打破についての、いろいろの講師の講演を聞いたり、自主的な会の運営について考えたりしていると、暇のない煙草作り〔栽培〕の婦人の中からでも、堂々とこれだけのことを言ってのけられる婦人が育って来るのだ」[*33]、とよろこんだ。

そして、一九五五年八月六日、原水爆禁止世界大会が広島市公会堂で開かれた。九七の全国組織代表と一四か国の外国代表、約二六〇〇人が正式参加し、会場の外では三〇〇〇人以上がスピーカーに耳を澄ました。夜の国民大会は三万人が平和公園に集まり、最後は「原爆許すまじ」の大合唱になった。ただし、「ヒロシマなんて考えていなかった」と杉並の婦人活動家が告白したように、日本人は広島・長崎・ビキニと三度も被害にあったと強調しながら、現に苦しんでいる被爆者の存在にはほとんど思いがおよばなかった。『原爆に生きて』に衝撃をうけて被爆者救援を主張した藤居平一は大会準備会議で「嫌われ者」になり、原爆被害者の会も大勢に押されて沈黙しがちだったという。「国民的」「人類的」課題である原水爆禁止のなかに被爆者を体系的に位置づける主張は広島でさえ弱かった、[*34]と藤原修は指摘している。

しかし、独自の被爆者実態調査[*35]をおこなった広島県婦連などの要求によって、大会初日と二日目の分科会で被爆者が壇上で身をさらしながら発言すると大会の空気は一変し、第三日目の総会は予定になかった被爆者救援を決議した[*36]、という。

この大会はまた、代議員や議長団が男女ほぼ同数という前代未聞の集会だった。婦人会はほとんどの府県が参加し、広島県婦協はその応援に奔走し、山代も「悶着の起こらぬために、〔宿舎となった〕婦人会館に足止めされるほど婦人会活動に深入りしていた[*37]」。元甲神部隊の被爆者・遺族もバスを借り切ってやってきた。山代にとっても二年間の活動の実りといってよかった。

大会が終わると、比婆郡に隣接する双三《ふたみ》郡の教育研究所（民間団体）が、大会報告や山代・小西の話、地元高校生の創った映画、子ども向けの幻灯、「原爆許すまじ」の歌唱指導などをセットにした「文化バス」を巡回させた。地域の雰囲気は大きく変わっていた。

〔大会前は〕「署名を取りに来たらすぐに駐在所まで届けに来い」と言ってまわった巡査が、臆面もなく文化バスを迎えに出て、平和大会報告を聞き「原爆許すまじ」の歌をいっしょにうたう変化が起こり……私などがその町へ入ることを頑強にこばみ続けた保守議員の中にも、この段階では文化バスの催しを自分の主催のように振舞う人もありました。[*38]

保守だけではない。革新政党や大労組も世界大会前はうごきがにぶく、原水協代表になる安井郁や資金面でささえた総評にしても、大会を一回きりの「カンパニア集会」と考えていた。[*39] 世界大会でひな壇にならんだ地婦連の山高しげり会長も、六月の地婦連全国大会では「やりたい人がやればよいこと」と冷ややかだった。[*40] ところが、九月に原水爆禁止日本協議会が結成されると、大きな団体や労組、政党がしだいに幅をきかせはじめ、運営は東京の会議で決まり、地方や小組織には通達が流れてくるだけになった。「私たち自身が試行錯誤し討論し実行していくという運動ではなくなってしまったのです。もちろん、自発的に運動しろとは言うけれど、行きつく先があらかじめ決められている。この違いは微妙だけれど、決定的なのです」、と後年山代は語っている。[*41]

やがて、政党や組織と無縁な人びとのエネルギーは自主性を発揮する場を失い、党派や政治路線の対立から組織の分裂にいきつく。一九五六年八月に発足した日本原水爆被爆者団体協議会（被団協）は孤立した被爆者にとって大きな拠りどころとなるが、前章でみたように川手健ははじき出され、山代もこれ以後、原水禁運動に直接かかわることはなかった。

＊1　たとえば、「日本人の文学意識　農民」を収録した『岩波講座文学2　日本の社会と文学』（岩波書

店、一九五三年）は、「いわゆる日本社会の半近代半封建性が文学をいかに規制するか……次に、そうした社会における日本人の文学意識がいかようのものであるかを、労働者・農民・小市民・婦人といったそれぞれの生活の場に即して捉えてみよう」（「序文」）として、山代のほか、野間宏が労働者、多田道太郎が小市民、鶴見和子が婦人を論じている。

＊2　「民話勉強の歩み」一九九一年（著作集⑤一九〇ページ）。

＊3　自筆年譜（稿）「私の歩んだ道」。「ある母子像」『この世界の片隅で』岩波新書、一九六五年（著作集⑤一五四ページ）。

＊4　「城間功順を通して知る栗原先生」栗原広子編『栗原佑　続　未完の回想』私家版、一九八三年（著作集⑥「思いがけない出会い」一〇九ページ）。

＊5　前掲「民話勉強の歩み」（著作集⑤二一一ページ）。

＊6　金井利博は広島の文化運動、原水禁運動などの支援に力を入れ、『この世界の片隅で』の調査、刊行に際しても、「金井が地元の執筆者の根回しをし、発会式やその後の会合の多くも金井邸でやるなど大きな支援をしたが、あくまで裏方に徹した」。作家梶山季之は金井の葬儀で、「戦後の広島の文化を育てたのは、金井さん、あなたです」と述べたという（冨沢佐一「金井利博の思想と行動」広島大学文書館編『被爆地広島の復興過程における新聞人と報道に関する調査研究』広島大学文書館、二〇〇九年、三一、三二ページ）。

＊7　前掲「民話勉強の歩み」（著作集⑤一九一ページ）。

＊8　「現在の日本のなやみと女性」『広島教育』広島県教職員組合事業部、一九五三年一〇月、七ー一二六ページ。

＊9　「共産主義とはソヴィエト権力プラス全国の電化である」と晩年（一九二〇年一一月）のレーニンは演説したといわれる。それを念頭に置いた構想かもしれない。

＊10　山代はまた、現在では「革命的伝統をどこかに受けついでいると、考えたこともない」人がほとん

どだが、一揆の歴史をみれば「先祖のこの血が受けつがれていないと否定することはできない」という。つまり、この時点の山代は「革命的伝統」を「血のつながり」でとらえるほかなかったようだ。

＊11 「おかねさん」では、天明一揆に至って、それまでの失敗から学んで「大平組」という秘密結社をつくり、女・子ども・年寄りが日夜寺の鐘を鳴らし続けて男たちを鼓舞したことなどが勝利につながったと述べている。なお、「おかねさん」は三回連載で、（一）（三）は主にオカネさんの嫁としての苦労が描かれ、（二）のなかに先祖の一揆のことや、「人の心を育てる女になれよ」（著作集②一三三ページ）と祖父から励まされる場面が出てくる。ただし、藩による弾圧の先鋒にさせられた被差別民の呼称を史料のままにしたため、部落解放同盟から抗議されたようだ。また、発表したのは第一部で、「昭和二十九〔一九五四〕年は『おかねさん』二篇〔第二部〕の改作であけ改作で暮れた」が結局掲載できなかったという（「広島の文化文学運動」『文学』一九五五年五月、一二ページ）。

＊12 『民話を生む人々』岩波新書、一九五八年（著作集⑤一〇八ページ）。

＊13 『全地婦連30年のあゆみ』全国地域婦人団体連絡協議会、一九八六年、一二五－一三七ページ。

＊14 前掲『民話を生む人々』（著作集⑤四八－五二、一一四ページ）。

＊15 前掲「民話勉強の歩み」（著作集⑤一九二ページ）。なお、民話の掘り起こしに力を入れていた松谷みよ子は、さっそく「酒と竹の話」も紹介したが、「この話は近頃調べてみると日本の各地で語られていることがわかった。時間とひろがりとを獲得し、定着した現代の民話といえる」と書いている（松谷みよ子『民話の世界』講談社現代新書、一九七四年、一六七ページ）。

＊16 前掲『民話を生む人々』（著作集⑤七、八、一〇七ページ）。

＊17 「解説」『武谷三男著作集6　文化論』（以下「武谷文化論・解説」）勁草書房、一九六九年（著作集⑥「苦難の時期をささえたもの」一三四ページ）。

＊18 『連帯の探求』未来社、一九七三年（著作集⑤「自立的連帯の探求」一五一ページ）。

＊19 鶴見俊輔『言い残しておくこと』作品社、二〇〇九年、一五一、一五三、一七二ページ。

＊20　武谷三男、前掲『武谷三男著作集6　文化論』四二、九九ページ。
＊21　前掲「武谷文化論・解説」（著作集⑥一三四ページ）。
＊22　引用は、前掲『武谷三男著作集6　文化論』による（二七七、三〇一、三六〇ページ）。厳密にいうと、「文学に対する要望」「科学者の願い」は『科学・哲学・芸術』（一九五〇年）、「うそをついてはいけないか」は『科学・モラル・芸術』（一九五五年）に収録されたものだが、『武谷三男著作集6　文化論』は『科学・哲学・芸術』『文化論』『科学・モラル・芸術』からの抜粋であり、その「解説」で山代が重視した視点である。
＊23　「山の民話のこと」『新日本文学』一九五四年三月、三六－四二ページ。
＊24　「農民の生活意識と哲学」『思想』一九五四年五月、八二ページ。
＊25　同右、八〇－八三ページ。
＊26　他方、アメリカと日本政府は、日本の反米気運の高まりを恐れて「原子力の平和利用、原子力発電の推進」に乗り出し、被爆者や左翼的知識人、武谷三男ら左翼的科学者にも原発肯定論が根強かったことが近年指摘されている（山崎正勝『日本の核開発：1939～1955』績文堂、二〇一一年。加藤哲郎『日本の社会主義　原爆反対・原発推進の論理』岩波書店、二〇一三年）。ただし、原子力発電を最初に実用化したのは（人工衛星と同じく）ソ連のようだ（一九五四年、モスクワ南西のオブニンスク）。
＊27　藤原修『原水爆禁止運動の成立』明治学院国際平和研究所、一九九一年、二二ページ。
＊28　藤原修、前掲『原水爆禁止運動の成立』三二、一〇九ページ。丸浜江里子『原水禁署名運動の誕生』凱風社、二〇一一年、二九一ページ。
＊29　藤原修、前掲『原水爆禁止運動の成立』三六、三七ページ。
＊30　前掲『民話を生む人々』（著作集⑤五三－五四ページ）。
＊31　小西はそのころ、田中ウタとおなじ東京の同潤会大塚女子アパートに住んでいた。更年期障害に苦しむ小西が「自分にまだ能力があるかないか」を試そうと描いたひまわりの絵をみて、黄色のなかに「凪

のそよぐ空間がある」と感じた山代が「面白い絵を描いてるね」と声をかけた。「そのお蔭で自信が持てた」と後年の小西は語っている。山代は学生時代に三岸好太郎から「空間のボリューム」ということを教えられ、頭から抜けなくなったという。「小西さんとの出会い」（小坂裕子『山代巴』家族社、二〇〇四年、一七四―一七八ページ）。

＊32　小林みさを『叢書・民話を生む人びと③　主婦専従農業』而立書房、一九七九年、一〇一ページ。

＊33　「農民が生活を書くために」『岩波講座　文学の創造と鑑賞』3、一九五五年、二八五ページ。

＊34　藤原修、前掲『原水爆禁止運動の成立』三七、五五、五六ページ。なお、藤居は日本原水爆被害者団体協議会の初代事務局長となり、原爆医療法の制定などに尽力する。

＊35　広島県婦連は県内の被爆者・遺族に面会して生存七八三九人、死亡六三二五人を確認し、爆心から二km以内で被爆し五年一〇年と経ってから原爆症で亡くなる人が多いこと、年齢別では一〇、二〇代の死者が多いことなどをあきらかにした（『広島県史　原爆資料編』広島県、一九七二年、八四〇―八四三ページ）。

＊36　藤原修、前掲『原水爆禁止運動の成立』七〇、七一ページ。ただし、朝鮮人やビキニなどの被爆者への言及はなく、日本の戦争責任も見過ごされた。また、久保山愛吉以外の第五福竜丸乗組員や他の多くの漁船員は、その後も被爆を隠して暮らさざるを得ず、晩発性障害に苦しめられながら亡くなっていることを、原水禁運動もマス・メディアも長年見過ごしてきた。

＊37　前掲「私の歩んだ道」。

＊38　前掲「武谷文化論・解説」（著作集⑥一四九、一五〇ページ）。

＊39　藤原修、前掲『原水爆禁止運動の成立』六三ページ。

＊40　前掲「武谷文化論・解説」（著作集⑥一五〇ページ）。

＊41　山代の直話（著作集④「解説」二三三ページ）。

第七章　『荷車の歌』をめぐって

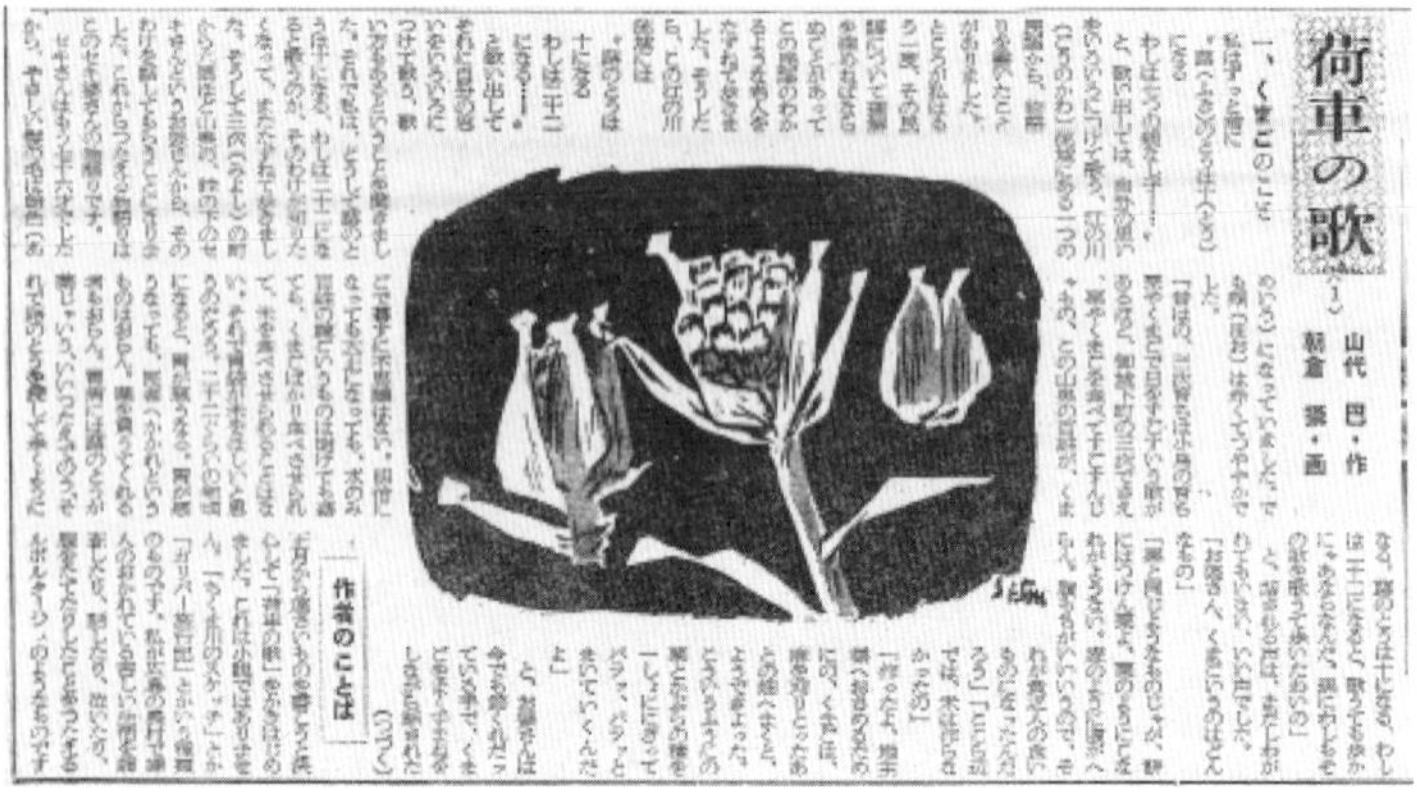

荷車の歌 〈1〉
山代巴・作
朝倉摂・画

作者のことば

「荷車の歌」（『平和ふじん新聞』連載第1回、1955年1月1日）

「荷車の歌」のモデルとなった日野イシ（1957年頃）

元三次刑務所看守・重森クラの居間で（1955年）右から、小西綾、山代巴、井上ヨシコ、重森クラ

1　呼び水として

原水禁運動はしかし、思いもよらぬ実りをもたらした。山代巴の代表作のひとつ、『荷車の歌』である。しかも、その原稿の大半は、かつて三次刑務所の看守だった重森クラ（1898－2001）の住居で書かれたのだった。重森とは、前章で紹介した三次小学校の講演で再会した。その日の夜、ふたりは「かかえ合うて、泣きました」。山代より一四歳年上で、婚家が没落して看守になった重森は、生家が破産した山代と似かよった境遇を感じてしだいに庇護するようになり、同僚の井上ヨシコとともに獄中手記の筆写もした。そして、退職後も三次で生活し、このころはある邸宅の留守番をまかされていた。一九五五年はじめ、その家の土蔵を山代が借りたのである。重森は晩年、刑務所時代の山代は「少しも偉そうにせん人」で、「思想犯といわれるほどの、激しい思想をもち行動のできる人の、どこにこんなやさしさが、ひそんでいるのかと思うたほど」だった。刑務所は逃亡と自殺をいちばん恐れるから、和歌山への移送のときも、逃亡だけはせんようにしてくれと頼むと、「権力にはつよいが、情にはもろいわよ」とうなずき、「女囚には悪いことをするもんはおらんよね」と言った。わたし〔重森〕もそう思う。土蔵のことも家賃をきちんと払ってくれたので「わたしの方が助けてもろうた」、と語っている。*1

山代は一九五四年、つまり重森のもとに落ち着く前の一年間は高茂温泉を常宿にしていたようだが、座談・講演に出れば関係者の家に泊まることが多かった。そして、戦争反省と人権の確立なしに平和はつくれないことを力説し、三次刑務所での出来事、たとえば「菰のとう」の女のことや、軍事訓練で「あーあーあの顔であの声で、手柄たてよと妻や子が、ちぎれるほどに振った旗……」と歌いながら意気揚々と行進する女囚たちの様子を語った。身のまわりの「非人間的労働状態」を口にする雰囲気をつくりだし、バンザイ！　バンザイ！　と旗を振った記憶を呼び覚ますためである。*2

出雲街道の島根県との境、赤名峠に近い双三郡布野村横谷《よこたに》でもそういう話をして、「人権の守れる家づくりには互いをわかり合うことが大切」であり、「苦しんでいることを話し合える場を育てる」必要があると語った。すると、婦人会の役員からぜひ会ってほしい人（姑）がいると案内された。それが『荷車の歌』の主人公セキのモデル、日野イシ（1881－1963）だった。

イシは親の許さぬ恋愛結婚をして、三〇年の間、三次まで片道二〇㎞の急な山路を荷車で往復しながら六人の子を育てた。だが、盛大な見送りを受けた息子が脱腸で軍隊から戻されたとき、夫は世間へあわす顔がないと家に入れず、息子は逃げるように去って戦死した。自分も夫に逆らえなかった。また、夫が老女を家に引き込んだときはだれにも相談できなかった。だから、山代の話を聞くと、「婦人会を本音の言える集まりにするためなら、わしも役に立ちたい」、と自らの半生をあかした。そして、原水禁署名の最初に自分の名前を書きこみ、生家の村や奉公にいった地域にも署名簿をもって案内した。*3

布野村《ふの》（現・三次市）は九割以上が森林の山村だった。山代はときに泊まり込みで聞き取りをかさね、イシの歩いた道や土地の風習、経済の変化を調べ、三次の米騒動の資料を読み、イシ以外の声も交えながら、ひとつの物語にまとめていった。それが一九五五年一月から翌年四月まで『平和ふじん新聞』に連載された「荷車の歌」だった。朝倉摂が挿絵を描いた。この新聞は週刊で労働組合員など革新系の女性をおもな対象にしていたようだ。上野英信「せんぷりせんじが笑った！」の一部も同じ時期（五五年一－三月）に載っている。[*4]

連載にあたって山代は、「これは小説ではありません。……私が広島の農村で婦人のおかれている苦しい生活を調査したり、話したり、泣いたり、腹をたてたりしたことをつたえるルポルタージュのようなものです」という「作者のことば」を添えた。作者の創作でも普通の伝記でもなく、農村女性の「聞き手を求めるうめきや歎き」がこめられた集合的記録、ということだろう。山代はまた、集会などで語って、「居眠りの出るところは話を削り」、「だれでも退屈なしに読めるもの」にしていった。「荷車の歌」はまずは「口で語り聞かせる話、つまり民話」であり、「私の民話勉強の一つの峠だった」とのちに語っている。[*5]

まず、語り口のおもしろさに留意しながら『荷車の歌』のあらすじをややくわしく紹介をしておきたい。

富裕な農家に生まれ、大地主の屋敷で見習い奉公をしていたセキは、極貧ながら読み書きができて郵便集配人になった茂市《もいち》と恋愛結婚した。セキ一六歳、茂市一八歳。だが、生家を勘当され持参金もないセキを姑は憎んだ。茂市が郵便をやめて夫婦で荷車をひきはじめると、姑は茂市の弁当には米の飯、セキには雑穀のクマゴをいれた。セキは分けてくれと頼んだが、茂市は「お母が残ったら持ってもどれ言うた」と背を向けた。はじめての子ツル代が生まれても姑は仕事の手間を惜しんで世話をせず、茂市も「水の上の泡、泡の上の泡、あてがい（命の分量）があったら育とう」としか言わない。「セキさんは、このくらいつめたくなければ身代は残るまいと思いかえして、だまってこらえた」。しかし、母の病気で実家に帰ったセキは、骨と皮ばかりで三つになっても歩けないツル代を背負って命乞いの巡礼にでる。乞食袋《ほいと》にする手ぬぐいさえ恵んでもらう旅だが、結婚以来はじめて食べたいものを食べ、ツル代の世話に専念できた。ひと月半が経ったころ、ツルヨはヨッチ、ヨッチと歩いて言葉もでた。

茂市は四反の小作地を手に入れ、ツル代、オト代、虎男、トメ子、スエ子、三郎の六人が育った。ツル代は家にいないセキより姑になついたが、荷車ひきの辛苦がわかると、セキのために弁当の握り飯を残して木の洞へ隠すようになる。オト代は「女ごが女ごをつかまえて糞ビク言やあ、女ごの神さんの罰があたるどー」とやりかえす娘になり、茂市と姑の折檻をみかねた三造夫婦の養子になった。三造の妻からセキさんを大事にしろと諫められた茂市は、「可愛い息子にもろうた嫁なら、娘のように可愛がってもらえるか思うたのに」と言い訳して、荒れ止めの「乙女肌」などを買ってきた。すると姑は「わしゃ茂市可愛さに、はたちごけも立てた、三十ごけもたてた……四十三の年から姑になって、若い二人の横へ寝て……早う年を拾いたい思うて、わが身をふけさせてきたものを、わしの方は見むきもせずに……」と大泣きした。歳をとって寝たきりになるとセキが食べ物に毒を入れると騒いだ。ある日、「やれ来てくれー、朽縄《くちなわ》〔ヘビ〕がぶら下がったー」という姑の悲鳴を聞いてセキは立ちあがったものの、「その足は前へ向いてうしろへ退いた」。

「自分の邪険な心の底」に驚いたセキは隣家のナツノに打ちあけた。ただひとりの「秘密を守ってくれるふところ」だった。ナツノはいう。三つのころから他人の飯で育つあいだに「なんべんわしは、自分の心の虫の強さにあきれたことか」。「殺しても、なお死にきれん虫がおりゃあこそ」、だれも寄りつかないこの家の嫁になったとき、「虫ぅ殺すばかりが能じゃない、ちっとは自分の心の虫の好くようなこともしよう」と決心して、手はじめに薬風呂を毎日たてやさしく声をかけた。それがわしの「虫のしわざ」で、いまでは娘や母親のように慕われるからこそ、だれにも気兼ねなく暮らしている。「心に虫がおるいうて、嘆くまいよ」、と。それ以来セキは、「姑も、若い時から苦労のしっぱなしで、誰にも愛されず、誰にも認められずに死んでいくのはいやに違いない」と思うようになり、やがて姑も「ようみてくれた」とセキの手をとって亡くなった。

明治の末、茂市は荷車仲間から頼られる男になったが、馬車が普及すると仕事が減り、仲間の請判(連帯保証)を二つもかぶった。一九一八年の米騒動では張り紙の文字を読んであげたばかりに拘留された。それでも、紡績工場にいった娘たちの仕送りで苦難をしのぎ、本百姓並みの家を建てるまでになる。そして、鉄道の枕木用木材の伐り出しを仲間と請け負い、茂市が雪車《そり》の直しをひきうけると、男たちは「そりなおしの婆《ばあ》ようー、餅う焼いて出しっしゃあー」といろり端にきて談笑した。「当時こんな気楽な家は部落中どこにもなかった。セキさんはこの気楽さが何よりも自慢だった」。

ところが、セキ五八歳のとき、風采のあがらぬオヒナ婆《ばあ》を茂市は家に引き入れ、「こらえてくれ」というだけ。セキは仏壇の前でのたうちまわったが、この家の半分は自分が建てたものであり、戦争中だから子どもらが実家を頼ることがおきるかもしれないと我慢した。やがて、寝たきりになったオヒナも最後は許しを請いながら亡くなった。七年間の妻妾同居だった。初七日のあと、茂市は杯を差しだしたが、セキは「夫婦はヘチマの蔓よ、からみついては暮していても……切れてしまえば元の水」、

「気やすくみえても、わしゃどんぐりとは違うもの、心に虫のおる女」と笑った。

戦争が終わった。脱腸で軍隊から帰された家を追われた虎男は沖縄で戦死し、好きな人をあきらめて親の決めた結婚をしたツル代の一家は原爆で殺され、がれきのなかを探しまわった茂市も五年後に血を吐いて死んだ。オヒナを拒否できなかったのは、ナツノが病気で亡くなってだれにも相談できなかったからだと気づいた「セキさんは、自分もわかってもらいたいなら、人もわかってもらいたいのだ。わかり合おうともせずに、なんの幸せが来るものかと思うようになった」。そして、婦人会にわが家を開放し、「自分の恨みは語らねば晴れぬ」と半生を打ち明けた。いまは七五歳で身体は少し不自由だが、「お祖母さんはまんだわかろうとする力があるじゃあないの、それが人間の一番の宝じゃあないの」と孫娘に励まされると「ほんとに幸福そうに笑う」のだった。


以上、いささか長すぎる紹介になったが、おおよそのイメージをつかんでいただけただろうか。

反響は大きかった。新聞社には、いつも保守に投票する母だが「荷車の歌をまちかねてよむのです。『くまごはまだか』っていうんです」といった投書（一九五五年三月二四日）が寄せられ、『平和ふじん新聞』は部数をおおきく伸ばした。筑摩書房の編集者、原田奈翁雄からは出版の申し入れがあった。軍国少年だった原田は戦中の言動の責任をとらない天皇や教師らに憤怒してきたが、「蕗のとう」（『大衆クラブ』版）と上野英信「せんぷりせんじが笑った！」（冊子版）を読んで信頼に足る大人もいることを発見し、以来、山代に着目していたという。[*6] 出版の話におどろいた新聞社は月二千円の原稿料を一万円にあげたらしい。[*7] 単行本『荷車の歌』は一九五六年八月に筑摩書房から刊行された。装幀は大竹久一、和歌山刑務所でいっしょだった九津見房子の娘一燈子《ひとこ》の夫である。[*8]

一九五八年六月、日本文化人会議は『荷車の歌』に平和文化賞を贈った。授賞式で中野重治は、ふつうなら埋もれてしまうほかなかった女の一生が作品化されたのは「この人ならば、あらいざらい語っても、迷惑になるおそれのあるようなことは胸一つに収めておいてくれるにちがいないという信頼ができて」いたからだ、「文学の形以前のところにすでにそういう女たちの友としての山代巴がいた」、と述べた。[*9]「蕗のとう」に感嘆し、『新日本文学』の編集方針をめぐる山代の抗議に応えようとした中野だからこそ、作品の意味を的確に把握したのだろう。この年の平和文化賞は霜田正次『沖縄島』、田村茂の写真集『アラブの真実』にも贈られた。この組み合わせと、平和のために「是非とも必要な人間の内面的結びつき」を準備し具体化した作品であると『荷車の歌』を評価したところに、日本文化人会議の見識がうかがえた。

しかし、左翼的な作家・評論家の批評はおおむね表層的で、「芽ぐむころ」の「くどき」に注目した江口渙も、「農村の女の不幸をその一つの典型において、ほとんどあますところなく歌い上げている点で」日本農民文学史上の「独特の位置」を獲得したけれども、解放をはばむ「三重のワク」、すなわち封建制、男性の性欲奴隷、アメリカ帝国主義と日本独占資本のうち、第二の性生活にふれず、「第三の解放のたたかいへの方向づけ」がないのが惜しいと評した。[*10]同様に、農民文学としての価値は認めるが、セキが家を出なかったのは歯がゆい（伊藤永之介）、わかりあおうとすれば幸福になれるのか（佐々木基一）、近代主義を克服して現代的なもの（社会主義）につながる道ではない（国分一太郎）、といった批判が多かったようだ。[*11]

なかでも、評論家の小原元はきびしかった。「セキの心を占める家族仲よくの考え方からは、格別農村婦人の桎梏となっている家族制度を変革すべき契機は全くみいだせない。にもかかわらず作者はセキと共に家族制度の枠の中での家父長中心の温情主義を肯定して」おり、読者である中年女性の共感と感動も「グチをこぼしあってなぐさめあう」「犠牲者的心情を紐帯」とした「狎れあい」にすぎない、というのである。この評価の底には、セキは「いわば諦めに徹し」て、「己の心の虫を殺してあいてを〝分かろう〟と努力した」という読みとりがあり、さらには、「なまぬるい温情主義」と「古風な人間観」のゆえに作者は対象を批判的に客観化できず、現実を変革する展望を提示できなかった、という判断があった。[*12]

最近はフェミニズムの立場からの批判もある。小坂裕子は山代の姿勢を、「どんなに理不尽な姑であれ、人権意識のかけらもない夫であれ、家族の誰一人もけっして『敵』に回してはいけない、夫婦や家族が壊れない（壊れたら元も子もない）ギリギリのところを測りながら自己主張し、無理せず自分を守ることを優先し、松の根が岩を溶かすようにこっそりと民主的な家族につくり変えていこうと呼びかけている」と断定する。[*13]

はたしてそうか。まず第一に、戦前のまずしい山村の女性がたやすく家出や離婚ができれば、この作品は必要なかった。宮本正義のいうように、「人間性の解放を叫ぶことはさして至難事ではない。が、『その虫を殺さにゃあ、その日がすごされぬ』現実の厳しさに身をおくものにとって、単に人間性の解放を叫ぶことが如何に絵空言であるかは、今日といえどもいささかのかわりもない」[*14]のだ。それに、山代は日野イシやセキの生き方を賞賛するために『荷車の歌』を書いたわけではなかった。

セキ〔イシ〕の偉さはあのように生きたということではなく、そう生きた恥を敢えて発言して、仲間たちの共通の言葉を引き出す呼び水にしようとしたところにあるといえます。それはこの時期の農村の平和行動では賞賛に値する高い価値のものだったのです。[*15]

実際、ある読書会では、セキへの同情・共感と、「セキも世間体を気にしている。茂市と一緒になったときの初々しい情熱はどこへ行ったのか」、「共に苦労したと言っても、納得しあっての苦労ではない」といった批判が交錯し、「むかしの百姓の茂市と現在のサラリーマンの夫との符合に目の覚める思いがした。現在の都会の核家族も基本的に同じ問題をかかえている」という発見があり、[*16]さらには、被害者としての共感とか「茂市みたいなつれあいはごめんだね」で片づけたのでは解決への力にならない。「物事を判断する時は、何がその事がらを形成しているか、こんぐらかった糸のかたまりのようなそれを注意深く、ていねいにほぐしてゆくことが大切」で、その努力が「〝わが胸中〟の敵と五分に対峙する一歩」ではないか、[*17]といった意見も出された。

また、六〇代の男性は、クマゴの弁当の場面に「はっと胸を突かれ」、自分も「茂市の愚か者」とおなじだった、「妻はあの頃どの様に思っていたであろうか。取り返しのつかないすまない事であった、と結婚三十年余りにして妻の事で初めて目がしらがうるんだ」、と書いた。[*18]そして、映画『荷車の歌』の試写会では、三國連太郎の茂市がオヒナを連れ込む場面になると、「このばか野郎！」「くそじじい！」といった声があがり、「試写を見ていた三國は、自分が攻撃を受けているようで居たたまれなくなり、会場を抜け出してしまった」と監督の山本薩夫が証言している。[*19] 農村の上映会場でも同じような反応があったようだ。まさに「鏡」としての役割を果たしたのである。

このほか、紡績女工の役つきになったオト代が新入りを鬼のようにこき使って多額の報奨金を手にする場面を、山代はさりげなく書き込んでいる。ことさらなコメントはない。だから、小原らは作者が作品世界を全面肯定していると受けとめたのだろう。しかし、作者の批判的なコメントを入れたり、戦後のセキが人権と平和を語り（イシが現実に実行したように）原水禁署名を率先して集めたらどうなるか。『荷車の歌』はまちがいなく薄っぺらなキャンペーン作品になり果てただろう。

2　心の虫を生かす

それにしても、セキの一生には忍従しかなかったのか。むしろ「辛苦のセキの生涯は一筋の明るさによって支えられている」と読んだのが宮本正義である。そして、長塚節『土』や真山青果『南小泉村』に代表される従来の農民文学は、農民の悲惨さを強調する作者の「良心の表白」ではあっても、「農民自身の内側から真実を希求する声の表現ではなかった」。これに対して『荷車の歌』は、「殺しても、なお死にきれん虫」の発見と、ナツノとセキの「忍従を逆手にとって生きようとする情熱と連帯意識を主軸にすえた」作品であり、それゆえに「普遍的な共感をそそる」のだ、と述べる。[*20] 山代も筑摩書房版の「あとがき」にこう書いている。

私はこの人〔日野イシ〕と一夜を語り明かすうち、この人の中に、私も、私の母も、私に秘密を訴えてきた幾人かの人も、共通に持っている、一途な、焔のようなものを感じました。識者はよく、農民の一番の悪徳ともいうべきものは、あきらめだ……と言われます。けれど私はこの夜、あきらめにも見える暮しの底に、一途な情熱や努力の埋もれていることを深く信ずるようになりました。かつておばあさんが荷車を引いて往復した道を、バスに揺られて帰る時、この道の底に、あきらめることを知らない一途な思いと、コロコロと鳴る荷車の音を感じて、この物語を書くことにしました。[*21]

たしかに、山代の描く女たちはいずれも「一途な焔」を秘めている。ナツノの「心の虫」はその最たるものだ。いわゆる近代的自我とは異なるかもしれないが、袋のネズミの現状をどうしたら打開できるかと考え実践する主体的な意思である。だから、心の虫を生かそうと思ったとき、つまり小原のいう「犠牲者的心情」から抜け出せたとき、セキは姑の哀しみにも気づく。姑が嫁を邪険にするのは封建的な家意識にもまして、愛する息子とのあいだに嫁が割り込んできたからだ。そこに気づいて相手を愛をもって形象化＝認識できたとき、お互いの関係は変化しはじめる。わかりあうとは虫を殺すのではなく、虫を生かそうとする者の連帯なのだ。ナツノは『荷車の歌』のキイパーソンだった。

ここで、「毎日忙しく働いていて、書く暇も読む暇もないけれど、創造的な知恵を働かして、環境を変えて来た人々」を「民話を生む人々」と呼びたいという山代の定義[*22]、あるいは、「家庭の中では、一歩前進した者が遅れた者との間に出来た溝をうずめる慎重な努力なしに、テキでもないものをテキといわねばならぬような古い生活から、どうして解放されることが出来ましょう」という松田解子との往復書簡の一節[*23]を思い出してもよいだろう。ただし、セキはナツノのような、自覚的に虫を育てようとする覚悟をもたなかった。それが戦後の反省につながっていた。

小原元はさらに、〝話し合い〟とは「自己欺瞞的な狎れあい」ではなく、「相手と自分との矛盾や対立を認識すること」であり、「あたらしい人間関係の次元への質的変化に達するための精神のはたらき」でなければならない、ナツノやセキ、作者にはその精神が欠落している、と断じる。[*24]これに対して、「虫う殺すばかりが能じゃない」という覚悟に主体性を読みとった宮本は、「心の虫の発見そのものが……精緻な作者の知的認識にもとづく矛盾葛藤の認識であり」、「セキの中に生きつづけるナツノの積極性、前進性」こそ「未来への突破口を示唆している」のではないかと指摘し、「わかりあう」も学問としての哲学ではなく「平凡な一農婦の体験としての哲学」であることに留意すべきだ、と釘を刺す。[*25]

また真壁仁は、作者と作品との関係についてこう指摘する。まず、うねるようにつづく「山代調の文体」は話し言葉による語りのスタイルだが、「農民がくらしの中の智恵で創り出してきた」表現、比喩などを的確に使いこなし、「記録的なもの、理論的なものも、生活のことば、生活そのもので語る」ところに特徴がある。しかも、「多元的な角度で、人物をとらえてセキさんを位置づけている点で小説的構成」を有し、「物語りを歴史的社会のなかで位置づける思想の視点」もしっかりしている。それでいながら山代は「作品の中から自分を消すことができる」作家であり、それゆえに『荷車の歌』は、「わたし」を押しだした私小説や、純粋な創造性を重視する日本の文壇では注目されないようだが、民衆の世界では「かなり深く読まれ、愛され、みんなの表現と創作につながるみちすじを感じさせている」、と評価した。[*26] 真壁は東北で文化運動をつづけた詩人・評論家である。

そして鶴見俊輔は、「セキさんの成長の記録であるとともに、日露戦争から今日に至るまでの民衆思想史」であり、頼母子講の相互扶助や近隣相互の密告の連鎖など、「わずか二百ページの小説のすみずみに、実に重大な、新しい事実がぎっしりとかきこまれて」おり、「この小説は、日本文学の上で、新しい領域をきりひらいたと思う」と述べた。[*27]

つまり、『荷車の歌』は貧しい農婦の人生を時系列的につづっただけの素朴な物語ではなく、作者の精緻な観察をもとに構成された作品であり、それを言葉でなく生活そのもので表現したからこそ、読者は「なぜ?」と問いを発して自分なりに考え、だれかと話したくなる、そのような作品になったのだ。現実よりも概念にリアリティを感じる知識人や、日常を離れてシュプレヒコール（言葉）を叫ばなければ闘いと思えない運動者がなお多いなかで、山代の作品を内在的に読み抜いたこうした書評は貴重なものであった。[*28]

『荷車の歌』は中国でも注目され、『世界文学』（世界文化社）一九五九年一月号に長文の書評が載った。[*29] その翻訳文[*30]によれば、評者の劉振瀛《リュウチェンイン》はあらすじを紹介したうえで、『荷車の歌』を「日本のブルジョア階級作家がつねに陥る心理主義の手法をしりぞけ」、「伝統的な『民話』の風格を吸収」した作品と位置づける。そして、結婚後のセキはなぜあきらめてばかりいるのかという疑問が、戦前の日本社会と家族のあり方を考えさせる手がかりになるとともに、セキの娘やナツノ、茂市の兄貴分である初造などの言動に「生活を改革しようとするエネルギー」や「抑圧されている人民の身にかくされた、永久に死滅することのない種子」をみてとれる。そして、「あきらめ」と「意地」（原：倔皮気＝心の虫）は「本来矛盾するものだが、うわべのあきらめの下から、なお首をもたげて来るこの現実に反抗する精神」が、セキを無断で巡礼に出させたり、夫との和解を拒否させた。これらは当時の日本では「かなり勇敢な行為」である。セキの子どもが戦争の犠牲になった重みが充分に書きこまれなかったため、セキを通して日本の反戦・反帝国主義の闘いを描けなかったのは残念だが、「あとがき」を読めば、「一インテリが……人民の中に入って彼らと苦楽を共にし、彼らと一本のきずなに結びつく、というのが作者の半生の姿である。この生活は、それ自体最も壮大な詩である」、と評価した。劉は平和文化賞や日本での書評にも言及しており、作者と作品の特質を柔軟に読み解いたすぐれた評論といえるだろう。*31

なお、読者のなかにはセックス描写のないことに不満をもつ者がいたらしい。山代は、「みんな男性なんよねえ。それも中年の人ばかり……」、でもオヒナと同居したときの気持ちをイシにたずねても、「『地獄だがねそりゃ』、そう言って一瞬表情を固くして、しばらく黙っていたのよ。それから話を始めると、淡々と話してくれたけどね」、「わたしは、あそこまで書いただけでも作家の非情さ」「罪深いもの」を感じる、と答えている。*32 この作品は実際の地名を使っているから、地元ではモデルの見当もつく。本人も家族も村で現に生活している。『荷車の歌』はどこのだれともしれぬ架空の話ではないのだ。*33

書評はほかにも数多くあるが、最後にもう一人、きびしい批判を山代に直接ぶつけた文学者を取りあげておきたい。一九五八年九月に雑誌『サークル村』を創刊した詩人の谷川雁（1923－1995）である。

「こともあろうに民主主義とくっつけて書きたてられた忍従に満ちた日本の女性というイメージ」に「やりきれない思い」をつのらせ、「いつかは面とむかって悪罵をあびせかけてやろうという陰欝な情熱をひそかに蓄えていた」谷川は、五九年初め、「一五時間近くかかって」山代の住まいに乗り込んだ。[*34] 山代も後年のインタビューでこう語っている。

かつて九州に「サークル村」という文学サークルの協議体があったことを御存知でしょう。あそこに熱血詩人谷川雁氏がいて、私が上下《じょうげ》という山頂の町に住んでいるとき、論争を吹きかけに来られたことがありました。彼は私の衿をつかまえてゆさぶらんばかりの情熱をこめて、私の作品『荷車の歌』の主人公セキが、体制側に都合のよい発想の持ち主であることをなじって、こんな主人公を描いている限り、家族からの解放もなければ、古い共同体へ風穴をあけることもできはしない、と激怒した口調で攻撃しました。[*35]

谷川の批判は小原と似ているがいささか異なる。「女たちが家父長制を打倒してむきだしの裸かで対等な位置に垂直に立ちつづける苦痛を避け、むしろ家父長制を温存しながら戦えばかならず勝つ絶対優勢の体制を保っているのは、男性にとって耐えがたい損害」だ。なぜなら、戦国時代のガラシア夫人や千姫を思い浮かべるまでもなく、家父長制とは「女性の形式上の無権利と実体的な自由を微妙に結びつけたシステム」であり、「しかもあなたはこの一方的に有利な形勢を打算し、扇動した気味がある」、と谷川は憤慨するのである。たしかに、表向き亭主をたてて妻が実利を得るというのはよくある図柄だろう。
もうひとつの糾弾理由は作品の「わかりやすさ」で、木下順二「夕鶴」、上野英信「せんぷりせんじが笑った」そして『荷車の歌』は、「戦後文学のなかですぐれて物語的」な作品だが、「感動しました、ふるえました、それで終わり」というだけで、戦後の現実や「おのれのひ弱な部分」を打ちのめす衝撃力はない。「究極的に現状維持」の文章は「わかりやすい」し、読者は「抵抗を感じることなく、抵抗する自分の顔を見たような気がする」が、「それは何も見たことにならない。異質の平面に反射しない以上、ぼくらは顔を映すことはできない」というわけだ。[*36] 谷川は『サークル村』創刊宣言でも、新しい民衆文化の創造には「対立による統一」、すなわち、異質なものの「波乱と飛躍をふくむ衝突」によって「共通の場を堅く保ちながら、矛盾を恐れげもなく深めること、それ以外の道はありえない」と述べていた。[*37]
つまり「女のわかりよさ」というタイトルは、女の立場から愛をもって自己客観化へいざなう山代に対するいらだちを意味していた。だから、生活改善運動の表彰競争に奔走したある村で乳児の栄養状態が悪くなり、その事実を公にした生活改良普及員が村民に排斥され、そのことを書いた山代の『民話を生む人々』まで出版差し止めを要求された、という話を聞いた谷川はこう言い切るのだ。
もしぼくが『民話を生む人々』を書いたとしたら、人々は怒るよりさきに土嚢をきずいて防衛に大童《おおわらわ》になるでしょう。怒れば怒るほどぼくはそれをタネに書きつづけるでしょうから。……食いついてきた魚とはかならず刺しちがえる。要求せよ、要求せよ、要求せよと要求し、その要求の強さで角力をとる。ぼくが物語作者でないゆえんです。[*38]

谷川は左翼政党・労組に組織されない民衆にこそ変革のエネルギーがあるとみて独自のサークル運動を提起した。その点で山代に通じるものを認めたがゆえに、あえて直談判におよんだのだろう。[*39]谷川はあくまでも外側から共同体や家父長制をこじあけ自爆させようと挑発する。いわば〝北風〟の立場である。「弱者への批判は補足に」の山代は、むろん〝太陽〟。谷川の糾弾にも動じなかった。

あの作品は、かつてガラス工場の密封された職場の隅に、水鏡を作ったのと同質のもので、最も体制的に飼いならされた人々が……胸襟を開く言葉の輪を作ってくれれば目的は達成されたものと思ってもいいものなのです。……雁氏はさぞはがゆかったのでしょう。「そんなことぐらい、己は一場の演舌でやりのける」と。たとえそうであろうとも、私は、私の戦中の職場体験を捨てる必要はない。これが私自身の人権擁護だと、その時も思いましたが、いまもそう思っています。ですから、私の作品は、作品だけが独立して生まれるというものではなく、村落共同体の鎖の切れないでいる仲間との、連帯組織がつきそって生まれているのです。これが私の作家活動の特長だと思います。そしてこの特長を守ることも、私の権利と義務だと思います。[*40]

『荷車の歌』が山代巴の代表作であるのは、たくさんの読者を得たというだけでなく、沈黙させられた女性たちが最初の一歩を踏みだすために模索を重ねてきた末の、たしかな結実だったからである。

3　映画と演劇

『荷車の歌』は全国農協婦人組織協議会によって映画化された。全国農業協同組合中央会は一九五四年に設立されたが、地域農協の婦人部づくりはすすまなかった。そのため映画を利用することになり、山本薩夫監督は『荷車の歌』を全国三二〇万の婦人組合員の一〇円カンパで映画化する、という案を出した。会議では農民の苦労を映画でまでみたくない、妻妾同居のような農村の恥をさらす必要はないという反対がかなりあったようだ。[*41] それでも、五七年一〇月、広島などのつよい推奨で山本の提案が通った。この時期は映画の自主制作がさかんで、「ひろしま」「人間の壁」「武器なき戦い」などは労働組合が資金を出しており、全国地域婦人団体連絡協議会が設立した桜映画社の「お姉さんといっしょ」はベニス国際映画祭で児童映画部門のグランプリ、「海ッ子山ッ子」はサンジョルジュ賞を獲得した。[*42] 農協も全国農村映画協会をもっていたが、資金集めと組織づくりを結びつけた山本のアイディアは画期的だった。

山本薩夫（1910－1983）監督は独立プロの社会派で、すでに「箱根風雲録」「真空地帯」「太陽のない街」など多くの作品があった。『荷車の歌』では脚本に依田義賢、主役に望月優子と三國連太郎を選んだ。三人とも山本と組むのははじめてだった。山本は各地の農協で一〇円カンパの意義を説き、三國も「キャラメル一箱で映画が作れます」、「大事な一つの記録として後々に残って世の中のために なるはずです」と訴えた。三國はわかいころから役づくりに徹しており、原作に茂市は出っ歯とあるので上の歯を入れ歯に変え、原爆で脾臓を病んで倒れる場面では、東大病院でみせてもらった被爆脾臓病患者の写真をもとに、ビニールで作った眼を貼りつけ、皮膚に化学薬品までつかってメーキャップをした。望月もシナリオを四〇〇回くらい読んだという。[*43]

撮影は長野県の杖突峠などでおこなわれた。農村の四季を撮るには広島では経費がかかりすぎるからだが、ほぼ一年をかけて一九五九年一月に完成した作品は二時間三〇分の、当時としては異例の超大作だった。カンパは約三五〇〇万円で赤字だったが、新東宝に一か月だけ配給権を与えて補ったようだ。[*44]

上映会は全国各地で開かれた。山奥まで一六ミリ映写機を担ぎあげ、ときには壁やふすまに映されて、一〇〇〇万人以上がみたといわれる。評判は非常によかった。広島県農協婦人組織協議会長の畠しげ子は「人間関係についての話合いの素材としてはもってこい」だとよろこんだ（『中国新聞』一九五九年二月一六日）。戯曲化はむずかしいとあきらめた文化座の演出家・佐佐木隆も、「正直うたれた。立派な仕事だと脱帽した」という。[*45]

俳優やスタッフの努力はもちろんだが、長年山本の助監督をした山岸は、ほかの「リアリスティックな〔山本〕作品」と違って主張を前面に出さず、「一種の叙情性をこめて、深い取り方をして」いると指摘し、三國も「直接表現をしないということが、僕の芝居の中で一番大事にしている部分は『荷車』から受けた影響です。人間が持つ2面性を通して問題を追求する作法を学びました」と語る。[*46] まさに山代の姿勢とおなじである。

ところが、山代は当初このプランに不満だった。一九五七年一二月には、脚本家の「ストーリー」

を知人たちに送り、原作と読みくらべて「ここは変だと思われるところ、ここはこうした方がいいと思われるところを、きたんなくお知らせ下されば幸いです」という手紙を添えた。また、脚本を松山善三、セキ役を高峰秀子に変えるよう要望し、武谷三男にまで仲介を依頼した。松竹映画の松山は、単行本の刊行直後にセキの生き方を的確にとらえた手紙を山代に送って映画権の約束をしていたという。[47]他方、依田は溝口健二監督と組んで「雨月物語」「近松物語」などの名作をつくったベテランである。山代の不満がどこにあったかはわからないが、原作と映画とは別物だから、山本も困惑しただろう。結局、山代の要望は通らなかったが、脚本は何度か書きかえられたらしい。その過程で「直接表現をしない」という撮り方になったのかもしれない。[48]

なお、評論家の佐藤忠男は、原作者は今井忠監督を希望したようだが、「山本薩夫以外の誰にも出すことの出来ない、山本流の気迫のこもった」作品だと言い切り、「〝大衆のエネルギー〟というような概念には好意的な都会派の文化人たちを、うわッひでえ、つまんない、こんな汚い映画はごめんだ。と、あえてヘキエキさせるだけの堂々たる生活の力強さ」や、「農民の、みじめさと偉大さ。いやらしさと一途さ」、あるいは、涙と笑い、苦と楽、死と生といった対照的な場面を交互にくりかえす「大きな映画的リズム感」を賞賛している。[49]

もっとも、涙を流しながら映画を観た日野イシは、「きれいに撮ってあるが、あんなもんじゃない」と孫に語ったという。また、映画が評判になるにつれて、布野の恥をさらした、いくら儲けたか、といった村人の声が聞こえるようになり、「映画になるとは思わずに話した。今は世間がやかましいので、しばらく来ないでほしい」と山代に告げざるをえなかったようだ。[50]こうした「近所姑」の「樽へビ」的な悪口は水俣はじめ各地にみられるが、イシもまた岩のうえに落ちた種子であったというほかない。

『荷車の歌』は演劇にもなった。一度は劇化をあきらめた文化座の佐佐木隆だが、寺島アキ子の脚本を読んで、「セキ、茂市の家の場面だけに限定した構成が、きちんと為し遂げられていることに感心」し、上演に踏み切った。[*51] セキ役はむろん鈴木光枝で、一九六〇年以来三〇〇回以上の全国公演をかさね、代表作の一つになった。鈴木にはつぎのような生い立ちがあった。

実は、私は五歳のときから父の妾を姉ちゃんと呼んで一緒に暮らしました。初めて原作を拝読したとき、夜中に私を背負って泣きながら街を歩いていた母の姿が頭に浮び作品の感動と重って目がはれる程思い出しては泣きました。ぢゅばんとお腰巻だけで男の何人分も働き抜いた母の仇討のような思いも初演の折には多分にありました。その母に或る時、父との生活の中で一番口惜しかったことをたずねますと言下に「女に選挙権があったらものを云え!!」と父に云われたときのことを云い私をハッとさせました。子供の為だけに生きたような昔の女と思っていた母に対する自分の甘さと観念の古さを恥じたことでした。[*52]

鈴木の母は途中で家を出たようだが、「心の虫」を育てた女性がここにもいたのだった。一九七六年の再演に際して山代も、「文化座の〝荷車の歌〟は原作とは別個に獰猛《どうもう》な生きものとなって歩いている」と鈴木への手紙に書いた。[*53] 一九九〇年の公演で鈴木は演出にまわり、セキ役は娘の佐々木愛が受けついだ。各地の市民劇場からこの年の主演女優賞を贈られた佐々木は、インタビューにこう答えている――「演《や》る前は『ちょっとシンドイなぁ』と思ったんですよ(笑い)」。でも、観客には若い女性も多く、〝心の虫〟でセキが好きになった、自分の人生を考えさせられたという感想や、以前見たときは女の一生を描いた芝居だと思ったが、「布野村を背景に、社会の〝うねり〟がずうっとあって、それが今、見えてきた」、「これは明治、大正、昭和の産業史でもあるわけだ」といった意見が寄せられました。普通いい映画や芝居をみたあとは感動を胸にしまって帰りたいと思うけれど、「『荷車の歌』は見終わったあと、お互いに語り合いたくなるみたいですね……ロビーで話し合う人たちの輪ができたりして」「語り合う〝呼び水〟になるんです」[*54]。

映画や演劇は原作(単行本)とは多くの異なる面をもちながらも、原作の精神は、高度経済成長のなれの果てともいうべきバブル経済がピークに達した一九九〇年のわかい観客にさえ、しっかり伝わったのである[*55]。

こうして『荷車の歌』は、『世界』『思想』『新日本文学』といった知識人向けの雑誌とまったく無縁であったような人びとにまで山代巴の名をひろめるものとなった。「このチャンスを逃さず東京に出て作家の道へ」と勧める者もいたようだ。しかし山代は、「一人で百の作品を書くよりも、百人が一つずつの作品が書ける仲間づくりの道[*56]」とのちに表現する生き方を模索する。

私は黒板へ絵を描きながら、戦後の生活の中の問題を訴えて、広場へ出て来た人間です。私に訴えるべき内容を提供したのも、訴えに共鳴して、その内容をより豊かにしていったのも、それはすべて、農民の中の最も下積みの人たちでしたから、下積みの人たちの与えたものは下積みの人たちにかえして行くような、発表のしかたをしなければならないと思うのです。*57

*1　神田三亀男『山代巴と民話を生む女性たち』広島地域文化研究所、一九九七年、九〇、九三ページ。山代は重森夫婦や井上ヨシコなどと高茂温泉に遊ぶこともあったという。

*2　「解説」『武谷三男著作集6　文化論』（以下「武谷文化論・解説」）勁草書房、一九六九年（著作集⑥「苦難の時期をささえたもの」一四六、一四七ページ）。

*3　同右、著作集⑥一四七ページ。『（法政平和大学講義録6）語部の旅　被爆者の手記集を作って』法政平和大学、一九八八年、一九一二一ページ。

*4　山代が県北で活動できたのは、三次市の旧家・酒造家の女将であり、『中国新聞』記者、金井利博の母である金井トキ（時子）の援助が大きかったようだ。トキは一九五五年、第一回原水禁世界大会のために、「十年を経つつ怒りは新たなり女《おみな》たたずば平和ならざる」と詠むような女性で、「荷車の歌」が「農民の語り言葉の伝承方法に依拠するというぼうけんを試みられたのはあなたの保護とはげまし」のおかげでした、と山代はトキへの弔辞で述べている。地元では方言に対する拒否感があったのだろうか（「平和の友　金井時子さんのこと」『世界』一九五九年八月、九八、九九ページ。神田三亀男、前掲『山代巴と民話を生む女性たち』一三〇ページ）。

*5　「歴史を負って現在に向う」『展望』一九七二年四月（著作集③一九八、二〇九ページ）。「民話勉強の歩み」一九九一年（著作集⑤一九三ページ）。

なお、鶴見和子は、生活記録で肝心なことほど書けないという現実を打破するため、特定の個人に密着した記録ではなく、複数の人物の体験を融合し、「体験の意味をはっきり結晶させる」ための虚構をも交えた「集団的な作品」を創ることを提案したことがある（鶴見和子『生活記録運動の中で』未来社、一九六三年、三五、三六ページ）。

＊6　原田奈翁雄「本の誕生　山代巴『荷車の歌』編集者は、なぜ本を作るか」『月刊エディター　本と批評』一九八〇年二月（原田奈翁雄『本のひらく径』日本エディタースクール出版部、一九八八年、一〇六、一〇七ページ）。

＊7　佐々木暁美『秋の蝶を生きる』山代巴研究室、二〇〇五年、二三〇ページ。

＊8　「九津見房子さんのこと」、大竹一燈子編著『母と私』築地書館、一九八四年（著作集⑦一八八ページ）。

＊9　中野重治「『荷車の歌』と『沖縄島』とについて」『文学』一九五八年八月、一三八ページ。中野はまた、『荷車の歌』が「女性作家の手で仕上げられた」ことを「非常に大切なことだ」と評価しつつ、わざわざ、「わたし自身はこの作者を女くさい女とは思っていませんが」と断っている（同）。

＊10　江口渙「山代巴の『荷車の歌』」『多喜二と百合子』一九五七年四月、七ページ。

江口はまた、新日本文学会の集まりで山代巴に会ったとき、吉宗が四・一六の裁判で「国際共産党日本支部日本共産党地方委員、山代吉宗」と明言したことを讃えて、「ほかの人はコミンテルンとの組織的つながりなんか、なるべくいおうとしたがらない」から、「あれには本当に感動した」と告げると、円は「そうなんです……正しいと信じたら、どこまでも進む人なんです。私みたい〔な〕者が、今日までこうしてどうにかやってこられたのも、みんなあの人のおかげなんです」、思想問題も毎日「子供の手をとるようにして」教えてくれました、「いまでも山代に感謝しています」と答えた。死別から一〇年以上が経って「なお、あれほどの真剣な感謝の気持で思い出すことのできる良人をもっていたことは、女としては、やはり誇るに値するだけの幸福であるといえるのではないだろうか」、と述べている（同右、一、二ページ）。

＊11　宮本正義「『荷車の歌』について」『新日本文学』一九五七年六月、九六、一〇一ページ。

＊12　小原元「農民文学の方法」『法政大学文学部紀要』七、一九六二年、二一八、二二〇、二二一ページ。

＊13　小坂裕子『山代巴』家族社、二〇〇四年、九一ページ。
＊14　宮本正義、前掲、「『荷車の歌』について」九七ページ。
＊15　前掲「武谷文化論・解説」（著作集⑥一四八ページ）。
＊16　「山代巴を読む会会報」6（一九八三年三月）、7（一九八三年七月）。「山代巴を読む会」は『囚われの女たち』の刊行を機につくられた読者サークルの一つ。
＊17　高野公子「もう一度『荷車の歌』について」同右、9（一九八四年三月）。
＊18　花野鉄男「『茂市』と同じだった私」同右、5（一九八二年一一月）。
＊19　山本薩夫『私の映画人生』新日本出版社、一九八四年、一九四ページ。
＊20　宮本正義、前掲「『荷車の歌』について」九四、九七、九八ページ。宮本正義については不詳。国立国会図書館のデータベースによれば、一九五七〜五九年に『新日本文学』『日本文学』に中野重治の詩や「大鏡」についての論考などを書き、短歌会「未来」に広島から報告を寄せている。
＊21　『荷車の歌』筑摩書房、一九五六年（著作集③一八八、一八九ページ）
＊22　前掲『民話を生む人々』（著作集⑤七、八ページ）。
＊23　「日本の女（第四信）」『人民文学』一九五三年六月、一二四ページ。
＊24　小原元、前掲「農民文学の方法」一二〇ページ。
＊25　宮本正義、前掲「『荷車の歌』について」一〇一、一〇二ページ。なお、宮本の書評は小原の論考の五年前に書かれている。
＊26　真壁仁「山代巴の文学」（『山形文学』一九五七年三月、三―六ページ）。
　真壁は第一回原水禁世界大会の文学者だけの会合で世話役に徹していた山代の姿から、作家よりも農民の側に立って文学を考えている人という印象を受けた。また、「日本人の文学意識　農民」（『岩波講座　文学』2、岩波書店、一九五三年）を読んで、「一般論として問題をひろげるような方法では文章を書かない人であることがわかった」という。

＊27　鶴見俊輔「新しい領域開く」『読書新聞』一九五六年九月一七日。

＊28　宮本正義は、茂市が兄貴分として頼りにしていた初造の死とオヒナの連れ込みとの関連に着目し、セキとナツノのつながりに相当する「初造と茂市の結び目は、より必然性をもって追求されるべきではなかったか」と指摘する（前掲、一〇二ページ）。また、本間光子（技術者・二八歳）も、「単に女の受身の悲しみをうったえているだけでなく、これからの生き方を積極的に語っている」が、茂市の心理や夫婦の葛藤がよくわからないという（「女の生き方を語る」『読書新聞』一九五六年一一月一一日）。たしかに、山代の作品が男性の内面に踏みこむことはほとんどみられない。

＊29　「荷車の歌書評につき連絡」（『世界文学』編集人から山代あての手紙、一九五九年七月三一日付。訳文は筑摩書房原稿用紙。広島大学文書館所蔵）によれば、書評とともに『荷車の歌』の最初の三章を訳載したところ読者に大変歓迎された（「很受読者歓迎」）という。劉振瀛には「吾輩は猫である」などの翻訳や『日本文学史』の著作があるようだ。

＊30　翻訳文は「之《これ》は中国の雑誌『世界文学』一九五九年一月号にのせられたものです。今後の討論のために御一読おねがいします」と付記された一〇ページの印刷物。なお、『荷車の歌』の刊行後、山代はイタリアのグラムシ研究所から招聘されたようだが、これも不詳。

＊31　山代は一九八〇年ころの短いメモ（「半生を振り返ったメモノート」広島大学文書館所蔵）のなかで、「リュウチェンインは何を言ったか、蕗のとうの完成が重なってはじめて意義ありと指テキ、文学勉強がはじまる——四五才を過ぎている」と記し、「私の歩んだ道」（『未来をひらく　ひろしまの女性　1983』広島婦人問題研究会、一九八三年、五ページ）でも、「『蕗のとう』の続きを完成すべきではないか、と〔劉は〕示唆してくれた」と述べている。『蕗のとう』の長篇小説化は山代の宿願であり、一九五五年からはじめた自己批判の作業（第八章）の重要なテーマだった。劉は『蕗のとう』に直接言及してはいないが、山代にとってこの書評は大きな励ましになったようだ。

＊32　加藤明「山代巴さんを語る」『山代巴を読む』甲奴郡同和教育研究所、一九八八年、三八ページ。

なお、神田三亀男によれば、ツル代が握り飯を隠した木の洞について山代は、「そがあなもな、あのすじにはありゃせんようね……あれはイメージなんじゃ。私が女学校へ通う道すじに、大きな椋の木があるんよ。その椋の木の根っこから、一間以上までほら穴になっておって、そのほら穴に入って遊んどったんよ」、と答えたという（神田三亀男「先生ぎらい《ママ》……」『山代巴文学研究所報』7、二〇〇五年二月、一七ページ）。

＊33　山代を取材した『中国新聞』の今元記者は、心理分析や自然描写を抑えたのは「農民が自然主義ふうな話ぶりを好まない」からで、「〝おかねさん〟は私自身の苦闘の歴史を告白したもので大衆に読まれなくても仕方がない。だが、〝荷車の歌〟はインテリからは何といわれようと、とにかく農村の人たちが分かってくれればよい、と作者自身割切って」いた、と書いている（「特に農村の人々に読んでほしい『荷車の歌』」『中国新聞』一九五六年一〇月一日）。

＊34　谷川雁「女のわかりよさ　山代巴への手紙」『サークル村』一九五九年三月、一二ページ（『谷川雁セレクション』Ⅰ、日本経済評論社、二〇〇九年、三一八ページ）。

＊35　「戦中の職場体験から」『未来』一九七二年八月、三一ページ。

＊36　以上、谷川雁、前掲「女のわかりよさ」一二―一六ページ（『谷川雁セレクション』Ⅰ、三一九―三二六ページ）。これ以前に谷川は『荷車の歌』の書評（「『貞節』のワナにかかった作者」）を『東京大学学生新聞』（一九五六年一〇月二二日）に寄稿し、一町百姓で先祖は尼子の家臣だというセキの実家や、平家の残党を自慢する茂市の家なぞ、われわれとは無縁の連中だ、性的に相手を独占しようとする「占有欲」の克服こそ「新しい愛のテーゼ」ではないのか、と批判していた。

＊37　谷川雁「さらに深く集団の意味を」（前掲『谷川雁セレクション』Ⅰ、二九九ページ。

＊38　谷川雁、前掲「女のわかりよさ」一六、一七ページ（『谷川雁セレクション』Ⅰ、三二七ページ）。

＊39　谷川は後年、『中井正一全集』の月報に寄せた文章でこう書いている。「彼〔中井〕の名をわたしは山代巴さんや久野収さんから聞かされたり、読まされたりしていたにすぎなかった。山代さんからわた

しが受けとったのは、朗々たる民主々義の詩吟とでもいうべき印象で、そこには彼女がうら若い画学生であったころの青年偶像化の痕がほの見えるような気がしたし、久野さんのそれは、難局のたびごとにきらめく智恵の稲光りとでもいったもので……つまり二人とも、そのときひとりの『人物』がいたと教えてくれたのである」。そして、中井の著作を読んで、山代や久野が「何となく口をもぞもぞさせるはずだと思った」。中井は「わたしをして思想の評価・採点というようなみみっちい了簡を忘れさせる。彼の現在性は、彼の陰影のなかにある。しゃれた人物だとおもう」と結んだ。坑夫たちの花札勝負でいう「洒落とは……闘えば九分九厘敗北するにきまっているけれども、こととしだいによっては相手の裏日々をついて一発轟沈の可能性を秘めている」こと、らしい（谷川雁「士風・商風」『中井正一全集2 月報』美術出版社、一九八一年、一二一―一四ページ）。

＊40 前掲「戦中の職場体験から」三一ページ。

＊41 山本薩夫『私の映画人生』新日本出版社、一九八四年、一九二ページ。

＊42 『全地婦連30年のあゆみ』全国地域婦人団体連絡協議会、一九八六年、四九ページ。

＊43 「女性の地位向上はキャラメル1個から始まった　俳優　三國連太郎さん　大いに語る」（『農協新聞』二〇〇二年一月二三日）。山本薩夫、前掲『私の映画人生』一九六ページ。なお、三國は次作の「異母兄弟」で老将軍役になり、下の歯も全部抜いた。

＊44 山本薩夫、前掲書、一九三ページ。なお、山本の助監督で全農映の山岸豊吉によれば、制作費は五、六千万円、いまなら八億円くらいかかったという（前掲、「女性の地位向上はキャラメル1個から始まった」）。また、カンパ運動は一九六〇年八月まで続けられ二九八三万二〔ママ〕〇一七円に達したともいわれる（若槻武行「『荷車の歌』の山代巴さんが、今、我々に問うものは……」共済保険研究会編『共済と保険』二〇〇五年一月、五〇ページ）。

＊45 佐佐木隆「『荷車の歌』とのめぐりあい」初演パンフレット、一九六〇年。

＊46 前掲、「女性の地位向上はキャラメル1個から始まった」。

＊47　神田三亀男、前掲『山代巴と民話を生む女性たち』一七〇ページ。山本薩夫、前掲『私の映画人生』一九二ページ。佐々木暁美、前掲『秋の蝶を生きる』二三三ページ。

＊48　ポーランド映画などの自主上映運動などをしてきた兼岡敏二は、原作との丹念な比較をもとに映画『荷車の歌』を批判し、たとえば巡礼の場面で、映画は遍路の正装をしたセキが大店の前で持鈴を振りプロのうたうご詠歌を流すが、原作は切羽詰まったいのち乞いである、盆踊りのシーンは都会風でかつての山村などで感じた「一抹の淋しさ」に欠け、土地の食べ物への配慮もなく、総じて都会人からみた農村・農民にとどまり「風土」が漂ってこない。また、ツル代とオト代をひとり（「オト代」）にまとめたことで、ツル代を親の言いなりに結婚させ原爆に遭わせてしまったセキの悔悟が消え、「（ヘチマの蔓も）切れてしまえば元の水」といった台詞を茂市にしゃべらせたり、茂市が死んで焼香に来たオヒナをセキがこころよく許すのは原作の「改竄」ではないか、と述べている（兼岡敏二『山代文学の復権Ⅰ　原作と映画を比較しつつ山代文学を検証する』武蔵野教育文化センター、二〇〇六年。「山代文学の復権　原作と映画を比較しつつ山代文学を検証する」『土と暮らしの文芸』4、山代巴文学研究所、二〇〇七年三月）。

＊49　佐藤忠男「傑作『荷車の歌』」『新日本文学』一九五九年四月、一六四、一六五ページ。

＊50　佐々木暁美、前掲『秋の蝶を生きる』二四〇、二四一ページ。

＊51　佐佐木隆、前掲「『荷車の歌』とのめぐりあい」。

＊52　鈴木光枝『私が演じた女の生き方』ささら書房、一九八六年、一三九、一四〇ページ。

＊53　鈴木光枝、前掲書、一三六ページ。また、一九六一年の広島公演を観た山代は、最後の場面でセキの「枯れきったからだを、娘と孫娘とに抱かれて、軽々と荷車へ乗せられるあたり、原作とは全く違ったイメージなのだが、私自身に私の人生の結尾を思わせ、涙は決して暗いものではなかった。けれど、歴史と人間をしみじみかみしめさせるものだった」。欲を言えばきりはないが、「もはや原作者からは完全に離れて呼吸しはじめた一つの芝居としての『荷車の歌』の創造に敬意と感謝を惜しまない」と述べ

た（「『荷車の歌』広島公演をみて」『中国新聞』一九六一年一〇月一〇日）。

＊54 佐々木愛「いまも心にひびく『荷車の歌』」『明日の農村』日本共産党中央委員会、一九九〇年一〇月、一四、一五、一七、二一ページ。

＊55 一九九〇年の公演に際して、山代は佐々木愛にこう語っている――「私が注文したいのは、私の作品ということはもう忘れて、自分たちのなにかを出すことに熱中してほしいということなの。……原作に忠実であるというより、自分に忠実であってほしいとね。そうすると、それが伝わるのよ」（山代巴・佐々木愛（対談）「古いものの中に新しいヒントがぎっしり詰まっているんです」『文化座』90、劇団文化座、一九九〇年五月、二一ページ）。

＊56 「民話勉強の歩み」一九九一年（著作集⑤一七五ページ）。

＊57 『民話を生む人々』岩波書店、一九五八年（著作集⑤一六一、一六二ページ）。

第八章　民話から生活記録へ

講演会の風景（1959年頃）

上下町の自宅で（1960年）右から、母イクノ、村上佳代子（岩波書店）、山代巴

1　戦後の再点検と『民話を生む人々』

一九五五年一二月、新聞連載中の「荷車の歌」の出版契約のため東京へ出た山代巴は、そのまま恵比寿の中井宅に同居した。中井正一が国立国会図書館の副館長となり、家族が東京に移ってまもない四九年四月二日、妻ミチが病気で亡くなった。五一年一二月に大西糸子と再婚した正一も半年後の五二年五月一八日、胃がんで死去した。糸子は遺産の半分をもって去り、残された四人の子ども、とくに未成年の娘たちの身の振り方をめぐる難題が生じた。そこで、正一の母千代や、正一の同志というべき久野収、武谷三男から頼まれたのである。山代は家族と生活をともにしながら円満な解決の道をさぐった。「私にとってこれは大きな試練」だったとのちに述べている[*1]が、そのなかで久野、武谷など「人民戦線派の進歩的学者の、質〔の高さ〕に接し」、一九四六、七年が「中井氏と〔の〕共同闘争時代と掌握でき」るようになった、という[*2]。

かつての山代が中井に共感し尊敬しつつも、農村の風景を手放しで「美しい」と讃える姿や、広島の文化運動は「焼け落ちた」という表現に違和を感じ、「しょせん先生の人民戦線は学者文化人の範囲なんだ」と語っていたことは第四章でふれた。それだけにこの機会に久野、武谷と親しくなり中井正一の真髄を知ったことは、戦後の自分の活動を総括するうえでも望外の収穫であったと思われる。

翌一九五六年四月、中井宅から三次へもどったが、発熱、むくみ、排尿困難など腎盂炎のような症状がつづいた。高茂温泉で休養してから二年あまり、山代は働きづめだった。六月、東京築地の国立癌センター病院で子宮筋腫、ガンのおそれありと診断され、七月なかばに卵巣を含む全摘手術を受けた。四四歳になっていた。ところが、体調不良はかわらず、退院後も久野収宅などから治療に通わざるをえなかった[*3]。翌年の春には、癌センター医師の紹介で広島の「高名な婦人科医」の治療を受けた。「強度の自律神経失調は、この博士のカンにさわった」のか、「子宮を全摘した女はもう女じゃないよ、君！　そんなからだで小説など書けると思うのがそもそもまちがいだよ。元気で暮そうと思ったらペンを捨てなさい」と宣告されたという[*4]。

体調不良の要因には、例によって共産党の問題もあった。原水禁世界大会直前の一九五五年七月、日本共産党は第六回全国協議会（六全協）を開催して中国に亡命した徳田球一の病死を公表し、武力闘争の中止と組織の統一、再建を宣言した。しかし、討論なしの方針転換に反発して離党したり除名される者が少なくなかった。悩みながら武力闘争に身を投じた青年のなかには自殺する者もあらわれた。さらに、翌五六年二月にはソ連共産党の第二〇回大会でスターリンの独裁と粛正がきびしく批判され、秋にはハンガリーの独立と民主化を求める民衆をソ連軍が武力で鎮圧するハンガリー事件が起きた。やがて平和共存路線に転じたソ連共産党と、これを修正主義と非難する中国共産党との対立も生じる。そのため、社会主義の思想や組織に対する懐疑がひろがり、ひとつの党派が一国の革命勢力を特権的に代表する「前衛党」の論理もゆらぎはじめる。

山代はどうだったか。党内の抗争に関与せず、両派にこづかれながら必要な仕事に専念していたが、五四年秋、原爆被害者の会にからんで「マーフィーの手先」と糾弾され活動停止処分をうけた（第五章）。だから、六全協には「解放感」をあじわうとともに、コミンフォルムの批判にはじまる「分裂の根源」が「敗戦直後の党再建のあり方にまでさかのぼるもの」である以上、「あの大侵略を阻止し得なかった戦前、戦中の日本共産党のあり方にまで及ぶ反省の糸口」になるのではないか、と期待した。しかし、指導者たちは敗戦直後とおなじく、組織の再建を優先し過去を真剣に総括する意思をもたなかった。[*5]それでも山代は、「まず統一だ、統一の中で行動を通してそれをやればいいというふうに考え」たとのちに語っている。[*6]

山代の親しい同志である城間功順はちがった。「統一のあり方に眉唾的な危惧を感じ」て党に戻らず、その後も「僕は牛か亀のように、自分が早のみこみした思想を反省することで堕落を防いでいるんです。結論を急ぐ必要がないんです」という姿勢を崩さなかったのだ。[*7]栗原佑もすでに離党していた。山代に出会った一九四七年、京都の自宅で開いた「星雲会」は「街の商店主、中小企業労働者、保険局、郵便局の勤労者、学生などの愉快な集会」だったが、共産党京都府委員会から突然解散を命じられ、一九五〇年に離党したという。[*8]

分裂の時期、城間と栗原はたびたび会っていた。「栗原先生自身が怒り狂いたい憤懣を、誰かにぶっつけずにはいられな」かったから、ふたりは何日も酒を飲みあかすことになり、山代が原水禁の署名運動に飛び回っていたときも、城間の働く三次まできて酒びたりになった。そうやって「僕の中の甘え心、親に求めるもの、師に求めるもの、仲間に求めるものを先生は酒といっしょに満たして下さったんです。それが僕に、僕自身の力で僕自身の混乱した頭脳を整理することを教えたんです。あのときもしそれがなかったら、僕はどういう堕落へ落ち込んだかわかりません」、とのちに城間は述懐している。だが、当時の山代はふたりを「奇矯な酒乱」とみなして「デカダン！」となじったり、「統一しても党へ帰らない功順君を拗ねているように感じ」たという。[9] 山代はむしろ模範的な党員であった。

とはいえ、内面には葛藤が渦巻いていた。一九五五年一〇月、山代は「自己批判と新しい概念への抽象化」と題するノートをつくり、[10] 数年をかけた作業をはじめる。まず、広島の古参幹部党員に不信や違和感を抱きながら、「党内闘争」で正しいと思うことを貫けなかったのはなぜか、という問いを立てる。そして、自立会の出来事をはじめ党内で孤立し寂寥感を深めるうちに、旭硝子での活動と「獄中での発見や収穫が役に立つという確信」を失い、戦後の農村活動にも「誇りが持てなかった」からだ、と考えた。そのうえで、「六全協以来、上級〔党中央〕に対する依存心や夢もいや応なしに削ぎ取られた」し、広島の「現在の党は転向〔者〕による指導と、それと結合した官僚主義との濁流である……この現実の辛い掌握を抜きにして、嘘を言わない党を築くことは出来ない」、今後は自分の実践と諸作品についての本格的な点検をふまえて実力をつけねばならない、と書きとめた。ただし、原水禁大会や『荷車の歌』などの成果をあげた地域婦人会での活動については、六全協の直前に書いた「広島の文化文学運動」で、「私の今まで追究して来たものが役に立っていることがわかった……どんな困難があっても、私はこの土地に定着した、今の文化文学運動をやめる気にはなれない」[11] と断言しており、この確信が総括の意思を支えていたと思われる。

だが、一九五六年五月には、ソ連作家同盟などの指導者で文学の面からスターリン体制を支えたアレクサンドル・ファジェーエフが、ショーロホフから名指しの批判をうけて自殺する。これは「社会主義リアリズムへ向かおうとする私に大きな衝撃と、これから歩む道への示唆」を与える出来事だったという。[12]「死」を意識させられた手術のあとも体調不良が続き、年末には、かつて「革命の捨て石」

とはこの人のことだと山代を感激させ入党に踏み切らせた元バス車掌のSに再会したよろこびもつかの間、ふたりの共同生活はたちまち破綻する。若き日の「思想の洗礼期に立派に見えたものも、今は灰色となっている……甘ったれた自分がバクロされた」[*13]。『荷車の歌』の刊行で一躍有名になったものの、一九五六年は山代にとってつらい一年であった。

さらに、一九五八、九年ころのメモ「自画像」[*14]にはこんな一節もある。

戦前・戦中の抵抗なんて、大きな題をつけてみたが、さて、種をあかしたらお笑い話、抵抗のバックボーンになっているものは、今から振りかえってよくよく考えてみたら、子供の時の「あれ何?」「これ何?」「それからどうしたの?」、そういった追究心みたいなものが原動力だったような気がする。理窟はあとからくっついたものなのだ。

自らの抵抗の源泉は、マルクス主義よりも貧困や差別への憤り、素朴な追究心、フォービズムへの共感、つまりはヒューマニズムではなかったか、ということだろう。また、「精神の親戚関係、仲間意識の育成、かつてこれは組織〔共産党〕へはいればよいと思った」し、「勤労大衆の個の開発」は「社会主義建設の中でこそケンランと花咲く」と信じてきた。そうならなかったのは「スターリン一人の罪」でも日本だけの問題でもない。なぜなら「組織の官僚化、派閥化は政治や経済の畑にだけにあるのではない。文化の畑にもある」からだ、共産主義の兄弟国であるはずの「中ソの論争の問題は、組織へはいれば新たなる連帯関係が生れるという考えの甘さをてってい的に知らされた」、と「自画像」

に書いている。

官僚主義的な共産党の体質に対する痛憤を、ほぼ一〇年前の山代は栗原佑にぶつけるほかなかったが（第三章）、いまでは、官僚主義が運動組織に共通する病根であり、プロレタリアートの解放をとなえる組織へ入っても「個の解放と新しい連帯」は実現できない、と明確に認識したのだ。[*15] それでもなお山代は、社会主義の理想や共産党の存在自体を否定しようとは思わなかった。


戦後を生きる私の原点は、夫や夫の仲間たちの獄死をむだにしたくないことで、書くことも仲間づくりもここに根がある。いくら元気で長生きしてもこの根を断っては生きた甲斐はない。そこで私は自分流に、不眠や冷えやめまいや便秘をかかえながら、自分のできるところから自分の原点にそう生き方をさぐることにして、再び山岳地へ住むようにした。[*16]

一九五七年六月、山代は三次市から一〇数km南東の吉舎町《きさ》（現三次市）の友人、佐々木喜久《きく》宅に間借りして再出発する。「もう女じゃない、ペンを捨てろ」と言い放った高名な婦人科医の「高ビシャなアドバイス」も、ウツウツした気分をふきとばしてくれたかもしれない。

山代はあらためて備後の農村を歩き直した。これまでの活動を再点検するとともに、「百万の平和署名を集めた女性たちの力を、署名で終わらせずに、本音の語れる仲間づくりに一歩ずつ変えていくことが、『荷車の歌』に続く歩み」と考えたからである。[*17]「何年間かの蓄積された思考は、新しい感受性を育てて」いるはずだ、「本もののグループをたずねてみたい」という期待もあった。[*18]

その総括が『民話を生む人々』（岩波新書、一九五八年）だった。中井正一との出会いから、村での体験や歌のうまい常太郎老人とのこと、原水禁世界大会にいたる婦人会との関係、生活改善運動の現状と問題点などを語り、最後に、さまざまな民話を紹介しながら、創造的な知恵を働かせて本音の言えない環境を変えようとしてきた人びとを浮き彫りにした。扉絵は吉舎の若い画家、金子太郎、挿絵は女子美術学校の同級生で「戦争への協力をさけ、戦後の十年は農民の中で暮して」きた松尾みね子[*19]である。

この本は共産党との関係にはふれないものの、戦後の実践について山代自身が本格的に語った最初の著作である。これまで、農村を歩きまわる地道さを賞賛はしても、その発想を理解する者はわずかだった。だから、哲学者の久野収はつぎのように書いた。

過去の民話は、どこかの、だれかの話として、自分の本心を表現するために考えだされた民衆の知恵の所産であった。山代さんはこの形式を現在に生かし、あらゆる人々の心の虫をどこかの、だれかの話としてその人々にかわって記録し、表現する。だから面白い。親しい友人のことを語るのは、かえってむつかしく、あまりうまい紹介はできないが、本書ができるだけ多くの人々に読まれ、批評されることを、作者とともにのぞみたい。[*20]

生活記録運動のリーダーのひとりである鶴見和子も、山代作品の「魅力のタネあかしをしてくれた」本と紹介し、そのうえで、山代自身の体験と、「単数個人の匿名の思想ではなく、複数の『袋の中のネズミ』の本音の交流」を通して培ってきた「現代の民話を創り出す方法と構想を描いているのだが、それが同時に、生活のなかにうずもれている民衆の知恵を、状況変革に役立つ無名の思想にまで、じわじわと育てあげてゆく、思想変革の普遍的な一つの方法論の記述になっていることが、わたしには実にたのしかった」。この本を生活記録の仲間と読みあって「わたしたちのつまづきやゆきどまりを直してゆきたい」し、「日本の思想の状況がこのままでは困ると思っているすべての人たちに、ぜひこの本は広く深くよまれてほしい」と述べた。[*21]

しかしながら、「ほんもののグループ」や「新しい感受性」に出会うという山代の期待ははずれた。むしろ、「こんなものが普及しては、やっと芽を出しかけた、自主的なひらめきは、ひとたまりもなくしぼんでしまう……その勢いが私を驚かせ、まだ何ほどの実りもないのに、いそいでこの本を書く気にさせ」たのだった。[*22]

たとえば、生活改善や新生活運動で知事・新聞社・文部大臣などから表彰されたT村での出来事。賞をとるために奔走した七年のあいだに乳児の体重はほとんどが標準以下になり、これをNHKの農村番組に知らせた生活改良普及員は「村の悪口を言った」と排斥された(その後、第七章でふれたように、この事例を紹介した『民話を生む人々』の絶版も要求された)。また、自発的な小集団であるはずのグループが隣組単位につくられたり、生協・労組と協力してはじめたグループ活動が大企業の労務管理の網にとりこまれ、「なんでも話せ、話さないものは時代遅れの封建性」だと言われていた。[*23]こんなところで本音を話せば自分の首を絞めるだけだと山代が忠告しても、「進歩の側へ立つ良心的な講師の指導」を受けたグループ・リーダーたちにはわかってもらえなかった。[*24]明るい家庭づくり運動の標語に、「この怒り我が家のあかり一つ消し」を選んだ婦人会もあった。「主婦の笑顔は一家の和楽、一家の和楽は社会の和楽、社会の和楽は国家の和楽」、「あたたかい家庭に決して不良青年は出ない」というのだ。腹のたつ原因や解決への道をさぐることなく主婦に我慢を求めるだけなら、「この笑い我が家のあかり一つ消し」ではないか、と思う人はごくわずかで[*25]、「心の虫」はまだ殺されるばかりだった。

人権抜きの平和はないと山代は力説してきた。しかし、原水禁運動の高揚にもかかわらず、地域婦人会は依然として「部落共同体の婦人部というかたちから一歩も出てはいなかった」し、「グループ活動が盛んになりさえすれば、自我が育ち平和が確かになると思うことは、甘い夢」でしかなかった[*26]。「かすかな光明」がないではない。『荷車の歌』の姉妹編ともいわれた広島県婦協10年記念歌集『主婦の歌集　なでしこ』に二三一人が歌を寄せ、母親文集などをつくる村も増えた。「農家の婦人が自分のために鉛筆を持って考えることは、もう罪悪ではなくなって」おり、「考える女たち」も育っている。戦後を生きてきた「四十代の女たちは、もう昔の姑にはなれない」だろう。だが、仲間内の集まりでは意気さかんでも、家に帰れば「笑顔」と沈黙の生活に戻ってしまう。母親文集もあたりさわりのない話ばかりで本当に言いたいことは書けない。貧しく忙しい人たちは会合にでる余裕すらなかった[*27]。

では、どこに活路を求めるか。「民話」である。錐ガエルなどの比喩、酒と竹の話、夫婦げんかのスケッチなどを紹介しながら、「見かけはコンマ以下にもみえるけれど、働いている健康な魂は、みな健康な批判精神を持って」いること、同時に、長患いの病人を「早く切り捨てなくては、あとの家族が生きて行けない暮らし」や、「一度は闇へほうむられた原爆被害者の死者たちの言葉」を民話として生き返らせる必要があること、そして、「老人たちの人生記録」をつくる動きへの期待などが最後に語られた。*28

ただし、おなじ時期に書かれた「民話創造の空気をかもすために」では、「部落の一番底の、もののいえない人達が、極《ごく》自然にもののいえるグループを沢山つくり」、活発に活動するようになれば、「民話は自ずから産れてくる……今のところそれよりほかに考えようがありません」*29、と消極的な表現で終わっている。三年前の山代は「この土地に定着した、今の文化文学運動をやめる気にはなれない」と胸を張った。いまその勢いはなかった。

しかも、農村社会はこの時期、急激な変化に見舞われはじめていた。それを敏感に感じとったのは、「農村の直視者」と山代が名づけた生活改良普及員だった。「前近代的なお母さんのところへ、ロカビリーにでも飛んで行きたいような娘が育ったりして、農村はまったく混沌としていて、生活を民主化しようと考えている自分たち自身が、考えるのをやめたくなる」、というのだ。*30 たしかに、企業・マスコミといった「得体の知れぬ大きな力」が人びとを動かしはじめていた。政治的には自由民主党と日本社会党のいわゆる五五年体制が形成され、保守勢力は婦人会やPTAなどの地域組織を自らの基盤として育成しはじめる。*31 経済的には朝鮮戦争の特需をバネに、「戦後の復興」からあらたな経済成長の段階へ移行しつつあった。大企業は福利厚生制度によって労働者を家族ぐるみ掌握することをめざし、家庭生活では洗濯機・冷蔵庫・テレビの〝三種の神器〟に代表される消費文化の波がしだいに農村にも波及し、若者のあいだでは「太陽の季節」(一九五六年)など石原裕次郎の映画が大人気となる。のちに山代はこう述べている。

教育委員会が民選から任命制に変わり、大企業の労務課が労務政策として巨額の金を投じて、地域ぐるみ行なおうとするヒューマン・リレーション運動と結んで、古い慣行の共同体を動かし、隣組的なもの、ユイ的なものを小グループといい、古い感覚のやり手にリードさせ、「なんでもいいましょう」と、プライバシーに属することまで公開することを強制して、これが人間関係を民主化する基礎活動のような啓蒙をすすめて来ると、私が古い軍国主義の殻を破る実践の一歩とした、互いに秘密を守るふところになりましょう、批判は補足になるようにしましょう、自分の言葉を持ちましょう、は成り行きにまかせておいたら、根こそぎつぶされてしまうことになりました。*32

結局、これからも民話を集めて活字にしたいという結語にもかかわらず、山代はスケッチや民話を呼び水にした活動に見切りをつけ、あらたな道を模索せざるをえなかった。『民話を生む人々』は山代の発想と現実の問題点を示して読者に新鮮な驚きをあたえるとともに、「山代の戦後」の第一段階の終わりを画する作品になったのである。

2 〈とりで〉としての「タンポポ」

一九五八年九月に『民話を生む人々』を刊行した山代は、翌年一月、吉舎から一〇㎞ほど南東の上下町（現府中市）に移った。五三年に広島市から逃れるように転居し、高茂温泉で療養するまで住んだ町である。ここで山代は、数人の意欲的な農村女性と「グループ活動の勉強室」をつくることになる。[*33]「はじめの一歩」をうながすことが主たる課題ではなくなったのだ。上下町は中国山地の分水嶺に位置する江戸時代の宿場町で、福塩線のほかに道路が四方へのびており、散在するメンバーが集まるにも便利だった。薬局の裏の離れを住居とし、広島市の宜策宅に同居していた母イクノを呼び寄せた。[*34]峠三吉の要請で広島市へ出て以来のいわば移動民の生活から、定住民への転換である。『荷車の歌』の印税などがこれを可能にした。

こうした活動＝生活スタイルの転換は、なぜ組織のなかで「正しいと思ったこと」を貫けなかったのかをつきつめる作業と関連していた。山代の結論は、自らの拠って立つ「領域の確立」なしには自立できず、つよい相手と闘うこともできない、自分の主張は自己の領域である創作を介して展開するほかない、というものだった。[*35]

・実践と表現（創作）を統一して行くこと、その中でものをいうこと、それなしに組織の内部で自分の正しさを通す実力はつかない。私はたったそれだけのことを、１９５５年の六全協以後、１９５８年秋までの満三ヶ年の自己批判の中から掌握した。そして、生活をそのようにたてなおし、１９５９年１月から、たんぽぽの集いと教室とをつくったのだ。１９６０年秋、やっと一つの〝とりで〟として、〝たんぽぽ〟という小雑誌を出版することになるであろう。

・戦後15年にして、始めて私は、農村地帯において、生活変革の意図を持ち、農村の底辺と行動を共にし得る女性達の、今日お互いの突き当たっている問題を科学する角度から、機関誌を持つ所まで歩み進んだわけである。……もし之が新しい心棒になり得るなら、15年の労苦はむくいられたというべきだろう。

これまで自信喪失や孤立感に襲われながら「実践と表現の統一」をめざして懸命に取り組んできた「蕗のとう」「或るとむらい」『原爆に生きて』『荷車の歌』などの作品と結びついた諸活動の意味づけも明確になった。*36

・一九四五年〜五〇年　「過去の運動家達の手足」として動いただけで、戦前の自分を自分で評価する力はなかった。文化運動でも中井正一の手足にとどまり「彼を離れては大衆に接近しうる力がなかった」。

・一九五〇年〜五五年　国際的な批判によって、平和革命（議会主義）をとなえる前衛党の「カクウな権威は粉砕された」。自分にとってはなお「テイメイの時期であると同時に、ともかくにも自分の足で大地を歩き、ほんの髪一筋にもしろ、自己の領域の基礎を置いた」。

・一九五五年〜六〇年　六全協、ソ連二〇回大会の批判によって「自己を究明し」、「我がよって立つトリデの基礎を築い」た。その結果、一九三七年から四五年の経験はスケールは狭く浅いにせよ、「その方法は今日に生かしうる原則的なもの」との確信をえた。

こうした総括が後年の文章で言及されることはなかった。しかしこの「確信」は、戦前・戦後の経験を徹底的に検証し分析し作品化すること、具体的には『蕗のとう』の改作に本腰を入れる決断をもたらした。「作家」宣言といってもよい。[*37] 落ちついた生活の場を確保した理由の一つはここにあったと思われる。

とはいえ、まずは基礎となるグループを組織しなければならない。山代は数人の女性に手紙を送った。これはそのひとつである。

少数の者で、中野〔清一〕[*38]先生をかこんで村の婦人グループ活動の悩みを語りあって勉強しようという会のこと……ともかく、お互いにすい取られるばかりでは精神が豊かにはならないようで、何とかしていい経験を取り入れるグループがほしいと思って、是非とも一堂に集まってみたいと思うのです。……あなたも、だんだん母としての義務の終わりに近づいたのですから、嫁いでから今日までの記録みたようなものをまとめる気になりませんか。書くということは、自分の考えに筋道をつける意味でも、確かにする意味でも、きっと勉強になると思います。お互いに、たまにしか逢えないのだけど、それでも親しいものになるためには、何か一つ、共通の努力の場が必要のように思えます。私も近頃、自分の体の限界を感じてきたので、友情もうんと深いものに育てたいと思い、広いけれど浅い友情はさほど必要でないような気がしてなりません。

（一九五八年一一月二五日付、永久直子あて）[*39]

「すい取られるばかり」「友情もうんと深いものに」といった言葉に山代の心情が垣間みえるが、「嫁いでから今日までの記録みたようなもの」つまり生活記録の提案が目をひく。これまでは、農民が表現力をもつ必要を説きながらも、実際はかれらの本音を山代が代弁してきた。また、被爆者の手記は実情を訴えることが主眼で、しかも単発に終わった。これに対して生活記録は、書くことを積みかさねて自己を見つめなおすのが目的であり、仲間と議論できる場を不可欠とする。民話から生活記録への転換は、表現する主体と内容の転換を意味していた。

一九五九年一月一六日、内海清子、小林みさを、西明地《さいみょうち》トクノ、永久直子、山代の五人が集まった。会の名前は「タンポポ」、地域ボスの支配を離れた「ほんとうのグループを体験」し、やがて各人がそれぞれの地域でグループをつくるという希望をこめた。[*40] 永久によれば、内海は新生活運動の「明るい家庭づくり」に疑問をもち、小林は専業農家の労働力不足に悩み、西明寺は婦人会で家計簿をつけても三反百姓の赤字がなくならないことに悩み、永久自身は公明選挙推進運動で挫折していた。[*41]

最初は勉強会がつづいた。四月は中野が「ほんとうのことが言える」場の重要性などを説明し、皆の悩みや意見を出しあった。昼食当番のつくったカレーを食べ、「しあわせの歌」をうたい、「みんな女学生気分で」楽しいひとときを過ごした。[*42] 五月は『中国新聞』の森脇幸次が戦後の経済と政治の基本的な流れや世界の動きを解説した。八月は中野の集団論で、集団には仲間を受け容れる許容集団、たのしく交流する浸透集団、遠慮のない議論ができる学習集団の三類型があり、許容・浸透のない学習集団は観念的、学習のない許容・浸透集団は無方向か逃避の集団になる、といったことを図入りで説明した。翌年、地元の婦人会支部長に選ばれた永久は、「中野先生から教えられた集団の在り方を思い出しながら、リーダーが引っ張ってゆくのでなく、後から押してゆくという姿勢をとるということに熱意を燃やした」という。[*43] 八月はまた、北西允《まこと》広島大学教授が日米安全保障条約の改定について解説し、日本はふたたび軍事国家になりかねないと警告した。メンバーには「寝耳に水」でよく理解できなかったが、タンポポは秋から「安保問題研究会」になった。一二月は北西の公開講演会、一九六〇年一月は教師や労働組合のグループを含めた二泊三日の『交流会』を山代宅で開き、「一九六〇年六月、国会周辺に安保反対のデモの波がうずまくころには、あの人が?と驚くような、家柄の誇り高い婦人会長さんも田植姿のまま、畦道づたいに安保改定阻止の署名をとって歩くという光景が生まれ」た。[*44] 山代がこの地域の安保反対運動のひとつの核になったことは見過ごせない。

山代はのちに、「学習仲間は、思想的にはまだ反権力の側に立つ覚悟のできた人は一人もいなかった」から、安保問題を「持ち出すにはよほどの慎重さが必要でした」と述べている。[*45] 各人の悩みの根源を知ろうということから安保につながったらしいが、[*46] 山代や中野は単純に「なんでも話せる場」をつくろうとしたわけではないのだ。それは講義内容からも明らかで、一九六〇年八月の一泊二日の合宿でも、広島大学の手島正毅は原始共同体から奴隷制、封建制、資本制へと発展する「人間社会の歴史段階」や、「独占資本と日本の農業のゆくえ」などを解説した。小林みさをは難解で理解できないことが多かったけれど、「自分の目に張っていた蜘蛛の巣を落とされたほどの驚き」を感じ、資本主義の発達で一・五町以下では経営が成り立たなくなるという指摘は、家の観念や自給を建前にした「農家の嫁の立場に密着していた自分を、引きはがして考える」きっかけになったと書いている。[*47]

もちろん、講師の話ばかりではなく、本来の課題である、各自の挫折の原因やその壁を打破する「仲間づくり」の道筋を考えることも怠らなかった。[*48] 中野はまた、討論の手がかりとして、主婦の戦争体験を記録した鶴見和子・牧瀬菊枝編『ひき裂かれて』（筑摩書房、一九五九年）を紹介したが、都会の主婦の文章はピンとこなかったようで、野尻重雄編著『農民　その性格と未来像』（明文堂、一九五九年）に変えられた。野尻は「考える農民」になるには農民に特有の性向、すなわち、開放的でありながら疑い深い、淡泊だが欲が深い、親切だが他人の不幸を喜ぶ、謙虚だが自己を高く見せようとする、といった矛盾を自覚する必要があると指摘していた。この本は自分たちを苦しめている「たくさんの壁のようなもの」を見抜く手助けになったと永久は書いている。[*49] そのほか、武谷三男『文化論』の文章などが議論の素材になった。

さらに、小西綾を講師に招いた。原水禁署名運動でともに活動した小西はメンバーとも顔見知りで、新聞を批判的に読んで「なぜ?・」と考えることの大切さを力説し、「最後はお互いの立場を認める、自主独立の人間、創造する人間へ歩む話へと、親密な遠慮のない喧嘩も交えて」の議論が徹夜で続いた。[*50] 意見のちがいを尊重しつつ誠実に討論することは民主主義の基本だから、タンポポは中野のいう許容・浸透・学習のバランスがとれた集団になってきたのだろう。

こうした積み重ねをもとに、いよいよ「書くこと」に取り組んだ。『ひき裂かれて』を手本に各人が生活記録を書いて、一九六一年二月に持ち寄ることにしたのだ。タンポポの発足からちょうど二年が経っていた。

子どもたちの生活つづり方は戦前からの蓄積があるが、おとな（女性・青年）の運動は一九五一年の無着成恭編『山びこ学校』や国分一太郎『新しい綴方教室』に触発されて広まり、「生活記録」の語は四日市の東亜紡織泊工場の労働者がつくった「生活を記録する会」にはじまるといわれる。[*51] その『母の歴史』（木下順二・鶴見和子編）に関する丸山静の批評を第四章で紹介したが、この運動にはやくから着目した鶴見和子は、個々の作文の寄せ集めではなく、さまざま経験や意見をもつ仲間のなかで相互批判をくりかえす必要があると強調し。[*52] のちにこれを「複眼でみる」と表現した。牧瀬菊枝と共編の『ひき裂かれて』も、それぞれの戦争体験をつきあわせて自分の時代認識と歩みを客観的にとらえなおそうする試みだった。

ところが、きびしい寒さと多忙のせいか、山代は風邪をこじらせて肺炎になった。上下町でもサークルから呼ばれたり相談に訪れる人が絶えず、不眠・めまい・便秘などもあいかわらずだった。この地の厳寒はあなたには無理だ、と医者に転居を勧められた。

では、タンポポグループはどうするか。さいわい、府中市立図書館の松岡克昌をリーダーとする読書会運動が活発になっていた。府中の読書会は一九五六年一〇月の『荷車の歌』からはじまり、公民館・ＰＴＡ・母と女教師の会などによる読書サークルが近隣各地につくられた。参加者はしだいに三〇、四〇代の主婦が中心となり、「本のことは三割で、自分のことが七割ねえ」と言われたように、作品の主人公と自分を重ねて各自の内面が少しずつはき出された。そこで松岡は「ノイローゼ養成所長」といやがられながらも「書くこと」を熱心に働きかけ、一九六〇年一二月、府中市と芦品郡の町村を中心とする「府中・芦品読書サークル協議会」の結成と会誌『みちづれ』の創刊にこぎつけたのである。[*53]

タンポポグループもひと区切りついたところであり、「みちづれ」に加われば書く訓練もできる。

各地の読書サークルには山代も関与しており、講師を呼ぶなら山代さんをという声が圧倒的だったらしい。「山代さんがこう言われた」と競って言いあうのが耳障りだった内海房子は、「あんたらあ、いつまで山代さん山代さんいうんね。そんなこっちゃあ、いつまでたっても一人立ちの自主的な人間になれへんよ」と言って、みんなを「ちゅん」とさせたほどだった。その後、山代さんに会ったら「あんた、ええこと言うてくれたね」とニコニコだった、と内海は書いている。[*54] 会誌『みちづれ』創刊号の巻頭言も山代である。だから、「みちづれ」への参加に無理はなかった。

他方、山代は「自己の領域」の基盤となる『蕗のとう』の改作のために、磐城や和歌山へ出かけたり、古老の話や古文書から徳毛家や備後の歴史をつかみなおす作業に力を入れはじめた。[*55] たとえば、ある講演会で三原の仏通寺を訪ねた折は、三原市立図書館長となった恩師の藤原覚一に開祖の愚中について教えを乞うた。[*56]

愚中周及《ぐちゅうしゅうきゅう》（1322―1409）は美濃に生まれ、夢窓国師や中国の老師の訓戒を守って官職に就かず、晩年は安芸の地が気に入って仏通寺を開いた。将軍足利義持に招かれても洛外（都の外）でしか会見せず、仏法の要諦を問われると、勅令のような形では心に残らない、「大自然の法を会得してゆけば、水が流れて溝が成るように、力を労することはない、わたしのいう不説の道理とも合致する」などと答えたという。

二時間におよぶ藤原の話を聞きながら、山代は「十四世紀の日本の若者の中に、中国の思想家との間に深い信頼の絆があったことに驚」き、「仏通寺の由来が、私の郷土史に対する考えをまるで変えて」しまったという。なにが変わったかは明言していないが、地域の文化的蓄積の厚みや仏教のイメージ、さらには、身分制の下での苛酷な搾取や抑圧、一揆と弾圧の連続としか考えてこなかった「暗黒の中世・近世」というイメージを見直すきっかけになったかもしれない（第一〇章参照）。それにもまして山代が惹かれたのは、しくじりをやって右手を頭の上にのせた愚中の肖像画だった。[57]

おっちょこちょいで、転換のにぶい私がしくじりばかりやるのは当然なことだが、俊才と聡明を高僧に認められ、自らの道を自らの力で切り開いた愚中が、しくじりばかりしていたとは信じられない。……だが、不釣り合いや滑稽を含んで歴史は大河のように流れているのだと思うと、自分より才智に恵まれ、生活経験も豊かな人々にまじって、気のついたことを単刀直入に言って、意識革命を目標に、この地方の生活記録運動にさかさま（夢中）になっている自分を、笑いながら励ましていた。愚中のように聡明な人だってしくじってばかりいたのだと。[58]

ただし、「みちづれ」への参加でタンポポの機関誌が立ち消えになり、山代は作品発表の場をなくした。そこへ共産党の『アカハタ』から連載小説の依頼がきた。山代はこのころ、共産党系の女性組織「新日本婦人の会」の結成に協力し、一九六二年一月付の呼びかけ文に「中央準備委員」三二人の一人として岩崎ちひろ・野上彌生子・平塚らいてう・丸木俊子らとともに名をつらね、広島支部の設立準備にも参加している。[59] 小説の依頼はそのころらしい。『アカハタ』がわのいきさつはわからないが、山代にとっては絶好のタイミングだった。[60] 秋には東京の武蔵野市に移り、絵の好きな少女が革命運動への挺身を決意するまでを描いた「道くらけれど」を六三年九月から連載することになる。

3 「地方」と「みちづれ」

その一方で山代は、新日本文学会の重家《おもや》豊（1918－1982）らと雑誌『記録　地方　私と私のまわり』（以下『地方』と略記）を創刊した（一九六二年一二月）。

重家は戦後、慶応大卒の学歴を隠して三菱重工業三原車輌製作所の工員となり、労働組合を組織し大ストライキを指導して解雇されると、看板屋をやりながら「地方の会」をつくった。そして、雑誌『沿岸地帯』『沿岸詩人』『地方　創作と評論研究のために』などを発行する。山代によれば、重家は戦闘的な労働運動家にして「地方文学のチャンピオン」という「万能選手」だった。備後南部の労働者農民へ呼びかけた『働く人』（一九四八年一月）の「創刊の言葉」に共鳴した山代は、最初の作品「蕗のとう」を重家に託すつもりだったらしい。また、一九五二年創刊の『沿岸地帯』には、「毎夜一つずつ話しても、百夜では尽きないだろう」という登呂茂谷に伝わる民話風の物語のなかから「トイ物語」を寄稿した。しかし、「ダイナマイトで一挙に大岩を粉砕する」ような夢をいだく重家からみると、山代は「作家活動をやっているのかいないのかも判らない」存在で、『荷車の歌』『民話を生む人々』への評価も低く、「岩の上に落ちた松の種のような伸び方をする私との歩幅は合わなかった」という。[*61]

それでも、『詩集　原子雲の下より』の作品募集活動に重家は積極的に参加し、[*62]抽象的な議論に偏重しがちな自分の欠点も自覚していた。それに、広島をはなれる山代が生活記録運動に直接関わろうとすれば、新日本文学会の仲間に頼るほかない。編集人（代表）となった山代は、藤原覚一に表紙やカットを頼み、『原爆に生きて』に手記を寄せた被爆者などに「よびかけ」の文章を送った。そこには、「自分で書き、他人の書いたものを読み、話し合い、考え合い、共通した生活の智慧と勇気をくみ出して、ひとりでもしっかりと立つ力を育てあう、仲間の集いをつくろうとしています」とあった。[*63] 山代としては『地方』を備後地方の生活記録運動の核にしたかったようだ。重家とその仲間は「山代さんの異常な熱気にあふられながら、あちこちの読書会や研究グループ、サークル及び有志の人々に呼びかけ」るなど、半年以上の準備をして月報第一号にこぎつけた。[*64]

山代はさらに、一九四六年七月に義兄が急死したときの出来事を、「私の生活記録から」（月報1）、「雨の諸毛《もろけ》行き」（『地方』2）、「恥ずかしき部分」（『地方』3）と書き継いだ。「自からを劣等感から救いたい慾望にかられ、豊かな人間への道を求めて」いた当時のわが身をさらして、呼び水になろうとしたのだ。[*65] 山代の意気込みのほどがわかる。タンポポ・グループの永久直子・小林みさを、のちに山代と親しくなる内田千寿子・小野菊枝・八木昌子らが参加してきた。

それにしても、山代自身の「劣等感」とはなにか。長姉采女の夫、上岡角一は朝鮮の国境警備巡査で、帰国後は国家主義者として活動し、落ちぶれた善一一家を馬鹿にしたり、拘置所の巴に「由緒ある徳毛家のために、舌をかみ切って果てられよ」といった手紙を送りつけた（本書第二章）。その角一が敗血症で急死したのだ。藁を積んで火葬にされた翌朝、まだ半焼けの頭蓋骨を「無造作に鍬で叩いた」角一の息子を制止しようとすると、「これぐらい何ともなあわ、おらあ戦地で人を殺すことを覚えて来たんじゃもの」とこともなげに言った。「こうして、私の親族の中で、一番家柄自慢の強い、上向きな臣民の最後の一部は砕かれた。私はその時の光景をいつまでも忘れることができない。そして、私の中にも残っていた家柄自慢のかけらや、臣民意識が、あの瞬間、甥の鍬で砕けたことを思う」、と山代は書いた。[*66] これは当時の文章をそのまま載せたのだという。

しかし、一番の悩みは身内に軍国主義者がいたことではなく、この甥に知的障碍があることだった。「今までは多くの人にかくして来た」、「何故か自分でもわからないが、恥かしくて顔が熱くなるのだ」。合評会で「それが山代さんの今日にかかわりがあるのなら、恥かしくても書くべきだ」と指摘されたので、予定を変えて、「血につながる私の内部の恥かしい部分を三号へさらけ出すこと」にしたという。[*67] そして、軍隊から無事もどったように甥の障碍は軽かったものの、自分の気持ちを素直に口にして村人から馬鹿にされているのに気づかないお人好しぶりに、山代やイクノがいたたまれない思いをしたり、結婚相手を探そうと苦心する様子を率直に書いた。「恥ずかしき部分」は未完だが、山代は一九六五年に小頭症児の「きのこ会」にかかわり、先進的な障碍児施設である近江学園やびわこ学園から多くを学ぶなかで、「どんな子どもを生んでも、そこから人間が開けてくるということを感じさせられます。絶望じゃないな、どんな子が生まれても」と語り、「救援というのは〔人権を守る〕闘いの連帯なんだ」と発言するようになる。[*68]

さて、雑誌『地方』に話をもどすと、創刊から一年ほどのあいだに会誌を三号、月報を四号まで出したものの、つぎの会誌は出されず、月報六号（一九六四年六月）を最後に解散した。折からの中ソ論争や中国の文化大革命をめぐる日本共産党の内部対立が、新日本文学会や「地方の会」に波及したためらしい。[*69] ただし、原稿が集まらないのは重家らに責任があると、「みちづれ」を主宰する松岡克昌は指摘していた。『地方』の月報は整いすぎており、とくに重家の文章のような「むつかしいものはのせない方がいい」。自分たち「みちづれ」の月報は会員が一ページごとに分担をするので不統一だが、「その妙ちくりんなものの方が……共感をよんでいる」。編集者はとかく、「かくあるべきというやつにひっかかるのですね」というのだ。[*70]

他方、「みちづれ」は一九六二年に一三の読書サークルを結集し（会誌『みちづれ』3）、六三年にはつぎのような「とりきめ」をつくるまでになる。[*71]

一、私たちは、人間の尊さ、生命のたいせつさ、人間の平等であることを確立するよう努めます。
二、私たちは、自分の中の矛盾を見ぬく眼をもち、自己をおいぬく知性を持つよう努めます。
三、そのために、私たちは仲間とともに記録し合います。（以下略）

全国の生活記録運動は一九五〇年代末から停滞しはじめたといわれる。その退勢を挽回するため六一年に発足した日本生活記録センターも六五年には活動を停止した。そうした時期に「みちづれ」が活発に活動できたのは松岡の努力があったからだろう。しかしながら、一九七〇年前後には原稿が集まらなくなり、月報は二、三か月に一度、会誌は七二年四月の九号でとまってしまった。

高度経済成長によって「生活の安定（経済的だけではなく）や多様化し豊かな消費文化の波に呑み込まれ、それに流される中で、あの十年前、重い〝家〟をのがれ燃えるような思いで話し、書いて来たあの張りつめた気持ちがしだいにゆるみ、どうにかやっていけるんじゃないか、どうしようもないじゃないかという〝あきらめ〟の家庭の枠の中に閉じこもる傾向が強くなって来ている」と松岡は分析した。[*72] たしかに、舅姑から〝解放〟され、子どもは都会へ出て自立し、経済的な豊かさを多少は享受できるようになった。かつてのように「書けない」のではなく「書くことがない」という感じだが、その反面、農機具の月賦やレジャーのために主婦もパート労働に出なければならず、じっくり読み書きしたり仲間と話し合ったりする時間もなくなった。豊かさと孤立化の同時進行である。しかも、つねになにかに追い立てられながら、つらいのは本人の努力や能力が足りないからだという自己責任の論理に人びとはとらわれがちだった。松岡は、弱者切り捨ての資本の論理に「引きずり込まれ、表面の華やいだ豊かさに幻惑され……自己の内部を浸蝕され、荒廃への道を辿っている」と指摘したが、流れを押しとどめることはできなかった。

もっとも、「みちづれ」の事実上の解散には、引き金となる出来事があった。小野菊枝の「部落推薦と私の立場」(会誌『みちづれ』9、一九七二年)をめぐる争論である。小野は自作農の娘で公務員と結婚し、「一見穏やかで幸福にみえる家庭の中で、時々陥し穴におちるような虚しさ」を感じて「みちづれ」に参加し、前夫との離婚、両親とのあつれきなどを明かして会員に衝撃と共感をもたらした。また、町議会選挙では地域婦人会長のAさんを応援したが、部落のボスが選挙のときだけペコペコしてわずかな金でも渡せば当選する構図は変わらず、Aさんは最下位で落選。その曲折と「悲憤」を「選挙と私」(『みちづれ』7、一九六七年)に書いた。[*73]

ところがつぎの町議選では、夫が順番で部落の班長となったために、このボスの応援にかりだされた。小野は前回の〝実績〟から応援演説までさせられた。結果は得票を半減しての下位当選で、婦人会の新しい候補や社会党、共産党の新人が上位当選したが、「周囲を欺くことを保身の術」とせざるをえなかったいきさつと内心の葛藤を克明につづった「部落推薦と私の立場」が載ると、賛否両論がわきあがった。

「保守的な周囲の動きの中に巻き込まれながら、体をもって抵抗して見た記録として、正面から反対した場合よりも迫力ある批判の眼を感じさせる」とか、「苦しい一週間を、複雑な知恵で切り抜け……しかも、その時のみんなの行動を鋭く見抜いておられることには驚歎しました」、という感想もあった。[*74]だが大半はきびしい批判で、八方美人的だ、これでは農村は変わらない、「みちづれ」やグループをする価値がない、といった声が「鉄砲玉のように次々と射こまれた」。小野以外にも「自分の一票」をひそかに守った村民が大勢いたことは選挙結果が示していた。自分の恥をさらしつつ「部落全体の人たちの心の動きや実態を、正確に客観視」する生活記録を書いたつもりの小野にとって、仲間の反応は「ショック」だった。[*75]

つよい非難はタンポポのメンバーからも出された。山代は、地域共同体の外にグループをつくるほかなかった仲間がそれぞれの「十年の実践の重み」をかけて論争するまでに成長したことを評価したい、ただし「観念の世界で毅然として」いるだけで「生活の上では家をかくれ蓑にする」ことがないか、批判者もみずからのふるまいを点検してほしい、と述べた。[*76]山代はこの時期、さしさわりのない身辺雑記や気のきいた言葉をちりばめただけの文章に意義はないが、本音や内情をある程度書けるようになった人は、むしろ「書きすぎ」による軋轢に配慮すべきで、「読者つまり仲間の方が記録された範囲の中から、問題をつかみ出すことを覚えなければならない」と指摘していた。[*77]この黙秘は本音をしゃべれなかったころの沈黙とは異質の主体的な選択であるが、その真意を仲間が読みとれなければ信頼関係は深まらない。小野の黙秘が読み過ごされ、批判が「補足」の配慮を欠いたことは山代にとっても驚きであった。

激動はこれにとどまらなかった。小野が反論を投稿すると、世話役の松岡が「弁解は時として見苦しくさえある……次の実践によって応えるべきだ」と却下したのだ。松岡はまた、「部落推薦と私の立場」を掲載する際に原稿用紙約一〇枚分を無断で削除していた。「自分に似てない子を産んだような気がした」という小野の異議に対しても、原稿を削るのは編者の判断であり、筆者の意図とずれることもある、「とにかくむつかしい問題」だから「これからゆっくりと考え討論していきましょう」と答えた。小野は「みちづれ」を脱退した。松岡は長年、投稿者一人ひとりに具体的な助言をしており、そのおかげで成長したと感謝する会員が多かった。編集の過程で原稿に手を入れることはこれまでもあっただろう。だが、いつのまにか編者と投稿者にわかれ「編者の主観によって編集されるようになっていた」と小野はのちに書いている[*78]。

さらに、批判した仲間は事前の原稿検討会では発言せず、小野の原稿が読みあげられたことさえ覚えていないことが判明する。山代の助言をもらうとホッとして仲間の文章に関心をもたなかったのだ。

私はこの事実の中に、私たちが受けてきた学校教育の、影響の深さを思わずにいられませんでした。……生徒はみんな先生の方を向き、先生対一人一人という扇形をつくって、各人は先生の言葉だけを聞き、仲間と輪になって討論しながら、先生の助言を噛みこなすという姿勢はなかった。……私はこれまで、仲間とともに書くグループの助言に参加していると自負していました。けれど、事実はこれを損ねる元凶だったといえます。仲間全員の討論を促すことなく、一人一人への助言を進めていた。そこから、その席にいながら仲間の朗読に何らの記憶をもたないという、珍事を生んでいたのです。[*79]

要するに、「教える」式だったわけだ。吉宗から「あんたの教え方は押しつけだね」と言われ、つねに自戒してきた山代にとって、この発見は「珍事」ではすまなかった。むろん、山代がたんなる添削や視点の押しつけをしていたとは思えない。「みちづれ」の運営に直接かかわっていたわけでもない。しかし、多くの記録を書いた内田千寿子はのちに、「自分の中の矛盾を見ぬく眼」を目標にした「みちづれ」では、「自分の内面を深く掘り下げる事ばかりやって、他の人が書いたものを中心に討論して、各々のものに消化する面に欠けていた」と指摘している。[*80]「みちづれ」には「仲間とともに記録し合います」という「とりきめ」はあったが、「討論」の語はなかった。松岡も山代も内田の指摘した生活記録の〝落とし穴〟に気づかず、個別の「助言」をしてきたのだろう。[*81]

それでも、選挙に関する争論を機に教育・老いをめぐる投稿も活発になり、一九七二年の後半はひさしぶりに『ニュース』が毎月出るようになった。だが、松岡は小野や山代の批判を受けて世話人を辞め、存続を望む会員も「だれかがやってくれるという依存心」から抜け出せなかった、と山代はのちに述べている。[*82]松岡の「『みちづれ』の意味と現状　ではあなたはどうしますか」を載せた『ニュース』特輯号（一九七四年一月）を最後に「みちづれ」は事実上解散した。[*83]

「はじめの一歩」をうながすことに山代は自らの役割を限定してきた。あとは当人にまかせるほかないし、自力で歩みはじめるはずだという自制や期待があり、そこで失敗をして、あやまちを踏みしめる経験が大切だと考えていた。その意味では、「十年の実践の重み」をかけて発言する力をつけたところで解散するのは、悪いことではなかったのかもしれない。

「みちづれ」が解散したあと、山代はどうしたか。

まず、『連帯の探求』（未来社、一九七三年）を刊行した。二刷で絶版になった『民話を生む人々』と、『武谷三男文化論』の「解説」（第九章参照）、そして、村落共同体と個のかかわりを一揆の歴史や「みちづれ」の論争を通して検討した「自立的連帯の探求」（書き下ろし）の三篇をまとめたもので、これによって戦前の活動と敗戦から一九七〇年前後にいたる戦後の歩みを一冊で見通せるようになった。しかも、山代の歩みが「自立的連帯」を求めたものであること、そして「私のささやかな実践が、今日のグループ活動者たちの前進のために、容赦のないよき叩き台になることを願って」いることが明記された。[*84] 婦人会グループ活動への失望を述べた『民話を生む人々』の「まえがき」とは異なる明るさがあった。[*85]

一九六〇年代後半から七〇年代は都市部の女性を中心とした学習・読書運動が活発になっていた。高度経済成長のなかで就職や進学のために都会へ出た多くの女性が結婚して「主婦」になりはじめた時期で、彼女たちは古い村落のわずらわしさとともに、都会の核家族がかかえる自由と孤立の両面も実感していた。しかし、そこから抜け出すのはそれほど容易ではない。一九六五年に東京近郊の国立《くにたち》市公民館で、それまでの良妻賢母養成の「婦人学級」とは異なる、女性と子どもの問題を考えあう「保育室付き」の講座「若いミセスの教室」をひらいて、都市型公民館活動の先駆者となった伊藤雅子は、

「現代のサラリーマン家庭の主婦」は「生活自体がとかく自閉的になりやすい」が、「主婦の社会参加」とは「たんにどこかへ出ていくことではなく、自分の居場所を開かれたものにすること、社会的な関係を自分の生活の中につくることだ」、なぜなら、主婦の狭さといわれる問題は個人の資質ではなく「置かれた状況によって社会感覚が鈍磨し、人間関係能力が衰弱」した結果だから、と指摘している。[*86]大阪・千里山生協の広報紙に載ったこの文章がわかい会員の共感をあつめたことに山代は着目し、都会の戦後生まれの女性も「内部にみずからの社会性を育てていなければ、古い農家の嫁と変わらぬ」と受けとめた。[*87]実際、広島ＹＭＣＡや三協（農協・漁協・生協）婦人部のほか、東京郊外の国立・調布・立川、大阪・吹田市の千里ニュータウンなどの公民館やサークルから招かれるようになる。ほとんど広島の農村に限られていた山代の呼びかけに共鳴する女性が各地に、かつ多様に存在する時代になったのである。

さらに、一九七七年からは『叢書・民話を生む人びと』の刊行がはじまった。「一人で百の作品を書くよりも、自分の故郷に、百人が一つずつの作品が書ける土台を創り出したい[*88]」という山代の念願にもとづくもので、「みちづれ」の熱心な参加者の文章を一人一冊にまとめて、山代が各巻に長い解説をつけた。当初の計画通りにはいかなかったが、つぎの五冊が刊行された。

内田千寿子『一九四五年八月からの出発』一九七七年
小野菊枝『まちの選挙』一九七七年
小林みさを『主婦専従農業』一九七九年
永久直子『平木屋三代の女たち』一九八二年

内海房子『うちも、フランスに生まれたかった』一九八七年

この採算のとれそうもないシリーズの編集と出版をひきうけたのは而立書房の宮永捷である。つぎの章でふれる『丹野セツ』（勁草書房）を担当した宮永は、一九七二年に独立し、南葛魂の体現者である渡辺政之輔の『左翼労働組合の組織と政策』（一九三一年）の復刻やラディカルな評論、戯曲などを出していた。それらと「民話」はどうつながるのか。宮永は著者が実名を明かしたのは「自己の責任において行動する必要が生まれてきたから」だと指摘したうえで、こう述べている。

自分たちの要求が「お願い」さえすれば天から与えられるものと思っている人たちにとっては、ここに収録した人たちの、もの言いなり行動なりが信じられぬほど迂遠にみえることだろう。それでもこの叢書を刊行するのは、試行錯誤をくりかえし、紆余曲折を経ながらもなおかつ運動を持続しつづけて今日にいたり、さらに明日へ向かって歩んで行こうとする人たちが、ここにいるからである。そして、この人たちの真の姿を行間から読みとる人たちがいると信ずるからであり、このような現実の生活の場における民主化運動が全国各地に広がることを願うからである。

くりかえして言う。この叢書は、回想記でもなければ、生活記録でもない。一日一日を生き継いで今日にいたった人たちの、明日へのたたかいのための、告発の書であり、宣言の書である。

（「『叢書・民話を生む人びと』刊行に際して」）

たしかにこれらは、理念や主張が明記されないと安心できない「運動家」にはもどかしいだろうが、

単なる過去の記念ではなく、「手さぐりの遅々とした自己改造の記録」であり、「自分の居る場所で主体的に動ける人を育て」るという、「やさしそうでいて最も困難な」課題に取り組んできた実践とその検証であった。[*89]

じつはこの叢書の刊行より前の一九七五年七月、内田千寿子・小林みさを・小野菊枝の三人は、B4用紙一枚に数人の文章を載せた『地下水』を自主的に創刊していた。わずかな水滴が一脈の地下水になり地上のいのちの源になれたらという願いがこめられており、「みちづれ」の反省にたって、特定の個人に頼るのではなく、三か月ごとに編集・ガリ版切りを交代するといったルールをつくり、試行錯誤をかさねながら発行をつづけた。やがて老齢化や転居で内田がすべてをまかなうようになるが、九三年　月からは「今まで生きてきた自分だけの積み重ねを、三行からでも書いて、これから生きてゆく力にして下さい。きっと楽しめます」との呼びかけ文を載せた『おきゃがりこぼし』も発行した。

内田千寿子は一九二三年、芦品郡の小農家（父は神職）に生まれ、四五年七月に日赤臨時救護看護婦養成所を出て八月一一日から九月一八日まで日赤広島病院で被爆者の救護にあたり、「ああ、戦争というのは、口ではよいように言うが人殺しなのだ」と悟った。放射線障害に苦しみながら農家の模範的な嫁になろうと努力したが、それが子どもをおばあちゃん子にした原因だと気づいて「ひきょうな踏み出し」（無抵抗主義）を反省し、読書会や「みちづれ」に参加して生活記録をていねいに積みかさね、「自分の心がしっかりうなずけるような幸せの求め方」を模索してきたという。[*90] 山代からは、日本が戦争に巻きこまれたのは、みんな「はい、はい」と素直な女ばかりで戦争勢力がどんどん勢力を伸ばしたからで、これからは女の人が自分の言葉でものを言わなくてはならない。口で言えない人は三行でもいいから自分の言葉で書くように、と励まされた。[*91] 八二年からは府中市原爆被害者の会編『原爆——体験記録』の編集代表となって第三集まで発行したほか、チェルノブイリ被曝者の医療支援をつづけるジュノーの会（代表・甲斐等[*92]）の会員として現地に出かけたり、機会を見つけては戦争や原水爆、原発の廃止を積極的に訴えてきた。二〇一四年七月で九一歳になったが、『地下水』は三五二号、『おきゃがりこぼし』は二四八号に達し、なお続いている。日本の現状を憂い、野菜の生育や自らの体調をじっくり観察し的確に対処する日常を文章にあらわし、実務をこなし、「地下水の集い」を毎月開いている。敬服するほかない。

＊1　自筆年譜（稿）「私の歩んだ道」。
＊2　「自己批判と新しい概念への抽象化」（「自己批判ノート」と略記）。
＊3　山代は退院した八月一日から九月なかばまで東京・石神井公園の久野収宅で静養し、その後は中井宅やアパートを借りて通院し、一九五七年一月、広島に戻った（「自己批判ノート」。佐高信『面々授受』岩波現代文庫、二〇〇六年、八八ページ）。
＊4　「番くるわせの人生」『医療と人間と』一九七三年三月（著作集⑦二〇五ページ）。
＊5　山代巴・牧瀬菊枝編『丹野セツ』勁草書房、一九六九年（著作集⑦「丹野セツ」八六、八七ページ）。
＊6　「城間功順を通して知る栗原先生」（栗原広子編『栗原佑　続　未完の回想』私家版、一九八三年（著作集⑥「思いがけない出会い」一一二ページ））。
＊7　同右（著作集⑥一一一、一一二ページ）。
＊8　栗原広子編『栗原佑　続　未完の回想』（私家版）、一九八三年、二三八ページ。
＊9　前掲「城間功順を通して知る栗原先生」（著作集⑥一〇七、一一〇、一一二ページ）。

＊10　ノートの表紙には「１９５５年10月24日～61年12月」と記されているが、ルーズリーフのため加除があり、執筆年を確定できない箇所も多い。「表現はその〔実践の〕総括であり、新しい概念の形成である」という記述からすると、表紙の「新しい概念への抽象化」とは創作・作品化を意味するようだ。山代はさらに、「作品分析」と題する別のノート（広島大学文書館所蔵）で、自分のすべての作品を読み返し、いくつかのグループに編成することを試みている。

＊11　「広島の文化文学運動」『文学』一九五五年五月、一三ページ。

＊12　前掲「私の歩んだ道」。

＊13　療養と執筆に専念したかった山代は、Ｓに家事などを頼むことにして麻布のアパートを借りたが、Ｓは山代の「女中」をする気がなく、二か月ほどで別れたらしい（「自己批判ノート」）。Ｓの不誠実な態度に衝撃を受けた山代は、労働者だからプロレタリア意識があるわけではない、自分に「深い劣等感を植え」つけたのは「〔入党をつよく勧めた〕錦織彦七の言葉と、杉山の言葉と、山代〔吉宗〕の言葉」だったが、「古いと否定され、プチブルと否定されたものの中に近代的なもの」があったのではないか、と書きつけている。

＊14　「自画像メモ」。

＊15　生活改良普及員の研修会で山代は、戦後の私たちは「アメリカ的あるいはソ連的なさまざまの蜃気楼ができ、その中に迷い込んでしまいました。……本当の自我や個我は育って来なかったわけです。そこで抜けがけ根性や、みてくされ〔ママ〕根性にこりかたまった人間ができました。……このことは大衆団体、民主団体といったものが決して自由でなく、官僚主義的なことでも判ります。これらの団体は、蜃気楼の底にいて、わずかに底辺をゆらめかせているにすぎません」、と語っている。（「作家山代巴さんを囲んで」『広島農業』一九五八年三月、四二ページ）。

＊16　前掲「番くるわせの人生」（著作集⑦二〇六ページ）。

＊17　「民話勉強の歩み」一九九一年（著作集⑤一七六ページ）。

＊18　神田三喜男・山代巴「対談　新憲法下十年の農村」『広島農業』広島農業協会、一九五八年四月、四五ページ。
＊19　「あとがき」『民話を生む人々』岩波書店、一九五八年、二〇二ページ。
＊20　『図書』（一九五八年一〇月）の書評（久野収『私の読書、私の書評』七三ページ）。
＊21　『図書新聞』（一九五八年一〇月一一日）の書評（鶴見和子『生活記録運動のなかで』二三六－二三八ページ）。
＊22　「まえがき」『民話を生む人々』（著作集⑤九ページ）。
＊23　前掲『民話を生む人々』（著作集⑤六五－六七、九七ページ）。
＊24　「解説」『武谷三男著作集6　文化論』勁草書房、一九六九年〔「武谷文化論・解説」と略記〕（著作集⑥「苦難の時期をささえたもの」一五七ページ）。
＊25　前掲『民話を生む人々』（著作集⑤一三七ページ）。
＊26　同右（著作集⑤七九、一五九ページ）。
＊27　同右（著作集⑤六三、八二ページ）。
＊28　同右（著作集⑤一一九、一五二、一五三、一五六、一六〇ページ）。
＊29　「民話創造の空気をかもすために」（一九五八年八月、一九ページ）
＊30　前掲『民話を生む人々』（著作集⑤八一、八三ページ）。
＊31　荒川章二『日本歴史一六　豊かさへの渇望』小学館、二〇〇九年、七八ページ。山代が婦人会の実情に唖然としたのはその端緒であったように思われる。
＊32　「自立的連帯の探求」『連帯の探求』未来社、一九七三年（著作集⑤二五一、二五二ページ）。
＊33　「民話勉強の歩み」一九九一年（著作集⑤二一二ページ）。
＊34　「解説」『叢書・民話を生む人びと』5、而立書房、一九八七年、一七六ページ。また、『民話を生む人々』と京浜時代を扱った「いみ子」（『中国新聞』）の挿絵を描いた松尾みね子も一時同居した。

＊35　前掲「自己批判ノート」。
＊36　同右。
＊37　山代は友人などから、文章勉強のために古典や名作を読めといわれたが、「つたなくとも私は書いているのであって、書きうつしているのではない。新たなるものを創造している」のだと反発している。それでも、この時期には自分の作品を「客観化」するためにギリシャ・ローマ神話やトルストイなどを読み返したようだ（前掲「自己批判ノート」）。
＊38　婦人会や社会教育の顧問で、独自のグループ理論をもつ中野精一を山代は信頼しており（第六章）、今回も、ゆっくり歩むにはマスコミをさける、六人をこえると主体的なグループは育ちにくい、などの助言をうけていた（「民話勉強の歩み」一九九一年、著作集⑤二二二ページ）。
＊39　永久直子『叢書民話を生む人びと4　平木屋三代の女たち』而立書房、一九八二年、二三二、二三三ページ。
＊40　前掲「民話勉強の歩み」（著作集⑤二二三ページ）。
＊41　永久直子、前掲『平木屋三代の女たち』二三三ページ。ほかに「人権の守れる家づくりで問題を抱えている森戸さん」を山代は挙げているが、この日は欠席だったという（山代、前掲「民話勉強の歩み」（著作集⑤二二三ページ）。
＊42　前掲「民話勉強の歩み」（著作集⑤二二四ページ）。
＊43　永久直子、前掲『平木屋三代の女たち』二二六ページ。
＊44　前掲「武谷文化論・解説」（著作集⑥一七六ページ）。
＊45　同右（著作集⑥一六九ページ）。
＊46　「憲法と農村婦人グループ活動」『思想』一九六二年六月、三九ページ。
＊47　小林みさを『叢書・民話を生む人びと③　主婦専従農業』而立書房、一九七九年、二二四、二二五ページ。

＊48　前掲「自立的連帯の探求」（⑤二五二ページ）。

＊49　永久直子、前掲『平木屋三代の女たち』二四〇ページ。

＊50　「民話勉強の歩み」（著作集⑤二一八、二一九ページ）。

＊51　ただし、生活記録運動を概観した北河賢三は、『葦』『人生手帳』といった手記投稿雑誌や新聞の婦人投稿欄など生活綴方とは別の系譜も多く、地域の熱心なリーダーもそれぞれの問題意識から独自の方法を編み出していた、と指摘している（『戦後史のなかの生活記録運動』〈岩波書店、二〇一四年、六、七、二九ページ〉）。山代もまた、以前から農村女性の訴えを文字にしたり「生活の記録」を書く手伝いをしてきたが、それは「生活綴方運動とか、記録運動に、刺戟されたためではない」と述べている（「『広島商人』について」久保辰雄『人間の記録双書　広島商人』平凡社、一九五六年、三〇六ページ）。

＊52　鶴見和子「話しあい、書きあう仲間」一九五四年（鶴見和子『生活記録運動の中で』未来社、一九六三年、三三ページ）。

＊53　松岡克昌『道づれを求めて』関西図書出版、一九九〇年、四三、九一－一一〇、一二四、一三五－一三七ページ。松岡克昌は一九四一年生まれの府中市職員。市立図書館の勤務は五九年八月から約二年間だけだが、その後も「みちづれ」を主導した。

＊54　内海房子『叢書・民話を生む人びと⑤　うちも、フランスに生まれたかった』而立書房、一九八七年、一六三ページ。

＊55　前掲「自己批判ノート」。「番くるわせの人生」『医療と人間と』一九七三年三月（著作集⑦二〇六ページ）。

＊56　「郷土の恩師」一九九〇年（著作集⑥三一－四〇ページ）。なお、藤原覚一はその後、山代の助力もあって、戦時中の『昭和結び方研究』に近世の武家・商家の伝書等を加えた『〈図解〉日本の結び』（築地書館、一九七四年）を刊行する。

＊57　愚中周及、晩年の肖像画（絹本着色大通禅師像）で国重要文化財。

＊58　前掲、「郷土の恩師」（著作集⑥四一ページ）。
＊59　「新しい婦人組織のための呼びかけ等につきメモ」（広島大学文書館所蔵）、前掲「私の歩んだ道」。
＊60　最初に『蕗のとう』を長篇にすることを勧めたのは岩波書店の吉野源三郎だったが、『世界』に載せた「或るとむらい」「おかねさん」などに満足せず長篇の掲載を吉野は断ったようだ（メモ「『若き血に燃ゆる者　追悼棗田信夫』を読みつつ思うこと」）。
＊61　「重家豊と文学運動」『重家豊資料目録』広島市職員労働組合、一九八四年、六一一〇、一一九、二一ページ。
＊62　重家豊への弔辞のなかで山代は、「『原子雲の下より』は県東部の文学仲間とりわけ重家豊さんの犠牲的援助なしには出来なかったのです」と述べている（『重家豊追悼遺稿集　されど、笑顔の日々』私家版、一九九三年、一三ページ）。
＊63　「よびかけ」（『地方　月報』1、地方の会、一九六二年、一ページ）。
＊64　「編集後記」（同右、八ページ）。
＊65　「私の生活記録から」（同右、四ページ）。
＊66　「雨の諸毛行き」『地方』2、一九六三年六月、三四ページ。
＊67　「恥ずかしき部分」『地方』3、一九六三年一二月、七ページ。
＊68　川上武・山代巴『医療の倫理』ドメス出版、一九七〇年、一八二、一八六ページ）。
＊69　前掲「郷土の恩師」（著作集⑥五一ページ）。
＊70　松岡克昌「生活感情に溶けこんだものを」『地方　月報』4、一九六三年一〇月、一ページ。
　『地方』が短期で終わった原因としては、ほかに編集体制の不備もあったようだ。ある農民集会の模様を赤裸々に描いた匿名の記録が反響を呼んだが、筆者の実名や住所を書いた封筒が行方不明になり、山代は編集部に事態の解明を求めた。本音の書ける地方雑誌をつくるには「お互の秘密をしっかり守れる自信と信用とがいるようです。それは、言葉の手形だけでは駄目で、互のグループが、何年かお互を

守り得た実績がいります」（月報1）と明言していた山代は、「その責任の取り方についての論争の中で」不信感をつよめ、編集代表の辞退を申し入れる（前掲「重家豊と文学運動」一二三ページ）。こういう場合の山代はきびしい。

＊71　月報『みちづれニュース』6、一九六三年二月（松岡克昌、前掲『道づれを求めて』一一四ページ）。

＊72　松岡克昌「転機に立って」『みちづれニュース』100、一九七三年一月、四〇ページ。松岡克昌、前掲『道づれを求めて』一七二ページ。

＊73　小野菊枝『叢書・民話を生む人びと②　まちの選挙』而立書房、一九七七年、一八―二三ページ。

＊74　月報『みちづれニュース』九五、一九七二年八月。

＊75　小野菊枝、前掲『まちの選挙』五六―六〇ページ。

＊76　前掲「自立的連帯の探求」（著作集⑤二三四、二七二ページ）。

＊77　前掲「叢書民話②・解説」二七四ページ。

＊78　小野菊枝、前掲『まちの選挙』五三、五五、六二、六七ページ。

＊79　前掲「叢書民話②・解説」三〇三、三〇四ページ。

＊80　内田千寿子「山代さんの助言」『山代巴を読む会会報』9、一九八四年三月、二ページ。

＊81　会報への投稿が減りはじめた一九六七年頃、山代は一番たくさん書いていた小野菊枝と内田千寿子のすべての文章を、小西綾・牧瀬菊枝・太田伊都子などと読みあった。その記録を二人や松岡などに送り、どう読むかは読み手にまかせた。ところが、内田は「これだけ書いてもろうたら、もう書くものはないようになった」と、しだいに書かなくなった。山代は、「これは、私にとって理解に苦しむ謎でした。仲間への根かぎりの援助のつもりが、かえって水をかける結果になったのではないかと苦しみました」という（前掲「叢書民話①・解説」三〇二ページ）。

＊82　前掲「叢書民話②・解説」三〇六ページ。

＊83　ただし、松岡克昌は被爆者問題を中心にした『みちづれニュース』を一九七五年（一〇一号）から

一九七七年（一一三号）まで発行し、聞き書きをもとにした『閃光は消えず　被爆した芦品部隊と警防団』（みちづれ会、一九七五年）、『閃光は消えず』（勁草書房出版サービス、一九九〇年）、『続　閃光は消えず』（同、一九九一年）を出した。また、自分の足跡と文章、会誌・ニュースのリストなどをまとめた『道づれを求めて』（関西図書出版、一九九〇年）を刊行している。

＊84　「あとがき」『連帯の探求』未来社、一九七三年、三四〇ページ。

＊85　ただし、「みちづれ」での自分が討論を阻害する要因だったことに気づく前にこの本は出された。

＊86　伊藤雅子「自分の中の社会」（『主婦的話法』未来社、一九八三年、一七一、一七二ページ）。当初、「『主婦』と『社会』」のタイトルで『せんり』（一九七九年一月）に載った。

＊87　「叢書民話③・解説」（『主婦専従農業』二九三―二九五ページ）。

＊88　「叢書民話⑤・解説」（『うちも、フランスに生まれたかった』二〇三ページ）。

＊89　前掲「叢書民話③・解説」三〇九ページ。「叢書民話④・解説」三一九ページ。

＊90　内田千寿子『叢書・民話を生む人びと①　一九四五年八月からの出発』而立書房、一九七七年、一七三ページ。

＊91　内田千寿子「女が言葉を持たなければ戦争に巻きこまれる」『山代巴文学研究所報』7、二〇〇五年一月、八ページ)。

＊92　ジュノーの会は、府中市在住で「山代巴を読む会（備後路）」を永久直子・内海房子などとはじめた甲斐等を中心とするチェルノブイリ事故被災者の救援組織。被爆直後の広島に一五トンもの医薬品を携えてきたスイス人医師マルセル・ジュノーの精神を受け継ぐとともに、患者のカルテを作成して継続的に支援するなど、集団ではなく被爆者一人ひとりを支える道を選んだ。甲斐はこれを被爆者を個人として受けとめた山代の方法に倣ったと述べている。二〇一一年三月に東京電力福島第一原子力発電所の事故がおきると、すぐに支援活動に取り組んだ。而立書房は『叢書・民話を生む人びと』の新たな展開として、二〇一〇年一一月からジュノーの会の会報『ジュノーさんのように』を復刻・刊行している。

第九章　戦前の総括そして離党

武谷三男と、青森県大鰐町公民館の講演会で（1974年）

丹野研究会（1969年）　右から、田中ウタ、丹野セツ、山代巴、牧瀬菊枝

1　生活語への翻訳

「どうだ、コップが生きているじゃあないか。みんなが自分の見た通り、大胆にかいたらこんなおもしろい絵になるんだ」——一九六三年九月一日、『アカハタ』連載の「道くらけれど」は、主人公「松原光子」のスケッチを広島県府中高等女学校の教師がほめる場面からはじまる。そして、絵も詩も創らない人びとのことを思え、「人生にかかわりある絵」を描けと教えられた光子は、やがて女子美術専門学校からプロレタリア美術研究所へすすみ、東京北部の貧民街でわかい仲間とともに女工たちの組織化に努める。その一途であやうい歩みを軸にしながら、生家の没落と村内の隠微な勢力あらそいが克明に書き込まれ、入党を決意した第四八三回（六四年一二月三一日）で「第一部おわり」となる。続編の連載が決まっていたのだろう。挿絵は松尾隆夫。女子美術専門学校の同級生、松尾みね子の夫である。

「道くらけれど」は山代巴の作品としてはフィクションの度合いが大きい。とくに小学教師で三女の「房枝」は、左翼的な郷土史研究会に参加して知識欲やヒューマニズムに富んだ若者と交流し、新婚旅行で岩割りの松に感激する。実際の三女文枝も小学教師で巴の「心の友」だったが、左翼的な活動をしたり岩割りの松をみた形跡はない。作中の房枝が郷土史研究会などで得た百姓一揆や村の歴史、階級闘争の視点を光子に教えることで、作者の説明が小説の流れを中断せずにすんだ。「姉の死は私の半分の死でもあった」（獄中手記）という巴にすれば、「房枝」の活躍は小説としての工夫とともに、姉が願ったであろう人生の一端を描いておきたかったのかもしれない。

「道くらけれど」を書きおえた山代は広島にもどり、原水禁運動一〇年目の現実を検証する『この世界の片隅で』（岩波新書）の調査、編集にとりくむ（第五章参照）。そして、第二部「濁流をこえて」の連載を一九六五年七月一日から六七年三月二二日（第六二四回）までつづけた。革命の捨て石になることが「未来につながる美しい生き方」（「道くらけれど」第四一七回）と信じた「光子」は一九三二年四月に日本共産党員となる。しかし、君主制打倒をふくむ強硬な闘争方針を打ち出したコミンテルンの指令をもとに、共産党指導部はストやデモの決行を命じ、スパイに唆《そそのか》されて銀行強盗まで敢行する。翌年には佐野学・鍋山貞親ら指導者の一部が獄中で転向して党組織や労働・農民運動は混乱し、支持者は離れていく。そうした濁流うずまくなかで、ときに迷いながらも党を信じ「革命」につながっていこうと悪戦苦闘する光子や若者たちの姿がいきいきと描かれた。挿し絵は吉宗と巴を結びつけた磐城出身の画家金野新一である。

光子の歩みに限れば、インテリ娘が女工になっても生活とかけ離れた跳ねあがりのウルトラになるだけと批判されたり、貧窮化してもなお自尊心を失わない父母を見直し、社会事業家の「掛井マサ」（涌井マツ）に敬服し、留置場では中条（宮本）百合子に「大を取って小を捨てる」と教えられる、といった出来事が描かれる。さらに、同棲した美術運動の先輩「檜山茂」（杉山清）から支援と忠告を受ける反面、三度の中絶を余儀なくされ、光子が金持ちの娘でなくて誤算だったなどと「男の古さと卑劣さ」を思い知らされる。これらはほぼ実際に即したものと思われる。

ただし、後述するように、この作品の核心は街頭行動一辺倒の指導部にしたがうか、組織の基盤を職場に築くことを最優先すべきかをめぐる対立にあり、それは共産党壊滅の原因を権力の弾圧やスパイの暗躍に帰すだけでよいのか、という問題提起につながっていた。しかも山代はそれを知識人風の議論としてではなく、それぞれに個性をもつ人物像を介して、つまり、まずしい労働者の生活の場で懸命に活路を模索する最下部の党員や支持者の苦悩として表現したのである。「道くらけれど」「濁流をこえて」は民衆文学の傑作といってよかった。

「濁流をこえて」の叙述を支えたのは、田中ウタが提案した丹野セツ研究会だった。田中ウタ（1907–1974）は山代のもっとも敬愛する先輩党員で、群馬県の富裕な農家に生まれ、兄・長三郎の影響で社会主義に関心をもち、家出して労働運動に加わった。一九二八年、渡辺政之輔・丹野セツ夫妻の仲介で共産党幹部の豊原五郎と結婚して入党したが二九年に逮捕され、豊原は三二年に獄死。三三年二月からは党の指令で中央委員・袴田里見の妻として非合法生活に入り三五年に逮捕され、ウタは三八年に出獄した。この間、吉宗と行動をともにしたことがあり、巴とは三八年の出獄後に親しくなった。田中は戦後も共産党につながる国民救援会、日ソ親善協会などの会計を誠実に勤めたが、党利優先の組織体質や杜撰《ずさん》・不当な資金処理に耐えかねて六四年に退職した。[*1] 戦前戦中の総括をしなかったことが戦後の革命運動をゆがめたという山代に共鳴し、連載小説を深めるためにも研究会でしっかり議論すべきだ、そのときは丹野セツを誘いたいと言った。[*2] 丹野は山代が共産党に近づいたころの「党婦人部長として、若い女性たちから神格化された存在」だった。[*3]

そんなところへ牧瀬菊枝が訪ねてきた（一九六四年八月）。牧瀬は鶴見和子と『ひき裂かれて』を刊行したあとも東京で生活記録運動を続けていた。一九五九年、母親大会の「母親運動」分科会で谷川雁が、みなさんは安保に反対するというが、僕は戦争中にお母さんたちのやったことを忘れていないから、信用できない！　とかみついて反発を招いたときも、牧瀬らの「ひなたグループ」は批判を受けとめようとした。しかし、「自分の歴史を客観的に書くにはどうしたらよいか。その方法がみつからず、ゆきなやんで」、山代に助言を求めたのである。[*4] [*5]

これに対して山代は、戦争責任の認識はどこの生活記録グループもできていない、「リーダー格の自分たち自身が自己客観視の訓練をせずに、他人の自己客観視の手引きができると思うのは間違っている」、「一つの座標との比較がなければ、自分の歩みを客観視し、立体的に描きだすことはできない」。だから、大先輩である丹野セツを「動かぬ座標」とする研究会をつくろう、と提案した。[*6]

丹野セツ（1902－1987）は福島県小名浜の職人の子に生まれて看護婦になり、家出して日本最初の社会主義的婦人団体である暁民会などに参加し、東京下町の南葛飾郡（向島・亀戸など）で女工になった。一九二四年、労働運動のリーダーで、のちに日本共産党の指導者になる渡辺政之輔と結婚して婦人の組織化に努めた。二八年に逮捕され、三八年に出獄すると看護婦、工場保健婦として戦時中を生きぬき、戦後は労働者のための医療活動に取り組んだ。丹野は当初、「労働者として当然のことをしただけ」でとくに話すこともないと固辞したが、山代らは「伝記ではなく、座標軸をつくるためだ」と説得し、一九六九年一二月、山代巴・牧瀬菊枝編『丹野セツ　革命運動に生きる』（勁草書房）として刊行した。

この年、山代はもうひとつの重要な作品を発表した。『武谷三男著作集6　文化論』（勁草書房、一九六九年六月）の「解説」である。この著作集は武谷の文章をテーマ別に再編集したもので、第六巻には戦後の文化や知識人のあり方を具体的に批判した『文化論』（一九五三年）、『科学・哲学・芸術』（一九五〇年）、『科学・モラル・芸術』（一九五五年）の三冊から抜粋した論文・対談・エッセイが収められた。

山代は一九五三年に心身を癒すために訪れた高茂温泉で『文化論』に励まされ、タンポポグループのころは「三つの本の諸論文を発表順に置きかえ、私自身のその時期の魂のアリバイと対決させて読んでいた」[*7]。だから、「解説」は願ってもない仕事だったろう[*8]。中井正一との出会いからタンポポやみちづれ、丹野セツ研究会にいたる山代自身の歩みと、武谷の文章とをかさねた思考の結果は、約一〇〇ページ、本全体の五分の一を占める大作となった。前半は『民話を生む人々』と重なる部分もあるが、共産党との関係、とくに敗戦直後の「涙も枯れてしまうような」体験や、一九五〇年以後の分裂で「仲間のいるところではどこでも窒息しそうに」なったことを初めて明かすとともに、戦前の党活動についても丹野研究会の成果をもとにくわしく言及した。つまり、「武谷文化論」の「解説」と『丹野セツ』という二つの場を得て、山代は念願の「総括」をまとめたわけである。そこで「解説」の特徴を整理したうえで、丹野研究会での議論を検討することにしたい。

山代は武谷の文章を「実践の中で過ちを踏みしめつつつくり返し読むという読み方にふさわしい文化論」と受けとめていた[*9]。「日本の悲劇、それは戦争に敗れたことではない。それは戦争責任が自覚されないところにある」[*10]という視点で一貫していたからだろう。武谷はまたつぎのように指摘した。

哲学者は現実の中から自分に都合のよいものだけを取り上げる。それは知性の満足の為なのであってその限り現実は知性を裏切ることはない。……〔また〕過去の事実に対してはその後の歴史的発展を自己の理論に都合よく解する事によってその事実をいかようにも理屈づける事ができる。しかし……理論は何らかの形で現実にふれねば実践的とはいえない。現実にふれるならば成功か失敗かをするわけである。それに対して責任を負う事を私は主張する。[*11]

巴の父善一の口癖、「理屈とトンボはどこにでもつく」に通じるが、武谷の指摘を山代は「自分の実践との比較で考えた」——左翼運動の総括なるものはその典型だ。主観的な願望で活動し、失敗しても理屈をつけて責任を回避する。栗生村の隠匿物資摘発もそうだ。しかも、「誰より先に主催者である私自身が責任をもつ」べきなのに、いきなり演説をはじめた岡田重夫のせいにして、自分は「日本農民組合の支部づくりや農民戦線統一の活動をやり、その次には中井先生たちとの労農提携の夏期講座活動をやり……というふうで、ついに最初の失敗をふまえる日を持たなかった」。「この歩みは安直な無責任な歩き方」だった、[*12]という。

武谷はまた、日本には社会主義や民主主義を唱えながら「その感情やそのふるまいはまさに封建的そのものであるような人が多すぎる」。「主体の確立という事は、世界観とセンスのこの分裂を克服すること」であり、「肉体的に、そのセンスから、ファッシズムに嫌悪を感ずるようになるまではだめである」、と強調した。[*13]

山代は考えた——たとえば「自我を確立する」「自己を獲得する」といった表現はそのままでは農村女性に伝わらない。「生活語への翻訳が必要」で、それが自分の役割とも考えてきた。ところが、「みんなに親しまれる身近な話の方が強く出ると、今日の危機を訴える力が弱くなり、危機感が強くなると聴き手の内面との結びつきが弱く」なる。親近感と危機感（社会認識）が統一できない。これは世界観とセンス（感性）の分裂に原因があったのか。地域婦人会では「家内安全、無病息災」のためにも原水爆禁止をといって署名をあつめたが、日常的な感性にまで立ち入ろうとはしなかった。だから婦人会は変わらなかったのだろう。自分はカタツムリのような農婦たちの「第一歩の踏み出し方に重点を置」いてきたが、「呼び水にも理論のバックボーンが必要」だったのだ。[*14] 同様に、武谷の論理的な批判・反論のしかたをみれば、「押しつけ」をしないために工夫した「鏡としてのスケッチ」も、「批判は補足になるという方向の、ほんの一部に過ぎないこと」だったのに、その限界を自覚していなかった、と述べる。[*15] このようにして山代は『民話を生む人々』で直面した挫折の原因に迫ろうとした。

武谷の立脚点は、「現象－実体－本質」の「三段階論」といわれる独自の認識論にあった。ノーベル賞を受けた湯川秀樹や坂田昌一ら中間子論グループのなかでもっとも若かった武谷の役割は、原子核の構造を正しく認識するのに必要な論理的手続きをつきつめて、「現在『三段階論』と呼ばれ、日本の理論物理学者の羅針盤となっているすぐれた方法論」を確立したことだといわれる（坂田昌一の評価）。[*16] むろん筆者にそれを的確に理解し紹介する力はないが、個別具体的な現象から一足飛びに普遍的な本質（法則性）を論じるような二元論ではなく、個別事象を生みだす構造連関を「実体論的段階」として設定するとともに、現象－実体－本質と順序よく認識できるとはかぎらず、また「本質」[*17] も次のレベルの「現象」に過ぎないこと、つまり認識はラセン階段的に深化していくと考えるべきだ、ということとのようである。

この理解が大筋をはずしていなければ、実体論的段階の重視とは、ものごとを具体的な場（構造）

のなかでとらえることであり、概念（本質）だけで現実（現象）を意味づける、たとえば日々のあつれき（現象）から「姑は敵だ」と断じる（本質論）のは実体論の欠落であり、それゆえ姑をふかく認識することも現実を変えることもできない、ということになる。また、ラセン的な深化という構図は、中井正一の「委員会の論理」すなわち、計画－実践－反省－計画の修正……という、認識と実践のラセン的進行とも通底する。そして、山代の発言はつねに自らの経験と反省を基礎にしており、既成の抽象的な理念だけを語ることはなかった。だからこそ武谷に共感し、その論理的な文章を不断の自己検証の手がかりとして読みこむことができたのだ。[*18]

長年、東京都国立市で意欲的な公民館活動を展開した伊藤雅子は、山代の「蛇行しながら螺旋のように進んでいく軌跡」を追いながら、「一つの理論をこんなふうに自らの滋養に、筋肉にとりこんでしまう読み方があったのか、本とはこのように読むもの、知識とはこのように行動するものであったのか」と驚嘆しつつ、さらに踏みこんで、つぎのように述べている。[*19]

日常生活の中のちょっとしたシーンや人びとのなにげないやりとりや表情のうちに、真理の法則や権力に抗する姿勢、人間の本質や生命力の方向を聞きとり、見てとるのです。そして、それをまたいったん自分のからだにかいくぐらせながら自分の中の理念やことばのままに止めず、すぐさまもう一度屈折させて描き、演じ、たしかに手わたしていく……《ママ》。

逆にいえば、このように日常の現象に対して鋭く思想的に感応する敏感な感受性のためにつねに理論を健啖に肉体化し、歴史をいまの一点に結晶させてとらえることができるのかもしれない。それにしてもなんとたしかな技であることか。

もっとも、隠匿物資事件や組織指令の問題点に山代ははやくから自覚的であり、その他の論点も武谷を読んではじめて気づいたとは言い切れない。一九五五年からタンポポグループにいたる自己批判の作業（第八章）もあった。だから、『民話を生む人々』とちがって、さまざまな経験と挫折を整理し関連づけながら、武谷の文章を生活語へ翻訳しようとした「解説」は、「実践の中で過ちを踏みしめつつつくり返し読むという読み方」とはいかなるものかを提示した「作品」でもあったように思われる。

なお、「文化論・解説」では羽仁五郎『都市の論理』（勁草書房、一九六八年六月）も重要なテキストだった。古代ギリシャの都市国家、ルネサンス期の自由都市をモデルにしながら、日本の市町村は国家の出先機関（地方権力）であり自治体ではない、またファミリア（家族）の語源は「奴隷」であり、家族からの解放なしに個人の解放はありえないと羽仁は力説し、現在の都市が直面するさまざまな課題を論じた『都市の論理』は、前年に美濃部亮吉革新都政が誕生し、羽仁が「学生の武装権[20]」などに言及したこともあって、市民運動や全共闘運動に関心をもつ人びとに大きな刺激をあたえた。山代も、仲間の集まりでは元気に話すのに村や家に帰ると沈黙してしまうのはなぜか、その根源を説明できなかった、タンポポグループのときにこの本が出ていたらと悔しがった[21]。「家族および地方権力からの解放」は山代の常用語になる[22]。

とはいえ、山代のめざす「解放」は家族や地域共同体の否定＝解体ではなかった。「解説」のしめくくりに置かれた一節はこのことを明快に示していた。

武谷氏の論理に学んだ私の実践は……かつては人権思想の全くなかった家を、基本的人権を守り育てる場に変えること。かつては監視と干渉のるつぼであり、権力への密告の場であった隣組やユイを、監視、干渉せず、されず、人権を守り合える場に変えることであり、こうした闘いをバックにして、共同の利益のために団結して闘うことを覚える場にすることで、これらを離れて自分の文学は成立しないということだったのです。[*23]

2 丹野セツ研究会と主体責任の自覚

それでは、丹野セツ研究会はどうだったか。主として牧瀬菊枝が丹野や関係者の聞き取りをおこない、当時の新聞記事、丹野の手紙などを織りまぜながらその半生を具体的に跡づけた。これに各自の経験や『ひき裂かれて』の記録を対置しながら、丹野・山代・田中ウタ・牧瀬の四人で討論をくりかえした。ここでは山代の「総括」にかかわる発言を中心にみていくことにしたい。

山代がまず注目したのは、「日本の革命的労働者魂のシンボル」[*24]とみなされた「南葛精神」の内実だった。南葛（南葛飾郡）の闘いは、インテリの指導ではなく労働者自身による学習・実行・総括のくりかえしから生まれたもので、リーダーの渡政（渡辺政之輔の愛称）[*25]も容赦なく批判されるほどのきびしい相互批判がその基礎にあった。しかし「だれもこれをやられておこりはしない。非難ではなく、批判なのですから」。また、闘争の「プラン」を押しつけるのではなく、労働者に「言いたいほうだいをいわせる」なかで「どこに問題があるかを指導者はつかむ」ようにした、と労働運動家の湊七良《しちろう》は語った。[26] そして、一人になったらまわりに仲間をつくれと渡政は教えた。[27] これらは吉宗の自己批判や巴の「批判は補足に」に通じる。

だが、一九二八年、渡政は官憲に追われて台湾の基隆で自殺し、丹野も逮捕された。そして、三八年に出獄すると親の監視・幽閉から逃れるため中国の青島に住む男と結婚しすぐに離婚し、看護婦・保健婦となって戦時期を生きぬいた。丹野の偽装結婚は同志から「渡政の妻ともあろう者が」と非難された。しかし、非転向といいながら仲間をばらして釈放される者もいたなかで、大事なのは「事実の上で仲間を守るかどうか」だと考える山代は、出獄者は官憲に監視されており同志に連絡すれば一網打尽になる。「孤独に耐え抜くことが、仲間を敵から守る闘い」であり、青島行きは「包囲からの脱出の手段」として最良の選択だった。「身辺によって来た貴重な人たちを、たくさん検挙させ、投獄させ、生きて帰らぬ人にした、苦い体験をもつ私としては、そのことを大声で言わずにいられない」、と力説した。[28]

山代はまた、「思想のない家族は予防拘禁所と同じ役割をする」と指摘し、「国賊」をかかえた家族を国家権力や地域住民がどれほど苦しめたかも考えるべきだ、と牧瀬や田中は強調した。[29] 獄中の袴田里見を支援した田中ウタは貧窮のなかで病気に倒れ、離婚しないかぎり面倒をみないという家族の厳命に屈するほかなかった。それだけに、中国から戻って保健婦の資格をとり、職場での宮城遥拝を拒否するなど、丹野の身の処し方、判断の的確さを三人は賞賛し、「たんに職業をもてば解放されるというのではなく」、「抵抗の思想と生活をどう一致させるか」が問題で、無意識にそれができたのは思想と感覚が統一されていたからだ、と山代は述べた。[*30]

もっとも、研究会はいつも和やかだったわけではない。記録担当の牧瀬によると、「活字になるのは、書きおこした原稿の百分の一にもたりない……反古にした分のやりとりの方が、はるかにはげしいもの」で、とくに「ハウスキーパー問題についての討論はもたつい」たという。[*31] 山代も「先輩に対して、よくもこんな生意気な、ひどいことを言ったものだと、顔が赤くなるけれども、丹野さんだったから、そのひどい言葉に屈せず、はねかえして、討論を真実へ向けて発展させられたのだと思います」と語っている。[*32]

ハウスキーパー問題とは、非合法活動の男性党員のために女子学生などが主婦役を命じられることがあり、革命組織の女性蔑視体質を示すものとして、運動史研究の重要なテーマになっていた。田中ウタと袴田里見はその典型だが、組んだ相手がスパイの大泉兼蔵だったために市ヶ谷刑務所の未決房で自殺した熊沢光子《てるこ》のような無惨な例もあった。[*33] 丹野研究会での論争の内容はわからないが、山代はのちに、一九三二年前後の「戦争か革命かという危機感のなかで人生経験のないお嬢さん育ちの若い女性たちが捨石根性を美化して性の問題など重要視しなくなるのも必然のなりゆき」であり、[*34]「自分がもしあの時期、党中央からハウスキーパーを部署として命令されたら、熊沢と同じ運命をたどったかも知れぬ」、「あの時代の若者の、党に捧げようとした純情が、かくも無残に、無価値に扱われていいものか」と書いている。[*35] この「無価値」の語は、共産党組織への抗議であると同時に、ハウスキーパーの女性を受け身の犠牲者とのみとらえる批評者への異議申立でもあった――「個性的でない人があの時期、どうして革命運動に飛び込みますか。みんな、自分を生かしたくて親にそむいて家を出たのよ。彼女たちの一途な気持をみないで、戦後の自由な状態から判断すると実際とずれる気がします」[*36]。

ただし、家出について山代は、家族の面倒をみなくてよいという条件がなければ家出はむずかしいし、親兄弟の思想を変える努力をしないで飛び出せばいいのか、自分は弟たちと連帯して両親に認めさせた。だから「家出すれば家族からの解放になるとは思いません」と異を唱えた[*37]。最後は親をも理解者に変えたという自負が、姑や夫を仇敵とみなさないという戦後の姿勢につながったのかもしれない。

また、共産党壊滅後の一九三九、四〇年になっても、羽仁五郎『ミケルアンヂェロ』、尾崎秀実『現代支那論』、『文化の擁護』（反ファッショ国際作家会議の記録）、エドガー・スノー『中国の赤い星』、吉野源三郎『君たちはどう生きるか』などのすぐれた著作が公刊されている。しかし、丹野や田中は知識人の反ファシズムの動きに関心がなかったと山代や牧瀬は指摘した。生活に追われ読書の余裕も習慣もなかったと丹野や田中は反発したが、党に入るまでは熱心に雑誌や本を読んでいたのに、その後は「真理」がわかった気になって、上の指令に従うだけだったのではないか、という山代の批判に最後は同意した[*38]。そして、これは「私の思想性の弱さ」だねという丹野に対して、ばくぜんとした「弱さ」ではなく「狭さ、セクト性」だと山代は明言し[*39]、「文化論解説」にも、「天皇制ファシズムの大氷河の時期は、わずかに残っていた抵抗者もまた、こんなにセクト的で、官僚的なものに弱い性質を持っていた」[*40]と書いた。

そのほか、いくつかのやりとりを経て丹野は、自分は戦後も看護婦として同僚に煙たがられるほど誠実に働いたけれど、学習・実践・相互批判の南葛魂を忘れ、労働者を内側から変える努力が足りなかったと認め、田中は上部の指示を待つ「上向き」の姿勢で、「一人ぽっちになっても支配権力と対決できる判断力」を育てなかったことが「その後の私の蹉跌のもとなんですね」と述懐するにいたる。[*41]

山代の批判が受け容れられたのは、その前提に山代自身の痛切な反省があったからだろう。一九三二年、共産党が城北地区の工場代表者会議（工代会議）を呼びかけると、未組織の職場からも参加があり、なかには工場の代表だからと羽織袴で金一封を持参した職人もいた。そんな会議の場に党指導部は「獄中同志の即時無罪釈放を！」といった主張をおしつけ、多くの工場代表が離脱した。だが、入党したばかりで使命感に燃えていた「私は、これを革命的な急流と理解して、いっそう尖鋭になり、上級の指令をうのみにして」、女工の裁縫サークルにまで「君主制打倒！」をもちこんだ。後述のように、三三年の国際反戦デーでのはねあがりについては杉山清から酷評されたが、入党直後の三二年の言動についてはだれからも批判されなかった。

丹野研究で南葛の組織活動を勉強するかたわら、一九三二年当時の『赤旗』復刻版を丹念に読んでゆき、自分と関係のあった五回の工代会議の記事にぶつかったとき、私はぎょっとしました。……いまにして初めて、私はあの時期の誤ちを認め、自分にも責任の一端のあることを感じるのですが、丹野研究をやらない前には、そんなことを一度も思ったことはなかったのです。むしろ、いつ検挙されるかわからない不安の中で命がけで決定に従って、ただ夢中で動いていた、その純情一路の情熱に、われながら自分の青春がいとおしくなり、「わが青春に悔いなし」とさえ思っていたのです。ですから、あのころの偏向を突かれると、自分らは最下部の一兵卒で、従うよりほかはなかったとか、幼稚であったとかいうところへ逃げこんだり、または弾圧の連続や上級のプロバカートル（挑発者）にことよせて、自分の責任を追究しませんでした。[*42]

上部の命令に従うほかなかったという言い訳は、戦争責任を問われた軍人・官僚などの常套句であり、戦中期を夢中で生きぬいた被害者という自意識は生活記録の母親たちと大差ない。「文化論解説」では丹野研究会の議論を引用したうえで、山代はこう述べている。

天皇崇拝の愛国者たちは、ひたむきな忠誠心で国をめちゃめちゃにしたけれど、天皇制打倒をめざす前衛党の中でも、一九三二年当時の下級党員、特に私は、上向きで純情一途の非弁証法的な実践で党壊滅の土台を築いていたのです。しかもこの悲劇を三十年後まで客観視できずにいたとは、なんとまであったことか。[*43]

中井正一のいう「左翼日輪兵舎」（第三章）は決して他人事ではなかったのだ。また、「濁流をこえて」では、実践経験のない指導者ほど実行できない指令を平気で出すものだ、失敗しても責任をとらず末端の犠牲だけが増えていく、「日本の〔共産党〕指導者このごろ頭へんだ」と朝鮮人党員に語らせている（第一八九回）。これも大日本帝国陸海軍の無謀な机上作戦とよく似ている。

このような議論を経て丹野は、「考えてみると、敗戦のとき、何も起こらなかったというのは、やはり、私たちの責任ですよ。私たちの組織力の問題ですね。やはり、私たちが自分の力で、一つ一つ下から確立していくということですね」と語るにいたる。[*44]

山代はさらに踏み込んだ。共産党があの戦争を阻止できなかったのはなぜかを徹底的に反省する必要があると、敗戦直後も、一九五〇年のコミンフォルム批判のときも、五五年の六全協のときも考えていたのに、それが裏切られても党を抜けなかった（第八章参照）。これは「頂点の指令は絶対なのだ」という観念や、「セクト的なもの、官僚的なものをいやがりながらも、それを克服できない弱さ」を残していたからで、「私の組織への忠誠は、官僚化への土台づくりにしかなっていなかった」。[*45]

こうして、丹野セツ研究会は革命運動もまた天皇制的な思考様式の枠内にあり、末端の下級党員にも戦争責任があることをあきらかにした。山代が議論を主導できたのは、並行して武谷の文化論と格闘していたからだが、主体性のないところに責任意識は生まれない。革命運動への献身という自負を支えに生きてきた山代・丹野・田中三人がみずからの主体責任を（程度の差はあれ）自覚したことで、自己客観化、戦前と戦後の総括という研究会の目的（山代の宿願）はいちおう達成された、といってよいだろう。[*46]

3　共産党を離れる

二冊の売れ行きは悪くなかった。『文化論』の長大な「解説」には武谷の読者も山代の読者もとまどったであろうが、一九七二年に三刷がでている。そして、『民話を生む人々』と、「苦難の時期をささえたもの」というタイトルをつけた「武谷文化論・解説」に、書き下ろしの「自立的連帯の探求」

（「みちづれ」の論争や一揆の歴史など）を加えた『連帯の探求』（未来社）が七三年に刊行されると、戦前から一九七〇年代初めまでの山代の歩みをトータルに見通せるようになった。

『丹野セツ　革命運動に生きる』の反響は大きかったが、当初は労働・革命運動の関係者が中心で、女性の読者が増えるのは、女性運動家や銃後の女たちの戦争責任、被害者意識が論じられはじめた七〇年代なかばからのようだ。[*47]それでも、瀬戸内晴美（寂聴）は、「女が生きるということ」の意味や「戦争責任とは何か」を考えさせられる。「苛酷な権力の弾圧の中をくぐりぬけてきた人たち」の発言を「あらゆる日本の女に読んでほしい」と評し、[*48]もろさわようこも、「本書を読みすすむにつれ……塩を振りかけられたなめくじみたいにからだ全体が、おのれの精神のありかたへ向って、容赦なく収斂してゆくのをおぼえた」、「理論的な追究が浅いもどかしさはあるが……従来の生活記録の壁を破ったばかりでなく、今日の婦人運動の混迷をひらくためにも、役立つものとなっている」と受けとめた。[*49]

ただし、戦前の活動家である山本（旧姓橋本）菊代や歴史家の山辺健太郎は、丹野の発言には誤認や自己正当化があり、牧瀬らはそれを客観的に検証すべきだったと批判した。[*50]さらに歴史家の色川大吉は、「一日二夜、なにもかも放りだして耽読し、深甚な、肝の底にひびく、重い感動を受け」た、それは「思想運動——現状打破の道の追求の——として第一義的に重要なもの」を「ここまで徹底的に独力でやって下さった」からだ。だが、丹野の伝記としか読めない書名は、この「痛いほどの思想の点検運動」の成果にふさわしくない。また、この本はなおも啓蒙主義的な民衆観にとらわれており、〝前衛〟や〝知識人〟がなぜ大衆から嫌われ「天皇制にしてやられ」たかを、大衆の側からとらえなおす作業が必要ではないか、と指摘した。[*51]

山代も後年、女性史研究者鈴木裕子との座談のなかで、丹野研究会にタブーがあったことを認めた。たとえば、丹野は偽装結婚から日本へもどったあとに転向声明を出したが、非転向の先輩として話を聞くしかなかったし、「渡政の貞淑な妻」というのも実際とちがう。そこにふれたら研究会に来なくなっただろう。また、いつも原則的なことや「渡政が……」というから革命的にみえるが、刑務所でも教誨師を「坊主さがれ！」「バカ！」とののしるだけで、現実をどう変えるかという発想や屈折したところがない。これに対して、戦後の田中ウタは「ゆらぐ心」をかかえながらも自分が勤める組織の問題点に気づくと何回も上申書を書いて組織からはじかれた。だからウタは、農村を「揺らぎゆらぎ歩いてきた」山代の相談にのってくれたが、丹野は関心を示さなかった。「私はこの研究会で非転向というものが恐ろしくなりました」、と語っている。[*52] こうした重要な事実や論点を明示できないのは聞書という方法の限界ともいえようが、読者に対するなんらかの配慮がやはり必要だったのではなかろうか。

読み手のがわでは、共産党が対応に苦慮していた。書評をみても、『赤旗』（一九七〇年六月八日）のコラム「診断書」は、反党分子の聞きとりをもとに党史や方針を批判するのはおかしいが、「ともあれこの著書に出てくる歴史的教訓を、日本革命の発展にいかに役立たせるか、今日の党の立場にてらし研究したい」と述べ、『青年運動』は「若い世代の当面する生きる道に励ましとなる究明」がないのは「致命的欠陥」だが、「先達の苦業の数々を過去の歴史とせずに、現代につなごうとした努力はみのがすことはできない」と評した。[*53] しかし、『読書の友』は『立論の根本に誤り』、「戦前における誇りある運動の歴史とすぐれた革命家たちの遺産を、正しく受けついでゆきたいと思っている私たちにとって、この本は、パンを求めたのに石を与えられたようです」と批判一色だった。[54]
南葛の調査に協力した湊七良も、刊行直後の牧瀬あての葉書には、「血と汗のにじんだ体験記は珠玉の感じを深めます……躍動する人物も、欲も得もない、ひたむきに階級意識に徹した労働者で、その群像の動きを描写してくれたのがこの本の革命運動史の特徴のような気がします……厚く感謝します」と書いた。ところが翌年四月になると、「討論形式で活動史をたどる試み」は新鮮だが、「労作〝丹野セツ〟に対する毀誉褒貶、いろいろ聞きます」として七〇点をつけた。門屋博・鍋山貞親ら転向者の登場で「折角の副題の〝革命運動に生きる〟が死ん」だこと、とりわけ田中ウタの討論参加が袴田里見の逆鱗にふれたのが減点だという。[55]袴田は戦前の共産党壊滅時のただ一人の中央委員であり、一九七〇年に中央委員会副委員長に昇格したから、「逆鱗」に逆らえる者はいなかったのだろう。
前にもふれたように、田中ウタは一九三三年から袴田のハウスキーパーとなったが、四二年に病気で倒れて家族から離婚を強いられた。また、四五年三月、恩義のある西村桜東洋《おとよ》から亡姉の代わりにと懇願されて西村の義兄と結婚し、四六年に離婚して東京へ戻った。だが、再会した袴田は「裏切り者！」と罵倒し党の機関で働くなと厳命した。そして『丹野セツ』がでると、獄中の自分に転向をすすめたり、揚げ玉うどんばかり食わせてヘソクリをためるような女だったと非難し、その結果、ウタは逮捕された三五年に転向したことにされたのだった。
裏切り者の言動は抹殺するのが共産党の流儀らしい。たとえば、相馬一郎が亀戸事件[56]で虐殺された親友の川合義虎・北島吉蔵を追悼した文章はみごとで、同郷の丹野を励まし、ウタを革命運動に飛び込ませる呼び水となった。そこで『丹野セツ』に再録されたのだが、相馬がのちに転向した以上、それ以前の文章を紹介するのも「転向者美化」になる、という。そして袴田は、編者の牧瀬、山代が党員なら、ウタのような「札付きの裏切者」に発言させるような「無責任な行動」は許されない、と怒ったらしい。湊は「党籍が大切だと思うならウタさんとの交友を切るべき」だと山代に直接忠告したという。[*57]

党籍に関していえば、牧瀬のつれあいは戦前からの古参党員だが本人は無党派であり、丹野は一九五五年に除名された。田中は中国の文化大革命で「人民大衆が幹部を批判する自由を得た」ことに感激し、日ソ親善協会を退職した六四年に転籍手続きをとらず党籍は消滅した。[*58]じつは山代もまた党員でなくなっていた。だから、四人とも袴田に指図されるいわれはなかった。

山代の党籍消滅のいきさつはこうである。『アカハタ』連載のため一九六二年に東京の吉祥寺に移った山代は、六四年秋、北区赤羽台の公団住宅に友人の留守番として入居し、党籍も移した。六七年三月に「濁流をこえて」が完結し、広島で母の看病・看取り（後述）をすませて五月に戻ったところ、赤羽台細胞はスパイがらみの内紛を理由に上部から解散を命じられていた。事情は知らされない。五年前に傷めた背骨の痛みがひどくなって、七月から西宮の病院に入院し、翌六八年春に戻ったときも事態はかわらず、たまたま日野市の住宅公団多摩平団地の空き部屋に当選し、六月に転居した。おそらく『赤旗』の担当者や弟の徳毛宜策に頼めば党籍は回復しただろう。山代はそうしなかった。

またどこかでこういうスパイ問題が起きたときには、赤羽台での未解決のスパイ問題とからんで疑いをかけられることになる。そうしたときにはアカハタ文化部へも弟へも迷惑をかけるから、じっくりと解決のときを待とう。それまでは沈黙しようと決心して、多摩平団地の党関係へ連絡しなかった。これが私の離党の原因だった。[*59]

「スパイ」に山代は過敏にならざるを得ない。しかし、傍観の理由はほかにもあった。『アカハタ』連載中に、「党中央の責任ある位置の人」から、正式な党史のできないうちに党史に関わることを書かれては困るとクレームがついて、「自分の戦前活動の反省では一番大事だと思うところを二ヶ所割愛した」のだ。[*60]一九三二、三三年の八・一国際反戦デーの評価と、「ハウスキーパー」など若い女性党員のあつかいだったという。

前述のように「濁流をこえて」では、勢力誇示の突出行動に挺身するか、指令に反しても職場の組織を守るか、といった葛藤をかかえて懸命に生きる若者たちの姿がいきいきと描かれた。たとえば、「純情一途の情熱」で突進しがちな主人公「光子」を、同棲していた「檜山茂」はつぎのように批判する。檜山は党員ではないが「理論的には佐野や鍋山の天皇主義に反対」していた。

「あきれたもんだ。なんで自分らの失敗を問題にしないんだ。去年以来、営々と党へ近づけてきた虎の子たちをみんな逃がして何が突撃だ。こんなすりかえを平気でやるんじゃあ、去年のはね上がりを克服したといえるか。きっと上級へプロバカートル《〔ママ〕》（挑発者）が残っているに違いない。もしいないとすれば佐野や鍋山がいうとおり、党はプチブルの巣になって労働者がわからなくなっているんだ。そんな党は勝手に自滅させたらいいんだ。だまって下積みの援助をすればするほど悪くなるんだ」

「きみのは革命のためじゃあない。自分の気持ちの満足のためなんだから、危険な火遊びだ。おれはもう道づれにはならんからな」（第三七四回）

また、弾圧の強化で資金難におちいった指導部による銀行ギャング事件や、スパイ摘発がからんだリンチ殺人事件、わかい女性党員にハウスキーパーを命じたり実家から株券などを持ち出させているといった新聞記事に動揺する様子もでてくる。

党にこの世の神聖と崇高の夢を託してきた若者にとっては、これだけでも恐ろしい記事であるが、これを実証するかのように、エロ班が組織されたとか、エロ味たっぷりの婦人党員が選ばれて、エロ引換えに大枚三万円獲得のため、横浜の石炭ブローカー某のもとへお目見得に上がったというような記事になると、檜山にも光子にも「火のない所に煙は立たぬ」のことわざを思い出させ、党を信じられないものにしてゆくのであった。（第二三二回）

党の機関紙にこんな描写がつづけば物議をかもすのは避けがたい。しかし、党の方針や闘争の評価を抜きにして自分の歩んだ道をほりさげるのは不可能であり、山代にすれば総括のために作品を書いている。これは筆者の私見だが、国家（権力）が「歴史」を独占したり不都合な記述を抹殺してはならないように、仲間内だけの党史であっても、なにが重要な事実かをめぐる率直な議論を抑圧すべきではない。「歴史」は自己正当化ではなく自己客観化のためにある、のではなかろうか。

しかも、小説の基調は光子らがこうした「濁流をこえて」成長していくところにあり、そのリアリティが読者の共感を呼んでいた。入院中にまとめて読んだという共産党文化部の党員でさえ、完成したら戦後民主主義文学の記念碑的な作品になるだろうと賞賛し、プロレタリア演劇のベテラン村山知義は、自分が脚色・演出して東京芸術座で上演したい、連載の完結前だが他に先手を越されるとこまるのでともかくお願いする次第です、と言ってきた。[*61]

『赤旗』の編集部も早々に続編を依頼し、不本意ながらクレームに応じた山代も、共産党の雑誌『文化評論』（一九六九年一一月）に、京浜時代をあつかう第三部は「私が計画している四部作の一番の山」になると予告した。そして、「道くらけれど」では、留置された光子が母の顔を見たら一瞬に泣きくずれて転向したであろう理由を充分に描ききれなかった。単行本にするときは、「近代企業が作っている共同体的拘束」のなかで「家族までが〇〇会社一家に組みこまれて」いる都会の人にも、村落共同体の重圧を実感できるように加筆したい、[*62]と抱負を述べたのだった。

ここで一九六〇年代の共産党と山代との関係を簡単にみておきたい。六全協による再統一後の日本共産党の内部では、革命路線や組織のあり方をめぐる論争が続いていた。宮本顕治を中心とする主流派は「アメリカ帝国主義と日本独占資本の二つの敵」を想定し、過激な闘争よりも勢力拡大に力を入れた。反主流派は日本独占資本が主敵だと主張するとともに、主流派の強権的な党運営に反発をつよめた。宮本らはまた、スターリン批判後のソ連の平和共存路線を修正主義と批判し、一九六三年の部分的核実験停止条約（米英ソが調印、仏中は拒否）でも、米ソの妥協を非難して社会主義国の核実験は自衛と平和のためだという中国に同調した。その結果、「いかなる国の核実験にも反対」の社会党と対立し、原水爆禁止運動も分裂した。しかし、一九六六年に中国で文化大革命がはじまり日本共産党も批判の対象になると、しだいに中ソから距離をおく「自主独立」路線へ転換していく。この間、主流派は路線をめぐる党内論争を抑圧し、ソ連派、中国派、平和運動家などの除名・離党がくりかえされた。それは指導部による一元的統制が強化される過程でもあった。

山代はといえば、一九五〇年代と異なり、共産党（中央）と表面的には良好な関係にあった。一九六二年には女性組織「新日本婦人の会」の結成に参加し、『アカハタ』（一九六四年八月六日）に寄稿した「広島のこころ」でも、これまでの実践から「真実のいえる社会の建設と関係なしには、純粋に被爆者のことばを未来に残すことは不可能だと知った」し、「原爆を落とした国が罰せられずに、原水爆禁止が成功するという道理はない――これこそ、私の故郷の農民部隊が当時の体験から身につけた『素朴』な感情なのです」と、部分核停条約を批判した。

こうした対応の背景には、長篇を『アカハタ』に連載していたこと、また、ながく広島の党を牛耳り、『蕗のとう』『荷車の歌』にセックス描写がないとあざ笑い、大村英幸・川手健・山代らを抑圧しスパイ呼ばわりした内藤知周・松江澄が構造改革派として一九六一年に離党・除名されたこと、[*63] 弟の宜策が広島県委員長・中央委員になったことなどをあげることができる。[*64] ただし、「広島のこころ」以外は連載決定以前の出来事であり、内藤・松江の除名が新婦人の会への参加や『アカハタ』の連載を決断する要因になったのかも知れない。指導部が中国共産党と対立した時期でも、民衆や下部党員が党幹部を批判する姿に共感し「心の中では中国の文化大革命に期待をかけていた」[*65] というから、「広島のこころ」も意に反することを述べたわけではなさそうだ。なによりも、山代を根底で支えていたのは、依然として未来に希望を託して生きた吉宗たちの姿であった。一九六五年、『この世界の片隅で』に結実する調査のため、被差別部落の人びとを支援してきた福島病院の理事長、木原清春を訪ねたときの「涙」がこれを示していた。

私は、歩きながらふと涙がこみあげて来ました。戦争たけなわなとき、検挙され投獄され獄死の運命をたどった、私の親しい人たちが共通に持っていた、遠いところを見ているようなまなざし。自分らの行動がいかに小さくても、それが悠久な歴史の歩みにつらなっているという自信からの、飄々とした足どり。それらが木原氏の動作を見ていて思い出せたからです。[*66]

それゆえにこそ、田中ウタに対する「裏切り者」呼ばわりは許せなかった。一九三八年に田中が山代夫妻と一時同居したとき、非合法の極貧生活では揚げ玉うどんのようなものしか食べさせられなかったというウタの涙まじりの苦労話を巴は聞いていた。「揚げ玉うどん」が「あのときの私にとってどんなに価値高く崇高なものに思えたことか」、山代自身、そうした「生一本な純情さ」を抜きに京浜地域での貧困や監獄での辛苦に耐えることはできなかった。吉宗もウタを理想の女性同志と尊敬しており、一九二八年九月から約半年間、日立市で夫婦を装って活動したときも、やましいことはなにもなかった。だから、ウタに対する袴田里見の「侮蔑に同調するなら、あの時期の私のしてきたことはすべてナンセンスになってしまう[*67]」、と山代は憤激した。

そして戦後のふたりは、「スパイ」「裏切り者」の指弾に「刀折れ矢尽きた者どうしが、やっとわれに返って這い寄るような、そんな心境」で再会し励ましあってきた。山代が二回目の立候補命令を拒否できたのも、「ウタさんに機関の仕事ができないのなら、私にもできないのだ。衆議院議員に立候補することなど断固してはならぬ」と決心がついたからだ。「自分の党籍と発表の場のために、このような人と〔の〕交友を切ることは私にはできない」――山代は、第三部の連載を断り、離党を決意する。*68 自らの拠って立つ「領域の確立」なくして信念を貫くことはできない、という「自己批判ノート」の結論（第八章）をあらためて確認した思いであっただろう。

4　番くるわせの連続

しかしながら、山代にはまだ、「党史にかかわるな」「転向者美化」といった非難を無視して続篇を書きすすめる覚悟はなかった。「前衛党」はそれほどまでに山代の内面をとらえていた。

> 考えに考えた末、私はこの一連の作品を、党史にかかわりのないものに組みかえることに思い至った……全篇を、治安維持法と対決する人民の苦悩というように構成をかえ、第一篇に「病める谷間」を置き、ここを出発点にすることにした。そうなると、これまで連載してきた「道くらけれど」も「濁流をこえて」も、「病める谷間」を完結するまで出版できない。これは生活を窮地へ追いこむ。でもやむを得ない。私はこの道を進むことになった。*69

すでに、父の思想形成をあつかった「巣立ち」(『展望』一九六九年七–九月)を書いていた。「病める谷間」は登呂茂谷で生活する父母を中心に、村落共同体や治安維持法による抑圧と若者たちの解放願望との葛藤を描こうとしたもので、季刊雑誌『人間として』(筑摩書房)に連載された。だが、これは前史もしくは背景であり、苦しまぎれの迂回にすぎない。そのうえ、予期せぬトラブルがつぎつぎにふりかかった。

ひとつは体調の悪化である。一九六〇年代、長期の『アカハタ』連載、『この世界の片隅で』『丹野セツ』「武谷文化論・解説」など、身長一五〇センチ足らずの山代は「豆タンクと渾名で呼ばれるほど精力的に」働いたが、一九六二年春にコンクリートの階段からすべり落ちて傷めた背骨の痛みに悩まされていた。最初に紹介された東京のK医師の注射はよく効いたものの、そのうち毎週の注射に「からだをよじりたくなる」ような拒否反応がおきて中断した。痛みで夜中に目を覚まし、背骨の前屈がめだつようになっても注射にいかず、「テルミー」という「金属製の筒の中へ線香を入れて、肌を摩擦する『冷温器』」と、鍼灸に頼って連載をつづけた。三二年ぶりに再会したプロレタリア美術の先輩、笹子智恵のすすめで西宮の整形外科に入院したときは、さっそく患者たちと病気の原因や職場環境を考える「背伸ばし会」をつくって「書くこと」を推奨したが、半年を過ぎると毎日の注射と牽引に嫌気がさしはじめ、「いつまでも寝ていたら収入がなくな」ると東京の団地へ戻った。そして、自室に備えたギブスベッドやコルセットも一年余でやめた。よくなったわけではない。「人間のからだ、とくに私のからだはわがままにできていると思う」。結局、テルミーだけが残り、「痛みそうになるとき、眠れないときは酒を飲んで眠り、とにかく仕事を続けた」という。[*70]

この時期、頼りにしていたのは下の弟、伊策だった。敗戦の年、例のスパイ呼ばわりに打ちのめされた姉を、生きて真相をあきらかにせよと励ました伊策も共産党員となり、中小商工業者の組織づくりに取り組んだ。やがて広島にもどって、革新的な運動体のための印刷所をつくり、平和運動にも情熱を注いだという。そして、『病める谷間』執筆に、最も深い理解と同情をよせ、せっぱつまったときには経済援助もしようと約束していた」[*71]。ところが、一九七〇年八月に大学病院で肝臓ガンが発見され、ごく初期だから手術で完治するといわれながら、翌年二月に急逝した。近衛兵時代の演習で重傷を負った右手は不自由だったが、頑健でいろいろなスポーツを楽しみ健康にも気をつけていたという。元傷病兵に同様の症状が多発し、陸軍病院が使ったドイツ製の放射性血管造影剤トロトラストが二〇、三〇年後に肝臓ガンや白血病を引き起こすことがあきらかになるのは数年後のことだった[*72]。享年四八歳。

吉宗名義の土地の問題もあった。吉宗の遺骨は身柄引受人の徳毛宜策が預かった。生母の松永クニは吉宗を出産した直後に離婚したが、磐城炭鉱のストで階級的に目覚めて「山代のおっかさん」と呼ばれる人気者になった。だが、巴との結婚に反対し、獄中の吉宗にも葉書一枚出さなかった。戦後に巴が遺骨をかかえて訪れたときも、「やはり吉宗が先に死んだ」、「刑務所の飯を五年食ってきたぐらいで、吉宗の女房顔はさせたくねえ」とすげなかった。それでも一九六六年七月に食道ガンで亡くなる直前には、「あんたは遺骨をかかえて二十年よう辛抱した。できんことだよ」と、はじめて心をひらいた[*73]。

クニが住んできた土地一三三坪（四三九平方メートル）は吉宗の名義で、磐城炭礦の退職金で買ったらしい。クニの死後、その土地を娘らが譲ってくれといってきた。巴のあいまいな対応もあって話がもつれ、頼りの伊策も亡くなって、数年におよぶ時間と労力を費やすことになった。曲折の末、吉宗の実弟・山代宗徳などの助力で一九七二年末に法定相続分（五割）の登記にこぎつけた。[*74] 山代がゆずらなかったのは、吉宗の遺志を活かす最良の道は自分の作品の完成であり、そのためには生活費が必要だ、という判断によると思われる。

一九七二年にはまた、女子美術専門学校から四〇数年におよぶ親友Mとの関係が破綻した。左翼文化運動に専念する夫を支えてきたMに頼まれて『病める谷間』の原稿料数十万円を融通し、絵本の共同制作も試みた。だが、友人はもはや絵を描く余力もなく、相互不信から絶交に至ったのである。[*75]

こうした「番狂わせ」の連続で体調はますます悪くなった。伊策がたび重なる検査と手術に苦しめられて死去したこともあって、近代西洋医学への不信を強めた山代は、漢方の良導絡や玄米自然食で「病める谷間」の主要部分を書いた。しかし、一九七二年の夏には体重が四〇キロを切り、めまいがひどくて書けなくなった。結局、自然食のやりすぎによる栄養失調やアレルギーと判明したが、「遺産相続の問題と、細々暮しの身を切るような金とともに去って行く友情の不可解」に悩み、「『病める谷間』が実につまらぬものに思えて、自殺しても惜しい自分ではないとも思う」ほどに追い込まれた。そんなある日、武谷三男・峯孝（彫刻家）・川上武（医師）らに誘われて銚子の黒生《くろはえ》海岸へ旅行した。夕食には刺身の大盛り、アワビの壺焼きなどが並んだ。「いつもの十倍以上の動物タンパクをすっかりたいらげ」、快眠の翌日は「心はうきうき」、磯浜を歌を口ずさみ「親指と中高指を鳴らしながら歩いた」。「そうだ、わたしはこの気分転換を長いあいだ忘れていた。仕事とこの遊びとのバランスを知らなかった」と気づいたという。[76]

だが、これで厄払い、とはならなかった。田中ウタが急死したのである。体格がよく虫歯ひとつないウタは健康そのもので、病気がちな山代や牧瀬、年上の丹野をサポートする役まわりだった。ところが一九七三年六月、初期の子宮ガンと診断され、丹野の勧める下谷病院で手術を受けたが排尿・排便ができなくなり、三度の手術のあげく七四年二月二〇日に亡くなった。入院の直前、「一生を革命運動に捧げてきて、夫〔豊原五郎〕も死に、子どもを持たない女の身のさびしさ」を牧瀬に語ったという。ウタの愚痴めいた言葉を聞いたのはこのときだけで、「女であるため、相手の男しだいで、どうにでも解釈される女の身のかなしさ、それは革命運動にささげた女の避けられないさびしさであろうか」[77]と牧瀬は書いている。

田中ウタという存在を歴史に刻まねばならない。牧瀬と山代は、ウタの生い立ちから敗戦までの聞き書き、豊原五郎との獄中書簡、兄で同志の秋山長三郎などの聞書や追悼文、山代「黎明を歩んだ人」を収めた牧瀬菊枝編『田中ウタ　ある無名戦士の墓標』（未来社、一九七五年）をいそいで刊行した。山代の文章はウタとのかかわりをていねいに跡づけ直したもので、すでにその多くを紹介したが、じつは、吉宗が本当に愛した女性はウタではないかと巴は思いつづけていた。『囚われの女たち』にも、三年間の共同生活で吉宗が酒で乾杯したのはウタの来訪時だけだったとか、ふだんは無口なのにウタとはにこやかにおしゃべりしているといった不満や、吉宗の死後、ふたりが結婚式を挙げた夢をみる場面が出てくる。[78]それでも巴は自分の作品や党籍よりもウタを選びとった。山代は追悼文の最後にこう記した。

抹殺されることを恐れては前へは進めない。あなたの人生はそのことを教えてくれました。[*79]

これより少しまえの一九七二年ころ、山代は城間功順と重家豊から忠告を受けていた。登呂茂谷を舞台にした「病める谷間」にはそれなりの意義はあるが、『赤旗』連載のつづきを書かないのは「一種の転向だ。党に関係のない人民の海の一滴になり切っても、その体験は書いてもらわねば困る」というのだ。城間は共産党との関係に悩んで飲んだくれたこともあったが、山代とは「欠点も弱点もさらけ出して」助けあった「中井正一学校の幼なじみ」であり「心の底で信じ」あってきた。一方、生活記録誌『地方』の休刊で関係の切れた重家は党員のままで山代の離党にも賛同しなかったが、それでも、党史にとらわれずに書いてほしいと語った。[*80]

とくに城間は、「僕はスターリン批判のとき作家ファジェーエフが自殺したのが忘れられない。あれはわれわれへのいい教訓ですよ。作家はいかなるときでも事実を踏みにじってはいけないんです」、あなたは千光寺山の岩割りの松に「泣くほど感動して、私はこの道を歩むと言って〔栗原〕先生に手紙を書いたじゃありませんか。あそこから始めればいいんじゃあありませんか」と諌めた。[*81]それでもなお逡巡していた山代に、ウタの死が最後の決断をうながしたように思われる。（それからほぼ四年後の一九七七年末、袴田里見は宮本顕治委員長と対立し日本共産党を除名された。）

なお、長篇小説の第三部にあたる部分、すなわち吉宗の生い立ちから争議の総括、ふたりの出会い、京浜での活動にいたる大まかな道筋はすでに活字になっていた。上野英信編『近代民衆の記録2 鉱夫』（新人物往来社、一九七一年）に収録された「山代吉宗のこと」である。これは吉宗の「磐城・入山二大炭坑争議の経験」（『戦旗』一九三〇年六、七月）の解説で、当初、山代は書けないと断った。すると上野は、持参した一升びんを傾けながらつぎつぎと質問をくりだし、それに答える形で「逮捕」にまで話がきたとき、上野は握手を求めて、ここまで書かなければ吉宗の意図を明らかにできない、と励ましたらしい。その結果、吉宗の本文よりはるかに長い「解説」になった。

山代は後年、上野は「聞き上手で、聞くうちに相手の内面を整理し、盲点に気づかせてくれる啓蒙家」だった、そして吉宗とその父母などの歩みを「記録文学としてもっと人間を浮彫にして、大衆の読物にすべきだ」と勧めてくれたが、炭鉱の生活を知らない自分にはむずかしかった。上野の『眉屋私記』（一九八四年）こそそれをみごとに成功させた作品であり「リアリズムを志す作家の、先駆的な開拓の記念碑」だと思う、と上野の追悼文で述べている。*82

ここで一九六七年四月に八六歳で亡くなった母イクノについて書いておきたい。

一八八一年に徳毛本家の姻戚筋（本家南垣内《なんがあち》の娘の婚家）にあたる農家に生まれたイクノは、一八九六年、徳毛善一と結婚した。縫いもの上手でしんぼう強いという評判どおり、文人肌の夫と利己的な姑に悩まされながら五女二男を育てた。破産後も愚痴をこぼさず家政と農業を切り盛りした。女子美のころ、東京へもどる前に「一円ない？」と無心しても「お金は持たん」と悲しげに首を振った母の姿を巴はたびたび書いている。しかし、三女の文枝が出産後も酷使され喉頭結核で急死したとき、イクノはなぜ知らせてくれなかったか、せめて気の済むだけ養生させてやりたかったと「切り口上」で迫り、婚家の尊大な姑の頭を下げさせた。[*83] 巴が逮捕され善一が卒中で倒れてからもイクノは黙々と働き、善一は「母性愛のかたまり」「聖母」とくりかえし感謝している、[*84] 吉宗への愛情、陰膳や丹前のことは第二章でふれた。

といって愛情深いだけではない。ドイツ軍による「ムッソリーニ救出」のニュースに大喜びの善一のそばで、「救出した時があるのなら、捕われた時もあったのでしょう」とつぶやいて善一をくやしがらせる「持前の頓智性」も備えていた。[*85] 戦後の隠匿物資摘発事件では、巴・宜策にむかって「もしこれが中国のように武器を持って戦うところだったら、お前らはあの晩銃殺されとる。前調べもなしにいきなりああせよこうせよ言うような子どもだましの共産党が信頼できるか」と断言した。「新しい村づくりはどうしたらよいか相談したいと、息子がいうとります」と村長らに伝える役をさせられたのは母だった。[*86] 巴・宜策は村を出ればすむが、イクノはここで生活しなければならないのだ。また、巴に向かって、「お前の話には起承転結の『承』が足りない。承には分析が要る。それには現実をよく知らねばならない」と忠告したという。[*87]

それでも、わざわざ苦労の多い道を選んでいく巴の生き方にあきれつつ共感していた。宜策によれば、イクノは巴のことを「子供のころからよう百姓を手伝うてくれる。真っ黒になって、きつい仕事も文句一ついわずやってくれる」、「炊事、裁縫は下手じゃが、絵を描いた。文章も書ける。どこにもいる普通の女ごじゃない。わしは巴の才能を認めとった。じゃが、苦労の多い人生を選んだ子じゃと、いつも心配しとる」と語っていた。[*88] 上下町で巴といっしょに暮らしたときは、こんなこともあった。

「タンポポ」グループの勉強会を始めた頃、七八歳だった母が「仲間へ入れてくれ」と言いました。私は「まー」とあきれ顔になりましたが、母は「お前のように好きなことのためにしか動かなかった者には、わしらのように家の務めか妻の務めか母の務めで過ぎてきた者の心の動きはわかりゃあせん。わしらが勉強せなんだら平等の世の中なんかくるもんか」と言いました。それで、私は傍聴の形で母を仲間に入れましたが、母は熱心に勉強して、農家の嫁さんたちが書いてくる生活記録にも興味を持ち、記録の仲間たちが来ると自分の客のように迎え、自分もこうだった、ああだったと楽しそうに話していました。*89

左翼の活動家が家族に対して民主的であるとはかぎらない。山代もまた自分の母親とは正面から向き合ってこなかったのだ。「何だかんだいうても、山代さんはお嬢さん育ちだ。今でも親に見てもらう苦労知らずだ」と、「みちづれ」の内海房子にいわれている。*90 おそらくイクノが家事をひきうけていたのだろう。それでも、上下町での生活はイクノにとって村では味わえなかった、心やすく楽しいものであったにちがいない。*91

山代が東京へ出たあと、イクノは広島市の宜策一家と暮らしたが、一九六六年に脳梗塞で倒れた。翌年三月、容態が悪化したため、山代は「濁流をこえて」の原稿を書きあげると広島にもどって、最後の日々をともに過ごした。しかし、あちこちから呼び出されることが多く、臨終にも立ち会えなかった。「〔山代さんは〕どんな人が来ても、追い返すような人じゃなかった」と城間功順の妻多加子は語り、[92]山代の手紙に「私は人に会うのがとても好きなんです。会うと一所懸命になるから、後がたいへん。[93]二日も三日も休まなければ体調が戻らないの」とあったと「みちづれ」の内田千寿子は述べている。イクノはそんな巴をあきれながらも許していたのではなかろうか。

＊1　牧瀬菊枝編『田中ウタ』未来社、一九七五年、三〇七−三二一ページ。
＊2　「黎明を歩んだ人」、前掲『田中ウタ』（著作集⑦「田中ウタ」一六九ページ）。
＊3　「解説」『武谷三男著作集6　文化論』（以下、「武谷文化論・解説」）勁草書房、一九六九年（著作集⑥「苦難の時期をささえたもの」二〇八ページ）。
＊4　谷川雁は分科会終了後の懇談でも、「噴火山の火口のうえで、骸骨がダンスをしているのが母親大会だ」、「安保改定反対署名とは、あなたが戦争のためではなく、平和のために息子を死なせても悔いないという誓いなのです。その決心がつかないうちは、もくねんと壁をみつめて坐っていてください。男たちはそれを自分たちの行動のものさしにします」などと挑発したらしい。牧瀬菊枝「『ひき裂かれて』その後」（鶴見和子・牧瀬菊枝編『母たちの戦争体験（ひき裂かれて　新版）』麦秋社、一九七九年、三七四、三七五ページ）。
＊5　山代巴・牧瀬菊枝編『丹野セツ』勁草書房、一九六九年、三ページ。牧瀬菊枝、前掲『田中ウタ』七、八ページ。
＊6　前掲『丹野セツ』三ページ。牧瀬はまた、鶴見俊輔のすすめで一九三〇年代の女性運動家の聞書をはじめていたから、山代の提案はこの面でもありがたかったようだ。
＊7　前掲「武谷文化論・解説」（著作集⑥一六七ページ）。
＊8　なぜ山代に解説が託されたかはわからないが、武谷との関係は、原爆の調査に来た一九五二年が初対面で、中井正一の遺族を支えるときにも相談している。また、立教大学で教えていた武谷には若者や

女性のファンが多く、ロマン・ロランの会、シンデレラ会などがあって、後者は「由起しげ子さんや、山代巴さんなどが、いわば常連で、時々、新しいお客さまがあった」という（左幸子「武谷先生とシンデレラ会」『武谷三男著作集　月報』5、一九六九年、五ページ）。

*9　前掲「武谷文化論・解説」（著作集⑥一三四ページ）。

*10　「オポチュニズムと日本の悲劇」『武谷三男著作集6　文化論』二九三ページ。

*11　「哲学者の知性について」『武谷三男著作集6　文化論』二二三、二二四ページ。

*12　前掲「武谷文化論・解説」（著作集⑥一八六－一八九ページ）。

*13　「文学に対する要望」『武谷三男著作集6　文化論』二七六、二七七ページ。「芸術について」（同、二六六ページ）。

*14　前掲「武谷文化論・解説」（著作集⑥一四三－一四五ページ）。

*15　同右、著作集⑥一九五ページ。

*16　『武谷三男著作集6　文化論』一七二ページ。

*17　武谷三男『弁証法の諸問題』理論社、一九六一年、一二九－一三一ページ。

*18　一九五七年ころの「自己批判ノート」に、「私のこの十年は、農村の現象のスケッチから、その実体のデッサンに進み、ようやく本質理論の段階へたどりついたにすぎなかった」という文言がある。

*19　伊藤雅子「書評　山代巴『連帯の探求』」『未来』一九七四年七月（伊藤雅子『子どもからの自立』未来社、一九七五年、二二六－二二九ページ）。

*20　羽仁五郎『都市の論理』勁草書房、一九六八年（講談社文庫版、上、二一二ページ）。

*21　前掲「武谷文化論・解説」（著作集⑥一八三ページ）。

*22　羽仁は武谷の親友であり、『都市の論理』は精神神経学会での講演を機に、武谷を中心とする研究会での報告・質疑をまとめたものだった。「この書は、強い実践の要求の下に生まれ、しかも、理論の最も根本から解明され、今日の社会のあらゆる問題に光を投げ、将来の社会をきずくための手がかりを

与える画期的なもの」と武谷も評価した（「研究会司会者の言葉」『都市の論理』上、講談社文庫版、八ページ）。

*23 前掲「武谷文化論・解説」（著作集⑥二四五ページ）。

*24 同右、二一一ページ。

*25 渡辺政之輔（1899－1928）は小学校を卒業して労働者となり、一九二二年南葛労働協会を組織して日本共産党に入党する。モスクワに派遣されて二七年テーゼの作成に参加し、理論優先の福本イズムに反対し、労働者の組織を基礎とした党建設と『赤旗』の発行を主導して党中央委員長となったが、二八年、台湾の基隆で警官隊に追いつめられ自殺した。

*26 前掲『丹野セツ』五九－六五ページ（著作集⑦は抄録のためこの部分は収録されていない）。

*27 丹野の話、前掲『丹野セツ』（著作集⑦五七ページ）。

*28 山代の話、同右（著作集⑦一八、三五、六七ページ）。

*29 牧瀬も、つれあいが治安維持法違反で投獄され予防拘禁所に入れられる経験をしていた（牧瀬菊枝『一九三〇年代を生きる』思想の科学社、一九八三年）。

*30 前掲『丹野セツ』（著作集⑦三二、三四、三五、四四、五四、五五ページ）。

*31 牧瀬菊枝、前掲『田中ウタ』九ページ。

*32 前掲『丹野セツ』（著作集⑦九四、九五ページ）

*33 山下智恵子『幻の塔　ハウスキーパー熊沢光子の場合』ＢＯＣ出版、一九八五年。

*34 三宅義子「山代巴さんに聞く　歴史を負って現在にたちむかう」一九八一年八月、八二ページ。

*35 『囚われの女たち』⑨一八四ページ。

*36 著作集⑦「解説」二三九ページ。

*37 前掲『丹野セツ』一二一ページ。（著作集⑦は抄録のため収録されず）

*38 前掲『丹野セツ』（著作集⑦七七ページ）。

＊39　同右、八〇ページ。

＊40　前掲「武谷文化論・解説」（著作集⑥二三四ページ）。

＊41　前掲『丹野セツ』（著作集⑦八〇、八一ページ）。

＊42　同右（著作集⑦六一、六二ページ）。「濁流をこえて」（第五六〇回）のなかでも、檜山と別れた光子は「自分の党生活もはじめは党建設に役立ったと思えるが、後半（昭和八年夏から秋……）の自分の活動は客観的には党壊滅の役割を演じていたのだと思えてきた」と書いている。

なお、当時の『赤旗』（一九三三年七月一一日、七月二一日、八月六日）をみると、一九三三年の国際反戦デーでは、東京北部地区の「突撃隊ニュース」をピクニックの女工などに渡す相談をしたといった「通信員」の報告があり、反戦デー当日は火工廠前で約四〇人が三〇〇メートルのデモをしたという。『囚われの女たち』⑤では、田中ウタが三三年の突撃隊の記事に励まされたと語ると、「光子」は会議や通信にわたしも関与したと答えている（二五五ページ）。果敢な闘いが孤立した党員を心情的に鼓舞した面はあっただろう。

＊43　前掲「武谷文化論・解説」著作集⑥二一八、二一九ページ）。

＊44　前掲『丹野セツ』（著作集⑦八一ページ）。

＊45　前掲「武谷文化論・解説」（著作集⑥二三四ページ）。前掲『丹野セツ』（著作集⑦八三ページ）。

＊46　生活記録運動に関しては、「複眼の内容」を充実させねばならないとして、つぎの四つの座標軸にまとめられた（前掲『丹野セツ』、著作集⑦九二ページ）。「地方権力」とは地域社会の抑圧性や中央権力に従属する「自治体」のあり方を指す。

第一、権力批判の目（丹野さんのように、権力に対して甘えを残さない目）

第二、家族および地方権力を見る目（丹野さんの出獄のときの苦しい闘いから学んだもの）

第三、思想と感覚が統一されているか否かを見抜く目

第四、セクト性を見抜く目

だが、会員の老齢化もあり「座標軸ができたからといって、ただちに母たちは自己を客観視し、立体的に書けるようにはならなかった」、と牧瀬は述べている（前掲『母たちの戦争体験』三八〇ページ）。

＊47 牧瀬菊枝、前掲『母たちの戦争体験』三八一ページ。『丹野セツ』は一九八〇年に八刷がでた。

＊48 瀬戸内晴美（寂聴）「女が生きるということを考えさせられる」『出版ニュース』一九七〇年二月上旬。

＊49 もろさわようこ「生活記録を創造的に検討」『朝日ジャーナル』一九七〇年二月二二日、六三、六四ページ。

＊50 山本菊代「書評『丹野セツ』」『労働運動研究』一九七〇年五月、五〇－五三ページ。山辺健太郎「自伝の『虚』と『実』」『岩波講座日本歴史18 月報』一九七五年九月。

＊51 色川大吉の牧瀬菊枝あて書簡（一九七〇年二月）。色川はまた、私は「〝人民信仰〟〝人民蔑視〟〝大衆追随主義〟〝前衛主義〟（無意識の、善意の、思いあがり）〝近代主義〟」のすべてを否定している。大衆にはマルクス主義者（知識人）とは異なる「独自な思想形成——飛躍の法則性があるにもかかわらず」、前衛やインテリが戦前の敗北から学ばず、戦後も、「独善的な思想方法を一義的に強制して、人民大衆の生活感覚から反撥をかい、〝啓蒙と救いの論理〟が空転している、といった点に、私は、現代自民党（じっしつは官僚・資本家）の勝利の鍵が託されているように思う」と書いている（「『丹野セツ』批評写」広島大学文書館所蔵）。

＊52 前掲、著作集⑦「解説」二四八－二五一ページ。

＊53 岩井七郎「未来につなげ現代史」『青年運動』一九七〇年三月。

＊54 砂川啓六「立論の根本に誤り」『読書の友』一九七〇年六月九日。

＊55 前掲「黎明を歩んだ人」『田中ウタ』（著作集⑦一六九、一七〇ページ）。『田中ウタ』では「Mさん」と書かれているが、自筆年譜（稿）「私の歩んだ道」に湊七郎と明記している。

＊56 亀戸事件とは一九二三年九月一日の関東大震災に乗じて、東京亀戸警察署で九名の労働運動家が殺

された事件。このほか無政府主義者大杉栄らが殺され（甘粕事件）、さらに、軍隊・警察や住民によって多数の朝鮮人・中国人などが虐殺された。

＊57　前掲「黎明を歩んだ人」（著作集⑦一六九―一七一、一七五ページ）。

＊58　同右（著作集⑦一七七ページ）。

＊59　前掲「私の歩んだ道」。

＊60　同右。

＊61　「アカハタ連載小説を読んでの感想」（T・S）、「『濁流をこえて』東京芸術座での演出依頼」（村山知義）。いずれも一九六六年ころ（広島大学文書館所蔵）。

＊62　「古いことと今のこと」『文化評論』一九六九年一一月一二一、一二四ページ。

＊63　山代は「一つの補足」（『文化評論』一九六五年一一月、著作集④一八五ページ）で、「今日では党をあげて反党修正主義者として批判されている内藤知周、松江澄の両氏は、……広島の平和活動の党を代表する指導者の位置にいた」が、大村英幸、川手健などの活動を評価せず『蕗のとう』『荷車の歌』も酷評した、と述べている。内藤は中国地方を統括する中央委員で構造改革派の理論家でもあった。なお、著作集④では「N、Mの両氏」となっている。

＊64　娘の三澤草子などによると、徳毛宜策は一九五〇年の党分裂時には宮本賢治らの反主流派に属し、五五年の六全協後は広島県臨時指導部の責任者に選出され、以後、県委員長（一九五九―六六年）、中央委員（六一年から）、県会議員（六七―八三年）となって組織の再建・拡大に努力した。古参党員らの要求で役職を解任されたこともあるが、黙ってそれに従い地域の活動に専念したという。もともと三原車輌工場の労働組合を西日本最大の労組に育てあげたように、仲間をまとめ組織することに努力はするが、中央指導部の一員である常任中央委員を最後まで固辞したように、私的な権力欲・出世欲とは無縁な組織人であったと思われる。共産党の専従でなければ専門的な技術者になりたかったようだ。

巴との関係ではお互いの立場を尊重するという原則が貫かれた。巴は宜策の選挙を応援することなく、宜策は巴について、「自分に嘘のつけない人で……貧乏よりも自分の精神、作品に力を掛ける女性です。威張らず、自分の栄耀栄華を考えない、姉らしい精神の豊かな世界に生きている」、「俗世間のことなどよく知らないのではないかと、疑いたくなるような素振りをするが、実際はよく知っているんです」。戦前の青春時代、姉といっしょにいて「一度も、挫折感や、敗北感を持つことはなかった。姉の精神の高さ、人間性の豊かさは、私にとってかけがえのない大きな誇りです」と語っている（神田三亀男、前掲書、一〇八ページ）。巴の死去から半年後の二〇〇五年四月一〇日、八六歳で亡くなった。

＊65 「重家豊と文学運動」『重家豊資料目録』広島市職員労働組合、一九八四年、二五ページ。

＊66 「まえがき」、山代巴編『この世界の片隅で』岩波新書、一九六五年（著作集④「この世界の片隅で」一四三ページ）。

＊67 前掲「黎明を歩んだ人」（著作集⑦一七五ページ）。

＊68 同右（著作集⑦一五〇、一六一、一七七ページ）。

＊69 「番くるわせの人生」『医療と人間と』一九七三年三月（著作集⑦二一一ページ）。

＊70 同右（著作集⑦二〇七、二〇八、二一〇ページ）。

＊71 同右（著作集⑦二一一ページ）。

＊72 トロトラストは一九三二年から四五年まで陸軍の負傷兵一、二万人に使われたといわれる。山代は一九八三年九月七日消印の横井亀夫あての手紙に、伊策は演習中のけがで破傷風になり、陸軍病院では水銀を多量に含むドイツ製の造影剤が使われた。最近テレビで取りあげられたが五百人くらい亡くなっているらしい。伊策はガンのこともその原因も知らずに四六《ママ》歳で亡くなった。吉宗より一年長いだけで、「思えば、はかない生涯でした」と書いている。

＊73 前掲「番くるわせの人生」（著作集⑦二一二―二一四ページ）。

山代はクニの剣幕に辟易しながらも、その自立心や権力を恐れぬ姿勢に一目置いていたようだ。たとえば、吉宗の実父と離婚し飯場を飛び出したクニが父親のわからぬ幼児三人をかかえ困窮している、と知らされた吉宗は急いでクニを訪ねた。金を渡しながら相手は？　と聞くと、クニは「めんどうな釣銭のいる施し金はいらないよ」と突き返した。「このせりふは大変な意味を持っている」と受けとめた巴は、一揆の農民が「手あたり次第のものを防衛の武器にしたように、クニは相手がたじろぐような言葉を、思いつくままに吐き出して、自己のプライバシーを防衛したのだ。それはだまされたと泣き言を並べて、プライバシーを裸にするより、はるかに近代〔的〕であろう」と評価している（「埋もれた婦人運動家8　松永クニ」『婦人公論』一九七二年九月、三二五ページ）。

また、このときの幼児のひとり、松永敏子（『囚われの女たち』では「山名賢子」）は吉宗を頼って京浜の労働者になり、一九四〇年に吉宗らが逮捕されたときは取り調べを受けた（放免）。戦後も巴と交遊が続いたようだ。

＊74　同右（著作集⑦二一五－二一七、二二一、二二二ページ）。なお、一九九三年一〇月、山代吉宗・大井川基司・吉田寛ら六名を讃えた「民主先駆の碑」がいわき市の湯ノ岳公園に建てられた。

＊75　「協業の挫折に立ちて」『みちづれニュース』一九七三年二月。山代はまた、「わたしにはパトロンがいる。パトロンといっても内容はごけ（後家）の頑張りどうしの相互扶助で、みんな金持ちではない。けれどもわたしはこの相互扶助で幾度か無収入の時を乗り切れた」と書いている（同、七ページ）。

＊76　前掲「番くるわせの人生」（著作集⑦二二三、二二四、二二六ページ）。

＊77　牧瀬菊枝、前掲『田中ウタ』一一、一二ページ。

＊78　『囚われの女たち』⑩三三二－三三八ページなど。

＊79　前掲「黎明を歩んだ人」（著作集⑦一八二ページ）。一九七九年二月、群馬県滝川村（現高崎市）の生家に建てられた「田中ウタの碑」には、「私の心の姉！　田中ウタ」と呼びかけ、略歴を記し、「躓《つまず》きつつも革命思想に貫かれた貴女の六八年の人生を尽きない涙で称えます」と結んだ碑文が、山代巴の署名とともに刻まれた。

＊80　「重家豊と文学運動」『重家豊資料目録』広島市職員労働組合、一九八四年、二四、二五、二七ペー

ジ。
＊81 「城間功順を通して知る栗原先生」（栗原広子編『栗原佑　続　未完の回想』私家版、一九八三年（著作集⑥「思いがけない出会い」一一六、一一七ページ））。その後、城間は『レ・ミゼラブル』のミリエル神父のように、どんな人でも宿泊を断らず警察に渡さないという精神で旅館浮舟を経営するかたわら、いのちと人権を守る市民運動にも積極的に取り組み、尾道市立長江中学校の八ツ塚実の学級通信に感嘆すると、その感想を毎日葉書に書いて送った。だが、一九七九年一〇月四日、釣り場から国道にあがったところでトラックにはねられ死亡した。五七歳。ハガキ通信は『257枚のハガキ』（自費出版、一九八〇年）、城間功順著・八ツ塚実編『バクおじさんのくる教室』（筑摩書房、一九八二年）にまとめられた（「郷土の恩師」著作集⑥五三ページ。前掲「城間功順を通して知る栗原先生」著作集⑥一一八－一二四ページ）。重家は、自身の戦中の転向や戦後の労働者の意識変化を考えるために山代巴論を書くつもりだったが、脊髄の難病に冒され、『囚われの女たち』の刊行が進んでいた八二年に六四歳で亡くなった（前掲「重家豊と文学運動」三三一ページ）。
＊82 「聞き上手な啓蒙家　上野英信の死を悼む」（追悼録刊行会編『追悼　上野英信』上野英信追悼録刊行会、一九八九年、二三七－二四一ページ）。
＊83 「獄中手記」『獄中集』五七ページ。
＊84 善一から巴あて書簡番号57、99など。
＊85 巴から吉宗あて書簡番号154（一九四三年一〇月）。
＊86 前掲「私の歩んだ道」。「初戦の失敗」『展望』一九七一年七月、一七ページ。
＊87 佐々木暁美、前掲『秋の蝶を生きる』二六五ページ。
＊88 神田三亀男、前掲『山代巴と民話を生む女性たち』一〇八ページ。
＊89 「解説」『叢書・民話を生む人びと』4、而立書房、一九八二年、三三五ページ。
＊90 「解説」『叢書・民話を生む人びと』5、一八〇ページ。

＊91　「上下の家は、私独自の研究所でもあったが、母や弟との心底からの寄り添いの場でもあった」（同右）と山代も書いている。共産党広島県委員長になった宜策の家は党の事務所を兼ねていたから、つねに人が出入りしていたと思われる。
＊92　神田三亀男、前掲『山代巴と民話を生む女性たち』一一六ページ。
＊93　内田千寿子「山代さんの助言」『山代巴を読む会会報』9、一九八四年三月、三ページ。

第一〇章　「近代」への批判と『囚われの女たち』の完結

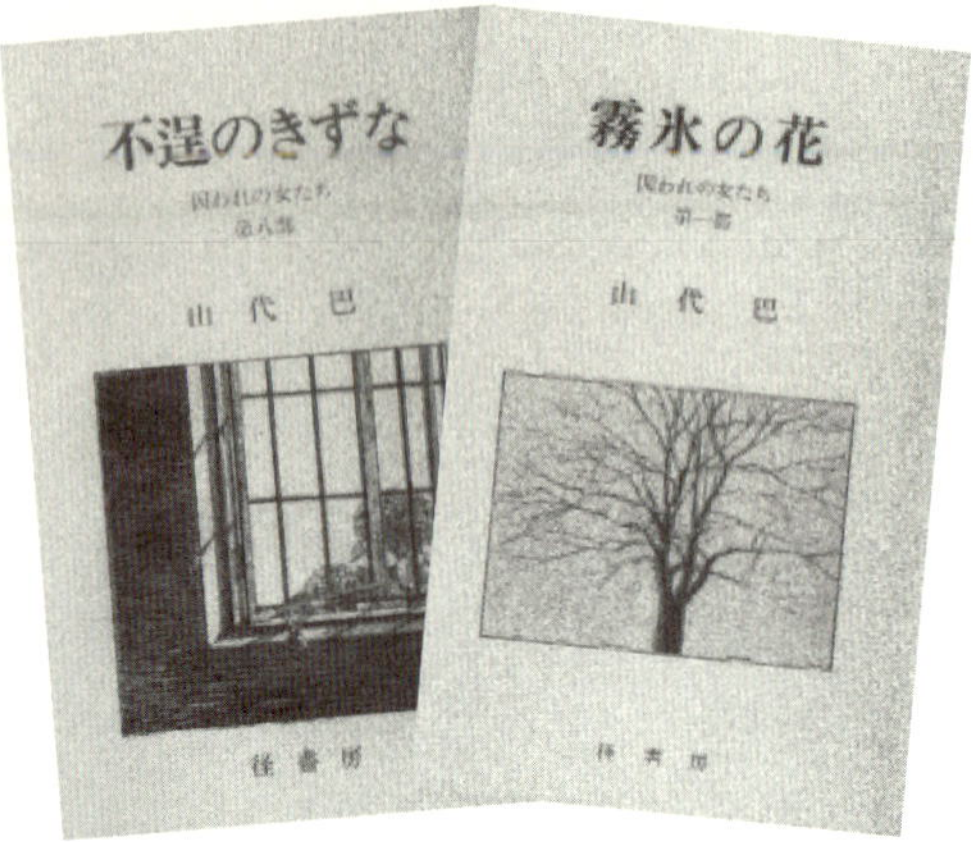

『囚われの女たち』（径書房）の表紙（山代草子・画）
『霧氷の花』（第一部）と『不逞のきずな』（第八部）

三次刑務所の看守と、和歌山への移送を前に（1944年２月）
右から２人目・山代巴、３人目・重森クラ

1　被害と加害の連鎖

山代巴にとって一九七〇年前後の数年間は、つぎつぎと難題におそわれた時期だった。社会全体をみても、水俣病をはじめとする企業犯罪や排気ガス・農薬・中性洗剤による環境汚染など、いわゆる公害が拡大する一方で、エコノミック・アニマルが日本人の代名詞となるなど、高度経済成長にともなうさまざまな問題が露呈した時代である。これに中国の文化大革命や世界的な若者たちの異議申し立て（一九六八年革命）がかさなって、日本でも全共闘運動、三里塚闘争、ベトナム反戦運動など、既成の革新政党や労働組合などとは無縁の多様な運動が登場した。そうしたなか、これまで講演・座談では日米安保条約などに言及しても、活字にするのはおおむね農村での自分の実践に限定してきた山代にも大きな変化があらわれる。

たとえば、「三里塚と広島を結ぶ」というエッセイでは、成田新空港建設の土地収用に反対して機動隊員に排除される三里塚の「おっかあ」たちの「抵抗の姿勢」は、「平和都市建設の名によって、戦災小屋から排除されて行ったあの被爆者、この被爆者の姿勢を思い出さ」せるし、『この世界の片隅で』に書いたように、いまや在日韓国朝鮮人・極貧者を含めた「棄民の巣」となった広島の「相生通り」は、「高度経済成長、公共利益」が弱者になにをもたらすかを示している。軍事優先のままでは自衛隊機と民間機が衝突した雫石事故[*1]のような危険を増加させる。「空港建設は、日本人全体の問題なのだから、学生たちが『戦争への道を許すな』と、ゲリラで応援に向うことを止めることはできない」と断言し、さらにこうつけ加えた。*2

私はここで、いまも残る古い村落共同体の中で、自治への目に見えない努力を重ねている農婦の闘いと、成田農婦の闘いは、一つの線上の闘いであることを強調したい。二つは無言に連帯している。

自治の闘いとは、「みちづれ」が明らかにしたような、町村議会選挙で部落推薦の拘束をかいくぐって婦人会の独自候補や革新系候補に投票する女性が増えはじめた現実をさす。山代はこれを「農婦たちの『部落すいせん』を破る無言の地すべり」と表現し、三里塚にかさねたのである。三里塚農民を支援したのは共産党に敵対する〝過激派〟や新左翼だった。文化大革命に共感しても公言はしなかった一九六〇年代の山代を思えば、かなりの変身であった。

これより半年前の武谷三男との対談では、「前衛があって、その下に大衆組織があって、というような図解がありますね。あんな一目ですぐわかるようなものは形式民主主義。外からわからない一人一人の心の中から目ざめが始まれば、手のつけようがないほど広がります」と語っている。*3 農村女性の黙秘のたたかいは前衛党の特権的地位をおびやかすほどの力があるというのだ。また、「人間が形式的な形で組織されていくのがいちばんいけませんね。たとえばマイホーム」。「カーつき家つきババ抜き」で女性上位のようにみえるけれど、亭主が死んだらどうなるか、「自己の確立のない」専業主婦はロマン・ロランのいう「男性の影法師」で、女性解放でも男女平等でもないと山代は断じ、武谷はマイホーム主義からの反戦は被害者意識しか出てこないし、「論理のない感動」はヒューマニズムの正反対で非常に危険だ、「日本の戦争のイデオロギーは感動の美学だった」、「センチメンタルな人ほど無意識に残酷なことをする」と指摘した。[*4]

とはいえ、山代はマルクス主義者である。「今の人々は、階級ということばをきらいかも知れないけれど、やっぱり連帯しなければならぬのは自分たちの階級」であり、自分たちが職場の主人公になるためには「職能的にはプロにならなきゃ」いけない。まじめに働くことは体制に奉仕することだなんていう学者や編集者もいるが、「自分たちが権力をとって自分たちの社会になったらどうする」のか、とクギを刺す。権利と特権はちがう、権利には責務がともない、特権は身分や加害を正当化し隠蔽する、という武谷の持論をうけたものだが、山代はさらにこうつけ加える。[*5]

> 私のいた〔旭硝子〕ような職場では、誇るべきものは何もない。ただ働いている今日の一分一分にしか誇りはないのです。それを認め、守ることが人権でしょう。……私、戦後、いろいろな知的労働者を知りましたけれど、そこがことっと抜けているのでね。いつも違和感を感じるんだ。ああ、この人たちの人権意識はずい分ちがうと。

弱者が主体的に生きたいと思う気持ちや「焔のようなもの」を感受しようとせずに「変革」を説く、そんな運動家に対する山代のいらだちがここに凝縮されていた。

また、現在考えられるファシズムの危機は、という編集部の問いに、武谷は戦前のファシズムとはちがう、「歴史は繰り返さない」と答え、山代も「われわれの過去に望んでいたものが容易に満たされるというような形でファシズムが来る……体制がみんなやってくれますからね。いちばん根元的な人間の自発性だけは抑えて」、と応じた。[*6] たしかに、ファシズムは単純な抑圧体制ではなく欲望をかき立てることで分捕りと排除、戦争へと国民を動員する。戦前日本のファシズムも基本的にはこうした特質をもっていたと思われるが、一九七〇年代以降に人びとが直面したのは、まさにこのような欲望を媒介とした自己管理型の抑圧・分断社会であった。

つまり、武谷や山代は若者らの反乱に共鳴しつつも、現実の拒絶やドロップ・アウトではなく、依然として「革命（権力奪取）による社会変革」をめざしていたといえるだろう。むろん、山代の求める社会主義は中央集権的な官僚国家ではなく、自主的に考え行動するとともにみずからの社会的責任を自覚する個人を基礎にした自治（自己決定）の社会、といったものである。これでは弱者に自己管理・自己責任を強要する社会とどこが違うのか、といった疑問が出されるかもしれないが、『荷車の歌』が家父長制容認ではなかったように、山代が「自発性」や「自治」に込めたのは、この時期の新たな抑圧と対峙できる主体性の模索であった。この点を念頭において、もうすこし山代の発言を追ってみたい。

たとえば、武谷の友人で医療のあり方を市民の視座から再検討していた医師の川上武・小池保子らとの研究会での発言がある。ここでは正岡子規『病牀六尺』、フランクル『夜と霧』、遠藤周作『海と毒薬』、水上勉『くるま椅子の歌』などを手がかりに討論をかさねた。そして、川上や小池に触発されつつ山代はこう語る——生活記録運動では「私どもは個の確立、個の確立と盛んにいってきた」けれど、経済成長一点張りの社会のなかでは「魂のほとばしり」を書こうというエネルギーは「摩滅」

され、「連帯して何かを創造することと結びつかないと、個はしだいに孤独に落ちこんでいく」ほかなかった。[7] また、農業農民問題が社会主義国でもうまくいかないのは、農業生産の近代化という「経済生産のほうにばかり重きがおかれ」て、農民が望む未来、農民の人権や生き甲斐を無視してきたからではないか。[8]

経済発展は労働から生き甲斐を奪うだけではなかった。公害が多発するなかで労働組合の多くは企業側についた。一九六八年に「何もしてこなかったことを恥とし、水俣病と闘う」と宣言したチッソの組合は例外である。公害に弱いことは戦争にも弱いということだ。戦後二〇年以上経ってなお「人権優先の言葉が、戦中と同じように、みじめに封殺され」、「自分のやってることがどんなに人間を破壊するものであっても黙っていなきゃならないとしたら、労働は尊厳どころか罪悪とつながる……労働者自身がその点に目覚めて闘わない限り、どうしようもない」と突き放す。そのうえで山代は、組織労働者の実情がこうだとすれば、反公害の市民運動は労働者を糾弾するだけでなく連帯の相手に変えていく覚悟と工夫が必要だ、と転じた。[9] この点はかつて、「鬼」になった姑を保守反動の側に追いやるのではなく未来の礎にしたいと述べたのとおなじである。

鉾先《ほこさき》は農民にも向けられた。全国農業協同組合婦人協議会の結成二〇周年記念講演（一九七二年二月）がその好例である。山代はまず、「三つのものさし」や『荷車の歌』、タンポポの仲間の共同耕作の失敗、『病める谷間』で描いた一揆の歴史と家々のあつれきなどをもとに自らの問題意識を説明したうえで、現在の農業が直面する問題に切り込む。「私たちが心に描いている『ふるさと』の一番大事なものは人間関係」であり、「一人一人が人権に目覚め、互いが平等の人間関係を持つ里……その自治の里を『ふるさと』と思い、それを求めて」きたはずだ。だが、その努力が「いまや木端微塵に砕かれようとしている」。とくに高度経済成長に翻弄される農村で「底辺の農業労働を担っている農婦は、農林省や農協の偉方の敷いた農業近代化のレールに乗って、大企業の作る肥料や農薬や飼料のよき買い手となって、農夫病になりながら汗水たらして、日本人全体の肉体を犯す加害者への道を歩んで」いる。農業は「本来、高いヒューマニズムに貫かれた職能」であり、「地球を清浄に守る」ことが「一九七〇年代以後の、農という仕事のビジョンであり、大前提にならねばなら」ないのに、現在の農民は公害企業の労働者とおなじく、被害者であると同時に加害者になっている、というのだ。そして、「安全性の考えを身につける一番の元は、人権に目覚めること」であり、「農協中央の幹部の方々」は「チッソ的な大企業」や「人権無視の企業の生産物は買わないと決意するぐらい、素朴な、耕作農民的な人間」になって欲しいし、「地域での〔婦人部〕指導者である二千人の皆様も……大地を毒物で汚さない、安全な食物を作る農業のために奮闘して下さい」と訴えた。[*10] ちなみに、有吉佐和子「複合汚染」が『朝日新聞』に連載され大きな反響を呼ぶのは二年後の七四年である。

さらに、「老いというものをかわいそうだということではダメなんで、厳しい批判をもって、初めて抱擁できるのではないか」とも指摘する。なぜなら、「現在の農村の古老のいちばんの苦しみは、自分の生涯の働きのみのりがない」ことだが、戦前から営々とかさねた倹約も長時間労働も結局は「農業を解体させる道でしかなかった」し、これからも「勤勉、一点張り……増産一点張りを続けるならば、それは加害者になる」ほかない。この現実を「冷静に捉えなければ次の世代がその轍を踏まないためにはどうすればいいかという問題が出てこない。青壮年と手をつなぐといっても、その理解がないときれいごとでおわる」からだ。もちろん、老人の世代には情報も選択の余地も与えられなかったし、農業近代化の被害者でもある。しかし、現状をつくり出した「責任の一端を担うべき人間」だという「〔自己〕批判があってはじめて、選択を与えられていなかった人として理解ができ、理解から愛することができる」わけで、いまの青壮年も、情報と選択の自由がありながら「選択をしないでいては、真実に理解と愛が生まれるかどうか、疑問だと思います」、というのである。[*11]

山代はまた、『君はいまどこにいるか』（筑摩書房、一九七五年）を出す。筑摩少年図書館シリーズの一冊で、小学五年生の「和志」と従兄の大学生「晃」が、敗戦前後の教育、甲神部隊の被爆者家族、原水禁運動などの体験者をたずねて地域の歴史を学ぶとともに、母ちゃん農業や牛飼いの苦労、農薬・工業廃液による飲料水や瀬戸内海の汚染、田中角栄内閣の新全国総合開発計画にもとづく大規模開発や中国縦貫道による生活と自然の破壊、水害の多発など、自分たちの現在と未来をおびやかす諸問題に気づいていく、という物語である。

いまは子どもに向かって「お前はなぜ勉強をしなければならないのか」を「親が責任を持って教育できない時代」になったと聞くが、「自分の位置の認識なしに、子供たちに語りかけることはできません」、この本を自己客観視、「人間が積みかさねてきた歴史のどこに立っているか、を自分で確認し、どうすべきかを考える手がかりにしてほしい、と語っている。[*12] この本はおとな、とくに親たちにも読んでほしかったようだ。[*13]

叙述は多岐にわたっているが、ここでは二つのメッセージを紹介しておきたい。一つは、誘致した日本鋼管のために無惨に「改造」された福山市域を案内してくれた人の言葉である。

電子計算機による自動的な計算制御を誇るこの大工場は、徹底した公害対策で無事故を誇っている。そのどまん中で、ふんどし一つの裸に下駄ばきで働いているのは、下請にやとわれた漁民や農民の子。けがをしようが命を落とそうが、鋼管会社の事故にはならない人びとですよ。そこまで見ないと、ほんとうに鋼管を見学したことにはなりませんよ。[*14]

また、晃は和志に手紙でこう伝える――新聞は「国産原子炉第一号」の島根原発の運転開始をよろこんでいるが、武谷三男編『公害・安全性・人権』を読むと、いまの原発には原理的な欠陥があって、廃棄物の処理ができない「便所のないマンション」のようなものらしい、それに「どこか一つの原子炉が事故をおこすと、日本全土に相当する面積が汚染され」、「放射線は遺伝子にまで影響して、孫子の代まで苦しめられるのだから、まだわからない未来の被害などを補償の額で決めることは不可能なのだ[*15]」。

そして最後に、帝釈峡の景色をながめながら「自然を征服していったら人類は滅びる。公害いっぱいの時代には、この美しい自然を守ることも創造なんだ」と晃に語らせながら、山代は、未来を担う若者よ、「君はいまどこにいるか」、と問いかけるわけである。[*16]

このように一九七〇年代の山代は、農村の文化活動という自らに課してきた枠組を越え出て、労働者・市民・老人世代などの問題にまで議論の射程を伸ばした。そして、人権と連帯に基づく自治的な社会をめざすという目標や、主体責任の自覚、自己客観化の努力なしに相互信頼はつくれないという持論を堅持するとともに、高度経済成長による生産力や技術の発展が人間と社会の幸福をもたらすのではなく、むしろこれまでとちがった差別や抑圧、自然破壊をもたらすことに危機感を深め、ただ欲望のままに無思慮に働くだけでは被害者のまま加害者になることを、これまで以上にきびしく指摘するようになったのである。

いや、こうした主張は「よりきびしくなった」といういわば量的な変動にとどまらなかった。かつての山代は人びとを抑圧し分断するのは「封建的」なものととらえていた。だが、近代化の進行こそがより深刻な危機をもたらしているとすれば、歴史のとらえ方も変わらざるを得ないからだ。

農協婦人協議会の演題が「歴史を負って現在に向う」であったように、山代はつねに「歴史」を重視してきた。なかでも百姓一揆については「おかねさん」（一九五三年）以来、たびたび言及してきた。その文脈はおおよそつぎのようなものだった——備後の農民は五度も大きな一揆をたたかったが、その「革命の伝統」はたびかさなる領主の弾圧と明治以後の学校教育によって忘却の底へ埋められ、五人組以来の「監視干渉癖と密告癖」だけが明治時代から第二次大戦中の隣保組織、戦後の婦人会にまで生きつづけて農民の団結をさまたげた。争いごとがおきると家々のあつれきの歴史だけがよみがえるのもそのあらわれだ[*17]。また、家の歴史は家柄意識と結びついており、「それはかつて貧農小作だった底辺の家の中にもある……これが身分意識につながり、特権意識につながって、今日の連帯を妨害している、「底辺だから貧しいから身分意識がなくなるということはない」[*18]。

こうした歴史理解の根底には、江戸時代は苛酷な階級支配の時代であり、明治以後も天皇制や地主制、家制度が残存したために自由平等や個の確立がさまたげられ、資本主義の発達も不充分で抑圧と貧困に民衆は苦しめられたという、どちらかといえば一本調子の〝暗黒時代〟のイメージがあった。これは山代の実感であるとともに、戦前の日本を半封建的な絶対主義国家とみなしたコミンテルンの三二年テーゼの影響を受けた歴史観だった。

しかし、一九七〇年代の山代は、こうした〝抑圧の歴史〟のなかに「自立的な小連帯」を見出そうとする。戦国時代の末期、登呂茂谷の農民は数軒ごとに「垣内《かあち》という名の小連帯」をつくり、「村は垣内連合の代表達の寄合」として自治的に運営されていたが、「徳川封建制は、この農民の自主的な連帯をつぶして」五人組をおしつけた。上垣内《かみがあち》・下垣内《しもがあち》といった屋号はその名残だ、と山代はいう[*19]。この「自立的連帯」は一般には「惣村《そうそん》」と呼ばれる中世末期・戦国期の自律的村落に特有な姿だろう。

その後の五つの一揆については、従来のとらえ方とあまり変わらない[*20]。すなわち、元禄一一（一六九八）年の一揆は庄屋や有力者が主導して敗北し、享保二（一七一七）年の一揆では有力農民が特権を藩主に認めさせた。宝暦三（一七五三）年の一揆は百姓が主導して藩と有力者に立ち向かったが、弾圧はきびしく、互いに隣人を密告して難を逃れた。だが、栗柄村の頭領にかつがれた下垣内の八右衛門一家は子どもまで拷問に屈せず皆殺しにされた。これをみた百姓たちは明和七（一七七〇）年の一揆で頭領をかくまう工夫を凝らし、天明六（一七八六）年の一揆では本格的な秘密結社をつくって勝利した、というものである。

ただし、農民が成長できた理由づけが変わった。「激突と激突の間」の時期に「五人組制を統治の武器にしようとする藩権力と、これを昔の垣内のような自衛の組織にしようとする百姓の力とが絶え
ず闘っていた」[*21]からであり、垣内の精神が「五人組制の手の平からこぼれたところで芽をだし、権力

批判へ向けて連帯を創造して行った」からだ、というのだ。一九四五年の山代たちの「隠匿物資摘発」運動の失敗も、「村落が長い間に培った権力を籠絡する精神」を共産党員が認識していなかったせいだと意味づけられた。[*22] 一揆という非日常的な突出と弾圧の二元論ではなく、日常的な「せめぎあい」を重視する視座の登場である。

天明以後の歴史像も大きく変わった。一揆の成果である灌漑の整備や機織り（備後古手《ふるて》）[*23]の普及によって経済的余裕と分家の自立志向が高まり、寺子屋の田頭《たがしら》塾を復活させる一方で私益追求の欲求がつよまった。天保期の検地で年貢を増やされると、村民は材木を売って現金を稼ごうとして入会《いりあい》山や他村の山まで盗伐し、はげ山がひろがった。儒者三吉円平を招いて天明一揆の記録『西備遠藤実記』『阿部野童子問』などを学んだ田頭塾の若者たち（そのなかには巳の祖父九右衛門もいた）はこれを恥じて植林に力をいれるとともに、「創業の昔に返れ」という復古思想に共鳴」し、山は本来住民の共有だったと主張した。一八七一（明治四）年に廃藩置県反対、旧藩主引き留めを名目とする大騒動が起きたときも、「谷間にある私有林の伐採の権利を、登呂茂谷総百姓に渡す誓文」を旧庄屋に書かせたという。[*24]

ところが、田頭塾生も参加した自由民権運動が敗北し、一八八九年に町村制が施行されると「村会は地主勢力と富農の議場」となり、江戸時代は戸主であれば参加できた「治山治水、道普請、祭事の世話」をする部落総代会からも小作農は締め出された。そのため貧者の抜けがけ根性は強まり、そうした「共同体全体の弱肉強食化の行きつくところが、太平洋戦争時期の戦争翼賛の隣組」であった、[*25]と山代は結論する。つまり、明治以後の村落共同体が弱者に抑圧的だったのは、国家の政策や身分制的・封建的なものの残存とともに、地租改正によって土地の私有権が認められ自由競争に基づく弱肉強食が政治的経済的に容認された結果、村人たちの私益追求がいっそうはげしくなり、連帯を内側から破壊させたからだ、ということになる。思いきって単純化すれば、明治時代を江戸時代の単純な延長としてではなく、むしろ高度経済成長にいたる近代社会の出発点と考える、といえようか。

一九六〇年代から歴史学界でもおなじような歴史像の転換が進んでいたから、山代も地元の研究者・教師などから教示を得たかもしれない。しかし、一九六〇年代の山代は古文書や古老の話をもとに徳毛一族と登呂茂谷の歴史を学びなおしており、中世の僧侶・愚中をはじめとする自立の精神、垣内という名の由来、田頭塾生の活躍など、多くの知識を蓄積していた。そして、三里塚の闘いや公害反対などの地域に根を張った闘いを目撃し、「保守の砦」であった地域婦人会や地域共同体のなかでも「自治」を求めるひそかな動きが実を結びはじめると同時に、収入は増えたけれど家族や地域社会はばらばらになったという困惑が「みちづれ」などで語られ、都会でも核家族の孤立化が指摘され、労組までが会社批判を封じる側にまわる事態に直面する。こうした歴史の知見と現実の問題とが山代のなかで結びついたとき、「村落共同体の基底は、固定した観念で捉えることのできない」ものだと認識されるようになり、「部落共同体というのは農民と権力の末端とのだまし合いの場であり、たたかいの場」である、[*26] あるいは、「権力は常に人民をだまして来たが、人民の中にも常に権力の末端をだましてきた伝統があるのだ。[*27] このことが読めない限り、思想犯であった私の弟が近衛兵に選抜された道は、理解できないであろう」[*28]、といったダイナミックなとらえ方ができるようになった。

ただし、村落はあくまでも〈せめぎあいの場〉であって、既存の共同体がそのまま抵抗と連帯の拠点になると山代が考えたわけではない。山代のめざす未来の「ふるさと」も平等と自治の「人間関係を持つ里」であって、自分たちが生まれた村といった実体ではなく、近世以前に存在した「垣内」がその原形ということになる。これは羽仁五郎『都市の論理』で称揚された古代ギリシャやルネサンス期の都市国家の意味づけとも共通するだろう。

もともと、マルクス主義の理論よりも婦人解放への切実な願望や尖鋭なヒューマニズムから「革命」に身を投じた山代は、みずからの思想を体系的に語ることも、概念で判断されることも望んでいなかった。それでも、山代の発言を以上のように整理できるとすれば、一九七〇年代の山代は、封建的なものが払拭され近代化が進めば個人が尊重され自由な社会になるという期待や、生産力の発展が歴史を進歩させるといった社会主義の通念からはなれて、被害と加害、孤立と抑圧の連鎖を増幅する「近代」を批判するとともに、日常茶飯に人権を貫こうというこれまでの呼びかけが、歴史のなかで民衆が培ってきた〈せめぎあいの伝統〉につらなるものだとの確信を深めたのではなかろうか。

なお、一九七〇年代は山代に協力する出版社も岩波書店から勁草書房・未来社・筑摩書房・而立書房に変わり、雑誌はほとんど筑摩書房の『展望』『人間として』に限られた。編集長はかつて「蕗のとう」に感激し『荷車の歌』を刊行した原田奈翁雄である。そして、山代は七七年、長篇小説執筆の態勢を整えるため、以前寄宿したことのある吉舎町（現、三次市）の佐々木喜久宅の二階に仕事部屋を増築し、夏は三次や府中に近くて涼しい吉舎、冬は東京・日野市の団地で過ごすようになる。[*29]

2　人間と時代を描き切る

一九八〇年一一月、念願の『囚われの女たち　第一部　霧氷の花』がついに刊行された。全一〇巻の大河小説で、「蕗のとう」（『大衆クラブ』版）を序章におき、三次刑務所に収監された「吉野光子」が和歌山刑務所に移され仮釈放で自宅にたどり着くまでの三年間が克明に描かれるとともに、映画のカットバックのように、生家の歴史や光子の生い立ちから京浜での活動・逮捕までの歩みが回想の形をとって再現された。女学生時代から杉山清との別れまでをあつかった「道くらけれど」「濁流をこえて」の人物名は引きつがれており、『囚われの女たち』は『赤旗』[*30]連載時に構想された四部作の後半、つまり吉宗との出会いからはじまる第三部、刑務所時代の第四部にあたる。表紙絵は徳毛宜策の娘で巴の養子になった（現姓・三澤）草子が描いた。田中ウタをめぐる問題で執筆を中断してからほぼ一〇年、山代は六八歳になっていた。

出版は径《こみち》書房。一九七八年の倒産を機に筑摩書房を退社した原田奈翁雄が山代の要望をうけて八〇年八月一五日に設立した。原稿はほぼできあがっており、隔月刊行、二年足らずで完結の予定だった。マスコミが『荷車の歌』以来二四年の沈黙を破って、といった調子で取りあげたこともあって、初版四〇〇〇部の第一巻『霧氷の花』はたちまち五万部に達したという。ところが、山代は一時体調をくずし、また推敲に時間を費やしたために、第二巻は半年後の八一年六月、全巻完結は八六年八月になった。これは経営的には誤算だったろう。原田は季刊雑誌『いま人間として』を創刊し（一九八二年五月)、林竹二・上野英信・高史明などの著名な知識人・作家だけでなく、地道な活動をつづけてきた人びとの発言を積極的にとりあげ、単行本にしていった。いわば原田版「民話を生む人びと」である。「径書房分室」と称して知人に宣伝・頒布したり、三〇〇余人のカンパで新聞広告を出すなど、たんなる受け身の読者の域をこえた出版社との関係もつくられた。[*31] また、「山代巴を読む会」「山代巴を読む会(備後路)」など各地に自主的な読者サークルが生まれた。

しかし、山代自身としては納得できる作品に仕上げるほかない。その決断を支えたのは、中野重治の励ましと忠告だった。登場人物の一部を実名にするか否かに迷った山代に対して、ガンで亡くなる直前の中野は答えた——「正しいとか、正しくないとか、創作方法がどうのと言うことは二の次だ。ノンフィクションかフィクションかも二の次だ。我々の実践して来たことは、事実がどうであったかを残す必要があるんだ。今や、これさえもなくなろうとしているんだ。事実に忠実に、ただそれだけでもやっておかなければ、何をやったことやらになってしまうよ」、「僕の『甲乙丙丁』は、失敗作だ。だが事実には忠実たろうとした。そこには悔いはない」、と。[*32] この「御言葉」は「私を大変励ましました」と手紙(一九八一年七月頃)で横井亀夫に伝えた山代は、さらにこう書き添えた。[*33] 横井は京浜時代の伊策を訓練してくれた熟練工である。

前に「赤旗」へ連載の長篇は、この「囚われの女たち」の前段に相当するのだけれど……〔クレームによって〕挫折してよかったとも現在は思っています。結局、私自身のやって来たことは、一人民の抵抗なんだから、徹底して一人民の場に戻って、そこから事実だけを書けばいいと思っています。もちろん、それによって現役党員に御迷惑がかからないように極力努力はしますが。

そこで山代は、資料を補充し関係者に問い合わせるなど「事実」の確認にいっそう力を注いだ。*[34] 戦前の社会主義・労働運動を党派にとらわれずに調査研究していた運動史研究会（一九七七年設立）などの議論も参考にしたようだ（横井は主要メンバーの一人だった）。*[35] たとえば、第三巻で「伊庭源一」（伊藤憲一）*[36] は、四・一六事件（一九二九年の一斉逮捕）以後の共産党中央は「コミンテルンに認めてもらうためには、やりもしない闘争をやったように誇大報告をした。コミンテルンはそれを真に受けて、日本の大衆はすぐにも天皇制打倒に立ちあがれるような錯覚を起こして、三十二年テーゼのようなものを押しつけて来た」、党中央はこれに服従し末端は中央に盲従した、その結果が銀行ギャング事件などになった、と語っている。*[37] だが、伊藤がここまで内情を知ってコミンテルンを批判したとは思えない。*[38] それでも、過激な方針がなぜ出されたかを考える手がかりとして、あえて語らせたのだろう。フィクションの要素は時代や状況、登場人物の言動の意味を理解してもらうための工夫であった。*[39]

全巻が完結したとき、山代は横井あての葉書（一九八六年九月五日消印）でつぎのように書いた。

おハガキ有難うございました。

運動史の上では誤謬としてき〔指摘〕される所が沢山あることと思います。最初の出版記念のときから五年七ヶ月かけて、新聞を読みなおし、聞き書きをやりなおし、その結果がいま「完」の字を結ぶことになりましたが、作品の迫力は改作しない方が強かったかと思われます。

ただし、改作のため〔昭和〕二十年一月から八月までの〔朝日〕新聞コピーは隅〔か〕ら隅まで目を通し、あの時期の権力の「国体護持」と玉砕への全力投球を確かめたことは、日本人（今日もふくめて）を知る上に大きな収穫でした。空襲史も随分読みました。作品の上にはいくらも実らなかったけれど、その六年の努力は私に度胸を与えました。無力感におそわれると同時に、これが私の全力だという度胸が出来たのです。「党史にかかわる」とか「転向者美化」とか、いろいろの批判が出ても、いまは動じないでしょう。

やっと裸で突入できる人間になれた解放感もあります。　では又。

『囚われの女たち』の感想・書評はさまざまな角度から出されたが、ここではあえて三人の学者の評言にしぼって紹介したい。

ひとりは近藤完一（科学論）である。近藤はまず、戦前の日本がどのような国であったかを「丸ごと書いている本」として、野上弥生子『迷路』とならぶ作品と評価する。そして、思想の血肉化がテーマの『迷路』は学生を主人公にして権力の上層部から労働運動までを多様な視点から俯瞰していくのに対して、『囚われの女たち』は獄中を生き残った光子が「死者、あるいは生きる屍になった人達の声を遠くに聴きながら、その血と汗で購った言葉を綴」ることで、「人間が思想を自らのものにしていく過程」をあざやかに描きだした。しかも山代の文章は具体的でレトリックをほとんど使わないから、小学校しか出ていない母のほうが自分より深い読み方ができた。これは文章表現の易しさといったことではなく、「それぞれの人生の体験をぶつけることによって、はじめて読むことが可能」になり、おなじ人でも年輪を重ねるにつれて「読み込み方が違ってくる」ような文章だからだ、と指摘する。[40] 民話的と評される山代の文章は、時代の全体構造を読者の共感を喚起しつつ描き出す力を秘めているというのである。「おらぁたちの人権が、ちったぁみとめられるようになったのは、いろいろな衆のおっかねえほどの苦労があったただになあ」という大工のおかみさんの感慨[41]はその好例だろう。時代を丸ごと描いた、という近藤の評価を山代はよろこんだはずだ。第二巻が出たころ、こう語っている。

〔純情な捨て石根性で革命運動に飛び込んだ若い女性たちは〕体験を思想化する余裕をもたないまま、皆悶々のうちにたおれていきました。この体験をいかに思想化するか、それが私の課題なのです。たんに弾圧に抗してプロレタリア運動に身を捧げたという教科書的なとらえ方では、あの時代をとらえきれない。人間の強さ、弱さをひっくるめて全存在を描き切るにはやはり、あのドストエフスキーのような方法しかないと思うのです。それを私は、私たちの世代の責任として若い人たちに遺してゆきたいのです。[42]

もうひとりは阿部謹也（西洋史）。阿部もまず、自分の母の生涯をふりかえるとき「蕗のとう」の主人公は「他人事とは思えない」という。そして、自分は人間と人間の関係、とくに差別をめぐる問題に関心があるけれど、史料は読む側の目がたしかでなければ何も語ってくれない。とりわけ「差別された人々の心の奥底まで」入りこむのはむずかしく、山代の仕事は「歴史研究者にとってはいわば原点にあたるものだ」。たとえば「女人夫になるほどの者は大なり小なり石川五右衛門釜茹《かまゆで》の日々を暮しとるんじゃ」とオシカやイソノは言い捨てる。[*43]釜ゆでの刑に処せられた大泥棒の五右衛門は、熱さに耐えきれなくなると頭上にかかげていたわが子を足の下に敷いたという故事を受けたもので、この言葉は「何かを下敷きにしなければ身がもたない」下層民衆の生活をみつめる山代の、「するどい、そしてまた暖かい人間観察の目」があってはじめて読者にとどけられた。また、女囚のオトラの体験を聞いたときの光子の反応は、「他人の屈辱をわが身の屈辱として体が震えるような怒りをおぼえることなくして歴史は書けない」ことを教えてくれた、と阿部は力をこめて語る。[*44]

『囚われの女たち』には窃盗、放火、母・舅・養父殺し、堕胎幇助、スリの親分など、三次・和歌山あわせて二〇人を超える女囚が登場する。窃盗常習犯の「瀬戸のオハツ」や「大連のオトラ」は少女のころ口減らしのために売られて、性器を使う見世物にされた。小屋に入った客は「吹け吹けドンドン」と囃《はや》されながら「火吹竹を持って化粧したオメコの顔を吹く、オメコは震えてピクピクする……これが笑わずにおらりょうか……そういう商売よ」と「九番〔オハツ〕はこともなげに言ったが、光子は大きい息をした。何という屈辱、この屈辱にいつまでも耐え得る女がいるだろうか。九番は盗みをすることで見世物生活からのがれたのだ」。[*45]そして、足の小指が離れているねと看守にいわれてオトラが答える場面。

「バナナ切りをやるころはなぁ、こいつが」と足の小指をぴこぴこっと動かし、「おらぶ〔叫ぶ〕ほどあっこにだけ力を入れよったからのう。だんだん、外へ向いたんよ」。彼女はさりげなくそういって何も気に止めていないようだったが、光子には足首の太い、甲高な、武骨な浅黒い足の、その小指の機敏な動きに、オトラの命がけの青春が語られているように思え、体が震えるような怒りを覚えるのだった。[*46]

阿部謹也はさらに、光子が旭硝子に入る前の町工場で出会った朝鮮人の少女「金命芳」（慎命達）との会話に注目する。信頼され本名を明かされた光子が、実家へ送る荷物にくず糸のかたまりを入れておいたら泥棒に盗られた、箱を開けたらあきれられるだろう、恥ずかしいと話すと、命芳は「そんな心のおばさん大嫌い」と怒りだす。多摩川の土手に住む朝鮮人は日本人の捨てた屑をあつめ、「日本人が捨てる豚の皮や骨や臓物を煮たり焼いたりしたのがごちそうよ。それを恥ずかしいと思ったら一日も生きていけないのよ」、おばさんは差別はわるいと理屈ではわかっていても、感情ではそうではない、「その筋を通せないおばさんの気持がわたしは憎らしいの」と泣いた。[*47]

阿部はここに差別の原点をみる。ヨーロッパでも道路清掃人などが差別されるが、中近世の社会では排泄物やゴミには神秘的な力あるとみなされ、その処理をする人も怖れ畏うべき存在だった。それがキリスト教のひろがりにつれて神秘性を奪われ賤視されるようになったという。日本でも屍体などの「けがれ」を清める人は聖なる存在だったが、やがて穢れた人とみなされ差別されるようになったといわれる。阿部はまた、命芳の祖母が住むくず鉄やボロ布に埋もれた小屋には、朝鮮人革命家をかくまった秘密の部屋まであることに驚嘆し、これはヨーロッパ中世のアジール、権力の踏み込めない聖なる避難所ではないか、命芳の話は差別の歴史を考えてきたわたしの構図が「基本的にはまちがっていない」と思わせてくれた、と語る。[48]
金命芳の祖母は、関東大震災の二年後に息子を警察で殺され、故郷の朝鮮を出ざるを得なかった。日本でもいつ何があるかわからない。だから祖母は「唖」になった。「人様に迷惑のかからないように生きるために」、と命芳は明かす。この時代、差別される者が秘密を守る懐になるにはそれほどの覚悟がいるのだ。逮捕に備えて光子と常夫は、この祖母に思想書などを託す。内務省警保局の報告には「朝鮮人労働者・慎命達等を民族自決の方向に啓蒙する等、諸般の活動を為す内……」という記述がある。[49]捜査はおよんだものの「啓蒙」される側とみなされたようだ。『囚われの女たち』の命芳は、拘置所の光子に、元気だ、祖母は前年に病死したという手紙を送り、現金や葉書を差し入れている。[50]
山代の作品には朝鮮（人）への言及が少なくない。「蕗のとう」の夫ウイチは朝鮮国境の警察官になり、「濁流をこえて」や『囚われの女たち』には現実無視の指令を批判したり、スパイと疑われリンチされる朝鮮人党員が登場し、「光子」の母は、朝鮮農民から牛をだまし取った男の才覚を誉めそやす村人を横目に、「人の道ではないからわしゃあよう誉めん」と小声ながらきっぱり語る。[51]貧しく虐げられた民衆が植民地で「帝国本国の国民」としての恩恵を分捕ってくる、その被害と加害の重層したあり方は、女人夫のオシカらのいう「釜ゆでの日々」にも通じている。
近藤と阿部が人間と歴史に着目したとすれば、物理学の勝木渥は、現代物理学を解説した武藤俊之助「極微世界の自然法則」（『科学知識』一九四二年一一月）をめぐる出来事に感銘を受けたという。東京拘置所で武藤論文を読んだ吉宗は、原子核・中間子などの最新の研究成果と、その極微世界が「膨張する大宇宙」と連関することを熱をこめて巳に書き送った。[52]勝木はこの三通の封緘葉書を「日本の現代物理学史における一つの歴史的証言」と評価する。なぜなら、「新しい科学知識がどのように民衆に普及し受け容れられて行ったか」ということも「物理学史の重要な一部分を構成する」からだ。しかも、『囚われの女たち』では、これを読んだ看守の「井川」（井上ヨシコ）が、「わたしには相対性理論も量子理論もみんな初めての言葉、何一つわかっちゃあいないけえど、未知の世界がわたしを追いかけて来るように思えて、あの手紙〔の続き〕が待ちどおしかった……『大宇宙』が『極微世界』と連関性を持っているということに目が向くと、わたしはもう、目の先の小さないきさつの中でこせこせ生きるのがいやになった。もっと悠久な世界で自分を認めるような生き方がしたいと思うようになったの」と光子に語る。*53

勝木は、物理学の一論文が獄中の革命家に正しく理解され、その手紙が「一人の女性看守の心を大きく揺り動かし、その人生観を深化させる……このような形で、反戦運動の中で一つの役割を果しえたことを記録に残した山代に感謝する。そして、「澄んだ秋の夜空に輝く星の群を眺めていると、大宇宙の広大なのに今更の如く思いを致すわけであるが……」とはじまる武藤論文には、量子理論が相対性理論に匹敵する「物理学的思想革命である」という言葉もみえる。吉宗は「星の世界」にはじまる自分たちの運動と物理学の革命の勝利とを重ね読みしたのではないか、と指摘する。*54

たしかに、旭硝子の女工たちが「星の世界」を熱心に書き写したのも、ただの知的好奇心ではなく、日常生活をこえる「悠久な世界」にふれた感動があったからで、それゆえに野口豊枝らは急速に山代夫妻と親しくなり思想的にも近づいたのだろう。『囚われの女たち』の読者会でも、若いころ紡績女工だった高畑里子は、八方ふさがりのなかで大事なのは「労働者の権利がどうとかいうんではなしに、必要なのは広い世界観をもつということ、天皇制教育の中で作られてきた価値の転換」だったと述べている。[*55]

このように、『囚われの女たち』は山代の半生の物語にとどまらず、家族や村落、植民地、労働の場などで抑圧され差別されてきた女たちの物語であり、「近、現代を生きた日本の民たちの叡智が随所に輝く壮大な叙事詩」「現代の民話の総集編」（原田奈翁雄[*56]）であるとともに、歴史学や物理学の専門家から注目される内実をもち、「時代」を丸ごと描き出すことのできた、まさに大河小説の名に値する作品であった。こうした豊饒さは、山代の叙述が概念や論理ではなく、あくまでも具体的に、いわば無数のスケッチの積みかさねで構成されていたことによる。ときにそれは細部にこだわり過ぎるとか脇道にそれ過ぎるといった感想をよびおこしたが、「紋切型の鋳型にはめては私の思想発表は出来ない」と言いきった「獄中手記」以来の山代の一貫した姿勢であり、絵描きならではの観察力や表現力がその力業を支えていたといえるだろう。[*57]

なお、タイトルに関して山代は、刑務所での経験が自分の原点であり、むかしの思想犯は「破廉恥罪ではないというプライド」によって寒さや飢えに耐えたが、自分は窃盗犯や放火犯などに助けられて生きのびた。[*58]とくに、和歌山刑務所では飢餓とB29による空爆への恐怖が「虚無で弱肉強食の地獄」をもたらすなかで、「人間性の抵抗は、互いの人生を認めあい助けあう以外にないこと」を学んだ。現代の核兵器と共存する近代化も「空襲下の囚われ」と同様の「虚無と弱肉強食の生き地獄への道」ではないか、と述べている。[*59]

そして、ＮＨＫ「女性手帳」（一九八一年二月一六日）でこう語った――「蕗のとうは十になる」という「やさしさのほとばしるような」歌で三次刑務所の最初の冬を越すことができたと書いてあるけれど、「泣きながら勇気がでる」というのはおかしい、とよく言われる。しかし、「限りないやさしさ、それがふみにじられた人をわかるもとになるし、わかりあうということに対して私は勇気を持つ」。「そういう勇気に駆りたてられて私は生きて」きた。だから、「蕗のとう」も『囚われの女たち』もテーマはおなじ。それに、東京の団地に住んでいると、ときどき和歌山刑務所にいるような感じになる。なぜなら——

誰に管理されているわけでもないのに、看守がいるみたいに皆バラバラで、すれ違っても話をかわさない……ドアの内側にとじこもって、それでいてお金さえあれば電話で何でも持ってきてもらえる。ちょうど、和歌山刑務所では報知器というのをポッと出せば、チリ紙でも何でも与えられるけれど、隣の壁をたたいてつきあってはいけない、房のまん中でイイ子して座っていなくてはならない、それと同じです。「近代」っていうのはやはり囚われているのではないか、本人は気づいてないが、いまの日常生活の中で人々はずいぶん囚われているなァ、と思うのです。『囚われの女たち』という題はそこからつけました。*60

たしかに、近代という時代は、国境によって住民を囲い込み、国民としての自覚（わが国のために殺せ！　死ね！）を要求するとともに、際限のない欲望と自己責任の競争社会の網の目に人びとをからめとっていく。職場でも過労に苦しみながら「わが社への貢献度」を競わされ、同僚と本音で話しあうことはできない。家族は困難をかかえても「家の恥はさらせない」と自閉して周囲に助けを求めることさえ思いつかない。高層マンションでも戸建て住宅地でも近所姑の視線におびえ、集会では威勢のいい発言ができても隣家に署名を頼むのはためらってしまう、等々。それほどまでにわれわれは分断され孤立し「イイ子」に馴《な》らされている。

とはいえ、一方的に抑圧され差別されているだけでもない。「大連のオトラ」は、仮釈放ほしさに「べしょべしょしとる」初犯と違って、恩典の期待できないわしら累犯は「からっと揚げた天麩羅」だ、と胸を張る。イッチョメはその代表である。赤ん坊のころ「子取りぞう」にさらわれサーカスに売られて窃盗常習者になり、まっくらな懲罰房から出されたときに片眼に光が入って「ひとつ眼」になった。光子と会ったときは前科二二犯、もはやこわいものなし。「まがりなさんなよ。弱気を出して曲がったら思想犯の値打ちはないぞ」と大声で励まし、女囚の口に入らぬゴボウの煮しめや丸餅を炊事場からたくみに盗んで分けてくれた。[*61] 二三犯になった和歌山刑務所では、慰問にきた右翼の笹川良一が「おーわが母よ、わが姉よ、わが妹よー」とヒットラー気取りの演説を終えて退出しかけたとき、いー、ととっと通路に出て膝をつき両手を差しのべて「おーわが息子よー」と叫んだ。場内爆笑。[*62]

女囚だけではない。三次刑務所の看守はもちろん、軍国娘だった和歌山の「並木」看守も、実家のある名古屋市や和歌山市の空襲の惨状を知ると、刑務所が空襲で混乱すれば思想犯は殺されるかもしれないが、わたしらが光子を近くの寺にかくまってやる、と言いきる。[*63] こうした「不逞のきずな」（第九巻のタイトル）のおかげで山代は生きのびた。「底辺の人がやさしいのではなく、底辺で生きてても、なおかつやさしく生きているということがすごいんだ」とは山代の口癖だが、三次刑務所の成瀬正太郎所長をはじめ、巴を編み笠・手錠なしで送らせた東京拘置所の「偉い役人」、留置場で流産した巴を救った警察医の小川道郎、徳毛一家を黙秘で守った栗生村の村長や府中警察署の特高など、「権力の一員」であっても選択の余地はかならずある。『囚われの女たち』はそうした「心の虫」「一途な、焔のようなもの」、人間としての矜持、を守ろうと努めたさまざまな人びとの、「イイ子」からの離脱の物語でもあった。

一九五〇年前後の山代は、「父の姿も、夫の姿も、瞼から消してしまいたかった。消してしまあわなきゃあ、目の前の闘いが出来なかった」[*64]。しかし、『アカハタ』の連載や、丹野セツ研究会の討論、武谷文化論とロマン・ロランを読み返すなかで、「自分の才能とか貧困とかいうような狭いものに拘泥せずに、解き放たれた広やかな心で人民大衆という大地に立って、当然のことに取り組む」[*65]ことができるようになり、「警察死とか獄死というものは、一般からは悲惨の極みであり……抵抗の姿勢も暗い生活ということになるのでしょうが、私は、あのころ勇ましく出征して、手柄をたてるべくさんざん人殺しをした人々の生き方にくらべたら、はるかに明るくすがすがしく、美しかったと思うのです」[*66]とか、「〔九津見房子は〕ゾルゲ事件でとらわれても、〔コミンテルンに〕利用されたとか犠牲になったとかは思わないのです。和歌山刑務所では『自分はここで死ぬから、あなたに伝えておく』といっていろいろ話してくれました。その姿が美しかった」[*67]と語れるようになる。なによりも、田中ウタの死がとにかく事実をしっかり書き残そうという覚悟をかためさせたように思われる。

『囚われの女たち』の推敲をかさねながら、山代は大竹一燈子『母と私　九津見房子との日々』に一文を寄せた。九津見は女性革命家の大先達でありゾルゲ事件にも加担しながら、自立会での直言や転向した三田村四郎の妻であったために革命運動史から抹殺された。和歌山刑務所以来のかかわりを簡潔にまとめた山代は、最後にこう記した。

長い人生の間、幾度もあれはなんだったろうと、心のふるいにかけて客観化したものを、愛によって綴った記録、この完成によって九津見房子という大輪の紫陽花は、精神の上でも完全に人生を終るのだと思います。*68

これは九津見の娘として幼児のころから苛酷な日々を生きてきた一燈子《ひとこ》の胸中を思いやったものだが、『囚われの女たち』全一〇巻もまた、「長い人生の間、幾度もあれはなんだったろうと、心のふるいにかけて客観化したものを、愛によって綴った記録」であり、自立会での指弾に対する、四〇年余の歳月をかけた模索の末の、渾身の応答であった。

山代巴はようやく「戦後」を迎えることができた。

3　晩年

『囚われの女たち』の完結がみえてきた一九八五年四月七日、山代は府中市栗柄町の栗生公民館主催の婦人学級に招かれた。故郷ではじめての講演会だった。永年の友人である神田三亀男や公民館職員だった藤野幸によれば、「昭和の中期から後期にかけて」、山代の名を出せば「あんたは共産党員か」

と笑われ、「監獄もどりじゃ」「女のくせに生意気だ」「あのクソばばあ」といった悪口が返ってきたという。それだけに、藤野の尽力で実現したこの招請を山代は大変によろこんだ。聴衆は一四〇名、懇談会にも六〇名ほどが参加し、山代は「あんたは小学校のおり悪童じゃったよね」「あんたのお父さんは、よう知っとるよ」などとすぐに親しくなったという。*69 翌年には『囚われの女たち』の完結を祝う会が栗柄の農協支所で開かれ、八七年は府中市教育委員会主催の老人大学に呼ばれた。そして、栗生公民館を中心にサークル「ゆうゆうの会」がつくられ、山代の作品を読んだり、古老の聞書を文集『おてだま』にまとめるなど、ふるさととの仲直りができた。*70

径書房では、一九九〇年からは「山代巴文庫第二期」(著作集)の刊行がはじまった(「第一期」は『囚われの女たち』)。原田奈翁雄は以前から山代の作品をまとめたいと望んだが、本人が消極的だったらしい。その理由を原田はこのように述べている。

〔山代巴は〕自分自身について、女たちについて、日本の民たち総体のあり方、生き方について、あたかも永久運動のように、吟味し、また吟味し、とらえ直しとらえ返す作業をつづけている。日本現代史のたどった無残な足どり故に、さらに高度成長を経た今日のかくのごときありさま故に、常に深い悔恨の歯ぎしりを伴いがちな、文字通り血のにじむ苛烈な作業は、とどまることなく過去の作品とそれを書きつけた自分自身の根底的な見直しを彼女山代巴に強いずにはいないのだ。書き換え、破棄、再構成、さらに書き換え、破棄。つまりはこれで完成ということがないのである。絶えざる自己再吟味、自己超剋の継続である日々が、作品を「まとめる」ことを彼女に許さないのである。*71

『囚われの女たち』の完結で山代もようやく「まとめる」気になったのだろう。全一〇巻、第七巻まではテーマごとに収録作品を山代が選び出し、必要に応じて書き下ろしを加える、第八巻は『君はいまどこにいるか』の増補版、第九巻『千代の青春』と第一〇巻『敗者の遺産』は書き下ろしの長篇小説という構成になり、編集は山崎啓子（元・径書房）、各巻解説は諸般の事情から牧原が担当した。第七巻まではほぼ計画通りに刊行されたが、出版環境のきびしさもあって『君はいまどこにいるか』は見送られた。

『千代の青春』は中井正一の母、千代（1870－1962）の評伝的小説である。雑誌『母の友』（福音館書店、一九八九年四月～九一年三月）に前半部分を連載したが、大幅な改稿もあって刊行は九六年になった。竹原の廻船問屋を営む商家に嫁いだ千代やその祖母のなかに、山代は農家の女性とはちがった闊達さや社会性、私益になびかぬ自律の精神を読みとった。そして、当時は珍しかった帝王切開で産んだ正一の成長を見守り、戦前の京都から戦後の広島、国立国会図書館にいたる正一の活動を妻のミチとともに支えた姿を描いた。中井の評論集『美と集団の論理』を編集した久野収は、「本書のほんとうの編者は、中井氏をそだて、まもり、はげまし、これだけの大きな仕事をさせた母堂、中井千代さんである。柳田國男先生の『妹の力』にならって、『母の力』をこの母堂を中心に書く人はないだろうか」と記した。*72『千代の青春』はまさにそうした書であった。

『敗者の遺産』は、「病める谷間」やこれまで断片的に書いてきた徳毛一族、登呂茂谷の歴史を古文書などを手がかりに組み立てなおし、百姓一揆の敗北や同族間の争いを克服しながら自立と連帯をひそかに育んでいく姿を描き出そうとしたものだった。「敗者の遺産」という言葉は、「革命の捨て石になりたい」とはやる巴に対して、「敗者の遺産を継がぬ捨て石は無駄石だ」と父・善一が諭したときのもので（第三章参照）、いわば「総括の精神」の具体化である。『君はいまどこにいるか』の前篇にあたるような、子どもにもわかる作品にすることも考えたようだ。晩年はほぼこの作品に専念していたが、残念ながら完成にはいたらなかった。そのため著作集は第八巻で終わった。

晩年の山代は一時、岡山県笠岡市の老人保健施設に滞在し、一九九六年四月からは東京都杉並区の軽費老人ホーム浴風会松風園であたたかなスタッフに支えられ快適な生活を送った。岡田正・由紀子（中井正一の娘）夫妻の自動車で小旅行をたのしんだり、編集者の山崎啓子が茶巾寿司など山代の望む品を持参して時事問題を議論するなど、訪問者も少なくなかった。しかし、二〇〇二年一二月、脳出血で隣接する浴風会病院に入院した。看護師に短歌や俳句の指導をするなど意識はしっかりしており、一時は退院できるまでに回復したが、食欲がなくなり、二〇〇四年四月にふたたび入院し、一一月七日未明に永眠した。死亡診断書には「急性心不全・肺炎（約一日間）、脳出血後遺症」とある。満九二歳五か月であった。

＊1　一九七一年七月三〇日、岩手県雫石町上空で自衛隊の訓練ジェット機が全日空機に衝突し、全日空機の乗客乗員一六二名が全員死亡した。
＊2　「三里塚と広島を結ぶ」『展望』一九七一年一一月、五一ページ。
＊3　武谷三男・山代巴「新たなファシズムに抗して」『展望』一九七一年四月、二一七ページ。

＊4　同右、二一七、二一八、二二一ページ。
＊5　同右、二二二、二二三ページ。
＊6　同右、二二二、二二四ページ。
＊7　川上武・山代巴編『医療の倫理　医師と作家の対話』ドメス出版、一九七〇年、七一、一七五ページ。
＊8　同右、一〇六、一〇七ページ。
＊9　同右、一九七、一九八、二〇二、二〇三ページ。
＊10　「歴史を負って現在に向う」『展望』一九七二年四月（著作集③二四六―二五一ページ）。
＊11　川上武・小池保子・山代巴「討議　老いをめぐる社会学」『中央公論』一九七二年三月、二八三―二八五ページ。
＊12　「都市と農村と漁村を結ぶ」『協同組合経営研究月報』一九七七年一二月、一、二ページ。
＊13　『君はいまどこにいるか』について語るなかで山代は、京浜時代のノート「地球の歴史」などのもとになった、日本少国民文庫の『人間はどれだけの事をして来たか』（新潮社。著者は自然篇が石原純、社会篇が工藤恒）は、戦時中のおとなにも有益な名著だった、と述べている（同右、一ページ）。
＊14　『君はいまどこにいるか』筑摩書房、一九七五年、二〇八ページ。
＊15　同右、一八六―一八八ページ。武谷と物理学者服部学との対談でこう語られている（武谷三男編『公害・安全性・人権』読売新聞社、一九七二年、三一五ページ）。

服部　再処理工場というのは、いってみれば原子力のし尿処理場です。普通のし尿処理場でさえ住民の反対が強くて設置場所を捜すのに大変なのですからね。

武谷　ある原子力発電の専門家がひそかにわたくしに語ったことは、いまの原子力発電工場のプランは、便所のないマンションを作るようなものだ、というわけです。

＊16　前掲『君はいまどこにいるか』二三九ページ。山代は実際に、三良坂町・吉舎町などの三三二戸の農家が水没する灰塚ダムの反対運動などにかかわった（『荷車の歌』あとがき、著作集③一九三ページ）。

また、戦時中の高暮ダム建設での朝鮮人強制労働についての短い「報告」もある。「高暮ダムに思う」『三千里』一九八六年一一月（朴慶植・山田昭次『朝鮮人強制連行論文集成』明石書店、一九九三年）。

＊17　「現在の日本の悩みと女性」『広島教育』広島県教職員組合事業部、一九五三年一〇月、二二ページ。「自立的連帯の探求」一九七三年（著作集⑤二五四ページ）。

＊18　「戦中の職場体験から」『未来』一九七二年八月、三四ページ。

＊19　「解説」（小野菊枝『叢書・民話を生む人びと2　まちの選挙』、而立書房、一九七七年、二九六ページ）。「婦人と地域活動」『協同組合経営研究月報』一九七五年九月、四ページ。

＊20　以下、主として、前掲「自立的連帯の探求」（著作集⑤二五四－二六五ページ）による。

＊21　前掲「叢書民話②・解説」二九六ページ。

＊22　「初戦の失敗」『展望』一九七一年七月、一七ページ。

＊23　福山藩では木綿の古着には税がかからないため、百姓は「自家用」につくった着物を一度着たり、水にくぐらせるだけで古着屋に売って現金収入を得たという（前掲「叢書民話②・解説」二六三ページ）。

＊24　前掲「自立的連帯の探求」（著作集⑤二六〇－二六三ページ）。

＊25　同右、二六四－二六五ページ。

＊26　前掲「自立的連帯の探求」（著作集⑤二五四ページ）。

＊27　前掲「新たなファシズムに抗して」二二五ページ。

＊28　「籠絡のるつぼ」『展望』一九七一年四月（著作集⑦二〇一ページ）。

＊29　岩波書店の単行本は『この世界の片隅で』（新書、一九六五年）、雑誌は一九六二年六月の「歩きはじめた婦人たち」（『世界』）、「憲法と農村婦人のグループ活動」（『思想』）が最後と思われる。岩波の担当編集者だった村山佳代子（吉野源三郎の娘）の退職も一因になったようだ。

＊30　「濁流をこえて」を連載中の一九六六年二月一日から、『アカハタ』は『赤旗』に表記を変えた。

＊31　『径通信』32、径書房、一九八七年一〇月。原田奈翁雄『本のひらく径』日本エディタースクール

出版部、一九八八年、一一八、一一九ページ)。

＊32 なお、『甲乙丙丁』は一九六四年の共産党除名を機に運動の歴史を批判的に検証しようとしたものだが、文化運動の指導的位置にいた中野と「一人民」に徹した山代との「党組織との距離の取り方の違い」が二人の作品の違いになったかもしれないと竹内栄美子は指摘している(『戦後日本、中野重治という良心』平凡社新書、二〇〇九年、八九ページ)。

＊33 『「囚われの女たち」を書きながら」『運動史研究会会報』20、一九八一年一〇月(横井陽一編『回想 横井亀夫の生涯』同時代社、二〇〇二年、二二〇ページ)。

＊34 たとえば、故郷を飛び出した伊策を預けようと横井の勤める倉田製作所を訪ねる場面を書くため、山代は駅からの道順、工場の規模、機械の配置、工場主の個性などを問い合わせている(横井あて書簡、一九七八年八月二六日消印)。

＊35 横井亀夫(1909－2001)は東京に生まれ、旋盤工となって労働運動に参加し、一九二九年日本共産党に入党、四一年に召集されて中国に送られた。敗戦後は八路軍と行動を共にし、四七年に帰国して共産党に復党、五〇年に反主流派として一時除名され、五五年の六全協で名誉回復した。だが六四年に部分核停問題で除名され、志賀義雄・中野重治らの「日本のこえ」などに参加し、七〇年代からは旧知の渡部義通・石堂清倫と行動を共にした。

横井は六全協後の集会(一九五五年九月)で、「全党を混乱に陥らせていた指導者」である野坂参三が平然と復帰したことを批判し、さらに、「大衆と共に歩むことを学ぼうと努力せず、大衆の中に深く根を下ろすことを怠り、下級機関の活動を具体的に点検することを忘れ、生きた運動の実情を明察する感覚を失って、悠々として上部におさまっている」幹部たちをきびしく糾弾した(前掲、横井陽一編『回想 横井亀夫の生涯』一四七－一五五ページ)。樋口篤三は横井について、「一貫して正直と誠実、純粋、やさしさをもって労働者と民衆に接しつづけた」が、「味方から受ける迫害、国家権力以上の『階級の敵』『人民の敵』視と『口も聞かない』村八分扱いは、ハラワタにこたえるもの」だったろう、と書いている（同右、二八八ページ）。こうした経験と横井の党指導部批判は山代と共通する。だからこそ山代は内面を吐露する手紙を書いたのだろう。

＊36 「伊庭源二」が伊藤憲一であることは、横井亀夫「社会不公正闘争の道標」（『運動史研究』一九八二年八月）の指摘による（前掲『回想　横井亀夫の生涯』二〇七ページ）。

＊37 『囚われの女たち』③一四九ページ。

＊38 官憲の報告書も、「工場へ、大衆へ、日本歴史へ」という吉宗らのスローガンは、「三十二年テーゼを堅持し」「日本の歴史的特殊性（半封建性）の研究に依り戦略を具体的に確立することを意味する」、と推測している（内務省警保局編「社会運動の状況12　昭和十五年」『増補　山代巴獄中手記書簡集』五五六、五五七ページ）。

＊39 井上ひさし『一週間』（新潮社、二〇一〇年、一三五ページ）にも、日本共産党の指導部が党員数三千人を五万人と報告したため、狂喜したモスクワは「いまこそ立て」と指令してきた。日本の幹部は「莫人な活動資金を受けとった手前、清水の舞台から飛び降りる式の冒険主義に走るしかなかった」と登場人物が語る場面がある。

＊40 近藤完一「思想の骨肉化ということ」『こみち通信』9・10合併号、径書房、一九八七年、五一、五三－五五ページ。

＊41 もろさわようこ「ふきのとうは信濃の山奥にも」（前掲『こみち通信』9・10合併号、三五ページ）。

＊42 三宅義子「山代巴さんに聞く　歴史を負って現在にたちむかう」『季刊女子教育もんだい』8、労働教育センター、一九八一年八月、八二ページ。

＊43 『囚われの女たち』③二〇四ページ。

＊44 阿部謹也「一読者として山代巴さんの仕事について」（前掲『こみち通信』9・10合併号、四〇－四三ページ）。阿部は「母子家庭に育ち、終戦後の食糧難の中学時代を、修道院にてすごこ」したという（阿部謹也・山代巴「対談　『囚われの女たち』の世界」『世界』一九八八年八月、二九九ページ）。

＊45 『囚われの女たち』①一二一ページ。
＊46 同右、一三九ページ。
＊47 『囚われの女たち』④一六四、一六五ページ。
＊48 阿部謹也、前掲「一読者として山代巴さんの仕事について」四五‐四七ページ。
＊49 前掲「社会運動の状況12 昭和十五年」（『獄中集』五五〇ページ）。
＊50 『囚われの女たち』⑧一三四‐一三六ページ。
＊51 『囚われの女たち』④二四二ページ。
＊52 書簡番号101、103、107（一九四二年一二月）。
＊53 『囚われの女たち』①二三二ページ。
＊54 勝木渥「山代吉宗と現代物理学」『山代巴を読む会会報』6、一九八三年三月。勝木は一九八三年三月の日本物理学会年会の物理学史分科会で、「山代吉宗と、武藤俊之助の『極微世界の自然法則』」と題する口頭発表をした（同右）。
また、勝木の教示をうけた哲学者・花崎皋平は、「どんなりっぱな知識であれ、すぐれた理論であれ、受け手の側に世界と自己（極大と極小）の関係を、たえずあらたに発見・検証し直していく一人一人の内面の営みが、いいかえれば自己発見と対象世界の認識とをつなぎあわせてとらえる精神の営みがあってはじめて、それは活きた知識や理論たりうるのだ」と述べている（「科学の営みと人間の関係についての一経験」『図書』一九八三年四月、六ページ）。
＊55 「座談会 どう読んできたか」（前掲『こみち通信』9・10号、八〇ページ）。
＊56 原田奈翁雄、前掲『本のひらく径』一一二ページ。
＊57 上野英信『眉屋私記』が沖縄からメキシコへ出稼ぎにでた主人公萬栄とその帰郷を待ちわびる家族を克明に追跡したことに感嘆した山代は、萬栄だけにしぼればよかったという「有名な作家」の批評に対してこう反論している（「別れの言葉に思う」『こみち通信』15、径書房、一九八八年四月、三五ページ）。

それでは従来の〝文芸物〟になってしまう……一人の棄民政策のギセイが一家族に、いや、一集落にどういう影をおとすかを、その家族や集落と力を合わせて追うべきではなかろうか。その仕事がなければ、民衆が主人公になるこの国は創れないのではなかろうか。

＊58 『とっておけない話』径書房、一九八八年、一二三ページ。
＊59 「何がこれを書かせたか」『囚われの女たち』のパンフレット。
＊60 「『囚われ』から『わかりあう』へ」『山代巴を読む会会報』2、一九八一年九月、一〇ページ。
＊61 『囚われの女たち』①四三‐五五、一二二ページ。
＊62 『囚われの女たち』⑩一七、一九ページ。
＊63 前掲『とっておけない話』一八四、一八五ページ。『囚われの女たち』⑩三三七、三九九ページなど。
＊64 メモ「『若き血に燃ゆる者　追悼桒田信夫』を読みつつ思うこと」。
＊65 「解説」『武谷三男著作集6　文化論』勁草書房、一九六九年（著作集⑥「苦難の時期をささえたもの」一九九ページ）。
＊66 同右（著作集⑥一九六ページ）。
＊67 山代の直話（著作集⑦「解説」二五〇ページ）
＊68 「九津見房子さんのこと」（大竹一燈子編著『母と私　九津見房子との日々』築地書館、一九八四年〔著作集⑦「九津見房子」一九四ページ〕）。
＊69 神田三亀男『山代巴と民話を生む女性たち』広島地域文化研究所、一九九七年、二〇、二一ページ。神田三亀男「ふるさとが呼んでくれた　山代さんの言葉」『土と暮らしの文芸』9、山代巴文学研究所、二〇一二年四月、三ページ。
＊70 前掲『とっておけない話』九一ページ。
＊71 原田奈翁雄、前掲『本のひらく径』一一〇ページ。
＊72 久野収「編者のことば」『中井正一　美と集団の論理』中央公論社、一九六二年、三〇〇ページ。

松風園の居室で　机の上の写真は母イクノ、本は『千代の青春』（1996年刊）
（岡田正撮影）

おわりに

一九七四年二月、作家・下沢勝井ははじめて山代巴を東京・日野市の団地に訪ねた。下沢はそのころ若者たちと「ききがきの会」の活動をしていた。

わたしは民衆の側からの記録活動の必要とその方法を、いきばんで発言し、いろいろおききした。けれど、そのどの質問に対しても山代さんは教えてはくださらなかった。ただ山代さんが歩まれてきた実行の中から、質問に見合うご自身の体験だけをひっそりと伝えてくださった。それもみな疑問形のままで、苦渋にみちて話してくださった。山代さんという方は、〈教える〉という姿勢を徹底的に拒否されて、〈学ぶ〉側の姿勢のみを提示され続けておられるとそのとき思った。*1

「みちづれ」が解散した時期である。山代は自らが「扇の要」になっていたことなどを話したのだろう。たしかに、山代はつねに失敗の体験をもとに、なぜ失敗したか、そこからなにを学んだかを具体的に語ってきた。『民話を生む人々』「武谷三男文化論・解説」『丹野セツ』はその報告であり、旭硝子の出来事や『荷車の歌』についても、自分の手柄話にはしなかった。そうした姿勢は、「指導者というものは、自分から敗因の責めを負うて、その克服のために身をさらして、後から来る者の踏み台になるからこそ値打ちがある」[*2]という吉宗の覚醒から生まれた。「指導者」とは〈他者に働きかけようとする者〉の謂である。そして戦後は、「誤りをふみしめて、誤りの中にかがやいてくる真実を、その中に生きて探りあてる。このふみしめる現実に、主体的なるものは横たわっている」[*3]という中井正一の哲学や、「敗者の遺産」という父善一の教えが、山代の「身をさらす精神」をいっそう明確で豊かなものにした。

総括のためには自らを客観化しなければならず、そのためには「距離」が必要になる。山代はときに「土着派」といわれるが、農民でも農村の定住者でもなかった。栗柄の登呂茂谷で農業に専念したのは少女期をのぞけば数年にすぎない。戦前は大都市の画学生・図案家・紙芝居画家、工場労働者として生活した。戦後は隠匿物資事件で村を追われ、農民組合や共産党の活動で歩きまわり、峠三吉の要請に応えて広島市に出た一九五三年以後は各地を転々とした。六三年に『アカハタ』連載のため東京に移り、六八年からの約三〇年は日野市の団地を住所地としたが、たびたび広島などに滞在し、七七年からは夏場の半年を吉舎町の友人宅で過ごした。

山代はまた、中井正一と武谷三男という肌合いの対照的な学者から多くを学んだが[*4]、「先生」の用語や論法をそのまま使うのではなく、身近な事例と結びつけて「生活語」に「翻訳」して語った。「樽へビ」の比喩や「酒と竹の話」などもそうした努力の過程で見出したものである。したがって「ひからびた概念」への批判も概念の否定ではなかった。山代の観察力は、敵か味方か、誤りか正解か、といった安易な二分法に寄りかからず、現実と概念とを不断に再検討するなかで鍛えられたのだ。日本共産党に対しても、党籍の有無にかかわらず革命の前衛としての存在意義を認めつつ、実際の組織・

運動については一貫して批判的だった。山代の課題、すなわち、民話的と評されるほどに農民の気持ちに寄りそいながら、「はじめの一歩」を踏み出し、「被害と加害の連鎖」に気づくことを求めようとすれば、知識人にも生活者にも密着せず、農村にも都市にも定住せず、前衛でも大衆でもなく、それらの「はざま」に位置するほかなかった。山代がそのことをどこまで意識していたかはわからないが、中井正一も「同質的領域的場所」つまり家族・政党・国家といった既存の共同体と結びついた「基体的主体性」ではなく、「自らを自らの対象とすることの出来る自律性と自由性」に基づく「安らう場所なき発展と緊張」の「過程」にこそ「実践的主体性」は発揮されると述べていた。[*5]「農村を揺らぎゆらぎ歩いてきた」[*6]山代の軌跡はその好例であるように思える。

戦前から農村女性の問題に取り組み、山代の姿勢を「連帯の主体を追求する」ものと受けとめた丸岡秀子は、一九七〇年代はじめ、山代に手織り紬の着物を勧めたときのことをこう書いている。

彼女がどれを選ぶか、たのしみに見ていたら、紺地の市松模様を手にし、その小さな見本のきれ地を胸にあてながら、姿見の鏡の前に立ちました。そして、「これ着たら、すこしは〝悧巧げ〟に見えるかね」と言ったものです。その言い方がおどけた言い方とも、ほんとうとも受けとれて、わたしは笑いこけながら、フト岸田劉生の『麗子像』を想像したのです。
それはなぜだったのか、いまでもわからないのですが、ただ、あの人の複雑な哀しみのなかに、童女のようなものが包みこまれている気がするのです。その童女のような人は、どこでどう暮らしているのか、東京なのか、広島なのか、牛舎のなかなのか、激しいものを内に包みながら〝悧巧げ〟

なすべてに叛いて生きていることでしょう。[*7]

とはいえ、なんらかの原点や確信なしに、媒介者として歩きつづけることはできない。[*8] 山代の原点はおそらく、四女という「生まれ」にある。「女らしく、女のくせに、という言葉に負けたらいけんよ」と山代はつねに語りかけているが、女性差別への敵愾心は、留置場での流産に投げつけられた「ヒワイな言葉」（第二章）に四〇年後も身を震わせるほどの身体感覚になっていた。

そして山代の確信は、弱者自身が気づいていない「一途な、焔のようなもの」の存在にあった。たとえば専業農家の主婦になった寺田愛美は、舅姑や夫とのあつれきに悩んで離婚したいと山代に訴えると、「あんたの百姓は一人前でない。家の中であんたの地位、立場がない。家の中で独立してみなさい」と言われて「ハッ」とする。搾乳や耕作に積極的に取り組みはじめると、「仕事ばっかし、しとったらだめよ。ひまをこしらえて考えにゃ」と注意された。寺田はやがて、個を重視する自分と古い舅姑とは「簡単に分かり合えんものだ」と気づき、家人の「機嫌をとりながら自分を伸ばしていくすべ」を身につけて、自分に「芯ができた」。「世の中の見方、生き方、自分が大切じゃということも分かって、自分に自信が持て」た。山代さんは「やたらと人を教える人ではない」が、「はっとするような一言」とか、「クモが細い糸を張るように、糸を投げかけて……じっと見ていて、その糸にからまる人間の苦悩を見抜いて」、「自分の生き方をわからせてくれる人じゃ[*9]」、と語っている。

問題は主体性、つまり自分の人生を生きるとはどういうことか、にある。第八章で紹介した東京・国立市公民館の伊藤雅子は、社会性とは「自分の居場所を置き去りにして〔外へ〕出ていく」のではなく、「社会的な関係を自分の中につくること」、「人とのかかわりの中でどのように自分を律し、人を生かし得るかの力ではないのか」[10]と指摘していた。個の自立とは唯我独尊ではなく、主体性は他者との関係のなかでしか発現されないのだ。離婚や脱出でしか弱者が自分を守れない場合はそうするほかないけれども、離脱のあとは、いずれ他者との関係をつくる（変える）努力が必要になる。ナツノの精神、「心の虫」の育て方は多様だが、山代のとらえた一揆の歴史にかさねていえば、生活の場の内部にまずはひとりで黙秘と連帯の秘密結社をつくる、ということになろうか。これは既存の共同体（家族、会社、等々）を守るためでも、仲間に「連帯」を強いるものでもなく、市民運動でときおり耳にする「まきこむ」という発想とも無縁である。[11]

この点で、中国の社会思想研究者、孫歌の「発見」が興味深い——大学受験に失敗して村に戻された王樹霞さんは、極貧で差別に打ちひしがれた無学の青年と結婚するほかなかった。日々の苦しい生活のなかで、王さんは「自分なりの生活の知恵を徐々に形成していった。『他の人を変えることができないなら、自分を変えるところからはじめよう』。その『自分を変える』とは、相手の論理に妥協することではない。無意味な衝突をやめて、結果がよければよいという考えで柔軟に物事を運ぶという、理性的態度の形成ということである」。農業の勉強をしながら商品作物を栽培し販路を開拓し、「並々ならぬ決意から一〇年。王樹霞さんは自分の手で運命を変えた。夫はいつの間にか感情豊かになり……家族は親しくなった」。村民も変わった。彼女はいま、NGOをつくって「多くの農家の女性に、自分の運命を自分で把握せよと訴えている」[12]。「自分を変えることによって、世の中も少し変えていく、という真理。……私にはよい勉強になった」。

まさに「岩割りの松」である。山代の思い描いた「意識改革」はこうしたものではなかったか。あたえられた場を主体的に生きて創り変えていく、その原点は旭硝子と三次刑務所にあり[*13]、戦後の歩みはその自覚的な追求であった。

それでは、山代はどのような実りを得ただろうか（たくさんの著作についてはここではふれない）。最晩年の山代は、自分がしてきたことは無駄だったのではないかとつぶやくことがあった。戦争反省や民主主義、人権感覚が日本のなかに根をおろしたとはいえず、一九八九年の天安門事件とベルリンの壁崩壊から一九九一年一二月のソ連邦消滅にいたる激動は、山代の希望の源泉であった「資本主義から社会主義への歴史発展の法則」のあやまりを証明したかのようだった。山代は新聞記者にこう語ったことがある。

> 反戦、反核、民話の記録とやってきて、その実りは、と聞かれれば頼りない。人生をもう一度生きるとしたら、同じ道は行かないわね。あたしの世間は狭かったかな、と思ってるから。でも、過去に悔やむことはなにもないの。
>
> ソ連の崩壊も、驚きはなかったわよ。民主集中っていっても、批判者を排除する独裁は続かないよね。ただ、その後に、確固たるものがなにも無いっていうのが残念なの。人間の意識革命なんて、二、三百年はかかるんだな、きっと。[*14]

とはいえ、ほんとうの「みのり」は目標をめざして進む、その過程にある。精神の自立、主体責任と相互扶助へ向かう「はじめの一歩」をうながす仕事を自らに課すとともに、多くの失敗を語れるほどの実践と思索をつみかさね、田中ウタのために党籍も作品発表の場も生活費も捨てることのできる、そうした山代巴の生き方そのものが、われわれを深く励ましているのではなかろうか。

山代巴の好きだった魯迅の言葉で本書をしめくくることにしたい。

おめでたい英雄よ、君は前へ進みなさい、見すてられた現実の現代は、後から君の進軍旗をうやうやしく送る

（増田渉訳「太平の魔よけ歌」*15）

＊1　下沢勝井「万歩計とビールの小瓶と」『山代巴を読む会会報』6、一九八二年一一月、五ページ（傍点原文）。下沢はさらにこう書いている――「痛棒　もし対座の中にも痛棒というものがあるとすれば、そのときの私はしたたかな痛棒を頂戴していた」。夜になった。「野菜のにっころがしと、焼き魚と、たしか麦のまざったご飯をご馳走に」なり、「一人だと少し多いけど、二人ならちょうどいいわね」と山代がいって、一本のビールの小びんを分けあった。「呑兵衛の私には……今までの最少レコードだった。おいしく頂いた」（五、六ページ）。

＊2　「山代吉宗のこと」（上野英信編『近代民衆の記録2　鉱夫』新人物往来社、一九七一年）『増補　山代巴獄中手記書簡集』六三〇ページ。

＊3　中井正一「地方文化の問題」『中井正一全集』4、美術出版社、一九八一年、一八三ページ。

＊4　武谷は、中井が「日本の封建的な伝統への抵抗という意味で、商人としてのほこり」をもっていたのに対して、「私は植民地台湾に育ったので、むしろ西欧文化の圧倒的な力と、そのまっすぐにのびた

民主主義的な市民精神が身近なものになっていた。それで武家だろうと、町人だろうと庶民だろうと、日本文化のもつひずめられた封建的なにおいは、私にはたえられないものがあった……例えば、オデン屋などは私から見ると、何かオリエンタリズムのエキゾティズムか、または日本の貧困さをあらわすものという印象をもっていたので、中井氏のオデン屋に無批判に親しみを感じていることが理解できなかった」という(「思い出」、久野収編『中井正一　美と集団の論理』中央公論社、一九六二年、二四五ページ)。

＊5　中井正一「Subject の問題」(前掲『中井正一　美と集団の論理』八六ページ)。中井は、定住する農民や組織にしばられた武士の心ではなく、「無所住心」すなわち「住みつく所なきこころ、何らかの一つ所に住みつかぬすがすがしい……無限なる自由の魂」こそ「日本の美」だ、とも語っている(「日本の美」『中井正一全集』2、美術出版社、一九八一年、二四六、二四八ページ)。また、久野収は「委員会の論理」の根底には洛北消費組合運動の経験があり、そのなかで中井は「もっとも抽象度のたかい論理の次元の思想と、もっとも具体度のたかい生活の次元での運動とが互いに力をかしあう方法」を切りひらいたと指摘している(「編者のことば」前掲『中井正一　美と集団の論理』二九四、二九五ページ)。中井もまた、思想と生活の「はざま」を生きようとした知識人だった。

＊6　山代の直話(著作集⑦「解説」二五一ページ)。

＊7　丸岡秀子「凍土に耐えて」(臼井吉見他編『土とふるさとの文学全集1　月報』家の光協会、一九七六年、四、五ページ)。

＊8　竹内栄美子も山代を「媒介者」と意味づける。中井正一の「透明な媒介」という概念を念頭において、「民衆の自主的行動による集団意志・社会的意思の形成」をめざす運動の「かなめに山代自身が『媒介』となって存在していた」と指摘している(竹内栄美子「山代巴の文学／運動」『原爆文学研究』二〇〇九年一二月、一一七ページ)。

＊9　寺田愛美「人を動かす力を持つ人」(神田三亀男『山代巴と民話を生む女性たち』七九－八一ページ)

＊10　伊藤雅子「自分の中の社会」『主婦的話法』未来社、一九八三年、一七二ページ。
＊11　「私はいまでも、運動の中で巻きこむとか、巻きこまれるとかの言葉が使われていることには反撥を感じている。……巻きこむと共鳴とは違う」（「一つの疑問　まきこむことと共鳴すること」『山代巴を読む会会報』一九八七年五月、三二ページ）。
＊12　孫歌「平和婦女の声」『図書』岩波書店、二〇一一年一〇月、四六、四七ページ。
＊13　ジェンダー研究者の松本麻里は、アメリカの獄中で黒人解放運動者アンジェラ・デイヴィスが「連帯のまなざしを向け続ける」ことによって、「仲間を抑圧する側」にいた黒人の女性看守たちが「自らの矛盾を言葉として語り出」した事例を紹介し、「自分一人の解放ではなく、類としての解放をめざす山代との共通点」を指摘している（「山代巴を読み継ぐことの希望」『原爆文学研究』二〇〇九年一二月、一二四ページ）。
＊14　「余白を語る　人生を教えてくれた獄中の友」『朝日新聞』一九九一年一二月二七日夕刊。引用文中の「民主集中」とは、下部組織の討議をもとに中央が決定しその方針に全員がしたがうという共産党の組織原則のこと。

なお、再入院前の二〇〇四年三月の会話を、姪で養女の三澤草子が語っている。

ちょうど話しているときに食事が運ばれてきたので、「おばちゃん、ちゃんと食べないと体に良くないよ」と言うと、巴さんは「おばちゃんは悪い子なんだよ。いつもいつも、悪い子だったんだ。まわりの人はとってもよくしてくれるのに、言うことを聞かないんだよ」と言って笑っていたのですが、そのうち目が涙でいっぱいになって、「小さいときからずっと、こうして悪い子してきたんだ。お母さんの言うこともちっとも聞かなかったし、ほんとにおばちゃん、悪い子だろう……」と言う巴さんに、私も涙が止まらず、二人で一緒に泣いてしまいました。

「いい子にしていたら、あの時代、戦争に反対なんてできなかった。刑務所に行くこともなかっただろう。自分の意志を貫こうと思ったら、悪い子でないとできなかった」。「わがままに生きて、本当に良かった。わがままというのも悪いばかりじゃないんだよ。エネルギーがあるということなんだよ。だから飛び出していくと、必ず壁にぶち当たる。そしてそこからいっぱい学ぶんだよ。でも、それなら自分だけでなく、人のわがままも許さないといけないだろう……」そう、笑いながら言う巴さん。

「ああ巴さんは自分の意志を貫いてきたことを後悔していない、納得しているんだ」(と思った)。(二〇〇四年一一月二七日、三良坂町でおこなわれた「山代巴さんとお別れする会」での挨拶、『山代巴文学研究所報』7、二〇〇五年二月、五ページ)。

＊15　増田渉・松枝茂夫・竹内好編集翻訳『魯迅選集』8、岩波書店、一九五六年、七八ページ。

あとがき

一九七〇年代はじめまで山代巴さんのことはなにも知らなかった。評判になった『丹野セツ』は手にしたが、『荷車の歌』は読んでいなかった。たまたま東京・日野市の団地で山代さんの斜め向かいの棟に引っ越し、牧瀬菊枝さんの娘・暁子がわたしのつれあいになって近所づきあいがはじまった。『囚われの女たち』が刊行されると「山代巴を読む会」の世話人のひとりになり、いきがかりで著作集の「解説」を書いたものの、伝記に取り組む気はなかった。明治期の歴史研究に追われたこともあるが、なにより、広島も農村も知らず地域活動の経験すらない者が山代さんを論じるのはおこがましい、という思いがしだいにつよくなったからだ。

その気持ちをふと揺らしたのは、ＪＩＣＡ（国際協力機構）青年海外協力隊の雑誌『クロスロード』（二〇〇九年五月）に載った太田美帆さんの「北風と太陽」だった。地域の弱者から信頼されるには「秘密の守れるふところ」にならねばならず、「人々がどれだけ発言したか」よりも、「私たちがどれだけ真摯に発言に耳を傾け、それを漏らさずにいられるかが重要なのだ」と山代さんに教えられた、と書かれていた。太田さんはアフリカなどの村落開発普及員として活動しながら日本の生活改善運動の研究をしている方だった。「おわりに」で紹介した孫歌さんの「平和婦女の声」にも感銘をうけた。戦後の民衆文化運動の研究が本格化するにつれて山代さんに関心をもつ若い人も出てきた。そして、新自由主義による優勝劣敗・自己責任論の横行、東日本大震災と福島第一原発事故でも変わらぬ孤立分断と生きづらさにみちた社会のありよう、安倍晋三政権の異様な国家運営、排外主義の浸透といった現実に直面して、「わかり合おうと努めずに連帯や平和は創れない」という『荷車の歌』のメッセージや、「単に人間性の解放を叫ぶことが如何に絵空言であるかは、今日〔一九五七年！〕といえどもいささかのかかわりもない」という宮本正義さんの評言（第七章）を思いかえし、山代さんの歩みをわたしなりに書き遺しておきたくなった。

最初は、分析的な評伝よりも紹介を主にした伝記、いまでは入手しにくい山代さんの文章を抄録しつつその軌跡をたどる「半自伝」のようなものを考えてみた。しかし、巻末に掲げた作品を読み通してあらためて感じたのは、山代巴という運動者の、ゆたかでするどい感性や「素朴な」と評される文章を支える、志操のしなやかな硬質さと屈折の深さであった。しかも、「要約」では山代文学のおもしろさはあらわしにくい。山代さんの知友が語る山代像も捨てがたかった。そのため本書の分量は増えつづけ、話の筋も錯綜しがちになった。文章の取捨、関連づけは筆者の判断によるから本書はもとより「自伝」ではありえない。それでも、模索をかさねた山代さんの魅力の一端なりともお伝えできていればさいわいである。

ここで資料について述べておきたい。山代さんは自分の作品のほかに、じつにたくさんの草稿・ノート・取材テープ・関連資料・書評記事などを保存していた（戦前の油絵は見当たらない）。そのうち、獄中手記・書簡の原本や『囚われの女たち』などの原稿、読者カード、テープ・スケッチブック・文机その他の資料が広島県双三郡の三良坂町に寄贈され、吉宗さんの死を知らされたときの思いをこめた臘梅の絵（色紙）が町立三良坂平和美術館に寄託された。三良坂町が「人権センター」構想の中核に「山代巴の思想と行動」を位置づけたことに山代さんが応えたもので、中央公民館に山代巴記念室が設置された。三良坂町は二〇〇四年に三次市と合併したが、資料類は阿保国夫さんなど三次市三良坂支所の職員によってていねいに保管され、現在は三次市教育委員会の所蔵となっている。また、広島大学文書館には三良坂へ送られなかったメモ・ノート類・アルバム・書簡、吉宗・祖父九右衛門関係資料などが寄贈された（文書館の平和学術文庫には山代さんとも関係の深い金井利博・大牟田稔両氏の資料も収められている）。本書はそのごく一部しか利用できなかったが、どちらの資料も目録がつくられており、今後の研究で活用されることを願っている。

本書の執筆にあたって多くのご助力をいただいた。山代さんの雑誌掲載作品や書評の多くは著作集の解説を書くときにコピーを山代さんから提供されたが、ほかに広島県府中市の甲斐等さん（「山代巴を読む会（備後路）」の責任者）などからいただいたものもある。国立国会図書館や法政大学大原社会問題研究所の複写サービスにもお世話になった。「私の歩んだ道」「敗者の遺産」の草稿は、岡田正さん（中井正一の息女由紀子さんのおつれあい）がワープロに打っておいてくださった。今回あらたに利用したノート・メモなどの複写については、三澤草子さん（徳毛宜策さんの息女で山代さんの養女）の承諾を得て、三良坂の阿保国夫さんと広島大学文書館の村上淳子さんのお世話になった。社会運動史研究者の横関至さんには草稿の一部を読んで多くの教示をいただいた。『叢書・民話を生む人びと』の著者のひとり内田千寿子さんは『みちづれ』などたくさんの資料をくださり、質問にも答えていただいた。三澤草子さんとお母様の徳毛尚子さん、元径書房の原田奈翁雄さん、元国立市公民館の伊藤雅子さん、『秋の蝶を生きる』の著者佐々木暁美さん、府中市の甲斐等さん、物理学史研究者の山崎正勝さん、歴史研究者の今西一さん、鈴木裕子さん、大串潤児さんにもいろいろ教えていただいた。そして、而立書房の宮永捷さんには『増補　山代巴獄中手記書簡集』につづいて本書の刊行を引きうけていただき、装幀の大石一雄さん、印刷のスキルプリネットさんにも引きつづきお世話になった。お名前を挙げられなかった方を含めお力添えくださったみなさんと、敬愛する山代巴さんに、心からの感謝を申しあげます。

二〇一四年一一月　山代巴さんの一〇周忌に

牧原　憲夫

叢書・民話を生む人びと　「ジュノーの会」編

「ジュノーさんのように」

「スイス人医師マルセル・ジュノーは広島への原爆投下の報を聞くや直ちに救援活動を開始し、9月8日、15トンの医薬品を携えて広島に入り、数万人の被爆者の命を救ってくれた。ジュノーの会はヒロシマの恩人に対する感謝の気持ちを共にするヒロシマの人々によって作られた団体です。数百万人といわれるチェルノブイリのヒバクシャのために、ヒロシマの全ての経験を届けたいという悲願を持っています。」

「ジュノーさんのように」①

ヒロシマの医師をチェルノブイリへ チェルノブイリの子どもたちをヒロシマへ

2010.11.25刊
四六判並製
208頁
定価1500円
ISBN978-4-88059-360-9 C0395

1986年4月26日、チェルノブイリ原子力発電所で大爆発事故が起こった。多くの人たちが多量の放射線を浴び、人々はいろんな病気をかかえると同時に生活基盤も失った。その支援にヒロシマ市民たちが行動を起した。小さな小さな力で。

「ジュノーさんのように」②

チェルノブイリからきた医師と子どもたち

2011.3.25刊
四六判並製
208頁
定価1500円
ISBN978-4-88059-362-3 C0395

ウクライナから子どもたちとお医者さんがやってきました。子どもたちはとても可愛くて個性豊かでした。でも、被曝による病気をかかえているのです。お医者さんたちはその治療法を研修するために広島に招かれました。

「ジュノーさんのように」③

原子力発電所の爆発事故から 6年目のチェルノブイリの子どもたち

2011.7.25刊
四六判並製
208頁
定価1500円
ISBN978-4-88059-364-7 C0395

福島第一原子力発電所の爆発事故で、不幸にもヒロシマ—チェルノブイリ—フクシマという負の環ができた。私たちはこの負の環を正の環に変えるために何をしたらよいのだろうか。この巻では、6年後の子どもたちと政府の姿が見られる。

「ジュノーさんのように」④

チェルノブイリへの医療援助始まる 甲状腺・白血病の現地診療具体化する

2011.11.25刊
四六判並製
208頁
定価1500円
ISBN978-4-88059-365-4 C0395

3.11を契機に、改めて考えてみませんか。原子力の平和利用は核兵器の製造と表裏なのです。東京電力が被害補償に消極的なのには理由があるのです。私たちは今こそ、100年後の日本列島を想像して、加害者であることを続けるか否かを考えませんか。

「ジュノーさんのように」⑤

「顔と心の見える援助」をめざして 子ども・市民・医師同士の交流深まる

2012.3.25刊
四六判並製
208頁
定価1500円
ISBN978-4-88059-371-5 C0395

チェルノブイリ原子力発電所爆発事故による放射能被曝者たちへの支援活動は4年目に入った。支援する者と支援を受ける者との顔がお互いに見えるようになった。そして、未知の被曝者からの突然の支援依頼もくるようになった。

叢書・民話を生む人びと〈解説〉山代　巴

1945年８月、出獄した山代巴は、郷里広島へ帰り、大地に根を下ろした人権確立のための民主化運動に取り組んだ。この叢書は、その読書会活動の中で、人権意識に目覚め、懸命に自己確立を闘ってきた婦人たちの生の記録である。未来へ向かって持続する志を告げるものである。

内田千寿子／解説・山代巴

1945年８月からの出発　叢書・民話を生む人びと①

1977.4.15刊
四六判並製
320頁
定価1200円
ISBN978-4-88059-018-9 C0395

1945年８月、救護看護婦として広島日赤病院で原爆被爆者の看護に従事し、自らも二次被爆に遭う。軍国少女だった著者は、社会の矛盾に鋭敏な人間に成長していく。そして、自分の周りに連帯の輪を広げることを始める。

小野菊枝／解説・山代巴

まちの選挙　叢書・民話を生む人びと②

1977.4.15刊
四六判並製
320頁
定価1200円
ISBN978-4-88059-019-6 C0395

兄の戦死で農家を継いだ著者は、多感な乙女心を抱いたまま、自らの世界を閉じてしまう。やがて、結婚・出産・子供の成長……と、自己と外界との落差に苛立ち、いつしか、懸命に自己主張する人間に変貌していく。

小林みさを／解説・山代巴

主婦専従農業　叢書・民話を生む人びと③

1979.6.30刊
四六判並製
312頁
定価1200円
ISBN978-4-88059-029-5 C0395

朝鮮で育ち、大阪で新婚後間もなく、戦争のため夫の実家に疎開し、舅姑について見様見真似で農業を始めた著者は、農業への愛情と苦痛、家族や村落の人たちとの共同作業や葛藤の中から、執拗に自己の確立を願いつづける。

永久直子／解説・山代巴

平木屋三代の女たち　叢書・民話を生む人びと④

1982.6.25刊
四六判並製
336頁
定価1500円
ISBN978-4-88059-052-3 C0395

街道の追分に小さな万屋（よろずや）ができた。好き合うて家を出た若夫婦の営みである。二代、三代とその家で営まれた人たちの葛藤は、日本近代化の矛盾を如実に反映するものだった。

内海房子／解説・山代巴

うちも、フランスに生まれたかった　疎開地に生きて
叢書・民話を生む人びと⑤

1987.6.25刊
四六判並製
208頁
定価1500円
ISBN978-4-88059-106-3 C0395

27歳の身重で夫の郷里に疎開し、敗戦後、家族のため備後の山村を行商して歩く。明朗な性格と世話好きから、仲間の輪を広げていく。それでも、本書から、共同体のしがらみに苦しんだ日本の女性たちの声が聞こえてくる。

〔著者略歴〕
牧原憲夫（まきはら　のりお）
1943年、東京都に生まれる。
東京都立大学大学院博士課程単位取得退学。元東京経済大学教員
主な著書・論文
『明治七年の大論争』（日本経済評論社）
『客分と国民のあいだ』（吉川弘文館）
『シリーズ日本近現代史2 民権と憲法』（岩波書店）
『日本の歴史13 文明国をめざして』（小学館）
「岩割りの松のように」（『山代巴文庫第2期第1巻 岩でできた列島』解説、径書房）ほか第2～8巻の「解説」
「〈はじめの一歩〉のために――山代巴の課題意識」（『年報日本現代史』18、現代史料出版）
『増補　山代巴獄中手記書簡集』（而立書房）など

山代巴　模索の軌跡

2015年4月25日　第1刷発行

定　価　本体2400円＋税
著　者　牧原憲夫
発行者　宮永　捷
発行所　有限会社 而立書房
〒101-0064　東京都千代田区猿楽町2丁目4番2号
振替 00190-7-174567／電話 03(3291)5589
FAX 03(3292)8782
印　刷　株式会社 スキルプリネット
製　本　有限会社 岩佐

落丁・乱丁本はお取り替えいたします。

ISBN978-4-88059-383-8 C0095

文献目録

山代巴の著作（参照・引用したもの）

＊著書

『蕗のとう』暁明社、1949年〔臼井吉見他編『土とふるさとの文学全集　1　土俗の魂』（家の光協会、1976年）に収録〕

『荷車の歌』筑摩書房、1956年〔角川文庫版（1959年）、新版（筑摩書房、1976年）。臼井吉見他編『土とふるさとの文学全集 3　現実の凝視』（家の光協会、1976年）に収録〕〔著作集③〕

『民話を生む人々　広島の村に働く女たち』岩波新書、1958年〔『連帯の探求』に再録〕〔著作集⑤〕

『連帯の探求』未来社、1973年

『君はいまどこにいるか』筑摩書房、1975年

『山代巴文庫第一期　囚われの女たち』全10巻、径書房、1980～1986年

1『霧氷の花』（1980年）

2『金せん花と秋の蝶』（1981年）

3『出船の笛』（1981年）

4『トラジの歌』（1982年）

5『転機の春』（1982年）

6『さそりの目の下で』（1983年）

7『望楼のもとに渦巻く』（1984年）

8『不逞のきずな』（1984年）

9『火の文字を仰いで』（1985年）

10『数の季節』（1986年）

『とっておけない話』径書房、1988年

『山代巴文庫第二期』全八巻、径書房、1990～1996年〔著作集と略記〕

1 『岩でできた列島』（1990年）
2 『おかねさん』（1992年）
3 『荷車の歌』（1990年）
4 『原爆に生きて』（1991年）
5 『民話を生む人びと』（1991年）
6 『私の学んだこと』（1990年）
7 『夜明けを歩んだ女たち』（1990年）
8 『千代の青春』（1996年）

＊編書・共編著書

原爆の詩編纂委員会編『詩集　原子雲の下より』青木書店、1952年〔初版2刷以後は、峠三吉・山代巴編〕

原爆手記編纂委員会編『原爆に生きて　原爆被害者の手記』三一書房、1953年

山代巴編『この世界の片隅で』岩波新書、1965年

山代巴・牧瀬菊枝編『丹野セツ　革命運動に生きる』勁草書房、1969年〔著作集⑦に抄録〕

川上武・山代巴『医療の倫理』ドメス出版、1970年

＊資料集

牧原憲夫編『増補　山代巴獄中手記書簡集』而立書房、2013年）〔『獄中集』と略記〕（初版　『山代巴獄中手記書簡集』平凡社、2003年）

1　山代巴「獄中手記」
2　獄中書簡（山代巴・吉宗・巴の父母姉妹弟・山代宗徳）
3　官憲側の認識（「特別要視察人名簿（山代吉宗）」「日本共産党再建グループの検挙」「日本共産党再建グループの状況」「山代吉宗一派処分確定一覧表」「山代吉宗に対する第二審判決」「仮出獄証票および仮出獄者心得事項」

4　山代巴の戦後の発言（「山代吉宗の生涯」「栗原佑あて書簡」「山代吉宗のこと」）

増補資料（徳毛宜策「獄死した吉宗との対面」、加藤四海「転向批判書」）

＊雑誌・新聞などに掲載した作品〔単行本への書き下ろしを含む〕

「山代吉宗の生涯」『アカハタ』1947年1月11日　〔原稿を『獄中集』に収録〕

「岩で出来た列島」『時論』時論社、1947年8月〔栗原佑あて書簡の抄録。著作集①に再録。元の手紙は『獄中集』に収録〕

「農村の文化活動について」（5月15日付）『文化革命』日本民主主義文化連盟、1947年11月

「村の文化運動」『青年文化』創生社、1947年11月〔著作集①〕

「蕗のとう」『大衆クラブ』日本共産党出版部、1948年3月〔『囚われの女たち』①の序章として再録〕

「まんじゅしゃげ」『働く婦人』1948年8月

「柿の木陰」『新農村新聞』1948年9月28日～1949年2月7日

「あらし」『新日本文学』1950年1月

「いたどりの茂るまで」『世界』1950年4月〔著作集②〕

「清子と与助」『農村文化』農山漁村文化協会、1950年5月

「芽ぐむ頃」『新日本文学』1951年1月～3月、5月～8月〔著作集①〕

「製図用具の感激」『新日本文学』1951年4月〔著作集⑦〕

「或るとむらい」『世界』1951年12月〔著作集①〕

「あじさいの庭」『中央公論』1952年4月

「トイ物語」『沿岸地帯』沿岸地帯社、1952年5月

「川畔の集い　報告の中の抜萃」『新日本文学』1952年9月〔著作集④〕

（無記名：川手健・山代巴）『基地とパンパンの広島湾』日本共産党広島県委員会、1952年

（松田解子・山代巴）「往復書簡　日本の女」『人民文学』1953年３月～６月
「日本人の文学意識　農民」（『岩波講座文学２　日本の社会と文学』岩波書店、1953年）〔著作集②「農民の文学意識」〕
「おかねさん」『世界』1953年７月～９月〔著作集②〕
「白血病と闘う農民」『農業朝日』1953年10月
「現在の日本のなやみと女性」『広島教育』広島県教職員組合事業部、1953年10月
「農村文学の問題」『文学』1953年11月
「トイ物語２」『沿岸地帯』２、沿岸地帯社、1953年11月
「話すうちにも育つこと」『沿岸地帯』２、沿岸地帯社、1953年11月
「山の民話のこと」『新日本文学』1954年３月
「蝸牛の殻の固さ」『部落』1954年３月
「農民の生活意識と哲学」『思想』1954年５月
「『農村でどうしたらよいか？』について」『新日本文学』1954年９月
「古い灌漑と女と」『世界』1954年11月
「荷車の歌」『平和ふじん新聞』1955年１月１日～1956年４月27日
「落書」『農業朝日』1955年４月
「広島の文化文学運動」『文学』1955年５月
「農民が生活を書くために」『岩波講座文学の創造と鑑賞』３、1955年
「丈吉爺さんの語り歌」『新日本文学』1955年６月
「戦後の結婚と恋愛」（藤沢衛彦編『日本文化史講座６　生活と民俗の歴史』新評論社、1955年。復刻版：藤沢衛彦編『生活と民俗の歴史』新評論、2002年）
「現代の民話」（民話の会編『民話の発見』大月書店、1956年）
「『広島商人』について　あとがき」（久保辰雄『人間の記録双書　広島商人』平凡社、1956年
「どたんば」『映画評論』1957年12月

「撫子におくる花束」『主婦の歌集　なでしこ』広島県地域婦人団体連絡協議会、1958年
「作家山代巴さんを囲んで　農民の意識と生活を語る」『広島農業』広島農業協会、1958年3月
（山代巴・神田三喜男）「対談　新憲法下十年の農村」『広島農業』広島農業協会、1958年4月
「民話創造の空気をかもすために」『文学』1958年8月
「嫁と姑」『講座現代倫理6　過去につながる習俗と倫理』筑摩書房、1958年
「いみ子」『中国新聞』1959年4月1日～8月5日
「ふるさとの扉」『備南文集　わが郷土』至誠女子高等学校創立二五年記念会〔福山市〕、1959年11月
「平和の友　金井時子さんのこと」『世界』1959年8月
「ある農民運動の指導者　農民運動期の中井正一」『思想の科学』1959年9月（久野収編『美と集団の論理』中央公論社、1962年、に「農民運動期の中井先生」として再録）〔著作集⑥「農民運動期の中井正一先生」〕
「はじめに」『みちづれ』1、府中市立図書館・府中芦品読書サークル協議会、1960年12月
「歩きはじめた婦人たち」『世界』1962年6月
「憲法と農村婦人グループ活動」『思想』1962年6月
「私の生活記録から」『記録　地方　月報』1、地方の会、1962年
「雨の諸毛行き」『記録　地方　私と私のまわり』2、1963年6月
「恥ずかしき部分」『記録　地方　私と私のまわり』3、1963年12月
「道くらけれど」『アカハタ』1963年9月1日～1964年12月31日
「農民の即興詩」『現代日本思想大系30　月報8』筑摩書房、1964年1月
「広島のこころ」『アカハタ』1964年8月6日
「私がものを書くということ」（一）（二）『国語通信』1964年8月、1965

年10月
「『きのこ会』の示唆するもの」『展望』筑摩書房、1965年11月〔著作集④「『きのこ会』にかかわって」〕
「一つの補足　『この世界の片隅で』を編集して」『文化評論』1965年11月〔著作集④〕
「まえがき」「ある母子像」（山代巴編『この世界の片隅で』岩波新書、1965年）〔著作集④〕
「濁流をこえて」『アカハタ』（1966年2月1日から『赤旗』）1965年7月1日～1967年3月21日
「巣立ち」『展望』筑摩書房、1969年7月～9月
「古いことと今のこと　『道くらけれど』改作の途上で」『文化評論』1969年11月
「解説」『武谷三男著作集6　文化論』勁草書房、1969年（『連帯の探求』未来社、1973年、に「苦難の時期をささえたもの『武谷文化論』解説」として再録）〔著作集⑥「苦難の時期をささえたもの」〕〔「武谷文化論・解説」と略記〕
「あとがき」（峠三吉・山代巴編）『詩集　原子雲の下より』青木書店、1970年〔2刷〕
「山代吉宗のこと」（上野英信編『近代民衆の記録2　鉱夫』新人物往来社、1971年）〔『獄中集』に再録〕
「ぬけがけ根性の巣」『展望』1971年1月
「病める谷間」『季刊　人間として』筑摩書房、1971年3月、1971年9月～1972年6月
「籠絡のるつぼ」『展望』1971年4月
武谷三男・山代巴「新たなファシズムに抗して」『展望』1971年4月
「初戦の失敗」『展望』1971年7月
「私と八月」『毎日らいふ』毎日新聞社、1971年8月
「三里塚と広島を結ぶ　棄てられる民の場」『展望』1971年11月

川上武・小池保子・山代巴「討議　老いをめぐる社会学」『中央公論』1972年３月
「歴史を負って現在に向う　現代を共に生きる道を求めて・農村の場合」『展望』1972年４月〔著作集③〕
「戦中の職場体験から」『未来』1972年８月〔著作集⑦〕
「わたしの報告」『きのこ会会報』８、1972年８月〔著作集④「『きのこ会』にかかわって」〕
「埋もれた婦人運動家８　松永クニ　常磐炭坑の闘士山代吉宗の母」(『婦人公論』1972年９月
「差別が決定づけた女の一生　鉄鎖を払って人間平等を」『農業協同組合』全国農業協同組合中央会、1972年11月
「協業の挫折に立ちて」『みちづれニュース』100、1973年２月
「番くるわせの人生　U博士に贈る」『医療と人間と』勁草書房、1973年３月〔著作集⑦〕
「自立的連帯の探求」(『連帯の探求』未来社、1973年、に書き下ろし)〔著作集⑤〕
「やみの炎」『農業協同組合』1974年６月～1976年５月
「黎明を歩んだ人」(牧瀬菊枝編『田中ウタ　ある無名戦士の墓標』未来社、1975年〔著作集⑦「田中ウタ」〕
(前田俊彦・山代巴)「'75年農協への期待　百姓は酒を造ろう！　母ちゃん正組合員になろう！」『農業協同組合』1975年１月
「婦人と地域活動」『協同組合経営研究月報』1975年９月
「(無題)」(棗田信夫編『河村勇追悼文集』私家版、1976年)
「世直しと女性」『協同組合経営研究月報』1976年12月
「都市と農村と漁村を結ぶ」『協同組合経営研究月報』1977年12月
「解説」『叢書・民話を生む人びと』１－５、而立書房、1977年～1987年〔「叢書民話・解説」と略記〕
「戦争反省への姿勢を貫く」(内田千寿子『一九四五年八月からの出発』

1977年）〔著作集⑥「軍国娘の戦争反省のために」〕
「もう一つの戦争反省の記録」（小野菊枝『まちの選挙』1977年）
「自作農家の主婦との出会い」（小林みさを『主婦専従農業』1979年）
「草の根の意識を洗う」（永久直子『平木屋三代の女たち』1982年）
「生活の場で培われたもの」（内海房子『うちも、フランスに生まれたかった』1987年）
「民話を生む人々　現代の民話について」『民話と文学』1979年4月
「働く女たちの系譜」（金原左門他『近代日本史の中の女性』　毎日新聞社、1980年）
「トラジの歌」『三千里』三千里社、1980年11月〜1981年11月（季刊）
「城間功順君の手紙から」『中井正一全集4　月報』美術出版社、1981年〔著作集⑥〕
「民話の亡びの背景の一つ」『言語生活』1981年1月
「やぶこうじのように」『山代巴を読む会会報』1、1981年5月
「遠謀深慮の関根悦郎さん」『運動史研究』8、三一書房、1981年8月
（三宅義子）「山代巴さんに聞く　歴史を負って現在にたちむかう」『季刊女子教育もんだい』8、労働教育センター、1981年8月
「『囚われ』から『わかりあう』へ」『山代巴を読む会会報』2、1981年9月
「『囚われの女たち』を書きながら」『運動史研究会会報』20、1981年10月
「『囚われ』に気づく」『山代巴を読む会会報』3、1982年2月
「一冊の本との出会い　トルストイ『セバストーポリ』」『山代巴を読む会会報』4、1982年6月
「山代巴さんに聞く」『季刊　いま人間として』径書房、1982年6月、9月、12月〔著作集①「戦後の出発」〕
「私の歩んだ道」（広島婦人問題研究会『未来を拓く　ひろしまの女性1983』広島婦人問題研究会、1983年）

「いのちの力を存分に伸ばすとき、創造の実りあり　「女先生のシンフォニー」をよんで」『ひと』太郎次郎社、1983年８月

「城間功順を通して知る栗原先生」（栗原広子編『栗原佑　続　未完の回想』私家版、1983年）〔著作集⑥「思いがけない出会い　栗原佑」〕

「重家豊と文学運動」『重家豊資料目録』広島市職員労働組合、1984年

「九津見房子さんのこと」（大竹一燈子編著『母と私　九津見房子との日々』築地書館、1984年）〔著作集⑦〕

「激流期をともに越えて」（棗田信夫先生追悼記念出版委員会編『追悼棗田信夫　若き血に燃ゆる者』私家版、1985年）

「高暮ダムに思う」『三千里』1986年11月（朴慶植・山田昭次『朝鮮人強制連行論文集成』明石書店、1993年、に収録）

「一つの疑問　まきこむことと共鳴すること」『山代巴を読む会会報』13、1987年５月

「別れの言葉に思う」『こみち通信』15、径書房、1988年４月

「詩集『原子雲の下より』と私とのかかわり」（稿本）1988年６月〔『原子雲の下より　新編８・６少年少女詩集』および著作集④に収録された文章の元になったが、かなりの異同があるので別個に扱った〕

（山代巴・阿部謹也）「対談『囚われの女たち』の世界」『世界』1988年８月

「民話の揺籃」『民話と文学』1988年10月

『（法政平和大学講義録６）語部の旅　被爆者の手記集を作って』法政平和大学、1988年

「詩集『原子雲の下より』と私とのかかわり」（被爆実態調査会編『原子雲の下より　新編８・６少年少女詩集』亜紀書房、1989年）

「聞き上手な啓蒙家　上野英信の死を悼む」（追悼録刊行会編『追悼　上野英信』上野英信追悼録刊行会、1989年）

「戦場の生活記録」（花野鉄男『白木の箱への道　ある船舶工兵の比島戦場記』同時代企画、1989年）

「千代の青春　明治・大正・昭和激動期を生きた女・中井千代」『母の友』福音館書店、1989年4月～1991年3月

（山代巴・佐々木愛）「古いものの中に新しいヒントがぎっしり詰まっているんです」『文化座』90、劇団文化座、1990年5月

「『芽ぐむころ』中断の理由」1990年〔著作集①に書き下ろし〕

「郷土の恩師」1990年〔著作集⑥に書き下ろし〕

「広島と原爆とわたし　『原爆被害者の会』『きのこ会』にかかわって」（近藤和子・鈴木裕子編『おんな・核・エコロジー』オリジン出版センター、1991年

「『千代の青春』を書き終えて」『母の友』1991年4月

「占領下における反原爆の歩み」「原爆被害者の会の背景」1991年〔著作集④に書き下ろし〕

「民話勉強の歩み」1991年〔著作集⑤に書き下ろし〕

「弔辞」『重家豊追悼遺稿集　されど、笑顔の日々』私家版、1993年

「浪江虔夫妻との交友」『ず・ぼん』5、ポット出版、1998年10月

＊ノート・草稿など（［　］のタイトルは所蔵機関が付けたもの）

〈広島県三次市教育委員会所蔵〉

「婦人の解放　［ＮＨＫラジオ放送原稿］」

「日農のころＩ」〔ノート〕

「日本農民組合時代Ⅱ」〔ノート。表紙に「脱線Ⅱ　岩で出来た列島　1947年4月選挙より1949年日本製鋼所ストライキまで」の書き込み〕

「婦人文化工作隊日記から」〔「山代用」原稿用紙〕

［自画像］〔「岩波書店原稿用紙」に書かれたメモ。一枚目欄外に「一九五八年又は一九五九年秋の自画像」の書き込み〕

〈広島大学文書館所蔵〉

「戦後の序」〔メモ〕

「自己批判と新しい概念への抽象化　1955年10月24日～61年12月」〔「自己批判ノート」と略記〕

「原爆の手記編纂日記」〔ノート〕

「作品分析」〔ノート〕

［新しい婦人組織のための呼びかけ等につきメモ］

［半生を振り返ったメモノート］

〈その他〉

「『若き血に燃ゆる者　追悼棗田信夫』を読みつつ思うこと」〔メモ〕

「敗者の遺産」〔草稿〕

「私の歩んだ道」〔草稿〕

≪引用参照文献≫〔五十音順〕

秋信利彦「山代さんと原爆小頭児」『こみち通信』９・10合併号、径書房、1987年１月

秋信利彦「小なりといえども自分の脚で歩くことが大事」『山代巴文学研究所報』７、2005年２月

秋信利彦「きのこ会と原爆投下質問」（浅井基文編著『広島に聞く、広島を聞く』かもがわ出版、2011年）

朝田泰『現代の民話の創造　朝田泰教育論集』刊行実行委員会、2000年

阿部謹也「一読者として山代巴さんの仕事について」『こみち通信　山代巴特集　人を読み歴史を読む』９·10合併号、径書房、1987年１月

阿部謹也・山代巴「対談『囚われの女たち』の世界」『世界』1988年８月

天野正子『「つきあい」の戦後史　サークル・ネットワークの拓く地平』吉川弘文館、2005年

荒川章二『日本の歴史16　豊かさへの渇望』小学館、2009年

新木安利『サークル村の磁場　上野英信・谷川雁・森崎和江』海鳥社、2011年

石母田正「弱さをいかに克服するか　丸山静氏への返事」『日本史研究』1953年３月（『石母田正著作集14　歴史と民俗の発見』岩波書店、1989年、に再録）

伊藤雅子『子どもからの自立』未来社、1975年

伊藤雅子『主婦的話法』未来社、1983年

伊藤雅子『女性問題学習の視点　国立市公民館の実践から』未来社、1993年

伊藤雅子『女のせりふ　120』未来社、1995年（『聞き捨てにできない女のせりふ』講談社＋α文庫。『女のせりふ』福音館書店、2014年、に

再録）
伊藤雅子『続　女のせりふ』福音館書店、2014年
井上ひさし『一週間』新潮社、2010年
今堀誠二『原水爆時代　現代史の証言』上下、三一書房、1959年、1960年
上岡角一『明けゆく朝鮮』世界大同協会本部、1929年
宇佐見承『さよなら日本　絵本作家八島太郎と光子』晶文社、1981年
内田千寿子『叢書・民話を生む人びと1　一九四五年八月からの出発』而立書房、1977年
内田千寿子「山代さんの助言」『山代巴を読む会会報』9、1984年3月
内田千寿子「女が言葉を持たなければ戦争に巻き込まれる」『山代巴文学研究所報』7（三次市)、2005年2月
内海房子『叢書・民話を生む人びと5　うちも、フランスに生まれたかった　疎開地に生きて』而立書房、1987年
江口渙「『芽ぐむ頃』について」『新日本文学』1952年3月
江口渙「山代巴の『荷車の歌』」『多喜二と百合子』5、多喜二・百合子研究会、1957年4月
大江健三郎・長岡弘芳「対談解説」（日本ペンクラブ編〈大江健三郎選〉『何とも知れない未来に』集英社、1983年）
大門正克編著『新生活運動と日本の戦後　敗戦から一九七〇年代』日本経済評論社、2012年
大串潤児「敗戦と大衆文化」（吉田裕編『日本の時代史26　戦後改革と逆コース』吉川弘文館、2004年）
大串潤児「戦時から戦後へ」（大串潤児編『シリーズ戦後日本社会の歴史3　社会を問う人びと　運動のなかの個と共同性』岩波書店、2012年）
大串潤児「戦後子ども論」（安田常雄編『シリーズ戦後日本社会の歴史4　社会の境界を生きる人びと　戦後日本の縁』岩波書店、2013年）

大串隆吉「『生活記録運動　戦前と戦後』覚え書」『人文学報』東京都立大学人文学部、1981年３月
太田美帆「北風と太陽」『クロスロード』独立行政法人国際協力機構青年海外協力隊事務局、2009年５月〔『クロスロード増刊号　途上国ニッポンの知恵　戦後日本の生活改善運動に学ぶ』2010年３月、に再録〕
大竹一燈子編著『母と私　九津見房子との日々』築地書館、1984年
大村英幸「被爆・占領下の広島を語り残す」（浅井基文編著『広島に聞く、広島を聞く』かもがわ出版、2011年）
岡田由紀子「尊敬し信頼し合った父と祖母」（扇谷正造他『これからの親子』明治図書出版、1973年）
岡村幸宣「『原爆の図』全国巡回展の軌跡」『原爆文学研究』８、2009年12月
長田新編『原爆の子』岩波書店、1951年（改版）
小田実「正攻法の魅力」『中井正一全集２　月報』、美術出版社、1981年
音谷健郎『文学の力　戦争の痕跡を追って』人文書院、2004年
小野菊枝『叢書・民話を生む人びと２　まちの選挙』而立書房、1977年
小原元「農民文学の方法」『法政大学文学部紀要』７、1962年３月
（奥地圭子・重家三嘉）『重家豊追悼遺稿集　されど、笑顔の日々』私家版、1993年
春日正一「山代吉宗を憶う」『前衛』1947年１月
春日正一「山代吉宗と私」（呑川泰司『山代吉宗の生涯』新日本出版社、1965年）
勝木渥「山代吉宗と現代物理学」『山代巴を読む会会報』６、1983年３月
加藤明「山代巴さんを語る」『山代巴を読む』甲奴郡同和教育研究所、1988年
加藤哲郎『日本の社会主義　原爆反対・原発推進の論理』岩波書店、2013年

兼岡敏二「山代文学の復権Ⅰ　原作と映画を比較しつつ山代文学を検証する」武蔵野教育文化センター、2006年
兼岡敏二「山代文学の復権　原作と映画を比較しつつ山代文学を検証する」『土と暮らしの文芸』4、山代巴文学研究所、2007年3月
川上武・小池保子・山代巴「討議　老いをめぐる社会学」『中央公論』1972年3月
川上武・山代巴『医療の倫理　医師と作家の対話』ドメス出版、1970年
川手健「軍港呉の表情」『新日本文学』1952年9月
川手健「七年後の広島」『新日本文学』1952年11月
神田文人『昭和の歴史8　占領と民主主義』小学館、1983年
神田三亀男『山代巴と民話を生む女性たち』広島地域文化研究所、1997年
神田三亀男「先生ぎらい……」『山代巴文学研究所報』7、2005年2月
神田三亀男「ふるさとが呼んでくれた　山代さんの言葉」『土と暮らしの文芸』9、山代巴文学研究所、2012年4月
北河賢三『戦後の出発　文化運動・青年団・未亡人』青木書店、2000年
北河賢三『戦後史のなかの生活記録運動　東北農村の青年・女性たち』岩波書店、2014年
城間功順著・八ツ塚実編『バクおじさんのくる教室　〈学級記録〉と〈ハガキ通信〉』(筑摩書房、1982年)
久野収編『中井正一　美と集団の論理』中央公論社、1962年
久野収『私の読書、私の書評』三一書房、1976年
栗原広子編『栗原佑　続　未完の回想』私家版、1983年
国分一太郎・山本健吉・木下順二・益田勝美・許南麒「民俗・民話の世界」『新日本文学』1957年7月
小久保均「私生活のない人」『山代巴文学研究所報』7、2005年2月
小坂裕子『山代巴　中国山地に女の沈黙を破って』家族社、2004年
小林みさを『叢書・民話を生む人びと3　主婦専従農業』而立書房、

1979年
小林杜人『「転向期」のひとびと　治安維持法下の活動家群像』新時代社、1987年
小山弘健『戦後日本共産党史』芳賀書店、1966年
近藤完一「思想の骨肉化ということ」『こみち通信』9・10合併号、1987年1月
今野日出晴「終わらない戦争」（大門正克・安田常雄・天野正子『近現代日本社会の歴史　戦後経験を生きる』吉川弘文館、2003年）
雑賀一喜「1937－40　『京浜グループ事件』の総括と教訓」（革命的共産主義者同盟関西地方委員会『展望』前進社関西支社、2008年7月）
酒井悌「副館長就任まで」『中井正一全集4　月報』美術出版社、1981年
佐々木愛「いまも心にひびく『荷車の歌』」『明日の農村』日本共産党中央委員会、1990年10月
佐々木暁美『秋の蝶を生きる　山代巴　平和への模索』山代巴研究室、2005年
佐佐木隆「『荷車の歌』とのめぐりあい」初演パンフレット、1960年
佐高信『面々授受　久野収先生と私』岩波現代文庫、2006年
佐藤忠男「傑作『荷車の歌』」『新日本文学』1959年4月
佐藤忠男『草の根の軍国主義』平凡社、2007年
繁沢敦子『原爆と検閲』中公新書、2010年
下沢勝井「万歩計とビールの小瓶と」『山代巴を読む会会報』6、1983年3月
鈴木光枝『私が演じた女の生き方』ささら書房、1986年
鈴木裕子「ある女性活動家の軌跡　小宮山富恵にみる」（近代女性史研究会編『女たちの近代』柏書房、1978年
鈴木裕子『広島県女性運動史』ドメス出版、1985年
鈴木裕子『国立市公民館女性問題講座「歴史」　女性史を拓く2　翼賛

と抵抗　今、女の社会参加の方向を問う』未来社、1989年
関根悦郎「京浜事件と酒井定吉君」『雲悠々　関根悦郎の思い出』私家版、1982年
『全地婦連30年のあゆみ』全国地域婦人団体連絡協議会、1986年
創風社編集部編『1930年代　青春の画家たち』創風社、1994年
孫歌「平和婦女の声」『図書』岩波書店、2011年10月
竹内栄美子「戦後文化運動への一視角　山代巴・中井正一の実践と論理」『日本近代文学』2004年10月
竹内栄美子「山代巴の文学／運動」『原爆文学研究』８、2009年12月
竹内栄美子『戦後日本、中野重治という良心』平凡社新書、2009年
武谷三男『弁証法の諸問題』理論社、1961年（初版は、理学社、1946年）
武谷三男「思い出」（久野収編『中井正一　美と集団の論理』中央公論社、1962年）
武谷三男『武谷三男著作集６　文化論』勁草書房、1969年
武谷三男・山代巴「新たなファシズムに抗して」『展望』筑摩書房、1971年４月
武谷三男編『公害・安全性・人権』読売新聞社、1972年
田中伸尚『未完の戦時下抵抗　屈せざる人びとの軌跡』岩波書店、2014年
谷川雁「女のわかりよさ　山代巴への手紙」『サークル村』1959年３月（『谷川雁セレクション』Ⅰ、日本経済評論社、2009年に再録）
谷川雁「士風・商風」『中井正一全集２　月報』美術出版社、1981年
檀上文雄「人形劇と山代さん」『山代巴を読む会会報』７、1983年７月
坪田正夫「手術室よりの報告　峠三吉の手術に立会して」『沿岸地帯』２、1953年11月
鶴見和子『生活記録運動のなかで』未来社、1963年
鶴見俊輔『言い残しておくこと』作品社、2009年
峠三吉『原爆詩集』青木書店、1952年

峠三吉『峠三吉作品集』下、青木書店、1975年
徳毛宜策「新しい伝統をつくるために」『前衛』1968年4月
戸邉秀明「『残留者』が直面した境界の意味　日本占領期在九州沖縄人の声を紡ぐ」（黒川みどり編著『近代日本の「他者」と向き合う』解放出版社、2010年
冨岡益五郎「仲間の一人として」（久野収編『中井正一　美と集団の論理』中央公論社、1962年）
冨沢佐一「金井利博の思想と行動」（広島大学文書館編『被爆地広島の復興過程における新聞人と報道に関する調査研究』広島大学文書館、2009年）
直野章子「原爆被害者と〈戦後日本〉」（安田常雄編『シリーズ戦後日本社会の歴史4　社会の境界を生きる人びと　戦後日本の縁』岩波書店、2013年）
中井正一『中井正一全集』1－4、美術出版社、1981年
（久野収編）『中井正一　美と集団の論理』中央公論社、1962年
長岡弘芳『原爆文学史』風媒社、1973年
長岡弘芳『原爆民衆史』未来社、1977年
長岡弘芳『原爆文献を読む』三一書房、1982年
中野重治「晴れたり曇ったり」『人間』1948年6月（『（新版）中野重治全集』12、筑摩書房、1979年、などに再録）
中野重治「『荷車の歌』と『沖縄島』とについて」『文学』1958年8月
永久直子『叢書民話を生む人々4　平木屋三代の女たち』而立書房、1982年
中村美智子「中井先生の知事選挙を手伝った小娘たち」『中井正一全集月報』4、美術出版社、1981年
棗田信夫先生追悼記念出版委員会編『追悼　棗田信夫　若き血に燃ゆる者』私家版、1985年
浪江虔「転換期にある農村文化運動」『文化革命』日本民主主義文化連盟、

1948年1月
浪江虔「八・十五と私」『町田地方史研究』2、町田地方史研究会、1977年9月
（浪江虔）「浪江虔・ロングインタビュー　私立図書館を五十年やってきた」『ず・ぼん』5、ポット出版、1998年10月
西川祐子「新刊紹介：牧原憲夫編『山代巴獄中手記書簡集』」『女性史学』14、2004年
日韓「女性」共同歴史教材編纂委員会編『ジェンダーの視点からみる日韓近現代史』梨の木舎、2005年
日本共産党中央委員会編『日本共産党の八十年』日本共産党中央委員会出版局、2003年
呑川泰司『山代吉宗の生涯』新日本出版社、1965年
呑川泰司『光と風の流れ　山代吉宗の道』いわき地域学會出版部、1993年
橋本きよ子「戦時下を生きた青春の残像　伊藤隆文のこと」『季論21』2014年4月
花崎皋平「科学の営みと人間の関係についての一経験」『図書』1983年4月
羽仁五郎『都市の論理　歴史的条件・現代の闘争』勁草書房、1968年（『都市の論理』上下、講談社文庫、1982年）
羽仁五郎『自伝的戦後史』上下、講談社文庫、1978年
馬場俊明『中井正一伝説　二十一の肖像による誘惑』ポット出版、2009年
原田奈翁雄『本のひらく径』日本エディタースクール出版部、1988年
左幸子「武谷先生とシンデレラ会」『武谷三男著作集　月報』5、1969年
被爆実態調査会編『原子雲の下より　新編8・6少年少女詩集』亜紀書房、1989年

平塚らいてう「民族の未来のために」1949年(『平塚らいてう著作集』7、大月書店、1984年、に再録)
『広島県史　通史編Ⅶ　現代』広島県、1983年
『広島県史　原爆資料編』広島県、1972年
『広島新史　市民生活編』広島市、1983年
広島県党史資料保存・作成委員会編『日本共産党 広島県党史　略年表(第一次)』同委員会、1984年
藤原修『原水爆禁止運動の成立　戦後日本平和運動の原像　1954－1955』明治学院国際平和研究所、1991年
堀場清子『禁じられた原爆体験』岩波書店、1995年
牧瀬菊枝編『九津見房子の暦』思想の科学社、1975年
牧瀬菊枝編『田中ウタ　ある無名戦士の墓標』未来社、1975年
牧瀬菊枝「『ひき裂かれて』その後」(鶴見和子・牧瀬菊枝編『母たちの戦争体験(ひき裂かれて　新版)』麦秋社、1979年
牧瀬菊枝『一九三〇年代を生きる』 思想の科学社、1983年
牧原憲夫「解説」『山代巴文庫第２期』
「岩割りの松のように」(第１巻『岩でできた列島』1990年)
「落とし合いの連鎖を断つ」(第２巻『おかねさん』1992年)
「身をさらす精神」(第３巻『荷車の歌』1990年)
「片隅の沈黙をやぶる」(第４巻『原爆に生きて』1991年)
「黙秘を読みとる」(第５巻『民話を生む人びと』1991年)
「理論を生活者の手に」(第６巻『私の学んだこと』1990年)
「主体責任の追究」(第７巻『夜明けを歩んだ女たち』1990年)
「自立の精神をうけつぐ」(第８巻『千代の青春』1996年)
牧原憲夫「〈はじめの一歩〉のために　山代巴の課題意識」『年報日本現代史』2013年５月
松岡克昌「生活感情に溶け込んだものを」『記録　地方　月報』４、地方の会、1963年10月

松岡克昌『道づれを求めて』関西図書出版、1990年
松下裕『増訂　評伝中野重治』平凡社ライブラリー、2011年
松田解子・山代巴「日本の女」『人民文学』1953年３月～６月
松谷みよ子『民話の世界』講談社現代新書、1974年
松原新一『幻影のコンミューン　「サークル村」を検証する』創言社、2001年
松本麻里「山代巴を読み継ぐことの希望」『原爆文学研究』８、2009年12月
丸岡秀子「凍土に耐えて」（臼井吉見他編『土とふるさとの文学全集１　月報』家の光協会、1976年
丸浜江里子『原水禁署名運動の誕生　東京・杉並の住民パワーと水脈』凱風社、2011年
丸山静「民族文学への道」『文学』1951年９月
丸山静「『母の歴史』について」『春の会ニュウス』36、1955年２月
丸山静『現代文学研究』東京大学出版会、1956年
三國連太郎（聞き手・山岸豊吉）「女性の地位向上はキャラメル１個から始まった」『農協新聞』2002年１月23日
三澤草子「巴さんのこと」『山代巴文学研究所報』７、2005年２月
皆川郁夫「山代吉宗・巴夫妻のこと」『６号線』10、尼子会（いわき市）、1979年12月
宮内勇「終戦直後の時代　私は戦後なぜ共産党に入らなかったか」『運動史研究』５、三一書房、1980年
三宅義子「山代巴さんに聞く　歴史を負って現在にたちむかう」『季刊女子教育もんだい』労働教育センター、1981年８月
宮本正義「『荷車の歌』について」『新日本文学』1957年６月
山岸一章『不屈の青春　ある共産党員の記録』新日本出版社、1969年
山崎正勝『日本の核開発：1939～1955　原爆から原子力へ』績文堂、2011年

山下智恵子『幻の塔　ハウスキーパー熊沢光子の場合』ＢＯＣ出版部、1985年
山代吉宗「磐城・入山二大炭坑争議の経験　常磐地方の鉱山運動小史」（上野英信編『近代民衆の記録２　鉱夫』新人物往来社、1971年）
山辺健太郎「自伝の『虚』と『実』」『岩波講座　日本歴史18　月報』1975年９月
山本昭宏『核エネルギー言説の戦後史1945－1960　「被爆の記憶」と「原子力の夢」』人文書院、2012年
山本菊代「書評『丹野セツ』」『労働運動研究』７、労働運動研究所、1970年５月
山本薩夫『私の映画人生』新日本出版社、1984年
遊上孝一「解題(二)　時代背景について」（小林杜人『「転向期」のひとびと』新時代社、1987年）
横井陽一編『回想　横井亀夫の生涯　真実一路・労働者運動九十年の闘い』同時代社、2002年
横関至『農民運動指導者の戦中・戦後』御茶の水書房、2011年
劉振瀛「書評　山代巴『荷車の歌』」『世界文学』1959年１月
若槻武行「『荷車の歌』の山代巴さんが、今、我々に問うものは……」共済保険研究会編『共済と保険』2005年１月
渡部富哉『偽りの烙印　伊藤律スパイ説の崩壊』五月書房、1993年

山代巴略年表

年	（年齢）	
1901年		（山代吉宗、福島県石城郡磐崎村字町田（現・いわき市）に山代広次郎・クニの長男として誕生）
1912年	（０）	６月８日、広島県芦品郡栗生村栗柄（現・府中市栗柄町）に徳毛善一・イクノの４女として誕生（姉に妥女・綾女・文枝、妹弟に静江・宜策・伊策）
1925年	（13）	広島県立府中高等女学校（現・県立府中高校）に入学
1929年	（17）	東京の女子美術専門学校（現・女子美術大学）洋画師範科に入学
1930年	（18）	生家破産　　ベーベル『婦人論』などを読む
1931年	（19）	プロレタリア美術研究所に入所　　女子美術専門学校を中退
1932年	（20）	２月、姉・文枝病死　　４月、日本共産党に入党　　東京の城北（板橋・赤羽）地域で活動　　杉山清と同棲
1933年	（21）	（共産党幹部鍋山貞親ら獄中で転向声明）　　滝野川警察署に拘留（中條百合子に会う）
1934年	（22）	大阪の図案工房に就職、半年後東京へ　杉山清と別れる
1935年	（23）	弟・宜策と同居　　銀座の工房に勤める　　特高の要求で手記を書く（不起訴）
1936年	（24）	銀座会館に就職、半年で辞めて鶯谷（下谷区）へ転居
1937年	（25）	３月、吉宗と結婚し横浜市鶴見区に住む　　人夫・工員として働く
1938年	（26）	旭硝子鶴見工場に就職　　ノート「星の世界」などを通して野口豊枝ら女工の信頼を得る
1939年	（27）	肋膜炎で療養　　加藤四海ら来訪　　（女工の野口豊枝死去）　女工の喜納ハルらがストーブを獲得
1940年	（28）	婚姻届　　５月、一斉逮捕　　大井警察署で流産　　東京拘置所（巣鴨）に収監
1942年	（30）	８月、懲役４年・未決通算300日の判決　　９月、三次刑務所に収監

1943年	(31)	獄中手記を書く　吉宗、東京控訴院で懲役７年・未決通算300日の判決、５月 広島刑務所に収監
1944年	(32)	３月、和歌山刑務所へ　　４月、父・善一死去
1945年	(33)	１月14日、吉宗獄死　　８月１日、病気により仮釈放となり生家に戻る　　11月、共産党中央での党員登録を拒否される　　GHQ から原爆への言及を禁止される　広島の共産党結成に参加　　隠匿物資問題で村を出る　三原農民連盟の書記に
1946年	(34)	中井正一を知る　　広島青年文化連盟の発会式で講演　日本農民組合広島県連の常任書記に
1947年	(35)	日本農民組合の中央委員・婦人部長に　　広島県知事選挙で中井正一を擁立　　「岩で出来た列島」が雑誌『時論』に載る　　日農広島県連大会で常任書記を解任される　　中井らと夏期大学運動を展開する
1948年	(36)	「蕗のとう」(『大衆クラブ』) で注目される
1949年	(37)	共産党中国地方委員会常任委員に（年末までに辞任）　新日本文学会に入会　　岩波書店の吉野源三郎から作家への道を勧められる
1950年	(38)	（コミンフォルムの批判で共産党分裂）　　東京の浪江虔宅・磐城の旧同志宅などに滞在し年末に生家へ戻る
1952年	(40)	峠三吉の要請で広島市へ　　（中井正一死去）　　原爆被害者の会結成
1953年	(41)	（峠三吉死去）　　甲奴郡上下町に下宿　　元三次刑務所看守重森クラ・井上ヨシコと再会　　地域婦人会が主な活動の場に　　体調をくずし高茂温泉で静養
1954年	(42)	民話（酒と竹、など）の“発見”　　武谷三男『文化論』を読む　　原水爆禁止運動で地域を歩く　　布野村の日野イシに出会う　　共産党中央の査問を受ける
1955年	(43)	（共産党第六回全国協議会で再統一、武力闘争否定）（第一回原水禁世界大会）　　自己批判のノートなどを書きはじめる　　東京の中井宅に移る
1956年	(44)	（ソ連共産党第20回大会でスターリン批判　ファジェーエフ自殺）　　子宮筋腫の手術を受ける（体調不良は続く）　　『荷車の歌』刊行

1957年	(45)	広島市に戻る　双三郡吉舎町の佐々木喜久方へ移る
1958年	(46)	『民話を生む人々』刊行
1959年	(47)	上下町に移る　「タンポポ」グループ発足
1960年	(48)	(日米安保条約改定反対運動)　(川手健自殺)　読書サークル協議会「みちづれ」発足
1961年	(49)	医師に転地を勧められ年末に広島市へ移る　(広島の共産党指導者、内藤知周・松江澄の離党・除名)
1962年	(50)	「新日本婦人の会」の設立にかかわる　生活記録誌『地方』を重家豊らと創刊　『アカハタ』連載のため東京の武蔵野市へ
1963年	(51)	「道くらけれど」連載(『アカハタ』1963年９月～1964年12月)　(米英ソ、部分的核実験停止条約調印)
1964年	(52)	東京都北区の赤羽台団地に移る　丹野セツ研究会はじめる
1965年	(53)	「濁流をこえて」連載(『アカハタ』1965年７月～1967年３月)　『この世界の片隅で』刊行　(「きのこ会」発足)
1966年	(54)	(この頃、共産党中央から「党史にかかわることにふれるな」の指示)
1967年	(55)	４月、母・イクノ死去　(赤羽台の党組織解散)　脊椎痛のため西宮市の病院に入院
1968年	(56)	東京都日野市の団地に転居(党員の転籍手続きせず)
1969年	(57)	『丹野セツ』刊行
1970年	(58)	『丹野セツ』で共産党(主に袴田里見)から「転向者美化」などと非難される
1971年	(59)	弟・伊策死去
1973年	(61)	『連帯の探求』刊行
1974年	(62)	「みちづれ」解散　(田中ウタ死去)
1975年	(63)	『君はいまどこにいるか』刊行
1977年	(65)	夏は吉舎町で過ごす(～1990年代なかば)　『叢書・民話を生む人びと』刊行開始
1980年	(68)	『囚われの女たち』刊行開始(1986年 全10巻完結)
1985年	(73)	郷里(府中市栗柄町)で初めての講演会
1987年	(75)	獄中手記(草稿・筆写)を元看守・重森クラから返却される

1990年	(78)	山代巴文庫第2期〔著作集〕刊行開始(1996年に第8巻)
1996年	(84)	東京・杉並の軽費老人ホーム浴風会松風園に入居
2000年	(88)	広島県・三良坂町に山代巴記念室開設
2004年	(92)	11月7日、浴風会病院にて死去